비공개 송환

비공개송환

UNDISCLOSED REPATRIATION

장우정 지음

고즈넉
이엔티!

차례

1부
새로운 기회

총격

타앙, 신경질적으로 얇고 길게 울리는 총성이 토카레프의 특징이었다.

블루톤 슈트를 입은 남자는 휴대폰을 든 채 제 가슴에서 피가 쏟아져 나오는 걸 망연자실 보고 있었다. 그는 휴대폰을 떨어트리지 않으려고 가까스로 서 있는 것처럼 몸이 좌우로 흔들렸다.

그의 앞에 골프 모자를 쓰고 마스크와 은색 미러 선글라스로 얼굴을 가린 사내가 서 있었다. 사내는 그의 머리에 두 번째 총알을 박았다. 머리 앞뒤로 피가 쏟아져 나왔다.

사람이 쓰러지고 바닥에 피가 번지는 것을 보자 지나던 사람들은 그제야 자신들이 총격을 목격했다는 것을 알아차렸다. 한 여자는 그 자리에 주저앉아 비명을 지르며 양팔로 머리를 감싸고 몸부림쳤다. 대부분은 건물 안으로 뛰어 들어가거나 대로변을 건

너 도망쳤다. 서울 여의도에서, 그것도 한낮에 사람이 총을 맞아 피범벅이 돼 쓰러지는 걸 볼 거라 예상한 사람은 아무도 없었을 것이다.

총을 쏜 사내는 엎어져 있는 남자 옆에 토카레프를 가만히 내려놓았다. 그리고 서두르는 기색 없이 하지만 신속한 걸음으로 금세 사라졌다. 그런 움직임은 사람들의 시선을 끌지 않도록 고도로 훈련된 행동이었다.

총격은 3일 오후 4시, 여의도역 4번 출구 근처 신송센터빌딩 앞에서 벌어졌다.

신송센터빌딩에는 사모펀드를 운영하는 투자회사들이 입주해 있었다. 그 빌딩 18층의 케이앤파트너스 대표 김상식이 살해된 피해자였다.

그는 신송센터빌딩과 옆 건물 대오빌딩 사이 이면도로에서 담배를 피우던 중이었다. 옹기종기 모인 흡연자 무리에 섞여 핸드폰을 열고 메시지를 확인하는 것 같았다. 기다리던 메시지가 없는지 담배를 든 채 액정을 위아래로 스크롤 하는 동작을 반복했다. 그때 여의나루로에서 수상쩍은 남자가 그를 향해 일직선으로 접근했다. 김상식은 그때까지 가까이 누가 오는지 인지하지 못한 채 화면만 쳐다보았다.

"김상식 대표님!"

김상식은 자신을 부르는 소리에 입에 문 담배를 손으로 옮기며 고개를 들었다.

그를 부른 사내는 당사자라는 걸 확인하고 아웃도어 점퍼 안주머니로 손을 넣었다. 그리고 거기서 꺼낸 물건이 불을 뿜어냈다. 여의도 한복판에서 총격으로 투자회사 대표가 살해당한 것이다. 서울경찰청에 초대형 강력사건이 발생한 셈이었다.

사건을 접수한 서울경찰청은 불특정 다수를 향한 폭력이 아니어서 테러로 분류하지는 않았다. 군과 국가정보원은 범행에 사용된 총기가 북한군이 사용하는 토카레프 권총이라는 걸 확인하고 대공용의점(對共容疑点) 분석을 위해 현장에 임장했다.

경찰은 기본적인 감식과 탄두, 탄피 수거 그리고 피해자에 대한 조사에 착수했고, 군과 국정원은 경찰의 기초조사 결과를 기다렸다.

탄두 하나는 김상식 척추에 박혀 있었다. 심장을 파고든 탄두가 굴절되어 척추에 걸려 밖으로 나오지 못했다.

두 번째 탄두는 이마를 뚫고 들어가 뒤통수로 나왔고, 바로 뒤 화단에 떨어졌다. 시멘트 도로에 맞았다면 유탄으로 인한 추가 피해도 발생할 수 있었다.

현장에서 발견된 토카레프는 54식 버전으로 중국에서 카피한 총기였다. 총기 번호는 지워져 있었기 때문에 생산 연도와 유출 경로는 확인할 수 없었다.

서울경찰청은 강력범죄수사대 1계를 수사본부로 지정했다.

수사본부에서 확인한 김상식 통화기록에는 오후 3시 40분에 전화번호 목록에 저장되지 않은 번호가 수신되어 있었다. 그 번호와 약 1분 30초간 통화를 했다. 그리고 오후 3시 55분 엘리베이터를 타고 1층으로 내려왔다.

통화의 발신번호를 추적했지만 사용자를 특정할 수 없었다. 용의자가 온라인 선불폰 매장에서 유심을 구입하고 중고 휴대전화기에 그 유심을 끼워 사용했기 때문이다. 수사본부는 히트맨을 추적하는 것과 동시에 살인의 동기와 목적을 유추해야 했다.

김상식이 운영하는 투자회사 직원들의 협조를 받아 그의 데스크톱에 남은 메일을 조사했다. 그러나 특별한 내용은 확인되지 않았다. 게다가 그는 아이폰과 맥북을 사용했는데, 경찰의 디지털 포렌식 장비로는 아이폰을 개방할 수 없었다.

어쩔 수 없이 사망한 자의 지문을 사용해 아이폰을 개방하기로 했다. 사체를 이용해 아이폰을 개방하기 위해서는 유가족의 동의가 필요했다. 유가족은 이혼한 전처, 전처와 살고 있는 15살 아들과 12살 딸, 동거 가족인 팔순 모친이 있었다.

팔순 모친의 동의를 받아 그의 손가락을 사용하여 아이폰 잠금을 해제했다. 그렇게 추출한 자료가 증거능력이 있는지에 대해 수사본부 내에서 이견이 있었다.

한낮에 여의도 한복판에서 일어난 총기살인사건은 정치적으로 치열하게 이용되었다. 총기가 북한군이 사용하는 권총이었기 때문에 진보정당은 보수정당의 북풍 공작이라고 했고, 보수정당은 피격당한 사모펀드 대표가 진보정당의 당원이라고 의혹을 제기했다.

수사본부는 정치적 논쟁에 휘말리지 않으려고 최대한 조심스럽게 수사를 진행했다. 과열된 뉴스 때문에 오히려 대중의 관심은 여의도 총기살인사건에서 멀어지는 것 같았다.

총기살인사건이 나고 10일 뒤 또 한 건의 살인사건이 벌어졌다. 13일 토요일 오전 10시에 마포구 공덕동 아파트 지하주차장에서 변사체가 발견되었다. 살해된 피해자는 용산경찰서 정보과 정보관이었다. 정보관은 본인의 차에서 교살당했고, 그의 아내가 남편이 새벽까지 귀가하지 않자 직접 찾아 나섰다가 발견했다.

마포경찰서 형사과에서 부검을 위해 변사체를 옮기려 했지만, 사체가 이미 경직되어 몸을 펴기 어려울 정도였다. 현장 감식에서 검시관은 시반의 모양과 두께를 보고 정보관의 사망 추정 시간을 전날 저녁으로 판단했다.

용산서 정보과에 의하면, 살해당한 정보관은 전날 저녁에 식사를 하고 사무실로 돌아와 잔무를 처리한 후 9시경에 퇴근했다. 아파트 CCTV에도 그는 오후 9시 20분경에 아파트 주차장에 입차하는 게 녹화되어 있었다.

두 번째 살인사건은 총기를 사용하지는 않았지만, 현직 경찰관이 살해당한 사건이어서 큰 충격을 주었다.

대통령실은 서울에서 연달아 강력사건이 발생하자 경찰청에 특별치안대책을 주문했다. 경찰청장은 15년 만에 숙박시설, 역사와 항만 그리고 주요 도로에서 일제 검문검색을 실시할 계획이며 시민 여러분의 협조를 당부한다는 담화문을 발표했다.

송환요청

하노이 한국대사관의 경찰주재관 김민준 경감은 늘어지게 기지개를 켜며 시계를 쳐다보았다. 오후 4시를 막 지나고 있었다.

직속 상사 전현진 경정은 오전에 출근했다가 점심시간이 되자 외근을 나간다며 사무실을 비웠다. 그건 민준에게 사무실을 지키며 민원전화를 받으라는 거였다.

민준은 오후에 '핸드폰을 잊어버렸다, 여권을 분실했다'는 민원전화 3통을 받았다.

오후 4시 이후로는 사건사고에 대한 민원전화가 당직팀으로 넘어간다. 그 시간부터는 경찰청으로 보낼 보고서를 작성하는 시간이었다.

보고서는 베트남으로 도피한 사기 혐의 수배자들에 대한 추적 보고서가 절반이고, 불법스포츠 도박사이트를 운영하는 운영진에 대한 보고서가 절반이었다.

민준은 보고서 작성을 앞두고 결전에 임하듯이 앉은 채로 스트레칭부터 길게 했다.

불법 도박사이트 운영자들은 일명 '토사장'으로 불린다. 베트남으로 넘어온 이들 토사장은 국가정보원 국제범죄정보센터 요원들도 추적하고 있었다. 국정원 요원들이 작성한 보고서는 국정원을 거쳐 경찰청으로 전달된다.

경찰청은 토사장들에 대한 정보가 국정원보다 미흡하다며, 주재관들을 닦달해 정보의 질을 높이라고 주문하기 바빴다. 경찰청에서 수배한 피의자들에 대한 정보가 국정원에서 더 빠르게 전달되는 게 불편했던 것이다.

그래서 필리핀, 태국, 베트남, 캄보디아 주재관들은 경찰청이 요청하는 적극적인 활동을 위해 국가정보원 주재관들을 상대해야 했다. 그들과 MOU를 맺어 보고서 제출 시점을 조율하려는 시도도 있었지만 대부분 지켜지지 못했다.

경찰주재관들은 국정원주재관들과 같은 속도로 일을 할 수 없다고 경찰청에 호소했다. 이유는 간단했다. 국정원주재관들은 민원업무가 없다는 것이다. 그리고 국정원은 해당 국가들에 블랙요원을 파견한다. 대사관에 있는 국정원주재관들은 블랙요원들의 정보를 받아 보고서를 작성했다. 당연하게도 민원업무를 하며 수배자 정보까지 취합해야 하는 경찰주재관은 국정원에 비해 업무 속도와 양에서 큰 차이가 날 수밖에 없었다.

애로사항은 그것만이 아니었다. 수배자에 대한 보고서를 작성하면, 경찰청은 해당 수배자를 송환할 수 있도록 공안국과 협의하라는 지시를 하달한다. 즉 일이 더 늘어나는 것이다. 그에 반해 국정원주재관들은 수배자에 대한 보고서를 작성하는 것으로 업무가 끝난다.

민준은 대사관에서 3년간 근무하며 법집행기관과 정보기관 업무의 차이를 뼈저리게 절감했다. 의자를 뒤로 젖힌 채 천장을 보면서 한국에서 보직을 알아보아야 할지 고민도 커지고 있었다. 6월이면 3년 임기를 마치고 한국으로 복귀할 예정이었다.

민준은 경찰대학을 나왔다. 졸업 후 기동대 소대장 근무를 마치고 경찰서 수사부서에서 근무하다 서울지방경찰청 지능범죄수사대 부팀장으로 발탁되었다. 그만큼 수사 경찰로서 능력을 인정받았다고 할 수 있었다. 더욱이 그의 부친은 경찰대학을 3기로 졸업했고, 민준이 하노이 경찰주재관으로 부임할 당시에는 지방경찰청장으로 근무하고 있었다.

본인의 능력에 부친의 후광까지 더해져 민준은 경찰로서 탄탄대로에 서 있는 것 같았지만 겉으로 보이기만 그럴 뿐이었다. 그는 남모를 고민이 컸다. 하노이 경찰주재관에 지원하기 전까지 경찰청에서 이직을 고민해야 할 정도였다.

부친에게 고민을 털어놓진 않았지만, 어떻게 낌새를 알아챘는지 조언을 해주었다. 경찰주재관으로 해외에 나가 생각할 시간을 가져보라는 거였다. 민준은 부친의 조언에 따라 경찰주재관 공모에 응모했고, 하노이 주재관으로 선발되었다.

이제 임기가 다해 다시 그 고민의 시작점으로 원위치했다. 3년이라는 시간이 흘렀지만 이직해야 한다는 내적 갈등은 정리된 것도 해결된 것도 없었다.

내선 전화기가 울렸다. 대표전화에서 연결해준 상담 전화였다.

민준은 시계를 보았다. 망설여졌다. 전화를 받지 않기에도 애매한 시간이라니…. 별수 없이 수화기를 들고 신분을 밝힌 다음 용건을 물었다.

상대방은 목소리가 굵었다. 거기다 저음이라 묵직하게 들렸다. 그 목소리로 자신이 한국에 수배된 사람이라고 밝혔다. 대사관을 통해 빠른 시일 내에 송환이 가능한지 물었다. 특별한 상황은 아니었다. 주재관 3년 동안 민준은 수배자의 전화를 많이 받았다. 업무 프로토콜에 따라 무미건조하게 신원확인을 위한 이름과 여권번호를 요청했다.

"제가 특별한 사정이 있어 이름과 여권번호를 알려드릴 순 없습니다. 내일 만나면 자세한 사정을 알려드리겠습니다."

민준은 속으로 헛웃음을 터트렸다. 수배자들은 모두 자신의 사정이 특별하다며 뭐라도 되는 것처럼 굴었다. 먼저 사무적인 절차를 설명했다.

"여권이 유효한지와 인터폴 수배 여부를 확인하면 좀 더 신속하게 송환업무를 할 수 있습니다. 오늘 중으로 신원확인을 하고 내일 보시죠."

"잠깐만, 주재관님. 저를 잘 모르시겠지만, 저 송환하면 주재관님 꽤 괜찮은 평가 받을 수 있을 겁니다."

"아, 그렇습니까?"

민준은 빈정거리듯이 반문했다.

"경찰주재관은 수배자 등급에 따라 평가받는다면서요. 제가 수배자 등급 기준은 자세히 몰라도 굉장히 상위에 있을 거예요. 하여간 내일 만나죠, 오후 5시에 하노이 호텔 701호. 거기서 기다리겠습니다."

민준은 교민, 유학생, 관광객으로부터 다양한 민원전화를 매일 받았다. 몇 마디만 나눠도 어떤 건인지 대충 짐작이 갔다. 전화를 끊고 민준은 양 볼을 손바닥으로 세수하듯 쓰다듬었다. 이상한 열기가 볼에서 느껴졌다.

이번 상담 건은 왠지 조금 다르게 다가왔다. 단순한 민원이 아닐지도 모른다는 예감이 들었다. 그의 목소리에서 사람을 끌어당기는 끈적한 힘 같은 게 느껴져서 그런지도 몰랐다. 수사관의 본능적인 촉이 심상치 않다고 감지했다. 내일 오후 5시, 하노이 호텔에서 그를 만나게 될 것 같았다.

* * *

다음 날, 시간에 맞춰 민준은 장보호수 옆에 세워진 하노이 호텔로 들어섰다.

객실로 올라가는 엘리베이터를 찾는데, 한 남자가 다가왔다. 한국말로 대사관에서 나왔는지 물었다.

30대 후반에서 40대 초반으로 보였다. 네이비색 콤비 자켓과 흰색 라운티셔츠 차림이었다. 라운티셔츠 위로 금으로 만든 체인이 보였고, 체인이 매달린 목에는 가슴부터 그려진 것으로 보이는 문신이 살짝 올라와 있었다.

"701호로 가면 됩니까?"

남자는 묻는 말에 대답 대신 따라오라는 듯 앞장서 걸었다.

엘리베이터에 올라 객실키를 리더기에 인식시킨 후 7층 버튼을 누를 때까지 그는 한마디도 하지 않았다.

민준은 안내를 받아 701호실로 들어갔다. 어제 통화한 당사자로 보이는 남자가 침실에서 거실로 나오고 있었다.

"영사님, 오셨습니까?"

그가 성큼성큼 다가오더니 대뜸 손을 내밀면서 말했다. 큰 키에 50대 후반은 되었을 얼굴이었다. 잘 다듬어지지 않은 다소 긴 머리, 거칠어 보이는 구릿빛 피부가 인상적이었다. 얼굴은 갸름했고 그 나이에 몸매는 군살이 거의 없었다. 잘 차려입으면 굉장히 스타일리시 할 거란 생각이 들었다.

"저는 영사 아니고, 영사님 보좌하는 경찰주재관입니다."

민준은 마주 악수를 하면서 그의 말을 정정해주었다.

"남대표는 나가 있어도 되겠다."

그가 금목걸이 남자에게 말했다. 남자는 '편히 말씀 나누십시오' 인사하며 몸을 90도까지 숙였다.

민준은 안내받은 거실 소파에 앉았다. 장보호수가 훤하게 내려다보였다.

"맥주 한잔하겠습니까?"

"괜찮습니다. 물만 한 잔 주세요."

그는 직접 냉장고로 다가가 타이거 맥주와 생수를 꺼내왔다. 생수를 건네고는 소파에 앉아 맥주를 땄다.

"백상균입니다. 혹시 저를 알아보겠습니까?"

민준은 백상균이 누군지 몰랐다. 이름이 입에서 맴돌긴 하는데 뚜렷한 정보가 떠오르지 않았다. 생각할 시간을 벌려고 생수병을 따서 길게 목을 축였다.

"남부지검에서 수배된 골든씨티그룹 회장 백상균이라 합니다."

백상균은 정답을 맞히지 못하는 학생에게 답안을 불러주듯이 또박또박 말했다.

골든씨티그룹 백상균 회장…. 골든씨티그룹과 이름이 붙으니 그제야 정보가 조금씩 딸려 나왔다.

회사자금 500억 횡령이었던가?

강원도 리조트 입찰 담합 그리고 계열사 주가 시세조정에 관여한 혐의로 검찰 수사. 2022년 5월에 해외로 도피. 경찰청은 검찰청 요청으로 백상균에 대해 인터폴 적색수배.

"아, 백상균 회장님…."

"그래요, 이제 생각나십니까?"

"네, 알겠네요. 인터폴에 레드노티스도 발부되어 있고."

민준은 가슴이 요동치는 걸 참느라 되도록 천천히 말을 이었다. 정말 그가 맞다면 이건 보통 건수가 아니었다. 눈앞에 보물이 놓여 있는 거나 마찬가지라고 민준은 생각했다.

이게 보물이라면⋯. 당장 보물이 진짜인지 가짜인지 확인하고 싶은 조급한 감정이 일었다.

그러려면 조금 더 구체적으로 그에 대한 정보를 떠올려야 했다. 적색수배자 백상균을.

그가 해외로 도피할 때 비슷한 시기에 먼저 도피한 사람이 있었다. 선도그룹 민상구 회장. 전환사채를 발행하면서 허위 내용을 공시한 자본시장법 위반, 회사자금 횡령, 영화배우, 가수 등 연예인, 뉴리치라 불리는 젊은 자산가를 모아서 조합 결성 후 주식 시세조정. 그런데 그는 작년 1월에 태국의 한 골프장에서 태국 이민국 수사관들에게 검거되어 한국에 송환되었다.

민상구의 검거와 송환은 꽤 언론의 주목을 받았다. 그의 검거는 기사의 흐름을 다른 타깃으로 몰아갔다. 또 다른 주요 해외수배자 백상균의 송환이 떠오른 것이다.

때맞춰 경찰청도 그의 소재 파악을 위한 정보활동을 강화하라는 지시를 해외 주재관들에게 하달했다. 민준이 그에 대한 정보를 제법 소상하게 기억하는 것도 이런 연유였다.

그즈음 SNS의 한 계정에 백상균이 요트에서 선상 파티를 하는 사진이 올라왔다. 언론은 그 사진을 인용하면서 기사를 뿌려댔다.

'백상균을 안 잡나? 못 잡나?'라는 타이틀이 비슷하게들 쓰였다. 내용은 뻔했다. 해외에서 대사관 직원들을 회유해 송환을 피하고, 호화롭게 생활한다는 비난 기사들이었다.

경찰청은 해외 주재관들을 닦달했다. 빨리 사진의 위치를 파악하라고 불호령을 내렸다. 사진의 배경을 놓고 캄보디아다, 베트남이다, 논란이 심했다. 해당 국가 주재관들은 서로 자신의 관할은 아닐 것이라고 보고서를 올렸다. 이 사진 한 장 때문에 한동안 자신을 비롯해 프놈펜, 자카르타, 방콕의 경찰주재관들이 꽤 시달려야 했다. 그런데 그 당사자인 백상균이 갑자기 제 발로 눈앞에 나타난 것이다.

"회장님 여권은 무효화시켰습니다. 그건 아시죠?"

"당연히 그랬겠지요."

"대사관에서 임시여권을 발부받으셔야 한국에 귀국할 수 있습니다. 기존의 여권이나 주민등록증 주시면 제가 진행하겠습니다."

민준이 생수병을 탁자에 내려놓으며 차분하게 말했다.

"그리고 상부에 보고도 하겠군요. 베트남에서 백상균을 찾았다고."

그가 당연한 절차를 고심하듯 말했다.

"네, 외교부에 임시여권 신청하면 자연스럽게 소재발견보고를 해야 합니다."

"그것 때문에 보자고 한 거요."

백상균은 유리 글라스에 맥주를 시원하게 따랐다.

"얼마 전에 서울에서 살인사건 두 건 있었지요?"

"살인사건이야 늘…."

"3일이랑 13일 말입니다. 3일 총 맞은 놈은 사모펀드 대표 김상식, 13일 차에서 죽은 놈은 용산서 정보형사 김재식. 맞죠?"

"그건… 저도 뉴스를 통해 아는 일이라 이름까지는 정확하게 모르고…."

"그놈들 누가 죽였는지 알려드릴까요?"

때아닌 거물 적색수배자의 등장에다 살인사건 폭로까지 드러날 참이라 민준은 잠깐 아찔한 기분이 들었다. 근데 그 범인들을 베트남에 묶여 있는 그가 어떻게 안다는 걸까? 거기에 더해 더 놀랄 만한 예감이 떠올랐다.

"두 사건이 동일인 소행이라는 겁니까?"

백상균은 대답 대신 맥주를 가득 채운 글라스를 한 번에 꿀꺽꿀꺽 비웠다. 카, 소리까지 내며 입을 훔치더니 민준을 똑바로 보았다.

비망록

"내가 마카오 카지노에서 게임비가 좀 부족했거든. 그래서 정 킷 운영하는 중국 건달들에게 돈을 좀 빌렸단 말이오."

"…"

"게임 하느라 다 날렸는데, 한국에서 송금이 안 됐던 거요. 빌려 쓴 돈 못 갚으니 별수 있나. 카지노 호텔에 감금되어 있었지."

백상균은 맥주로 목을 축이고 남 일 얘기하듯 덤덤히 말을 이었다.

"그때 호텔 라운지 바에서 만난 한국 사람들이 있었어요. 그놈들이 돈 갚아주겠다고 하더라고. 거기서 나가게도 해줄 수 있다고. 그 대신 자신들과 베트남으로 가서 돈을 갚아야 한답디다. 누군지 아시겠어요?"

민준은 모르겠다는 의미로 고개를 저었다.

"그놈들이 그러더군요. 내가 노바프론티어 펀드의 숨겨놓은 돈을 관리하고 있다는 걸 안다는 거야. 그 돈을 사용해 빚은 정리하면 되지 않겠냐고. 우리 펀드에서 조성한 비자금이 한 2천억쯤 된다고 알려져 있거든."

"그럼 회장님이 정말 그 노바… 펀드의 비자금을 관리하고 있는 겁니까? 그들이 누군데 그런 사정을 압니까?"

"북한 공작원들이더군요."

"북한 공작원…."

침이 마르는 기분에 민준은 생수를 벌컥 들이켰다. 긴장하고 있다는 걸 보여주지 않으려고 애썼지만 이 동작 하나로 무색해졌다.

"어느 정도 자유를 보장해주면 그런다고 했지. 펀드 비자금 활용해 돈은 갚을 수 있다고 말이오. 그렇게 그들이 카지노에 대신 갚아준 돈이 미화 300만 달러. 그중 100만 달러는 현금으로 갚았고, 200만 달러는 지급보증했고."

기함할 노릇이었다. 해외 도피한 경제사범 입에서 살인사건에 이어 북한 공작원까지 튀어나왔다. 그런데 도무지 그 맥락이 납득되지 않았다. 민준은 빨려 들어가듯이 그의 말에 몰입했다.

그가 베트남으로 입국한 경위부터 상상을 초월했다. 북한 정부가 발행한 여권으로 마카오에서 베트남으로 들어왔다는 것이다. 입국해서는 줄곧 북한 공작원들의 안가에서 생활했다고 했다.

자신의 약점도 스스럼없이 드러냈다. 그는 현재 법정관리를 받는 골든씨티그룹의 자금을 손댈 수 없는 형편이었다. 그래서 사모펀드 대표 김상식에게 노바프론티어 펀드 비자금을 보내 달라고 한 것이다.

민준은 첫 번째 살인사건의 피해자가 어떻게 그와 연결되었는지 알았다. 그러니까 김상식은 비자금 관리인인 것이다. 백상균은 김상식으로부터 간간이 돈을 송금받았고, 그걸로 북한 공작원들이 대납한 300만 달러를 변제하고 있었던 모양이었다.

그다음 들은 내용을 요약하면 이랬다. 백상균은 한국에서 밀반입한 자금을 자신이 운영하는 펀드 수익금이라고 허세를 부렸다. 북한 공작원들에게 생활비 명목으로 나누어주기도 했다. 돈이 들어오지 않는 달에는 오히려 그들에게 돈을 빌려 호텔과 카지노에서 유흥을 즐겼다. 그런 식으로 일 년 정도는 그들이 요구하는 금액을 지급할 수 있었다. 문제는 그다음이었다.

그즈음 한국에서는 상황이 급변하고 있었다. 검찰이 작년 12월부터 노바프론티어 펀드의 자금이 투입된 것으로 의심되는 기업에 대한 수사압력을 높였던 것이다. 그러자 자금관리책 김상식도 비자금을 하노이에 송금하는 데 애를 먹을 수밖에 없었다. 돈이 제때 안 들어오니 그때부터 공작원들의 자금 압박이 노골적으로 심해졌다.

"그래서 어떻게 했습니까?"

민준은 저도 모르게 연신 입맛을 다셨다. 빨리 다음 이야기를 해보라고 보채는 눈빛을 하면서.

"이렇게 도망친 거지. 안가에서."

백상균이 양손을 슬쩍 들어 보이며 어깨를 으쓱했다.

"안가는 어디 있었는데요?"

"6개월은 하노이 북부의 아파트에서, 작년 7월부터는 하노이 남쪽 탄호아 골프장 리조트에서. 장소는 그렇게 이동하는 게 원칙이라더군요."

"잠깐만요, 그러니까 북한 공작원들이 처음부터 회장님을 포섭하려고 마카오까지 갔던 겁니까?"

"그건 아니고. 놈들은 보니까 북한에서 필로폰을 밀수해 동남아에 유통시키고 있더군요. 마카오에도 필로폰 배달을 온 거고. 내 도박 빚을 대납한 돈도 필로폰 대금이었습니다. 필로폰으로 돈을 벌어 운영자금으로 쓰고 북한에 송금하고 그런 거지."

마약 밀매하는 북한 공작원들 얘기까지 이르자 민준은 컴컴한 미궁에 빠지는 것만 같아 고개를 저었다.

"그래서 도대체 어떻게 탈출하신 거예요?"

상균은 알려줄 듯 말 듯 능청스런 미소만 짓다가 한 마디를 툭 내뱉었다.

"후배 중에 여기서 사업하는 놈들이 몇 명 있거든."

민준은 기가 막혔다. 이자의 입에서 뭐가 더 나올지 몰라 조마조마할 정도였다.

"도대체 어떤 사업을 하는데 북한 공작원들한테서 회장님을 구출합니까?"

"건달이지 뭐겠어요. 베트남에서 카지노 정킷(VIP 게임장) 하는 놈도 있고, 온라인 도박사이트 운영하는 놈들도 있고."

민준은 그런 자들을 후배로 두고 있다면 가능하겠다고 고개를 끄덕였다.

"영사님, 그런데 저 잘 모르죠?"

백상균이 말을 돌리듯 엉뚱한 걸 물었다. 지금보다 얼마나 더 알아야 하는 걸까 싶어 민준은 도리어 겁이 났다.

"백상균이 진짜 어떤 놈인지 말입니다."

"대충 짐작은 갑니다."

"후배들에게 차 대놓고 기다리라 했고, 그 차 타고 도망친 거예요. 도피자금이야 일단은 후배들 신세 지고 있고."

간략한 대답이었지만, 그의 남다른 도피 생활이 어쩐지 훤하게 보이는 것만 같았다.

그가 민준에게 맥주를 마실 것인지 다시 한번 물었다. 민준은 생수로 충분하다고 같은 대답을 했다. 백상균은 맥주를 더 마시려는지 일어나 냉장고로 갔다.

"근데 노바프론티어 펀드 사태 주범들은 검찰에 구속되었잖습니까? 정말 회장님이 그 펀드로 비자금 조성해 관리하고 있습니까?"

민준이 냉장고를 여느라 고개를 숙이는 백상균을 빤히 쳐다보면서 물었다.

"노바프론티어 펀드를 기획한 건 딴 놈이고. 기획한 놈 따로 있고, 나랑 몇이 그 펀드 마케팅했다고 생각하면 대충 맞는 얘기일 거요."

"그러니까… 북한 공작원들에게 돈을 갚지 못해 한국으로 들어가려는 거죠? 한국에서 재판을 받으면 중형이 선고될 것 같은데 그걸 무릅쓰고라도."

상균은 타이거 맥주를 꺼내 자리로 돌아와 앉았다. 그리고 이번엔 천천히 글라스에 맥주를 따랐다. 거품이 어느 정도 가라앉을 때까지 기다렸다가 잔을 들어 한 번에 비웠다.

"죽는 것보다는 낫지. 여기 있으면 한국에서 총 맞은 김상식이나 김재식이랑 똑같은 처지가 될 겁니다. 돈을 갚아도 마찬가지고."

"공작원들은 그들을 왜 죽인 겁니까?"

민준은 확인하듯 물었다. 아무리 큰돈이 물려 있다고 그렇게 막무가내로 한국에 들어가 살인까지 저지르는 게 잘 납득이 가지 않았다.

상균은 대답을 정리하려는 건지 허리를 소파에 기대면서 양손을 뒤통수에 대고 깍지를 꼈다.

"공작원들이 안가에 나를 데리고 가서 처음 시킨 일이 뭔 줄 압니까?"

"글쎄요…."

"비망록을 작성하라는 거였어요."

상균은 민준을 잠시 응시했다. 어떤 말을 어디까지 해야 할지 고르는 표정 같기도 했다.

"내가 수사를 받다가 마카오로 도피하면서 있었던 일을 상세하게 적으랍디다. 검찰수사를 받으면서 어떻게 로비를 했는지, 돈을 주었다면 언제, 어디서, 얼마를, 누구에게 주었는지 촘촘히 기록하게 했고, 확인하는 질문도 여러 번 반복했어요."

"실제로 그렇게 하셨습니까?"

민준은 허리를 빳빳하게 세우며 물었다. 상균은 아직 세상 이치 모르는 젊은이를 앞에 둔 것처럼 어떻게 홀릴까, 의뭉스런 표정을 지었다.

"지금 생각해보니 그게 그들의 조사였어요. 내가 거짓말을 하는지, 숨기는 일이 없는지 확인하기 위해 집요하게 질문을 반복한 거예요. 금감원 조사를 막기 위해 벌였던 로비부터 검찰 출신 변호사 고용해 검사들에게 로비한 내용까지 빠짐없이 적었소."

상균은 한 템포 쉬어가려는 듯 맥주를 따르고 거품이 빠질 때까지 기다렸다가 다시 한 번에 비웠다.

"그때 로비 대상이었던 검사 중에 언론에 알려져 수사를 받은 사람은 일부지. 더 높은 곳에 로비했고, 로비 대상이었던 검사 중에 지금 대통령실에 있는 사람도 있어요."

그의 얘기가 내내 어디로 튈지 종잡을 수 없었는데, 이번엔 눈앞이 캄캄할 정도였다. 대통령실 사람도 로비를 받았다니, 갈수록 허황된 것처럼 믿기지 않았다.

"살아보니 그렇습디다. 절제하며 살아도 미끄러지는 경우가 있고, 잡놈처럼 살아도 귀하게 되는 경우가 있어요."

민준은 세상의 이치에 따라 잡놈처럼 살다가 귀하게 된 사람들이 누구인지 그 이름이 듣고 싶었다. 그의 로비에 놀아난 사람들의 이름을.

"북한 공작원들 오야는 이상필이라고 해요. 그놈이 정 안 되니 엉뚱한 짓을 한 겁니다. 대통령실 비서관과 로비를 했던 변호사에게 내 안부를 전하는 메시지를 남겼더라고요. 나를 데리고 있고 언젠가는 청구서를 보내겠다는 경고를 한 거죠."

"그 정도 협박이면 섬찟했겠습니다."

"내가 도망치고 나서 그런 메시지를 계속 보냈을 겁니다. 내 소재를 알려주지 않으면 뇌물을 받은 내용을 까발리겠다고. 내가 2월에 탈출했고, 김상식이 이달 3일 살해당했으니… 한 달 넘게 시달렸겠군요. 김상식이 노바프론티어 펀드 비자금 관리인이라는 것도 비망록에 적었는데, 그도 똑같은 협박을 받았다고 했어요."

"그런데 김상식 대표를 살해하면 돈을 받을 방법이 없어지는 것 아닌가요?"

"공작원들이 서울에서 살인사건을 왜 저질렀는지 물으셨죠? 김 대표를 살해한 건 경고였어요. 나를 숨겨주면 이렇게 된다는 걸 보여준 거지. 나에게는 또 다른 희생자가 계속 나올 수 있다는 경고. 그러니 김상식 핑계로 돈을 안 갚을 생각은 말라는 거란 말이지."

"경고라…. 근데 용산서 정보과 김재식 형사는 북한 공작원과 무슨 관계가?"

민준은 펀드 비자금 관리인과 정보 형사의 관계가 처음부터 궁금했다. 둘 다 백상균과 연결되어 있다는 걸 안다면 바로 수긍이 갈 만도 하지만 그 내용이 뭘지 무척이나 궁금했다.

"그 친구는 내가 인수한 남산 H호텔을 출입하는 정보관이었어요. 붙임성이 좋아 식사 자리를 많이 했습니다. 캄보디아, 마카오로 나를 만나러도 왔고. 한국에 있는 사람들에게 전달할 심부름도 몇 번 시켰고. 공작원들 감시 하에 재식이를 베트남에서 만난 적도 있어요. 물론 그 친구는 눈치채지 못했겠지만."

"공작원들이 회장님과 정보관의 관계를 알게 되었군요."

"그 친구도 나중에 공작원들에게 협박을 받았을 겁니다. 내가 한국으로 가려면 그 친구 도움을 받아야 한다는 걸 아니까. 결과적으로 재식이한테는 미안한 일이죠. 서로 도와주느라 그런 건데, 이렇게 될 줄 누가 알았겠습니까!"

"그래도 북한 공작원들이 회장님을 붙잡으려고 한국에서 연쇄적으로 살인사건을 벌인다는 게 쉽게 납득이 가지는 않아요."

민준은 여전히 의심스런 눈으로 그를 보았다.

"나도 이렇게까지 나올 줄은 몰랐다니까. 이렇게 격하게 반응하니 나도 위축되고 더욱 조심하게 됩디다. 그래서 영사님께 부탁을 드리려는 거지."

"무슨 부탁을요?"

"그놈들은 내가 한국에 들어가면 불편해지는 사람들을 협박해

내 소재를 알아내려고 할 거예요. 그들 중에는 지금 대통령실에 있는 사람도 있고….”

상균이 궁색한 표정을 하고 민준의 눈치를 보다가 말을 이었다.

“영사님이 저를 송환하겠다는 보고서를 쓴다면 말이에요, 분명 대통령실의 그자를 통해 북한 공작원들에게 정보가 전달될 겁니다. 최근에 저에 대한 추적을 강화하라는 지시가 내려오지 않았습니까? 잘 생각해보세요.”

그의 말마따나 얼마 전에 해외수배자 수색을 강화하라는 경찰청 공문이 있었다. 일반적 공문이라 백상균과 연관성이 있다고 하기는 어려웠다.

“딱히 회장님에 대한 지시사항이 있었던 건 아닙니다.”

“제가 예민한 걸 수도 있지만, 그놈들 벌써 사람을 둘이나 죽였어요. 모두 저와 관련 있는 사람들이라고. 조심하지 않으면 한국 땅을 밟아 보지도 못하고 김상식이나 재식이 처지가 될 수 있습니다.”

백상균이 정색을 하고 민준을 쳐다보았다. 드디어 그의 용건이 나올 차례였다.

“그래서 나를 좀 은밀하게 송환해 달라고 이곳에서 보자고 한 거예요. 비공개로 말이지.”

테스트

민준은 호텔에서 나오자마자 곧장 숙소로 사용하는 대사관 근처 아파트로 갔다.

아파트는 큰 방 하나, 작은 방 하나 그리고 거실로 이루어진 단출한 구조였다. 집에 도착한 시간은 저녁 7시 30분이었다.

샤워를 하면서 백상균이 한 말을 하나하나 정리해보았다. 너무 많은 내용을 들어 머릿속이 시원하게 정리되지는 않았다.

보통 저녁 식사를 대사관 근처 식당에서 사먹거나 반미를 사서 집에서 먹는 편이었다. 샤워하고 난 후에야 반미를 사 오지 않았다는 걸 알았다.

수건을 목에 건 채 싱크대 붙박이장을 열었다. 한국 라면 여러 개가 종류별로 있었다. 라면을 꺼내 냄비에 물을 붓고, 가스 불을 켰다. 저녁 8시가 지나고 있었다. 한국시간으로는 저녁 6시다. 퇴근 시간과 맞물려 경찰청 외사국 담당자와 전화하기는 애매한 시간이었다.

민준은 라면을 먹으면서 노바프론티어 펀드 사태에 대해 조사하기로 했다.

'노바프론티어 펀드라니. 네가 또 내 인생에 이렇게 기습적으로 들어오는구나….'

백상균을 만났을 때 티를 내지 않았지만, 민준은 노바프론티어 펀드 사태와 조금은 관련이 있었다. 5년 전 서울경찰청 지능범죄수사대에 근무할 때였다. 그때 다승여객 재무이사의 횡령사건을 수사한 적이 있었다.

횡령사건 당사자인 재무이사는 다승여객을 우회상장 시키기 위해 사모펀드 루나모빌리티에서 파견한 사람이었다. 하지만 그는 다승여객 자금을 계획대로 사용하지 않고 루나모빌리티의 다른 투자처로 빼돌렸다. 민준의 수사팀에서 수사를 개시하자 그는 아예 해외로 도피했다.

민준은 사건의 배후가 루나모빌리티 대표 윤성국이라는 혐의를 잡아 수사를 이어갔다. 공교롭게도 노바프론티어 펀드가 금융당국과 검찰에 수사를 받을 때였다.

검찰은 펀드 사태의 주범으로 윤성국을 지목하고 있었다. 민준이 수사 혐의자로 추적하는 당사자를 검찰도 조사하고 있었던 것이다. 그러나 윤성국은 검찰의 출석요구를 받고 잠적해버렸다.

민준은 검찰 수사와 별개로 윤성국을 추적해 40일 만에 성북동

은신처에서 검거했다. 그리고 덤으로 그와 함께 숨어 있던 노바 프론티어 자산운용 대표 이선호도 검거했다.

민준은 윤성국을 추적하면서 정리했던 노바프론티어 사건 파일을 열었다.

* * *

5년 전 10월, 약 2조 원의 노바프론티어 펀드를 운영하는 노바 프론티어 자산운용은 환매중단을 발표한다. 이상 징후는 7월부터 여러 곳에서 발생했다.

노바프론티어 펀드는 시중금리가 1에서 2%일 때, 5% 이상의 확정수익율을 보장했고, 한때는 투자금이 6조 원가량 몰렸다. 하지만 투자자들은 펀드가 어떤 사업에 투자한다는 설명은 듣지 못했다.

그해 7월부터 한 경제신문에서 노바프론티어 펀드의 투자대상 사업에 의문을 제기하는 탐사보도를 연재했다.

이 펀드를 제일 많이 판매한 곳은 D증권 반포지점과 S금융투자 압구정 지점이었다. 두 증권사는 PB 영업을 통해 VIP 고객들에게 펀드 마케팅을 집중했다. D증권 반포지점에서는 펀드에 투자한 사람 중 일부가 펀드의 환매를 요청했지만 거절당했다.

그 소문이 퍼져서 투자자들은 무리 지어 D증권과 S금융투자에 환매요청을 했다. 그러나 증권사 직원들은 펀드 운용사 핑계를 대며 차일피일 환매요청을 미루었다.

9월에 금융감독원에 진정이 들어갔고, 금융감독원은 증권사와 펀드 운용사에 현장조사를 나갔다. 조사 후, 금융감독원은 노바프론티어 자산운용의 일시적 유동성의 문제라고 발표하며 무분별한 환매요청을 자제하는 것이 투자자들에게 좋은 선택이라는 취지의 메시지를 내놨다.

하지만 노바프론티어 자산운용은 10월, 결국 환매 중단을 공식적으로 발표했다. 금융감독원은 부랴부랴 회계법인을 지정해 회계감사를 시작했다.

검찰청도 금융감독원의 조사와는 별개로 노바프론티어 자산운용에 대한 수사를 개시했다. 그런데 그 자산운용 대표이사 이선호가 검찰의 출석요구를 받고 잠적해버렸던 것이다.

검찰청 합동수사본부는 펀드의 자금이 또 다른 사모펀드 루나모빌리티로 이동한 것을 포착했다. 루나모빌리티를 압수수색하고 대표 윤성국에게 출석 요청을 하지만, 그는 압수수색 당일 잠적했다.

이후 윤성국이 노바프론티어 펀드 감사를 막기 위해 금융위원회와 청와대를 대상으로 로비한 정황이 나왔다. 검찰청은 금융위원회를 압수수색하고, 금융당국에 압력을 가해 노바프론티어 펀드의 실사를 부실하게 한 혐의로 청와대 행정관을 구속했다.

이 와중에 검찰 수사를 막기 위해 윤성국이 향응을 제공한 검사 명단과 정치인 명단이 수사자료에서 나오자 사건은 일파만파

확산되었다. 검찰청은 금융관계자들의 비리만을 부각시키고 자신들의 잘못을 덮고 있다는 공격을 받자, 윤성국 로비 명단에 있는 검사들을 직위해제하고 수사에 착수했다. 하지만 해당 검사들은 휴대전화기를 파기하고 조사에 협조하지 않았다.

* * *

라면 냄비를 싱크대에 넣어두고 민준은 다시 한번 시간을 확인했다. 바로 경찰청 외사국 인터폴계 이준에게 메시지를 보냈다.

-통화 가능?

이준은 베트남, 라오스, 캄보디아를 담당하는 경감이었다.

-잠시만, 과장님 퇴근하시려고 하니까 곧 전화할게.

민준은 기다리는 동안 냉장고에서 타이거 캔맥주를 꺼내와 소파에 앉았다.

하노이 호텔에서 백상균이 맥주를 마실 때, 집에서 시원한 맥주를 마셔야겠다고 생각했던 터였다. 캔맥주를 다 비우자 핸드폰이 울렸다.

"프렌드, 어쩐 일로 톡을 했나?"

이준 경감이 유쾌한 목소리로 말했다. 실제로 만난 자리였다면 벌써 부둥켜안고 열심히 등을 두드려댔을 것이다.

준과 민준은 고등학교 동기동창이었다. 고등학교를 졸업하면서 민준은 경찰대학을 진학했고, 준은 Y대학교 스포츠응용산업학과에 들어갔다. 그러다 졸업 후 경찰간부후보생 시험에 합격해 경찰에 입직했다.

"밥은?"

"요즘 저녁 잘 안 먹어. 운동하고 나서 쉐이크 마시고 야채 먹는다. 상무관에서 운동하고 내려왔어."

"통화 길게 해도 되지?"

민준은 준의 전화를 기다리며 어디서부터 말해야 할지를 고민했었다.

"프렌드가 무슨 롱스토리가 있을까? 내가 베트남에 콘에어라도 보낼 일이 생겼나?"

"콘에어는 아닌데, 수배자 얘기는 맞아."

"아, 네. 수배자를 한 명 따셨어요? 도와드릴 테니 어서 털어보세요."

준은 친구와 오랜만의 통화가 즐거운지 목소리에 장난기가 묻어났다.

"주위에 누구 있어?"

"아니, 다들 퇴근했다. 사무실에 나밖에 없네."

민준은 바로 본론으로 들어갔다. 백상균을 만난 일부터 그에게 들은 이야기를 머리 속에서 정리한 대로 전달했다.

내내 듣고만 있던 준이 꺼낸 첫마디는 이랬다.

"그 사람이 백상균은 맞아?"

"맞아, 호텔에서 나와서 검색해봤어. 사진이랑 똑같더라."

민준은 그 부분은 틀림없다는 걸 강조했다.

"송환업무라는 게 그렇잖아. 외교부에서 여권도 받아야 하고, 그러자면 공문도 몇 개 생산해야 하는데, 그걸 다 은밀하게 할 수 있을까?"

전화기에서 다소 부정적인 목소리가 느껴졌다.

"그렇긴 하지⋯."

민준도 그런 절차를 뛰어넘었을 수 없다는 데 동의했다.

"그러니까 북한 공작원들이 한 것처럼 위조여권을 만들어 한국에 들어올 수 있게 해달라는 거야?"

준이 제 나름의 방법을 추론해 다시 물었다.

"그런 건 아니야. 자신을 안전하게 송환할 수 있는 방법을 찾아달라는 거지. 평소처럼 업무를 하면 분명히 자기 위치가 북한 공작원들에게 노출될 테니, 그걸 피할 수 있게 해달라고."

"방법은 찾을 수 있겠어?"

준이 사무적인 목소리로 물었다.

"내가? 내가 왜? 그 방법은 외사국에 있는 네가 찾아야지."

민준이 어이없다는 투로 대답했다.

"야야, 김민준 경감님. 이게 어디서 밀어 빵(자기 업무가 아니라며 일을 다른 경찰관, 다른 부서에 미룰 때 쓰는 은어)을 하려고! 그 방법을 내가 어떻게 찾아?"

"경찰주재관은 수배자 소재를 찾아내는 일을 하는 거고, 송환계획은 당연히 외사국 인터폴계에서 짜야지. 그게 우리 업무 프로

토콜 아니었나? 난 지금 너에게 관련 정보 다 넘겼다. 빵꾸 나면 네 책임이야."

민준은 손을 털어내듯이 후다닥 말했다.

"하, 이 새끼가! 더운 날씨에 쌀국수 많이 처먹어서 그런가, 사람이 이상해졌네."

"어서 대책을 강구해보셔."

"무슨 대책을 강구해, 난 백상균이 누군지 지금 알았는데!"

"그러니까 어떻게 해야 되냐고!"

민준도 답답한 나머지 버럭 소리를 쳤다.

"그런데 그 사람 말을 백프로 신뢰할 수는 있어?"

준이 조금 긴장한 것처럼 확인하는 투로 물었다.

"글쎄다…. 어쨌든 서울에서 살인사건이 벌어졌고, 용의자는 북한군이 쓰는 토카레프를 고의로 현장에 유기하고 떠났어. 오늘 만난 사람이 백상균은 맞는데, 그는 서울에 들어가겠다고 하는 거지 도망치려는 건 아니야. 거짓이 있다면 자기를 나한테 과대포장해서 말했다는 걸 텐데… 나에게 그럴 필요가 있을까? 얻는 것도 없이…."

"민준아, 원칙적으로 생각하자고. 수배자가 송환요청을 했는데 우리가 뭉개고 있을 수는 없지?"

준이 민준을 달래듯이 말했다.

"그렇지. 그러면 직무유기잖아."

"그러면 송환업무는 해야 하는 거야. 무엇부터 해야 하는 거지?"

"내가 소재발견보고서를 써서 너에게 보내야지."

민준은 간단하게 시작 절차를 알려줬다.

"그 전에 대사관에 있는 경찰 상사에게 보고했어?"

"아직. 내일 아침에 할 예정."

"그리고 대사관 여권과에도 공문을 보내야겠지. 임시여권이 필요하니까."

"당연하지."

"민준아, 그러면 여기까지는 피할 수 없는 일인데, 그다음은?"

"그다음은 뻔한 라인을 타는 거겠지. 내가 보고서를 너에게 보내면 너는 인터폴 계장, 과장에게 보고하고, 그 보고서는 국장, 청장 거쳐서 대통령실에 전파될 거야. 중요 수배자니까."

민준은 이후 이어질 절차를 일목요연하게 설명했다.

"그럼 말이다, 내가 국장님에게 올리는 보고서에 백상균의 주장 요지를 작성한다고 치자. 거기에 이렇게 덧붙일 것 같은데. 대통령실에 북한 공작원과 내통하는 사람들이 있으니까, 대통령실에 전파하지 않는 것이 좋겠다?"

"…"

민준은 준의 말에 대답하지 못했다. 그건 말도 되지 않는 소리였다.

"민준아, 나는 친구니까 네 얘기를 듣고 있지만, 우리 계장만 해도 네 얘기 듣자마자 말도 안 되는 소리 집어치우라고 할 것 같다."

"그렇겠지, 그럴 거야…."

틀린 말이 아니기에 민준은 고개를 주억거렸다.

"더욱이 서울에서 발생한 살인사건은 백상균 때문이고, 백상균을 쫓고 있는 북한 공작원들이 대통령실 사람들을 협박하고 있다? 그래서 대통령실에는 백상균 소재에 대해 자세히 보고하면 안 된다! 보고서를 이렇게 쓰면 너나 나를 제정신으로 보겠냐!"

"문제는 송환업무는 해야 하는데, 백상균의 요청대로 할 수는 없다는 거네."

민준이 간단하게 정리했다.

"그런데 만약에 말이야…."

준의 목소리가 약간 속삭이는 투가 되었다.

"백상균이 염려하는 대로 소재 정보가 북한 공작원들에게 유출되면 어떤 일이 벌어질까?"

준이 정말 궁금하다는 듯 말끝을 훌쩍 올려 물었다.

"그것도 생각해봤지. 그러면 북한 공작원들은 적어도 백상균이 하노이에 있다는 건 알게 되는 거야. 좀 더 구체적으로 수색을 할수 있겠지. 우리 송환 일정까지 유출된다면 백상균이 대사관에 오는 날, 아니면 이민국에 가서 조사를 받는 날을 노리고 주변에서 잠복을 할 테고."

그건 당연히 일어날 일이라 준도 토를 달지 않았다. 대신 다른 궁금한 걸 물었다.

"민준아, 백상균이랑 어떻게 연락하기로 했어? 그가 어디 있는지는 알고 있는 거야?"

"연락은 텔레그램으로 한다고 했어. 그리고 위치는 매일 바꾸고 있어서 알려주진 않을 거야."

"그러면 말이다…."

준이 잠깐 쉬었다가 말을 이었다.

"백상균 말이 사실인지 아닌지 우리가 테스트 해볼까?"

"테스트?"

"그래, 백상균 말이 구라면 이런 고민을 할 필요도 없으니까, 테스트를 해보자고."

"어떻게 하자는 거야?"

준이 침을 꿀꺽 삼키고 다음 말을 기다렸다.

"너는 정식으로 소재발견보고를 올려. 어쨌든 그건 해야 할 일이니까. 다만 거기에 백상균의 소재에 대해서 조금 다른 내용을 섞는 거지. 임시여권을 만들 때까지 하노이 호텔 701호에 머무르고 있을 예정이라고 말이야."

"그러면?"

"그러면 나는 그걸 조금 수정해서 국장님, 청장님 보고용으로 만들고, 그 보고서가 대통령실에 전파되는지 체크하고 있다가, 대통령실에 전파되면 너에게 알려주는 거야."

민준은 한동안 대답을 하지 않았고, 준은 민준이 듣고 있는지 확인했다.

"듣고 있어, 계속해."

"대통령실에 보고서가 전파되었다고 너에게 알려주면 너는 그 호텔 방을 며칠만 지키고 있어봐. 정말 북한 공작원 같이 생긴 애들이 오는지."

"그렇게 해서 우리가 얻는 게 뭔데?"

"북한 공작원들이 나타나지 않으면 백상균 말이 구라일 가능성이 큰 거고, 나타나면 송환업무를 어떻게 해야 할지 진지하게 고민해야 하는 상황. 적어도 일의 성격은 분명해질 것 아니냐."

"나는 최대한 드라이한 소재발견보고서를 너에게 보낸다…."

"어떻게 하노이 호텔 701호를 감시할 건데?"

"그 층에 방을 하나 얻어야지. 다행히 많이 비싼 호텔도 아니고, 국정원에서 지원해준 특수활동비도 있다. 그리고 몰래카메라가 있어서 내가 얻은 방에서 밖을 관찰할 수 있도록 설치하면 돼."

민준은 자기도 모르게 술술 방법이 나왔다. 그런데 어쩐지 준이 계획한 대로 끌려가는 기분이 들어 찜찜했다. 그렇지만 나쁘지 않은 선택인 건 분명했다.

"그러면 나는 퇴근해도 되지? 오늘 밤에 보고서를 보내지는 않을 거니까."

"중요 수배자니까 내일 오전 일찍 보낼게. 그전에 가안을 보낼 거야. 너도 인터넷 뒤져서 미리 백상균 수배된 내용 파악해둬."

"알았다. 내일 아침에는 꽤 바쁘겠는데."

"그리고 하나 더! 백상균의 수배 내용뿐만 아니라 과거 행적에 대해서도 알아봐 줘. 조직폭력배와 관련 있는 내용, 전과, 이런 것들 알았으면 좋겠다. 노바프론티어 펀드에 대해서는 내가 정리한 자료 있으니까 보낼게."

"알았다, 브로. 큰 건 하나 건진 것 같네. 내일 또 연락해."

통화가 끊어지자 민준은 갑자기 중력이 가해진 것처럼 몸이 무거워지는 걸 느꼈다. 공연히 다리에 힘이 들어갔다.

큰 건이라…. 준은 이 사건의 가치를 그렇게 단순하게만 표현했다. 민준은 그보다는 운명과도 같은 섬뜩함에 사로잡혔다. 이건 우연인 걸까? 인연인 일까?

4년 전 노바프론티어 펀드와 관련된 수사를 했다. 그리고 하노이 주재관으로 선발되어 이곳에 왔다. 이직을 생각하다가 타협책으로 해외주재관에 지원했다. 이제는 결론을 내야 할 시점인데, 어제 전화를 받으며 불쑥 이 일은 해야겠다고 느꼈던 감정은 무엇일까? 전화 속의 목소리가 다시 일할 시간이라는 알람처럼 느껴졌다.

하노이 주재관으로 부임한 이후 노바프론티어 펀드 수사는 골든씨티그룹 횡령사건으로 번졌다. 그런 일들은 해외 주재관과는 상관없는 일이다. 그런데 서울로 복귀할 때 다시 그 사건의 주연이라는 사람이 찾아와 송환을 요청한 것이다.

게다가 그는 북한 공작원들을 달고 왔다. 최근에 서울에서 발생한 살인사건의 배후가 북한 공작원이라고 했다. 그리고 대통령실에 북한 공작원에 포섭된 고위직이 있으니 은밀하게 한국으로 송환해달라는 것이다. 그자의 말을 모두 믿을 수 없지만, 사실이라면 정말 준의 말대로 큰 건인가?

지금 준은 어떤 표정을 하고 있을지 궁금했다. 그는 고등학교 때도 거침이 없었다. 거침없는 성격은 모두가 자신에게 호의적일 것이라는 확신 때문에 가능한 행동이다. 그런 확신이 모두를 준에게 호의적으로 만들었다. 고등학생 시절, 친구들 무리가 무엇을 해야 할지 머뭇거릴 때, 무엇을 하자고 먼저 말하는 것은 준이었다. 그는 항상 우리에게 방향을 제시했다.

자신은 단 하루도 그처럼 살지는 못할 것 같았다. 절대로 먼저 전화를 끊지도 않고, 허위보고를 해서 사실을 알아보자는 생각도 하지 않을 것이다. 그리고 이런 일을 큰 건이라고 말하지도 않았을 것이다.

어쨌든 이번 일도 준이 방향을 정했다. 민준은 고등학생 때처럼 그가 가리킨 방향으로 가면서 만나는 온갖 장애물들을 치워야 할 것이라는 예감을 분명하게 받았다.

* * *

다음 날, 민준은 직속 상사 전현진 경정에게 백상균이 송환을 요청한다는 사실을 구두보고했다. 보고 후 그간의 경과를 담은 보고서도 작성했다.

거기엔 백상균이 임시여권을 발급받을 때까지 하노이 호텔에서 머물고 있다가 여권발급과 동시에 이민국에 출두해 송환심사를 받을 예정이라는 내용을 포함했다.

보고서는 준에게도 보내졌다.

준은 민준이 작성한 보고서에 백상균의 수배 내용을 보강해 외사계장과 과장에게 보고했다. 외사과장은 보고서를 받아보고 눈을 동그랗게 떴다. 입맛을 다시듯 혀로 여러 번 입술을 핥았다. 보고서를 다 읽자마자 곧장 경찰청장 즉보 사항이라며 경찰청장실로 올라갔다.

외사과장은 경위 때부터 경찰청 외사국에서 경찰 관료로 트레이닝을 받은 사람이었다. 그에게 보고는 내용보다 속도였다. 그리고 속도가 중요한 보고를 귀신같이 알아봤다.

백상균을 수배한 기관은 검찰청이었다. 백상균을 수사했던 검사 중에는 부적절한 처신으로 징계를 받은 자가 있었다. 지금 법률비서관은 검사 출신이다. 즉 보고서에 백상균의 수배 내용을 설명하는 것은 의미가 없었다. 소재가 발견되었다는 사실을 신속히 전달하는 것이 최고의 보고였다.

보고를 마치고 경찰청장실에서 내려온 과장은 바로 준을 불렀다.

"이준! 보고서 장관실, 대통령실에 전파하라고 계장에게 전달해. 그리고 오늘 중으로 송환계획 만들어! 청장이 오늘 오후에라도 송환계획 들고 오라고 할 수 있으니까 서둘러야 한다."

외사과장은 불려온 준에게 해야 할 일을 쏟아냈다.

"과장님, 전에 사례를 참조해서 만들면 되는데요, 송환팀은 어떻게 구성하죠?"

준은 과장의 성미를 잘 아는지라 머뭇거리지 않고 대답했다. 그의 속도를 빨리 쫓아가지 않으면 안 되었다.

"송환팀… 송환팀…. 검찰청 수배자니까… 일단 베트남 담당 준이 너가 책임자로 간다고 하고, 나머지 인원은 일선에서 차출한다고 적어."

"네… 네? 제가 간다고요?"

"당연하지."

과장이 눈을 가늘게 뜨고 준을 빤히 쳐다보았다. 준은 이 자리에서 이미 자신이 송환 임무에 포함되었다는 걸 받아들일 수밖에 없었다.

"대통령실에 전파할 보고서는 이대로 가면 됩니까?"

"그래, 대통령실 파견 경찰관에게 전화하고 보낸다. 서둘러라."

준은 과장의 지시를 받자마자 민준에게 톡을 보냈다.

-룸 예약해!

* * *

민준은 그날 오후 하노이 호텔로 가 701호 맞은편 704호를 3일간 예약했다. 704호는 일반 객실이었다.

하노이 경찰주재관들에게는 수배자 추적을 위해 인계되는 장

50

비가 있었다. 망원렌즈와 카메라, 카메라 삼각대, 볼펜형 녹음기, 웨어러블 카메라…. 여기에다 호텔 객실 문에 설치해 외부를 관측할 수 있는 장비도 있었다. 객실 내부에서 외부를 볼 수 있게 문에 구멍이 난 곳에 카메라를 설치한 다음 노트북과 연결하면 녹화가 가능했다.

민준은 카메라를 설치하고 노트북과 연결했다. 그런 다음 701호가 관측되는지 각도를 점검했다. 아무리 조정해도 701호가 아주 정면으로 딱 잡히지는 않았다. 그래도 사람들이 오가는 건 충분히 확인할 수 있을 시각은 확보되었다.

민준은 오늘과 내일은 수배자 송환을 위해 외근을 한다고 보고하고 하노이 호텔로 왔다. 3일째 되는 날에도 호텔에 있을지는 아직 마음을 정하지 않았다.

카메라가 제대로 작동되는 걸 확인하고 나서 민준은 노트북을 침대에 올려놓고 그 옆에 누웠다. 핸드폰을 꺼내 카메라 앱을 구동시켰다. 노트북과 같은 영상이 카메라 앱에서도 나왔다. 이러면 방을 비운 사이에도 핸드폰을 통해 701호를 감시할 수 있었다.

701호 문과 복도만 덩그러니 떠 있는 영상을 보며 민준은 두 갈래로 생각을 떠올렸다.

백상균의 헛소리와 준이의 장난기에 말려들어 헛짓거리를 한다는 생각. 또 하나는 백상균, 북한 공작원, 대통령실이라는… 자신이 감당하기 힘든 상대들과 게임을 할 수 있다는 기대감.

민준은 시작한 일이니 3일은 전념해보자며 마음을 다잡았다.

조금 더 쉬었다가 호텔을 나섰다. 하루 종일 먹을 음식을 사와야 했다.

* * *

민준이 하노이 한국대사관에 부임하기 전에 외교부에서 받은 교육이 있다.

외교부 대사관의 운영 방침, 대사관 직원의 행동수칙, 주재국 정부 인사를 대하는 태도. 그리고 전임 한국 경찰 영사나 주재관들의 민원사무처리 방법, 주재국 경찰기구의 카운터 파트너와 그의 신상명세 등등.

선배 경찰 영사들은 교민을 조심하라고 했다. 조직폭력배, 도박 사이트 운영자, 사기 수배자들은 한인회나 한인교회를 통해 접근한다는 것이다.

그다음으로 국가정보원에서 교육을 한다. 북한 공작원들이 대사관 직원들에게 접근하는 방법, 사례, 대사관에서의 보안업무 수칙, 보안감사를 받는 방법. 주재국 정보요원들이 대사관 직원들에게 접근하는 방식. 주재국 경찰기구 사람을 만난 후 정보보고서를 작성하는 요령. 대사관 직원들이 가지 말아야 할 곳….

가지 말아야 할 곳에는 북한 식당이 있다. 한번은 국정원주재관이 직접 하노이 북한 식당 평양옥에 데리고 갔다. 국정원주재관은 식당 종업원들 얼굴을 잘 익혀두라고 했다. 그리고 사무실로 복귀해 그들의 사진 파일을 제공해주었다. 숙지하고 있다가 그들이 접근하면 즉시 알려달라고 했다. 그들은 단순한 식당 운영자가 아니라 북한 공작원이라는 것이다.

그때가 하노이 대사관에 부임한 지 6개월 정도 지났을 때였다. 그리고 그날 이후로 한 번도 북한 식당에 가지 않았고, 그 사람들이 접근했다는 느낌을 받은 적도 없었다. 오늘 만약 북한 공작원들이 701호에 침입한다면 그때 보았던 식당 종업원 가운데 하나일까? 그들을 알아볼 수 있을까?

민준은 꼼짝하지 않은 채 호텔 방문을 뚫어지게 쳐다보았다. 시간이 멈춘 것만 같았다. 아무것도 움직이지 않는 세상이 된 것 같았다. 이러고 있으니 4년 전 서울에서 한창 바쁘게 근무하던 시절이 떠올랐다.

그때는 윤성국을 추적하느라 40일 동안 잠복을 했다. 계절도 겨울이라 차 안에서 잠복하는 게 여간 고역이 아니었다. 히터를 켤 수 없어 내복을 입고 핫팩을 여러 개 붙였는데, 그래도 파고드는 한기는 막을 수 없었다. 그때 비하면 호텔 방에서 느긋하게 하는 잠복은 휴양지를 순찰하는 거나 마찬가지였다.

그래도 마음은 편하지 않았다. 서울은 홈그라운드고, 하노이는 어웨이다. 상대도 그때는 경제사범이고 지금은 북한 공작원이다.

북한이 해킹부서를 운영해 가상화폐를 털어간다는 건 보안회사의 보고서에 자주 등장하는 내용이었다. 그리고 북한산 필로폰이 동남아에 유통되는 건 비밀도 아닌 공공연한 얘기였다. 그렇다고 그들이 서울에서 함부로 살인을 저지르지는 않는다. 고작 300만 달러 때문에 북한이 그런 무리수를 두지는 않았을 것이다.

무엇이 그들로 하여금 서울에서 방아쇠를 당기게 했을까? 돈 때문에 백상균을 포섭했는지, 백상균을 통해 한국 고위공무원에게 공작을 진행하는 것인지 아직은 알 수 없다. 만약 후자라면, 이건 단순한 송환 작전의 문제가 아닐 것이다.

민준은 뻑뻑해진 눈을 문지르며 먼 곳을 보려고 창가로 다가갔다.

* * *

첫날 밤은 꼴딱 새웠다. 701호는 비어 있는지 들고 나는 사람이 없었다. 둘째 날은 오전 10시쯤 룸에서 나왔다. 로비에 머무르며 감시하기로 했다.

카페에서 빵과 커피를 주문하고 핸드폰으로 지켜보았다. 로비에서도 이상한 움직임은 포착되지 않았다. 701호 앞 복도에도 지나다니는 사람이 없었다.

문득 서울에 있다는 착각이 들었다. 서울시경에 있었다면 지금이 근무교대 시간이었다. 누구나 24시간 이상 잠복하기는 힘들었다. 하지만 여기선 교대해줄 사람이 없었다. 백상균 소재발견보고서는 분명 어제 대통령실에 올라갔고, 검사들이 근무하는 법률비서관실에 전달되었을 것이다. 북한 공작원들에게 백상균의 소재에 대한 정보를 요구받는 사람이 있다면 정보가 유출되었을 시간은 충분했다.

민준은 커피를 한 모금 삼켰다. 하노이 커피는 서울보다 묵직하고 향이 강했다. 진한 커피가 식도로 내려가 위벽을 괴롭히는 게 느껴졌다.

귀국을 앞두고 이직을 고민하던 시점에, 기회가 제 발로 날아들었다. 민준은 몸속에서 형사의 세포가 꿈틀꿈틀 살아나는 것만 같았다. 그러한 감각은 백상균의 전화가 울릴 때부터 깨어나고 있었을지 몰랐다.

지난 3일간에 대한 상념이 머릿속에 맴돌다가, 본능적으로 생각이 멈추었다. 그의 눈은 카페의 미묘한 변화를 감지했다. 입구에서 한국인인지 중국인인지 불분명한 두 명의 남자가 들어왔다. 베트남인은 아니었다.

민준은 명징하게 깨어나는 감각으로 두 남자가 관찰대상자라는 걸 인식했다. 우선 자신을 점검했다. 하노이 호텔은 한국인 관광객, 비즈니스 목적의 방문객이 많은 편이다. 한국말을 써도 어색하지 않은 환경이다.

테이블 위의 휴대폰으로 701호 상황을 체크했다. 아무런 움직임이 없었다. 커피숍에 들어온 사람들이 7층으로 올라간다면 충분히 감시 가능했기 때문에 조금 더 지켜보기로 했다.

둘은 엘리베이터로 가는 대신 카페로 들어와 커피를 시켜놓고 작게 대화를 나누었다. 민준이 앉은 자리에서는 그들이 쓰는 언어가 뭔지 확인할 수 없었다. 그렇게 30분 정도가 하릴없이 지나갔다.

민준은 더 앉아 있어야 하는지 고민스러웠다. 더는 다른 동태가 느껴지지 않아 일어서야겠다 생각할 때였다. 기다렸다는 듯 그들이 먼저 일어났다.

둘은 계산을 하고 화장실로 가는 것 같았다. 민준은 커피숍에서 나와 로비에서 조금 더 관찰하기로 했다.

잠시 후 둘은 화장실에서 나와 로비를 지나 호텔 현관문으로 향했다. 그리고 자연스럽게 호텔을 빠져나갔다. 특별히 이상한 낌새는 없었다. 그러나 민준은 그들에게서 서두르지 않지만 민첩한 동작을 감지했다.

잠복 두 번째 날 오전까지 얻은 수확은 그나마 그게 전부였다.

* * *

밤 9시가 넘어가자 민준의 고개가 연신 끄덕거렸다. 눈이 저절로 감기는 걸 억지로 참아내는 중이었다. 오전에 보았던 두 남자에 대한 생각이 떠나지 않았다. 둘은 분명 여느 일반인과 달랐다. 그들이 북한 공작원들이라면 지금도 호텔 외부에서 감시를 하고 있을 것이다.

저녁 8시경에 장보호수에서 701호를 관측했을 때는 방의 불이 꺼져 있었다. 북한 공작원들이 주변에 있다면 그들도 불이 없는 걸 보았을 것이다. 그렇다면 어떻게 할까? 701호에 침입해 내부를 수색하려 할지 아니면 잘못된 정보라고 생각해 철수할지 가늠해보았다.

민준은 지능범죄수사대에서 수배자를 쫓을 때 불이 꺼져 있는 방도 끝까지 확인했다. 압수수색영장 없이 몰래 문을 열고 들어가 수배자가 있는지 보는 것이다. 그렇게 확인해서 수색 범위를 줄여나가지 않으면 수사 진도를 뺄 수 없었다. 민준은 공작원들 중에도 비슷한 생각을 하는 사람이 있기를 바랐다. 지금 상황에서 공작원들이 나타나지 않으면 더욱 찜찜한 마음으로 송환업무를 추진해야 할 것이다.

9시 반쯤 노트북 화면에서 미세한 변화가 있었다. 누군가 701호 앞 복도를 지나갔다. 민준은 숨을 죽이며 모니터를 응시했다. 또 다른 누군가 701호 앞으로 왔다. 그리고 문을 열려고 했다.

잠시 후 문이 열렸고, 701호 앞을 지나갔던 자가 그를 따라 안으로 들어갔다. 민준은 등에 식은땀이 나면서 솜털이 곤두서는 것을 느꼈다.

그들이 오전에 보았던 자들인지는 명확하지 않았다. 어쨌든 북한 공작원이라면 총기를 휴대하고 있을 것이다. 704호에서 감시당하고 있다는 걸 안다면 무사할 수 없을 거라는 건 분명했다.

그들이 701호에서 머무른 시간은 채 1분이 되지 않았다. 둘 다 같이 나왔고, 몸에 익은 신속한 동작으로 복도를 걸어 비상계단으로 내려갔다.

민준은 동영상이 녹화되었는지 확인했다. 노트북에는 문제가 없었다.

핸드폰을 들어 카카오톡을 찾았다. 준에게 메시지를 보냈다.

-룸에 손님이 왔다.

2부
엎질러진 물

전학생

민준은 어린 시절 서울 개포동 7단지 아파트에서 자랐다. 거기서 고등학교를 졸업할 때까지 지냈다. 그의 부모가 처음 자리 잡은 데는 개포동 공무원 아파트였다. 경찰대학교를 3기로 졸업한 민준의 부친은 전투경찰대 소대장을 마치고 서울 서초경찰서에 전입했다. 그리고 결혼하면서 개포동 공무원 아파트를 임대해 신혼살림을 차렸다.

민준이 열 살 되던 해, 그의 부모는 개포동 7단지 아파트를 대출받아 장만하는 데 성공했다. 그리고 그때의 대출금을 아직도 갚고 있다.

민준은 중학교와 마찬가지로 개포동에 있는 남녀공학 공립고등학교에 진학했다. 고등학교에 올라가자마자 진로를 결정했다. 아버지의 뒤를 이어 경찰대학 진학을 목표로 삼았다. 그는 3년 내내 그야말로 전형적인 모범생이었다. 학업성적도 우수했지만, 책임감도 커서 선생님들의 신임이 두터웠다. 자연스럽게 학급회장을 도맡아 했다.

2학년 때, 영국에서 남학생이 전학을 왔다. 전학생은 외교관 아버지를 따라 중학교 1학년 때 영국에 갔다고 했다. 담임선생님은 전학 온 학생이 빨리 적응할 수 있도록 민준 옆에 자리를 마련해 주었다.

하지만 전학생은 이렇다 할 적응이 필요 없을 정도로 친구들 사이에 금세 스며들었다. 유쾌한 성격, 훤칠한 키에 단단한 몸매는 누가 봐도 매력적이었다. 그리고 영국에서 다져온 축구 실력은 다른 친구들을 압도했다. 전학생 이름은 이준이었다.

준은 항상 쉬는 시간에 복도에서 여학생들에게 둘러싸여 있으면서 실없는 농담을 했고, 여학생들은 그의 말에 자지러지며 웃어댔다. 전체적인 학업성적은 민준보다 못했지만, 영어는 공부가 필요 없었다. 모범생 민준에게 쏠려 있던 여학생들의 인기는 준과 양분되는 듯하다가 준으로 넘어가는 분위기였다.

민준은 그런 데 아랑곳하지 않았지만 그에게도 마음에 걸리는 건 하나 있었다. 옆 반 여학생 백민서에게 준이 농담을 걸기 시작했다는 것이다.

민서는 1학년 때 같은 반이었다. 준은 어느 날부터 민준에게 민서에 대해 물었고, 호감을 드러냈다. 사실은 민준도 그녀를 1학년 때부터 좋아하고 있었다. 하지만 누구에게도 그런 내색을 하지 않았다.

시간이 조금 지나고 준과 민서가 사귄다는 소문이 났고, 얼마 안 지나 헤어졌다는 소문도 돌았다.

민준은 경찰대 진학을 위해 차곡차곡 시간을 채워가며 고3으로 올라갔다. 준은 3학년부터 체대 입시를 준비했다. 민준은 경찰대학교에 합격했고, 준은 Y대학교 스포츠응용산업학과에 진학했다.

준이 군에 입대하기 전 둘이 밤을 새워가며 술을 마신 날이 있었다. 그때 준은 민준에게 외국에서 전학 온 자신을 어떻게 생각했는지 물었다. 별 뜻 없이 물었기에 대화도 시시껄렁했다.

"재수 없지는 않았어."

"무슨 말이야?"

"재수 없는 행동을 했는데, 재수 없지 않았다고."

"취했냐? 술을 마시고 운전했는데, 음주운전은 아니라고! 내가 무슨 재수 없는 행동을 했는데?"

"너는 악의가 조금도 없었어. 무엇을 해도."

"재수 없이 행동하는데 악의가 없었다면, 나는 푼수네."

"비슷해."

"에라이!"

그때 민준은 어쩐지 자신의 속마음을 들여다본 것 같았다. 그는 늘 준처럼 거침없이 살아보고 싶다는 생각을 했던 것이다. 그러면서도 타인에게 비난받지 않을 수 있다면 그 사람은 매력이 있는 것이다. 민준에게 준은 그런 사람이었다.

경찰관 김민준

민준은 경찰대학교를 졸업하고 기동단 소대장 근무를 마친 다음 종로경찰서 수사과 지능팀에 전입했다. 종로서 수사과 지능팀은 시위 사범을 서울시 경찰서 중에서 가장 많이 취급하는 부서였다.

그 당시 여성 대통령에 대한 탄핵 정국이 시작되면서 광화문 광장 촛불집회는 일상이 되었다. 그때 경위였던 민준은 그해 하반기 들어서서는 퇴근한 날이 거의 없었다. 그는 동료 경찰관들이 특진시켜줘야 한다고 할 정도로 시위관리와 시위 사범 조사에 헌신적으로 일했다. 하지만 대통령을 탄핵하자는 집회의 대응을 잘했다는 이유로 경찰관을 특별승진시킬 수는 없었다.

민준은 그 어려운 여건에서도 묵묵히 학업에 매진했고, 이듬해 2월에 승진시험에 합격해 경감으로 승진했다. 동료들은 그의 성실함에 혀를 내둘렀다.

민준은 경감으로 승진하고 강남서 수사과 경제팀에 발령받았다. 그의 목표는 강남서 수사과에서 능력을 인정받아 서울지방경찰청 지능범죄수사대 외근수사관으로 전입하는 것이었다. 그리고 2년 뒤 목표한 대로 지능범죄수사대 1계 2팀 부팀장으로 발령받았다.

경찰청 홍보담당관인 부친의 후광도 있었지만, 스스로 유능한 수사관의 능력을 충분히 인정받았으므로 빛을 발하는 경력을 쌓으며 쭉쭉 뻗어가는 중이었다. 그리고 12월, 민준의 수사팀에 고속버스와 시내버스를 운영하는 다승여객 경영진의 제보가 접수되었다. 제보 내용은 이랬다.

다승여객 경영진은 6월에 김재성이라는 사람을 소개받았다. 김재성은 투자조합에서 상장사인 전기차 부품업체 ㈜EVC를 인수할 예정이라는 정보를 흘렸다. 그러면서 비상장사인 다승여객이 전기차 부품업체 인수에 SI(전략적 투자자)로 참여하면 ㈜EVC의 주가가 올라 기업가치가 높아질 거라 했다.

한 발 더 나가 투자가 종결된 이후에 ㈜EVC와 다승여객을 합병하면 다승여객 오너 일가는 우량 상장사의 대주주가 되는 효과를 얻을 거라고 미끼를 던졌다. 즉 상장사 ㈜EVC에 투자를 하고, 합병을 통해 우회상장을 하라는 제안이었다.

다승여객 경영진들은 당연히 결정을 망설였다. 그러자 김재성은 또 다른 정보로 그들을 안심시키려 했다. 투자조합에 FI(재무적 투자자)로 사모펀드 루나모빌리티가 있는데, 거기 윤성국 대표가 노바프론티어 자산운용을 실질적으로 운영하는 사람이다. ㈜EVC의 주가가 떨어지면 노바프론티어 펀드에서 얼마든지 주가를 받쳐줄 수 있다.

결국 다승여객 경영진들은 김재성의 제안을 받아들이고 투자계약서를 작성했다. 그리고 투자조합은 김재성을 다승여객 이사회에 재무이사로 파견했다. 김재성은 그렇게 들어와 회삿돈 290억 원을 빼내갔다. 하지만 전기자동차 부품업체의 주식이나 전환사채는 한 장도 다승여객에 입고되지 않았다.

다승여객 경영진은 김재성에게 290억 원의 회삿돈 사용처를 소명하라고 했지만, 소용이 없었다. 그는 상장사 투자의 경우 대주주 공시의무 등이 있어 차명으로 하는 경우가 많다는 핑계를 대며 사용처를 밝히지 않았던 것이다.

다승여객 경영진은 직접 전기차 부품업체 경영진을 만났는데, 김재성의 정보와는 전혀 달랐다. 그들은 전환사채를 발행하여 투자를 받으려고는 했지만, 그 딜은 아직 실현되지 않았고 투자조합은 투자의향서만 제출했을 뿐이라 했다.

다승여객 경영진은 김재성에게 회삿돈을 모두 돌려놓을 것을 요구했다. 그러나 걸림돌이 있었다. ㈜EVC를 인수하려 할 때 공시의무와 같은 특수관계자에 관한 사항을 우회하려고 이면 계약을 한 사실 때문에 강력하게 투자금 회수를 요청하지 못했던 것이다.

민준은 한 박스 분량의 하드카피 자료와 문서파일을 전달받았다. 받은 자료에는 그간의 회계자료, 투자의향서, 투자계약서를 비롯해 변경합의서, 주주명부까지 들어 있었다. 많은 고소사건을 취급하며 숱한 자료들을 봐왔지만, 여기엔 생소한 자료들이 적지 않았다.

민준은 선배 수사관을 찾아가 자료를 분류하는 순서를 물어보았다.

"부팀장, 계약서 날짜를 기준으로 타임라인을 만들고 그에 따른 자금의 흐름을 쫓아가. 그러다 보면 비는 부분이 있을 거야."

민준은 2주간 선배가 말한 작업을 했다. 그리고 비는 곳을 발견했다. 회사자금은 투자목적 조합으로 약 230억 원이 송금되었고, 60억 원은 대여금으로 빠져나갔다.

민준은 투자조합에 대한 수사를 위해 제보자 진술과 제출받은 자료를 정리했다. 수사첩보보고서를 작성한 다음 지능범죄수사대장에게 착수보고를 올렸다.

잘 정리된 자료였기 때문에 대장은 내사를 승인했다. 사건번호가 부여되고, 다승여객 관계자의 진술이 조서로 등재되었다. 그렇게 약 3주가 소요되었다.

민준은 내사사건을 형사사건으로 전환하기 위해 김재성에 대한 입건보고를 하면서 다승여객, 모닝썬 제1호 투자조합, 사모펀드 루나모빌리티에 대한 압수수색 영장을 만들어 대장에게 결재를 올렸다. 그런데 결재가 올라갔던 영장신청서가 1주일이 넘도록 대장에게 묶여 있었다.

초조하게 결재승인을 기다리던 민준은 뜻밖의 호출을 받았다. 자신을 포함해 2팀장까지 2팀 전용 조사실로 오라는 거였다. 계장이 조사실로 부른다는 건 부정적인 시그널이었다.

민준은 과제물을 제출하고 평가를 기다리는 학생의 기분이었다. 자신이 지능범죄수사대에 입성해 처음으로 작성한 영장신청서였다. 내심 선배들로부터 '역시 김민준'이라는 칭찬을 기대했다. 그런데 승인이 떨어지는 대신 불길하게도 조사실 호출이었다.

'내가 무엇을 빠트렸을까?'

민준은 모범답안을 작성하지 못했다는 자책감을 안고 교양수첩을 챙겨 2층 조사실로 들어갔다.

조사관 자리, 컴퓨터 책상 너머에 계장과 팀장이 앉아 있었다. 민준은 컴퓨터 모니터를 사이에 두고 피조사자 자리에 앉았다. 괜히 움츠러들 만큼 서늘한 분위기였다.

1계장은 민준의 인사도 받지 않고 그가 작성한 영장신청서만 들여다보고 있었다. 침묵하고 있는 시간이 길어졌지만 누구 하나 꼼짝하지 않았다.

얼마나 시간이 흘렀을까, 1계장이 고개를 들었다. 그는 대뜸 기분 나쁜 한숨부터 흘렸다. 목소리에도 신경질적인 감정이 담겨 있었다. 그가 전달한 내용을 요약하면 이랬다.

다승여객은 경영진이 자료를 전달했으므로 압수수색이 필요하지 않다, 사모펀드는 단순한 투자자로 보이므로 압수수색이 부적절하다. 그리고 투자조합에 대해서는 우선 임의수사를 통해 진술을 보강하라는 것이었다.

민준은 받아들이기 어려운 내용들이었다.

"계장님, 참고인 신분으로 김재성이나 투자조합 사람들 소환하면 출석하지 않을 겁니다. 투자조합에 대한 압수수색만이라도 필요합니다."

민준은 다급한 마음에 의자의 손잡이를 꽉 움켜잡으며 반쯤 엉덩이를 들고 말했다. 계장은 욱하는 민준을 빤히 쳐다보다 차분하게 설명했다.

"민준아, 네가 그럴 거라 생각하진 않지만, 이 첩보는 다승여객 경영진들의 청탁성 내용이 포함되어 있어. 회사는 투자조합과 투자계약서를 작성했고 계약서 내용대로 자금이 이체된 거야. 그런데 계약 내용이 스케줄대로 이행되지 않으니까 경찰을 통해 투자조합을 압박해 투자금을 회수하려는 것으로 보인다고. 네 생각은 어떤 건데?"

계장의 말이 끝나자 민준은 머리를 한 대 얻어맞은 것처럼 뒷골이 띵했다. 민준이 생각했던 부정적인 평가는 팩트 확인이 부족하다거나 회계자료 분석이 미흡했다거나 하는 정도였다. 그런데 상사들은 자신이 제보자들에게 이용당하고 있다고 에둘러 충고하고 있는 것이다.

"계장님이 우려하시는 부분은 저도 검토했습니다. 수사 중에 다승여객 사람들의 불법이 나오면 입건할 예정입니다. 그래서 다승여객도 압수대상에 포함했고요. 다승여객 경영진들도 이면 계약을 통해 전기차 부품업체 주식의 시세차익을 노린 건 맞습니다. 하지만 이 사건은 냄새가 나요. 사모펀드도 그렇고, 그 뒤에 있는 노바프론티어 자산운용도 마찬가지고요. 막대한 자금을 이용해 시세조정을 하려는 세력으로 판단된다고요."

민준이 지능범죄수사대에서 하고 싶었던 사건은 이런 사건이었다. 경찰에서 금융범죄수사전문가가 되고 싶었고, 금융사건을 취급할 수 있는 부서는 서울시경찰청 지능범죄수사대뿐이었다. 그래서 지능범죄수사대에 입성했고 드디어 그런 사건을 만났다고 생각했다. 그런데 이렇게 제동이 걸린 것이다.

민준은 조사실에서 나오자마자 곧장 1층 로비로 내려가 청사 밖으로 뛰쳐나왔다. 답답해서 가만있을 수가 없었다.

어디 가서 마구 소리를 지르고 싶었다. 나름 수사관으로 자부심이 있었고, 지능범죄수사대에서 첫 사건을 런칭하기 위해 2주간 밤을 세워 보고서를 작성했다. 그런데 계장과 팀장에게 꼬마 취급을 받았다.

'내가 뭘 간과한 거냐! 지능범죄수사대의 벽이 이렇게 높은 거야. 내 수사 경험이 이 정도밖에 안 되나!'

민준은 복잡한 머리를 식히기 위해 한강공원으로 내려갔다. 패배감에 사로잡혀 마포대교에서 원효대교 방향으로 뛰듯이 걸었다.

70

시원한 강바람을 정면으로 맞으며 걸으니 조금씩 분이 삭히면서 머리가 정리되었다.

'나는 자료를 가지고 보고서를 썼지만 계장과 팀장은 단지 다승여객 사람들의 의도를 가정한 것이다. 그리고 그 가정이 맞다고 해도 다승여객이 피해자라는 사실은 변하지 않는다.'

민준은 뒤죽박죽인 생각들에서 의심의 여지없이 분명한 것들을 건져냈다. 그걸 확인하고 나니 더욱 멈출 생각이 없었다.

* * *

두 달 뒤 그러니까 이듬해 2월 초, 서울방배경찰서에 D증권 반포지점에서 판매한 노바프론티어 펀드 투자자 20명이 들이닥쳤다. 그들은 기자까지 대동하고 경찰서 로비에서 서장 면담을 요청했다. D증권을 고소했는데, 방배경찰서가 사건을 신속히 수사할 의지가 없는 것 같아 서장 면담을 요청한다고 주장했다. 그 일은 대동한 기자들에 의해 보도되었다.

민준은 뉴스를 접하고 가슴에 다시 불이 지펴지는 것만 같았다. 다승여객 사건이 노바프론티어 펀드와 관련된 대형 금융사건의 신호탄이 될 수도 있다는 확신을 가진 것이다.

노바프론티어 펀드에 대한 압수수색 영장을 확보하면 사건의 주도권을 쥘 수 있다. 영장만 받아내면 지능범죄수사대 지휘부는 사건을 밀어줄 수밖에 없을 것이다. 민준은 다소 무리를 하더라도 충분히 가치 있는 일이라고 자신감을 가졌다.

주말에는 1계장도 출근하지 않아 민준은 부팀장 자격으로 영장 신청을 진행했다. 조마조마한 마음으로 압수수색 영장이 떨어지기를 기다렸지만 주말 내내 영장이 발부되었다는 통보는 없었다.

민준은 월요일 아침에 휴가를 마치고 출근한 지능범죄수사대 장에게 호출을 당했다.

대장은 그가 방에 들어서자마자 손가락질부터 하며 냅다 소리를 질렀다.

"야, 이런 짓거리는 누구한테 배웠어!"

민준은 아무 말도 할 수 없었다. 회의 테이블 한가운데는 대장이 앉아 있었고, 그 옆에 1계장이 불편한 표정으로 고개를 숙이고 있었다. 대장은 경찰대학 8기 선배였고, 1계장은 15기 선배였다.

"너, 다승여객한테 돈 먹었어!"

대장이 빽 하고 고함을 질렀다. 그는 책상에 놓인 서류뭉치를 집어 들었다가 신경질적으로 내려놓았다. 면상에다 집어 던지고 싶은 걸 간신히 참아낸 것 같았다.

"그런 것 아닙니다."

민준은 분한 마음이었지만 겨우 억누르고 말했다.

"우리가 다 허수아비로 보여! 네 맘대로 수사할 거면 부장, 대장이 무슨 필요가 있어. 이 자식! 아버지 이름에 똥칠을 하려고 여기 왔나! 1계장, 너는 뭐 하는 놈이야!"

"죄송합니다. 제가 데려가서 단단히 주의를 주겠습니다."

할 만큼 했다고 느꼈는지 대장은 자리에서 일어나 내실로 들어가며 문을 쾅 닫았다.

1계장은 눈으로 민준에게 따라오라며 먼저 직무실을 나갔다. 민준은 모멸감으로 얼굴이 벌게진 채 그를 따라나섰다.

두 사람이 간 곳은 지능범죄수사대 앞 불교방송 건물에 있는 커피숍이었다.

커피숍에 들어갈 때까지 계장은 한마디도 하지 않았다. 뒤에 민준이 따라오고 있는지 쳐다보지도 않았다. 계장은 혼자 걸어가는 사람처럼 들어갔고, 가장 구석 자리를 잡았다. 마치 따라오지 않아도 괜찮다는 것으로 보였다.

불교방송 지하 커피숍의 이름은 몇 해 전까지는 정다방이었다. 지금은 정카페로 명칭이 바뀌었지만 메뉴나 영업방식, 자주 오는 손님은 똑같았다. 예순은 훌쩍 넘은 아주머니가 코팅된 메뉴판을 들고 테이블로 왔다.

계장은 대추차를 시켰고, 그제야 자리에 앉으려는 민준을 쳐다보았다. 민준은 같은 것으로 달라고 했다.

"김민준, 너 다음 인사에 나가야겠다."

계장이 지능범죄수사대장실을 나와 내뱉은 첫 마디였다. 그 말을 하기 위해 걸어오면서 생각을 정리한 것 같았다.

"계장님, 이 사건 정말 좋은 사건입니다. 다승여객은 시작이고요. 루나모빌리티는 주가조작을 하는 세력입니다. 얘네들 털면 우리도 대형 금융사건 할 수 있습니다. 다승여객 관계자들은 제가 필요한 진술 확보한 후에 입건해서 문제가 없도록 하겠습니다. 소문에는 루나모빌리티가 노바프론티어 펀드와 관계가 있다고 합니다….”

민준은 필사적으로 매달리듯 말했다.

“김민준, 너 수사 몇 년 했어?”

계장의 반응은 싸늘했다.

“5년차입니다.”

“그때가 수사가 제일 재미있을 때지. 자기 맘대로 누군가를 입건하고 구속할 수도 있고. 그런데 그때가 제일 위험해. 너는 다승여객 사람들을 컨트롤 할 수 있다고 생각하지만, 다른 사람이 보기에는 아니야. 너는 그 사람들의 의도대로 움직이고 있어.”

“다승여객 부분은 선배님 말대로 할게요. 그런데 이건 정말로 대형 사건입니다. 제가….”

김민준은 압수수색 영장이 기각되었다는 통보를 아직 받지 못했다는 생각이 들어 말을 멈췄다.

“그런데 계장님! 영장은 기각되었나요? 제가 영장 신청한 거 어떻게 아셨어요?”

“영장은 기각돼서 오후에 반환될 거야. 검사가 무슨 이유로 기각했는지 잘 검토해봐.”

“계장님과 대장님은 제가 영장 신청한 거 어떻게 아신 거냐고요?”

“지금 그게 중요해! 네가 우리 몰래 영장 신청했다는 걸 어떻게 책임질래!"

1계장은 더 할 말 없다는 듯 자리에서 훌쩍 일어섰다. 아주머니는 대추차를 들고 와 자리에 가만히 내려놓았다. 그리고 이런 일은 예사로 보았다는 듯 냉큼 자기 자리로 돌아갔다.

계장은 후루룩 차를 마시고 떠났고, 민준은 커피숍에 혼자 남았다. 텅 빈 앞자리를 노려보며 추정해보았다.

대장은 검찰이나 다른 누군가로부터 자신이 몰래 영장을 신청한 사실을 전달받았을 것이다. 그리고 그걸 전달해준 사람은 영장이 나오지 않을 거라 한 것이다. 민준은 대장이 누군가의 부탁을 받고 사건을 막고 있다는 생각이 들었다. 그날 오후 계장의 말대로 영장은 기각되었다.

* * *

며칠 후, 노바프론티어 자산운용은 펀드의 환매가 불가능하다고 공표했다. 펀드 환매거부는 서초서와 강남서에도 추가 고소가 접수되었고, 사건은 지능범죄수사대로 모였다.

민준은 그때까지 다승여객 횡령사건 수사를 이어가고 있었다. 다승여객 경영진으로부터 김재성과 통화한 내용을 녹음한 음성파일도 제출받았다. 그 음성녹음에는 김재성이 자신에 대해 노바프론티어 펀드가 뒤를 봐주고 있다는 진술도 들어 있었다.

민준은 그 녹음파일을 첨부자료로 넣고 노바프론티어 펀드에 대한 내용을 부각해 김재성과 루나모빌리티에 대한 입건보고서를 작성했다.

지능범죄수사대장은 노바프론티어 펀드와의 관련성이 기록에 첨부되자 입건을 승인했다.

지능범죄수사대에서 문제가 발생하는 사건은 두 가지 종류였다. 관리자가 킬(KILL)했지만, 실무자가 고집을 피워 끌고 가는 사건. 관리자가 수사를 지시했지만, 실무자가 증거가 부족해 수사를 이어갈 수 없다고 버티는 사건.

사건은 어떤 식으로든 결론이 나와야 했다. 이런 경우 결론이 나면 관리자나 실무자 중 한쪽은 상처를 입고 만다. 수사의 대상이었던 자는 그 상처를 파고들어 수사의 공정성에 문제를 제기하기 마련이다. 그런 사건의 담당 경찰관은 대부분 검찰의 수사대상이 되는 것이다.

다승여객 사건은 수사대장과 부팀장이 대립한 사건이 되었다.

부팀장 민준은 계장이 킬한 사건에 대해 지휘부 몰래 압수영장을 신청했다. 영장이 기각되면서 일단락되는 것 같았지만 루나모빌리티의 몸통 노바프론티어 펀드는 결국 사고가 났다. 공은 민준에게 넘어갔고, 지능범죄수사대 지휘부는 민준의 공격을 받아내야 했다.

지능범죄수사대 형사들은 그 사건의 진행을 관중석에서 지켜보았다. 아직 악당이 정해지지 않은 경기였고, 그라운드 한가운데 민준이 서 있었다.

이준

이준이 경찰관이 된 건 우연한 사건이 계기가 되었다.

주위에서는 누구도 준이 경찰관이 될 거라 생각하지 않았다. 그와 가장 어울리지 않는 직업을 골라보라면 그 가운데 하나가 경찰관일 것이다. 그도 경찰관을 장래의 직업으로 여겨본 적이 없었다. 부모님은 아들이 외교관이 되길 바랐다. 하지만 아들이 외교관 시험을 통과하리라 기대하지는 못했다. 그래서 영국에서 대학을 마치고 국제기구에 들어갈 것을 제안했다.

준은 영국으로 돌아가는 대신 한국의 대학을 택했다. 그리고 Y대학교 스포츠응용산업학과에 진학했다.

경찰관은 아니지만 비슷한 분야의 직업을 꿈꾸기는 했다. 대학교 4학년 때 가족에게 말하지 않고 국가정보원 공채에 응시했던 것이다. 그러나 필기시험에서 탈락했다.

국가정보원에 들어가면 외교관 생활보다 다이나믹할 것 같다는 막연한 기대감이 있었다. 소년 이준은 국가정보원 에이전트라는 모험을 꿈꿨던 것이다. 그리고 경찰대학 진학을 목표로 묵묵히 정진하는 민준을 보면서 자신도 그에 어울리는 그럴듯한 직업을 가져야겠다고 생각했고, 그것이 한국에 남은 이유 중 하나였다.

준은 대학을 졸업하자마자 대학 선배가 운영하는 스포츠 에이전시에 입사했다. 그가 맡은 일은 한국 축구선수를 유럽리그에 이적시키거나 유럽 선수를 한국에 수입하는 에이전트 역할이었다. 회사는 영어에 능통한 준을 유럽으로 보냈다. 준은 거주지로 런던을 택했다. 런던에 아직 부모님 집이 있어 거주 비용을 들이지 않고 유럽에 체류할 수 있었다.

준의 아버지는 영국대사를 거쳐 유엔대사를 마지막 보직으로 외교부에서 퇴직했다. 퇴직 후 영국 아시아 학술재단의 초청을 받아 런던에서 북한과 동아시아 안보에 관한 연구를 하고 있었다.

스포츠 에이전트로 활동한 지 3년째 되던 해, 준에게 심각한 문제가 생겼다. 그가 국내리그에 수입한 네덜란드 출신 축구선수가 코카인을 흡입한 게 경찰 단속에 발각되었다.

경찰은 외국인 축구선수들의 마약 복용 수사를 확대했고, 에이전시에서 마약류를 밀반입했는지, 에이전트가 같이 마약류를 복용했는지 수사했다. 당연히 준이 다니는 에이전시도 수사에 포함되었고 에이전트 준도 수사를 받았다.

준과 회사는 형사상 문제가 없다고 결론이 났지만, 그는 힘든 시간을 보내야 했다. 선수는 국내리그에서 제명되었고, 에이전시는 구단에 거액의 배상을 했다. 결국 준은 실직했다.

준이 그때 경찰 수사를 받으면서 크게 의지한 사람이 민준이었다. 민준은 수사팀 내부 분위기를 수시로 체크하면서 조사는 단순한 사실확인 차원이라며 준이 심리적으로 무너지지 않도록 멘탈을 붙잡아주었다. 결국 준에 대한 수사는 사실확인 차원에서 종결되었다.

준은 수사가 종결된 직후에 민준이 경감으로 승진해 임용식이 있다는 소식을 들었다. 실직해 시간이 남아돌았던 준은 일부러 친구의 승진임용식에 참석했다. 경찰서 철제의자에 앉아 한참을 조사받았던 준에게 민준의 경찰 정복과 빛나는 무궁화 두 개가 너무나 멋있어 보였다. 그래서 그날부터 경찰간부후보생 시험을 준비하기로 결심했다. 그 결심이 가능했던 건 간부후보생 모집요강에 외사경찰관 특채가 있었기 때문이다.

준은 경찰간부후보생 전문학원에서 집중적으로 공부했고, 다음 해 간부후보생으로 합격했다. 준은 스포츠 에이전트로 일하면서도 다시 국가정보원 공채에 지원할 생각이었다. 그러던 차에 경찰간부후보생 외사특채에 지원해 경찰관이 된 것이다.

준은 경찰교육원에서 교육을 받을 때 외국 경찰교육기관과의 교류프로그램에서 화제의 인물이 되기도 했다. 그의 영어가 런던 외교관 클럽에서 들릴 법한 완벽한 상류층 영국 영어였기 때문이다. 그 덕분에 교육을 마치고 경위로 임관한 뒤 경찰청 외사국에 발령을 받았다. 그리고 외사국 각종 의전에서 통역을 담당했다.

* * *

하노이 호텔 701호에 백상균을 추적하는 자들이 나타났다고?

준은 마포 오피스텔로 퇴근해 쉬고 있을 때 민준의 메시지를 받았다.

샤워하고 팬티만 입은 채 소파에 벌러덩 누워 핸드폰으로 쇼트 영상을 돌려보고 있을 때, 민준은 하노이 호텔에서 묵묵히 맡은 일을 수행하고 있었다.

준은 고등학생 때부터 민준의 책임감에 존경심이 있었다. 학급 회장의 역할을 빈틈없이 하면서, 학교가 팀별로 과제를 부여하면 민준은 혼자서 그 과제를 완성하여 제출했다. 그래도 같은 팀 친구들의 불성실함을 나무라지 않았다. 어차피 해야 할 일이어서 했다는 식이었다.

지금도 비슷한 형국 같아 마음이 착잡했다. 자신은 안락한 환경에서 시간을 보내는 중이었고, 민준에게 위험한 역할을 맡긴 것이 미안했다. 그는 설마 공작원들이 나타나리라곤 예상하지 못했다.

준이 민준의 메시지에 답장을 하려고 할 때 다른 메시지가 수신되었다.

-전화해도 돼?

민서였다.

"어쩐 일?"

준은 통화버튼을 눌렀고, 민서는 첫 번째 신호음이 끊기기 전에 전화를 받았다.

"내일 뭐 해?"

안부 인사 따위는 생략하고 본론으로 바로 들어가는 게 민서의 통화 매너였다.

"내일이… 토요일이구나. 어, 별일은 없는데, 왜?"

"야구장 가자. 표 두 장 생겼단 말이야. 나 넓은 곳에서 고함 지르고 햇빛 쬐고 싶어."

"글쎄다…. 뭔가 중요한 일이 있을 수 있어서…."

"왜? 데이트 있어?"

"그런 건 아니고, 민준이랑 하는 일이 있어서."

"민준이? 한국 왔어?"

"6월에 오는데, 지금 베트남에서 주요 수배자를 송환해야 하는 일이 생겼어. 민준이랑 그 일 하는 중이야."

"내일 출근하는 것 아니면 같이 가자. 가는 거다. 톡 찍을게."

"그게…."

민서는 제멋대로 제 용건만 늘어놓고 전화를 끊었다. 민준은 끊어진 휴대전화를 보면서 또 당했다는 심정으로 허탈하게 웃고 말았다.

3부
경찰관들

상담

"이제 어떡해?"

"지금 그걸 나한테 묻는 거야?"

민준은 언성을 높였다가 얼른 목소리를 낮추었다. 이제 어떡하냐니, 그런 무책임한 말이 돌아올 줄은 몰랐다.

"네가 테스트를 해보자고 했으니까 무슨 계획이 있었을 것 아니야?"

"내 계획은 테스트까지였지! 아무 일 없을 줄 알고 한 일이야. 백상균 말이 진짜인 줄 알았겠어."

"하…."

민준은 준과 통화하면서 황당한 기분에 사로잡혔다.

하노이 시간으로 저녁 9시 15분에 준에게 하노이 호텔 701호에 손님이 찾아왔다는 메시지를 보냈다. 그러고 나서도 민준은

704호 밖으로 나오지 않았다. 북한 공작원들이 호텔 어딘가에서 7층을 감시하고 있을 것 같았기 때문이다.

준에게 통화하자는 메시지를 받았지만 '나중에'라고 답신을 보내고 숨죽인 채 복도를 감시했다. 북한 공작원들이 무장했을지 모른다는 두려움에 긴장을 풀지 못했다. 하노이 시간으로 저녁 12시까지는 아무 일도 일어나지 않았다. 자정이 지나고서야 준에게 메시지를 보냈고 바로 전화가 왔다.

"하, 이렇게 무개념한 놈한테 기대한 내가 등신이다."

민준은 대놓고 힐난했다.

"보고서가 유출되었다는 게 맞겠지….."

민준은 대답하지 않고 잠시 생각을 정리했다.

"준아! 송환계획은 어떻게 하고 있어?"

"기존의 베트남 송환계획서를 참고해서 만들었고, 과장님까지 보고됐다. 과장님은 내일 그 보고서로 청장님 보고할 예정이야."

"그러면 그 보고서대로 나도 대사관에서 일을 시작해야 하는 거네."

민준이 혼자 중얼거리듯이 말했다.

"만약에 우리가 이 상태에서 평소처럼 일을 진행하면 어떤 일이 생길까?"

준이 가정을 하듯 물었다.

"송환 일정이 그놈들에게 노출되는 거고, 백상균뿐만 아니라 송환팀에도 위험한 일이 될 수 있어. 서울에서도 서슴없이 살인을 저지르는 놈들이니까."

"그렇다면 말이야, 우리가 사실대로 보고를 하면?"

"대통령실에서 정보가 유출되었다고 인정하겠어? 대통령실에 허위 보고를 했다고 우리만 감찰조사를 받을 게 뻔해. 결과는 똑같아. 송환을 평소대로 추진하는 거야."

민준은 혼자서 정리했던 생각을 단호하게 말했다.

이번에는 준이 한동안 말이 없었다. 두 사람은 그렇게 한참 동안 말없이 핸드폰만 들고 있었다.

"민준아, 너 지금 어디야?"

"아직 호텔 방에 있다. 오늘 밤까지는 여기 있으려고."

"그래, 그게 좋겠다. 나는 내일 조언을 구할 사람을 만나볼게."

"조언해줄 사람이 누군데? 괜히 말했다간 부담스러워서 안 들은 걸로 하자며 발 빼기 십상일 텐데."

"내가 마닐라에 코리안데스크(해외의 한국인 관련 사건 전담 취급 부서) 나가 있을 때 모셨던 외사과장님. 지금은 변호사 개업해서 법무법인에 계셔. 사건도 많이 다루어봤고, 이런저런 일을 많이 경험하셔서 도움이 될 거야. 현직이 아니니까 부담도 없고."

"정과장님 말하는 거지?"

"너도 알아?"

"내가 모시고 근무한 적은 없는데, 지능범죄수사대 근무했던 사람은 다 아는 분이야. 그분하고 일 같이 안 했으면 신삥 취급당했다."

"민준아!"

"왜?"

"몸조심해."

"그런 식으로 말하지 마! 진짜 걱정된다. 끊는다."

"잠깐만!"

"왜?"

"6월에 귀국하면 민서와 같이 보자."

"지금 간첩들한테 총 맞게 생겼는데 민서 얘기를 왜 하냐?"

"아까 민서한테 전화가 와서 그런다. 네 안부 묻더라."

"살아서 돌아가면 같이 볼 수 있겠지."

비장한 농담을 인사 삼아 전화를 끊었다.

전화를 끊고 민준은 한동안 일어나지 못했다. 상황이 급박하게 돌아갈 분위기였다. 감당하지 못할 숙제가 눈앞에 놓인 것만 같았다. 그 때문에 긴장해서 그런 건만은 아니었다. 어디선가 향긋한 냄새가 나는 것 같아 괜히 코를 찡긋거렸다. 갑자기 민서라니….

그녀와는 불운인지 악연인지 모를 일로 엮인 적이 있었다. 그것도 우연일까, 인연일까? 벌써 4년 전 일이었다.

고등학교 졸업 후 볼 수 없었던 민서와 만남을 주선한 건 준이었다. 준과 민서는 같은 학교에 다녀 더 자주 만났다. 그래서 친했지만 민준은 오랜만에 만난 민서가 서먹했던 자리였다.

민준은 아직도 그때 그녀의 향기를 기억하고 있었다.

2차 자리인 바에서 나왔을 때는 민서와 민준뿐이었다. 둘은 조금 취해서 고등학생 시절로 돌아간 것처럼 격의가 없어졌다. 헤어지기 전에 민서는 반가웠다며 민준의 어깨에 두 손을 얹어 등을 토닥였다. 몸이 제법 밀착되었지만 민준은 두 팔을 벌린 채 아무것도 하지 않았다.

그는 민서의 숨결에서 향수 향과 버번 위스키 향을 맡았다. 그리고 자켓, 블라우스, 그 속의 봉긋한 가슴이 자신의 가슴에 포개지는 것을 느꼈다. 민서는 두 손으로 김민준의 볼을 감싸고 살짝 입을 맞춰주었다.

민서는 Y대학교 정치외교학과를 졸업하고 로스쿨에 진학했다. 그리고 광화문에 있는 대형 법무법인에 들어갔다. 민준이 그날 그녀를 만났을 때, 민서가 속한 팀이 자문했던 사모펀드의 M&A 딜에서 형사 이슈가 발생했다는 걸 알았다.

내용은 서울시경찰청 지능범죄수사대가 사모펀드가 기업을 인수하는 과정에서 회사의 자금을 횡령했다고 의심한다는 거였다.

민서는 사모펀드 루나모빌리티를 자문하고 있는데, 지능범죄수사대가 다승여객과 전기자동차 부품회사의 합병에 대해 수사하면서 재무적 투자자인 루나모빌리티까지 수사를 확대하려고 하는 게 사실인지 물었다.

그때 민준은 민서가 묻는 내용에 대해 좀 거칠게 말했다.

"민서야, 그 사건을 쉽게 보면 안 돼!"

"왜? 무슨 문제가 있어?"

"투자조합에서 다승여객에 보낸 김재성이라는 사람은 루나모빌리티와 상당히 깊이 관계되어 있어. 그래서 루나모빌리티가 단순한 재무적 투자자라고 볼 수는 없어. 그리고 루나모빌리티는 노바프론티어 펀드와 관계가 있다고 다승여객 사람들이 얘기하고 다녀. 우리 수사대도 그 사건을 쉽게 생각했다가 지금은 입장이 변했다고."

"입장이 변했다는 게 무슨 말이야?"

"사건을 심각하게 받아들이게 되었다는 거지. 그래서 강제수사 준비 중이다."

민준은 그때 이미 다승여객, 투자조합, 루나모빌리티에 대한 압수수색 영장을 작성해놓은 상태였다. 아울러 김재성과 윤성국에 대해서는 출국금지를 할 예정이었다.

그리고 실제로 압수수색 영장을 검찰에 신청하면서 둘에 대한 출국금지도 함께 신청했다. 하지만 김재성은 출국금지 신청 전날 중국으로 출국했다. 그가 출국한 날은 민준이 민서와 만난 다음 날이었다.

민준 팀 형사들은 김재성이 해외로 출국한 걸 확인하자 모두 허탈해했다. 김재성의 핸드폰을 조사하지 않으면 루나모빌리티가 다승여객 자금을 횡령했다는 걸 연결시킬 수 없었기 때문이다.

민준의 머릿속에는 '민서에게 했던 말들 때문에 김재성이 해외로 도피하게 되었을까?'라는 찜찜한 생각이 내내 맴돌았다. 아닐 거라고 생각을 정리해도 자책감은 사라지지 않았다. 민서가 계획적으로 접근했다고는 볼 수 없지만, 그날 밤 갑자기 한 키스에 많이 흔들렸고 경계가 허물어졌다는 건 인정할 수밖에 없었다.

다음 날 민준의 수사팀은 다승여객과 투자조합에 대해 맥빠진 압수수색을 집행했다.

사무실에서 압수한 자료를 정리하고 김재성에 대한 인터폴 공조를 준비하고 있는데, 팀장이 밖으로 불러냈다.

"너 혹시 밖에서 안 좋은 얘기하고 다녔어?"

"무슨 말입니까?"

"지금 본청 감찰이 나왔다. 대장이 변호사들로부터 사건 청탁을 많이 받아서 사건을 말아먹었다는 제보가 들어왔대."

"그게 정말입니까?"

"놀라는 척하는 건 아니지?"

팀장이 떠보듯이 민준을 흘겨보았다.

"무슨 말씀이세요!"

김민준이 억울한 얼굴로 언성을 높였다.

"알았다. 대장실에 본청 감사담당관실 조사계장이 나와서 대장과 면담 중이야. 감찰에서 자료 요구하는 게 많을 거다. 결재가 반려된 건들에 대해 담당자를 불러 집중적으로 추궁할 거라는데… 형사들이 쓸데없는 얘기 안 했으면 좋겠다."

대장이 경찰대 출신 변호사들과 어울리는 건 누구나 아는 사실이었다. 변호사 중 한 명은 일주일에 한 번 넘게 수사대장실에 앉아서 대장과 잡담을 나누다가 저녁 식사를 하러 갔고, 수사관들도 그 자리에 불려가곤 했다. 그리고 이유 없이 대장의 수사 지휘 방향이 달라지는 경우가 있어 수사관들은 그의 행실에 대해 이런저런 말이 많았다.

최근에 대장과 가장 빈번하게 부딪친 건 민준의 다승여객 사건이었다. 타인의 시선으로는 민준이 다승여객 사건에서 부당한 압력을 받았다고 본청 감찰에 제보했다고 보기 좋은 상황이었다.

그런데 민준이 느끼기에 다승여객 사건의 핵심피의자 김재성은 본인의 실수로 해외로 도피한 것 같았다. 만약에 본청 감찰이 다승여객 사건을 조사하면서 핵심피의자 김재성이 해외로 도피하기 전까지 출국금지를 안 한 이유를 질문한다면? 대장으로부터 사건 승인을 받지 못했기 때문이라고 떳떳하게 말하기 어려웠다.

그렇게 지능범죄수사대장 비위 혐의에 대한 관련자 조사가 시작되었다.

억울하지는 않다. 동료들, 대학 동문들 일부는 민준이 선배를 밀고했다고 했고, 일부는 민준이 문제를 일으켜서 대장이 감찰을 받았다고 했다. 누가 뭐라든 그게 사실이 아니었기에 떳떳했다. 그렇지만 자기 피의자가 해외로 도피한 것도 지능범죄수사대장 감찰 내용 중 하나였다. 그는 감찰조사관의 질문에 자신이 아는 사실을 말하지 않았다.

사실은 내가 수사 정보를 변호사에게 유출했고, 그 변호사의 의뢰인은 출국금지 하루 전날 해외로 도피했으며 내 피의자의 변호인이 민서라는 걸.

자신이 망쳐버린 수사를 마무리 짓기 위해 미친 듯이 일했다. 40일간 추적 수사해 윤성국과 노바프론티어 자산운용 대표 이선호를 검거했다. 그리고 지능범죄수사대를 떠났다. 동료들은 지능범죄수사대장을 감찰받게 해서 떠난 것으로 알고 있었다.

민준이 지능범죄수사대를 떠난 이유는 스스로 자격이 없다고 판단했기 때문이다. 팀장으로서 일할 자격이 없었다. 그리고 경찰관으로서도 자격이 없었다. 경솔했고, 비겁했다고 자책했다. 그래서 경찰을 떠나려고 했다. 하지만 경찰대학을 목표로 청소년기를 보내고, 경찰대학을 졸업해 경찰의 길을 걸어왔는데, 이제 와 고려할 수 있는 다른 직업은 없었다.

경찰을 떠나지는 못해도 서울이라도 떠나고 싶었다. 그래서 해외 경찰주재관 공모에 응시했다. 하노이에서 다른 인생을 생각해보기로 했다.

민서는 그해 겨울이 지나고 미국 로스쿨 UCI로 유학을 갔다고 준에게 들었다.

준은 그다음 해 2월에 경감으로 특진해 필리핀 마닐라 코리안 데스크로 파견되었다.

그즈음 민준도 하노이 경찰주재관에 선발되어 부임했다.

*　*　*

다음 주 월요일, 준은 외출을 신청했다.

만나기로 한 정변호사는 법무법인이 입주한 건물 3층 라운지로 약속 장소를 알려주었다.

준은 경찰청 매점에서 피로회복 음료수를 한 박스 사서 3층으로 갔다. 정변호사가 라운지 앞에서 기다리고 있었다. 그는 준의 손에 홍삼 드링크 한 박스가 쥐어져 있는 걸 보고 파, 하며 웃음을 터트렸다.

"그런 걸 들고 다니는 걸 보니까 이반장도 경찰 다 된 것 같다."

두 사람은 반갑게 악수를 하고 라운지 안으로 들어갔다.

라운지는 입주사 직원들만 사용할 수 있는 공간이어서 점심시간 이후는 번잡하지 않았다. 커피를 마시며 회의를 하는 몇몇이 듬성듬성 테이블을 채우고 있었다.

정변호사는 카운터에서 에스프레소 더블과 아이스 아메리카노를 주문하고 볕이 잘 드는 창가 자리를 잡았다. 그는 패브릭 소파에 깊숙이 앉아 다리를 포개었다. 얼굴로 오후 햇빛이 슬며시 쏟아졌다.

그는 눈이 부신 듯 고개를 카운터 쪽으로 살짝 돌렸다. 준의 눈에는 페레가모 넥타이를 맨 중년 남성이 햇살을 받으면서 쉬고 있는 여유로운 모습으로 보였다.

준은 진동벨을 들고 기다렸다가 에스프레소와 아이스 아메리카노를 가져왔다.

"내 몽타주가 어디 변호사 같냐?"

정변호사가 오른손으로 얼굴을 위아래로 쓸어내리면서 말했다.

"과장님은 똑같으십니다."

준은 생각을 들켰다는 듯이 서둘러 말했다.

"그러면 예전에도 경찰 같이는 안 보였다는 말이네."

정변호사는 준이 허겁지겁 아이스 아메리카노를 마시는 걸 보면서 설탕 봉지를 뜯어 에스프레소에 골고루 뿌렸다. 그리고 잔을 들어 반을 삼켰다.

쓴 에스프레소를 목으로 넘긴 다음 혀에 남은 달콤한 설탕 알갱이를 천천히 녹였다. 그리고 혀 안에 설탕이 다 녹을 때까지 말없이 준을 바라보았다.

"이반장이 나를 찾아온다기에 이런저런 생각을 많이 해봤는데 말이야… 내가 외사과에 안 치우고 나온 똥이 있었나?"

정변호사가 에스프레소 잔을 가만히 내려놓으면서 말했다.

"아닙니다. 그런 것 없습니다."

"그러면 무슨 일로 왔어? 나한테 할 말이 있다고 했는데."

"그게 말입니다."

준은 아이스 아메리카노 잔을 내려놓았다. 그리고 손으로 입을 훔치듯 닦았다.

"드릴 말씀이 뭐냐면, 상담을 받을 일이 있는데요…."

준은 김민준 경감이 백상균을 만난 일, 백상균의 위치 정보가 유출된 정황을 설명했다. 정변호사는 미동도 하지 않고 준의 말을 듣기만 했다. 마치 그로부터 정보를 낱낱이 빨아들이고 있는 것처럼 보였다.

준이 말을 마치자 정변호사는 오른손 손가락으로 자신의 오른 뺨을 만지면서 라운지 창밖을 쳐다보았다. 잠시 후 입력한 정보가 정리되었다는 듯 준을 지그시 쳐다보면서 입을 열었다.

"나한테 이런 이야기를 하는 이유는?"

"뭘 어떻게 해야 할지 모르겠는데, 경찰청에서는 상의드릴 사람이 없어 찾아왔습니다."

"먼저 토요일에 백상균이 어떤 사람인지 물었지?"

"네, 건달 출신이라는 건 인터넷을 통해 대충 검색했습니다."

"백상균이 서울에서 이름을 알린 건 33년 전인데, 꼬마들에게 도끼 채워서 반포 한 호텔에 들여보낸 사건부터야."

정변호사는 백상균의 이력을 좀 더 구체적으로 들려주었다.

백상균은 영광식구파 조직폭력배였다. 25살에 서울에 올라와 술집 아가씨들에게 일수를 놓는 사채업을 하면서 기반을 잡았다. 그가 서울에서 자리를 잡을 수 있었던 배경에는 33년 전 서초구 P호텔 도끼 난동 사건이 있었다.

그 사건으로 이름을 알린 백상균은 15년 뒤에 '바다이야기' 열풍을 타고 기업형 오락실 사업으로 큰돈을 벌었고, 스몰 캐피탈 시장에서 기업인수에 돈을 대주는 '주식담보 대출'이라는 고부가 가치 사채업에 진출했다.

그러다 주가조작 혐의로 수사를 받고 구속되면서 고대하던 경제사범 신분을 획득했다. 경제사범이 된 이후에는 직접 기업인수에 참여해 신분을 기업인으로 탈바꿈시켰다.

그러다 7년 전 골든씨티그룹의 전신인 ㈜영구를 인수한 후 몇 개의 계열사를 추가로 인수해 그룹의 면모를 갖추었다. 5년 전에는 노바프론티어 자산운용 자금을 사모펀드 루나모빌리티를 통해 받아 남산 H호텔까지 인수했다.

"과장님은 백상균을 만난 적이 있으세요?"

준은 얼음만 남은 아이스 아메리카노 글라스를 들어 남은 커피를 다 마셨다.

"14년 전에 내가 시경(市警) 경제범죄수사대장이었어. 백상균은 코스닥 시장에서 주식담보로 사채를 댔는데, 그의 돈을 받은 회사의 주가가 목표에 도달 못 하고 무너졌어. 백상균은 선수 한 명을 데려다가 고름을 짰고, 그 선수가 우리 수사대에 들어와 만세를 부른 거야."

"그래서요?"

"백상균과 그 회사를 조사하는 중에 검찰에서 더 큰 사건을 터트렸지. 그때는 자본시장에서 재벌 2세, 3세들이 주주로 참여했다는 테마주가 기승을 부릴 때였어. D그룹과 L그룹 2세, 3세들이 투자했다는 시세조정 사건을 검찰이 수사 중이었는데, 백상균 관련 사항이 나왔어. 검찰은 사건의 흥행을 위해 조직폭력배가 필요했던 거야, 그래서 내 사건을 끌어갔지. 결국 내 손으로 골인은 못 시켰지만, 그 사람 경제사범 신분은 내가 만들어준 거나 마찬가지야."

"어떤 사람인가요, 백상균은? 범죄자가 아니라 인간적으로 평가하면… 가령 신뢰할 수 있는 사람….”

“교활한 사람이지. 뱀같이 차갑고.”

정변호사는 잠시 말을 멈추었다. 아련한 그의 눈빛을 보자 준은 그가 경찰 시절의 추억을 떠올리는가 보다 생각했다.

“검찰에서 수사한 시세조정 사건에서 승자는 백상균이야. 구속은 되었지만 돈을 번 건 그자니까. 재벌가 사람들은 이름만 팔리고 실제로 재미를 못 봤지.”

“그렇지만 이번에는 백상균의 말대로 정보가 유출된 정황이 있습니다.”

“이제 그 얘기 좀 해보자.”

정변호사는 소파에서 등을 떼고 테이블 쪽으로 몸을 기울였다.

“김민준 경감이 작성한 백상균 소재발견보고서는 베트남 대사에게 보고했을 거고, 외교부를 통해 대통령실에 전달되었을 거야. 속도는 경찰청이 더 빨랐을 것 같아. 경찰청이 대통령실에 보낸 보고서는 법률비서관실로, 외교부에서 보낸 보고서는 외교안보수석에게 전달되었을 테지. 외교안보수석에게 전달된 보고서는 국가정보원에 전파되었을 거야.”

정변호사는 잠시 말을 멈추었다. 준은 다음 말을 기다리며 정변호사처럼 테이블로 몸을 기울였다.

“네가 과장에게 백상균 발견보고를 하고 나서 과장이나 계장으로부터 추가 지시를 받은 게 있으면 얘기해봐.”

“과장님은 송환계획서를 미리 만들라고 했고, 진행 상황을 일일 보고서에 넣으라고 했습니다."

"일일 보고서 내용은 청장에게까지 보고가 되는 거야?"

"그건 아닙니다. 일일 보고서는 국장님까지만 올라가요. 중요 이벤트가 있으면 과장님이 별도 보고서를 만들어 청장님께 보고할 예정일 겁니다."

"그러면 아직 별도 보고를 한 건 없다는 거네."

"아직 그럴 만한 일이 없어서요."

"대통령실에 나가 있는 파견 경찰관이 과장, 계장에게 백상균 송환계획에 대해 개별적으로 문의를 한 경우는 있었나?"

"제가 직접 전화를 받은 경우는 없었습니다. 대신 보고서가 대통령실에 전파된 직후에 대통령실 파견 경찰관이 우리 계장님에게 전화를 했습니다. 좀 더 디테일한 사항을 묻더라고요. 그 전화 받을 때 제가 옆에 있으면서 보충 설명을 해드렸습니다. 그리고 그다음 날 남부지검에서 과장님에게 전화가 왔습니다. 송환계획을 협의하자고 했던 것으로 압니다."

정변호사는 소파에 등을 기댄 채 팔짱을 꼈다. 손으로 자신의 목젖을 만지며 다시 창밖을 내다보았다.

"정보를 캐려고 하는 놈은 보고서만 기다리고 있지는 않을 거야. 금요일에 백상균을 찾아갔는데 허탕을 쳤으니까 더 정확한 정보를 요구할 거다. 지금부터는 과장이나 계장을 통해 필요 이상의 정보를 요구하는 놈이 누군지 잘 살펴봐야 해."

정변호사는 중요한 지시를 전달하듯 목소리에 힘을 주었다.

"제가… 말입니까?"

준이 본능적으로 테이블에서 몸을 떼며 반문했다.

"백상균이 하노이 호텔 701호에 있다는 정보는 대통령실에서 유출된 게 분명해. 대략적인 정보가 유출된 게 아니라고. 호텔 호실까지 특정되었다면 보고서를 직접 본 사람이 아니면 불가능한 거야."

"그러면 이제는 어떻게 해야 하나요?"

준이 다시 정변호사 쪽으로 몸을 가까이 기울이며 물었다.

"어떻게 하기는, 백상균 송환업무를 추진해야지."

"이 상태로 송환업무를 추진하라는 말씀입니까?"

"너희들은 역정보를 흘렸고, 상대방은 그걸 물었어. 두더지가 있는 걸 확인했으면 두더지를 잡아야지."

정변호사는 그게 당연한 일이라고 말하고 있었다.

"내부 스파이를 잡아내려고 한 일은 아닌데…. 저희는 단지 백상균 말이 사실인지 확인하고 송환업무에 참고하려고 한 일입니다."

준이 표정으로 조금 난감하다는 티를 냈다. 일이 커지는 것 같아 불편한 심정이었다.

"대통령실에 북한 공작원과 내통하는 놈들이 있다는 걸 알았는데 어떻게 해야겠어? 공작원들은 지금은 백상균의 위치를 알아내라고 협박하지만, 나중에는 자기들과 내통한 걸 무기 삼아 진짜 국가기밀을 내놓으라고 할 텐데."

준은 대답하지 못하고 양손으로 얼굴을 감쌌다.

"애국가 같은 거창한 얘기 말고 너희들 입장에서 보자고. 너희들은 역정보를 흘려서 멋지게 상대방을 속였어. 그런데 그건 승인받은 작전이 아니어서 보고는 할 수 없어. 그런데 송환업무는 추진해야 해. 너희가 놓은 덫에 같이 너희들도 걸린 거다. 외통수야!"

"외통수…."

"그래, 송환업무 추진해. 백상균은 위치를 알려주지 않고, 연락도 일방적으로 한다고 보고하고. 그게 사실이잖아. 베트남 공안과 협의하면서 송환 일정을 유동적으로 잡으면 백상균이 노출될 위험을 줄일 수 있을 거다. 그렇게 하면 백상균이 언제 들어오는지, 베트남 이민국 심사는 언제 받는지 알려달라는 놈이 있을 거야. 그놈이 반역자지."

정변호사는 점점 목소리가 차갑고 단호해졌다. 그의 말에 틀린 구석은 하나도 없었지만, 실무자인 준의 입장은 조금 달랐다.

"반역자를 찾아내는 것도 좋지만 저희는 송환업무를 안전하게 하고 싶습니다. 어떤 방법이 있을까요?"

준은 의미를 부여하는 데서 벗어나 실행의 영역으로 정변호사를 끌어들였다.

"통상 베트남에서 불법체류자를 추방할 때는 시간이 얼마나 소요되지?"

"평균적으로 3일입니다. 하루 만에 되는 경우가 있었고, 일주일간 구금하며 베트남에서 불법행위가 있었는지 조사한 경우도 있었습니다."

"하루 만에 끝날 수 있도록 사전협의를 해야 해. 베트남 이민국에 있는 시간은 공작원들에게 노출될 위험이 큰 시간이야. 그 시간을 최소화해야 송환팀도 안전하고 백상균도 살아서 한국에 들어올 수 있을 거다. 그래야 두더지도 잡아낼 수 있고."

"베트남 공안에 협조를 구하면 안전에 도움이 될까요?"

"베트남 정부는 전통적으로 북한과 유대관계가 있어. 미제(美帝)와 싸워서 승리한 나라는 조선인민민주주의공화국과 베트남공화국밖에 없다는 자부심으로 뭉쳤지. 그러니까 공안도 너무 믿으면 안 되지."

준은 그 말을 듣고 더 답답했는지 두 손으로 머리를 감싸며 고개를 숙였다.

"그러면 어째야 베트남 공안에게서 협조를 받을 수 있죠?"

"사회주의 국가와 공조는 기브앤테이크야. 하나를 들어줘야 하나를 요구할 수 있다고. 지금 베트남 대사관 경찰 영사가 아쉬워하는 게 있을 거야. 그걸 들어줘. 그러면 해결할 수 있을 거다. 다소 무리가 되는 거라도 들어줘야 하는 거야. 규정만 따지지 말고."

"그렇게 일하신 적이 있나요?"

"있지. 지금 얘기해줘?"

"아닙니다. 다음에 해주시죠…. 그런데 북한 공작원들은 백상균을 다시 잡아서 어쩌려는 걸까요?"

"백상균 말이 맞다면 말이다, 그놈들도 백상균한테 물렸어. 백
상균을 현금인출기로 활용하려고 거액의 도박 빚을 갚아주고 데
리고 왔는데, 그 돈을 회수하지도 못하고 오히려 돈을 더 준 것
같아. 공작원들은 투자라고 생각했겠지만 백상균은 북한 공작원
들 눈탱이를 친 거야. 정말 대단한 놈이야! 여의도에서 발생한 총
격 살인사건에는 분노가 읽혀진다고. 그런 백상균을 이대로 가만
두지는 않을 거다. 그러니 백상균과 관련 있는 자들은 그를 잡는
데 협조해라, 이거지!"

"그런데 좀 이상한 게요, 백상균을 다시 잡아 비자금을 받아내
려면 자금관리책은 살해하지 않아야 했을 텐데요."

준은 처음부터 내내 의문이 드는 부분을 지적했다.

"내 생각에는 말이야, 백상균이 여의도에서 살해당한 사모펀드
대표가 말을 듣지 않는다는 평계를 댔을 거야. 북한 공작원들은
백상균에게 '이제 평계는 없다. 어서 돈을 채워놔라' 이런 메시지
를 던진 거고."

"그러면 백상균에게 돈을 갖고 들어오라고 하면요?"

정변호사는 준의 말에 순진하다는 듯 미소를 지었다.

"백상균이 그럴 돈이 있었다면 지금 한국에 들어오려고 하지도
않았지. 돈 없고, 목숨도 위태롭고, 그러니까 수사와 재판이 기다
리고 있어도 한국에 들어오겠다는 걸 텐데."

"그나저나 북한 공작원들도 남한 사기꾼에게 당했군요. 아, K

사기가 아주 월드클래스입니다."

준도 감탄이 절로 나왔다.

"그놈들은 돈을 받기 위해 필사적으로 백상균을 잡으려고 할 거야. 조심해야 한다. 북한 해외 공작원들은 김정남을 공항에서 살해한 놈들이야. 베트남에 가서는 너와 김경감이 감당할 수 없는 일들이 생길 수도 있어. 내가 달리 도움을 청할 사람을 알아볼게."

"누구에게요?"

"반역자를 찾아내는 데 관심 있는 사람. 그리고 너희들의 안전에도 도움이 되어야지."

정변호사는 잔을 들고 남은 에스프레소를 입에 털어 넣었다. 준도 엉덩이를 들썩이며 부랴부랴 잔을 비웠다.

정변호사와 헤어지고, 준은 서대문 경찰청까지 걸어가기로 했다. 생각을 정리할 시간이 필요했다.

정변호사를 만났다고 해서 맞닥트린 상황의 해결책을 얻은 건 아니었다. 그래도 일의 성격은 분명해졌다. 자신과 민준은 위험을 무릅쓰고 송환업무를 수행해야 한다는 것.

역정보를 흘려 이득을 본 건 위험이 존재한다는 걸 알았다는 점.

손해를 본 건 위험의 존재를 알았다는 것이 새로운 위험이 되었다는 점.

정변호사가 조력을 요청하겠다는 사람은 반역자를 찾는 데 관심이 있다고 했다. 그는 자신이 마닐라에서 코리안데스크로 있을 때도 그런 사람을 통해 문제를 해결한 적이 있었다. 준은 그가 아마도 국정원 블랙일 거라고 생각했다.

어쩌면 갑자기 등장할 그는 민준과 자신에게 새로운 위험을 더할 수도 있었다. 하지만 송환업무의 위험을 상쇄하기 위해서는 그 사람의 도움이 필요할 것이다. 준은 정변호사 말대로 외통수에 걸렸다는 걸 절감했다.

준은 민준의 전화를 받았을 때만 해도 이번 일이 이렇게 복잡해질 거라고는 생각하지 못했다. 민준이 알려준 백상균 캐릭터가 재미있었고, 그의 말이 사실인지 확인하고 싶은 호기심이 컸을 뿐이다. 고등학교 때부터 자신이 급발진하면 브레이크를 잡아주는 건 민준의 역할이었다. 그런데 이번에는 자신의 폭주에 민준이 부화뇌동했다.

'도대체 생각이라는 것을 하고 사는 놈인가? 내가 하자는 대로 하면 어떻게 하자는 거야!'

준은 말이 안 된다고 생각하면서도 민준에게 화가 났다. 준이 더 화가 나는 건 민준은 일이 이렇게 될 줄 알고 있었다는 생각이 들었기 때문이다.

수사본부

서울경찰청은 강력범죄수사대를 수사본부로 지정했다.

여의도 총기살인사건은 강력범죄수사대 1계에 배당했다.

용산서 정보과 직원 피살사건은 2계에 배당했다.

2계는 사망한 용산서 정보관의 휴대전화기를 디지털포렌식 해 문자 메시지를 복구해냈다.

불상의 발신인 메시지 가운데 백상균의 위치를 알려주지 않으면 경찰서에 찾아가겠다는 내용이 들어 있었다. 정보관의 출입국 기록도 확인했다. 그는 백상균이 해외 도피한 2년 전 5월 이후 마카오에 두 번, 베트남에 한 번 방문했다. 그가 백상균과 연결되어 있다는 흔적이 나온 것이다.

1계는 통신사로부터 사망한 김상식의 통화기록을 받았다. 그는 살해당하기 며칠 전부터 불상자로부터 수차례 전화와 메시지를 수신한 걸로 확인됐다. 대부분 수신 거절한 걸로 나왔다. 수사팀은 그 전화번호 사용자를 용의자로 지목하고 추적 중이었다.

강력범죄수사대장 박기수 총경의 집무실은 서울경찰청 마포청사 4층에 있었다. 박총경은 서류 검토를 마치자마자 바로 1계장과 2계장을 집무실로 호출했다.

"대장님, 찾으셨습니까?"

1계장이 먼저 도착했고, 이어서 2계장도 뛰듯이 들어왔다. 1, 2계장은 모두 40대 중반이고, 박총경은 50대 초반이었다. 그는 돋보기를 끼고 서류를 보고 있다가 계장들이 들어오자 서류 뭉치를 들고 회의탁자로 자리를 옮겼다.

"앉아."

박총경이 서류를 테이블 위에 툭 던져놓으며 말했다. 늘 그렇긴 했지만 미간이 잔뜩 구겨진 게 표정이 썩 좋지 않았다. 계장들은 그의 양옆으로 앉아 서로를 데면데면 보았다.

"이 서류에서 내가 노란색 밑줄 친 부분 봐봐!"

박총경이 자신이 확인한 내용을 손가락으로 가리켰다.

계장들은 머리를 맞대고 열심인 척 노란색 하이라이트 부분을 살펴보았다.

"아, 이게… 이러면 동일인일 수 있는데요."

1계장이 먼저 고개를 반짝 들면서 말했다.

2계장은 서류를 들고 눈앞에 가져다 댔다. 쓰고 있던 안경은 이마 위로 올렸다. 노안이 온 걸 감추지도 않고 서류를 봤다.

"두 번 정도가 겹치는 번호네요. 그렇다면 용의자는 전화기를 여러 대 쓴다든지, 아니면 용의자가 복수의 인물이고 같은 패거리라고 해석할 수도 있겠는데요."

2계장이 서류를 다시 박총경 쪽으로 내려놓았다.

박총경은 1계와 2계에서 올라온 수사보고서를 동시에 검토했다. 그러다 1계에서 추적하는 총격사건의 용의자 전화번호와 2계에서 추적하는 정보관 피살사건 용의자 전화번호 중 동일한 끝번호를 발견하고 둘을 호출한 것이다.

"1계 사건 휴대폰에는 백상균인가 하는 놈 언급이 없었어?"

"사망한 김상식은 아이폰을 썼습니다. 사망자 지문으로 폰은 개방했는데요, 아이폰은 복구되는 양도 적고 속도도 느립니다."

"백상균이 보낸 메시지가 있을 수 있어. 백상균과 교신한 적이 있으면 사망한 김상식, 김재식, 백상균 그리고 용의자, 이렇게 공통점이 있다는 거야."

박총경은 연필로 보고서에 메모를 하면서 1계장에게 지시했다.

"전화번호부에 백상균이 있는지부터 확인해보겠습니다."

"꼭 이름이 아니라 '백회장님' 이런 식으로 입력했을 수도 있다고."

"뭐 하는 놈인데 백상균을 찾으면서 주변 사람들을 살해할까요?"

1계장은 고개만 주억거렸고, 2계장이 스스로에게 묻듯이 말했다.

"백상균이가 건달은 맞아?"

박총경이 확인하듯 계장들에게 물었다.

"근본은 건달인데요, M&A를 하면서 많이 컸죠, 지금은 건달이라고 하기에는 어폐가 있습니다. 검찰에서 수배한 죄목만 봐도 특경법 횡령, 배임, 자본시장법 위반 이런 거예요. 완벽한 경제사범입니다."

"2년 전에 삼학도파가 H호텔에서 백상균을 찾으면서 난동 피웠잖아."

"네, 맞습니다. 걔네들은 검찰에서 다 구속시켰는데, 얼마 후에 보석으로 나온 걸로 알고 있습니다."

"H호텔 인수하면서 빌려다 쓴 돈 못 갚아서 그런 일이 있었다는 건데. 그러면 그 일 때문에 지금도 백상균을 찾는 사람들이 있는 걸까?"

박총경이 다시 계장들의 의견을 구했다.

"건달들이 그랬다면 정보 형사를 죽이지는 않았겠죠. 정말 경찰관을 죽여야 했으면 아무도 모르게 산에다 묻었을 거고요."

2계장이 상식선에서 대답했다.

"백상균이 해외 도피 중에 카지노 자금을 송금받았다는 뉴스가 있었습니다. 해외 카지노에서 환치기하는 애들이 돈을 받지 못했을 수도 있어요. 마카오 카지노에는 중국 조직들이 사채를 놓을 텐데, 그쪽에서 보낸 사람일 수도 있고요."

"그건 뭐 다 짐작일 뿐이니까…."

1계장의 추론에 박총경은 반신반의하면서 몸을 뒤로 젖히고 팔장을 꼈다.

"대장님, 이제 이 사건은 연쇄살인이 됐습니다."

2계장이 끄응, 소리를 내며 말했다.

"용의자는 아직도 총기 휴대한 채 다닐 수도 있고요."

1계장이 덧붙였다.

"형사들 총 채워야겠다. 총기지급과 연쇄살인 발생은 내가 청장에게 보고해야 하니까, 1계장은 이 서류 들고 가서 보고서 정리해. 청으로 오후 중에 들어간다."

1계장이 서류를 들고 일어섰고, 2계장이 뒤따라 집무실에서 나왔다.

박총경은 김상식, 김재식이 백상균과 연결되어 있다면 북한군이 사용하는 권총을 소지한 용의자도 백상균과 관련이 있다고 생각했다. 단지 그 맥락이 이어지지 않았다. 그리고 세 번째 시체가 나오면 맥락이 이어질 수 있을지 생각해보았다.

세 번째 살인사건….

세 번째 살인사건은 어디서라도 나올 수 있었다. 지금부터는 전국 어디서 살인사건이 발생하든지 인터넷과 언론에서 앞의 두 건의 살인사건과 연관성을 추측하는 컨텐츠가 범람할 것이다. 그것이 연쇄살인 사건 수사에서 가장 어려운 점이었다.

박총경은 마음이 급해졌다.

* * *

  용산서 정보관 피살사건을 추적하는 2계 수사팀의 하반장과 박경사는 피살당한 아파트 주차장 CCTV와 주변 CCTV를 모두 뒤져 살인 용의자 동영상을 확보했다.

  여의도 피살사건을 수사하던 수사팀도 살인 용의자가 걸어가는 동영상을 확보했다.

  수사본부는 두 동영상의 용의자 걸음걸이 분석을 통해 동일인임을 확정 지었다.

  또한 CCTV를 추적해 용의자가 하차한 지하철역과 승차한 지하철역을 특정했다.

  용의자는 구로역에서 지하철을 타고 공덕역에서 하차했다. 2계 수사팀은 통신사로부터 용의자 전화기의 기지국 접속 이력을 받아 구로역 근처 기지국에서 두 번 접속한 기록을 찾았다.

  하반장과 박경사는 서울경찰청 마포청서 6층 대회의실에서 조회(朝會)를 마치고 총기를 지급받은 후 총기대장(銃器臺帳)에 사인을 하고 계단을 내려가고 있었다.

  "형님, 구로역 CCTV부터 까야겠는데요?"

  "그래, 하차 시간 특정했으니까 영상 찾기는 수월하겠다."

  "지금 바로 출발합니까?"

  "뭘 물어봐, 당연한 걸 가지고."

  40대 베테랑 형사 하반장은 턱턱 소리를 내며 계단을 내려갔다. 30대 중반의 박경사는 두 칸씩 뛰듯이 내려서면서 하반장을 돌아보고 쉴 새 없이 말을 걸었다.

해야 할 일이 결정된 이상 둘의 발걸음은 거침이 없었다.

하반장은 CCTV 추적 동선을 어떻게 짤 것인가 머릿속으로 미리 계산했다. 동선을 효율적으로 구성하면 오늘 중에 용의자의 출발 원점을 특정할 수 있을 것 같았다. 일을 잘하는 형사와 못하는 형사의 차별점 중 하나가 추적 동선을 구성하는 판단력이었다. 하반장은 이런 판단력이 뛰어난 편이었다.

박경사가 어깨에 찬 38구경을 꺼내 실린더를 개방해서 실탄 현황을 체크하다가 아, 하며 생각난 듯 물었다.

"형님은 왜 5인치 쓰세요? 안 무겁습니까?"

"무거운 게 문제냐! 3인치는 적중률이 낮아서 적과 맞닥뜨렸을 때는 위험할 수 있어."

하반장이 시큰둥하게 대답했다.

스미스앤웨슨 M60 38구경은 경찰관들에게 지급하는 총기였다. 9밀리미터 실탄을 쓰는 실린더형 5연발 권총으로, 5인치 총열은 지구대 순찰 경찰관들에게 지급되고 3인치 총열은 외근형사에게 지급되었다. 강력범죄수사대는 용의자를 추적하는 형사 10명에게 스미스앤웨슨 M60과 실탄 10발을 지급했다.

"총 쏠 일이 있을까요?"

박경사가 그런 일이 생기지 않길 바란다는 듯이 물었다.

"없어야지. 그래도 사용하게 되면 어쩔 수 없는 거고."

"형님은 경찰특공대 있을 때는 무슨 권총 쓰셨어요?"

"대테러부대는 대부분 글록 쓴다. 7공수 있을 때도 글록, 경찰특공대도 글록."

하반장은 항상 턱과 입가에 거무스름한 수염 자국이 있었다. 하루만 면도를 하지 않아도 입주위를 덥수룩하게 수염이 감쌌다. 그의 작은 눈은 수염만큼이나 뻣뻣한 눈썹이 두르고 있었지만 안광은 선명했다. 그가 그렇게 매서운 인상을 가지게 된 건 오랜 군 생활 때문이었다.

그는 대학교 1학년을 마치고 특수전사령부에 부사관으로 자원 입대해, 7공수에서 10년간 군 생활 후 전역했다. 그리고 경찰특공대 채용시험에 합격해 5년간 서울청 경찰특공대에서 근무한, 대테러 전술 전문가였다.

경찰특공대에서 경사로 승진한 후에는 수사업무를 배우기 위해 일선 경찰서 형사과로 자원했고, 현재 강력범죄수사대에서 경위 반장으로 근무 중이었다.

그의 조원(組員) 박경사는 한때 올림픽 60kg급 유도 국가대표 선수였다. 7년 전 선수 생활을 은퇴하고 무도경찰관 특별채용으로 경찰청에 입직했다.

하반장과 박경사의 인연은 처음 만난 영등포 경찰서 형사과에서 시작됐다.

그때 하반장은 강력팀 형사였고, 박경사는 형사당직에서 형사 업무를 배우고 있었다. 두 사람은 영등포 경찰서 팔씨름 대회의 형사과 대표 선발전에서 만났다. 영등포 경찰서는 경찰의 날을 맞이해 각 과(科) 대항 족구, 줄다리기, 팔씨름 대회를 개최했다.

강력팀과 형사당직팀 대표로 팔을 맞잡은 두 사람의 시합은 5분이 넘어갈 동안 처음 자세에서 한쪽으로 조금도 기울어지지 않았다. 나이는 하반장이 많았지만 체중은 10kg 이상 더 나갔다. 박경사는 그 정도 체중 차이는 전혀 문제가 되지 않는다고 생각했다. 유도 국가대표 출신과 팔씨름에서 10초 이상 버틸 수 있는 사람은 없을 거라 여겼다.

두 사람이 맞잡은 팔이 중립을 유지하고 있었지만 공격하는 쪽은 박경사였고, 수비하는 쪽은 하반장이었다. 에너지 소모가 더 많고 시합이 뜻대로 풀리지 않는 건 단연 박경사 쪽이었다.

형사과장은 5분이 넘도록 승부가 나지 않자 선수 보호 차원에서 시합을 중단시켰다. 두 사람이 예선전에서 힘을 빼면 타 과와 시합에서 실력을 발휘할 수 없기 때문이었다. 하반장은 자신은 겨우 버텼다고 하면서 형사과 대표 자리를 박경사에게 양보했다.

두 사람은 팔씨름을 통해 친해졌고, 하반장이 먼저 강력범죄수사대에 전입해 자리를 잡은 후 박경사를 추천해 강력범죄수사대로 끌어왔다.

"형님, 조금 한가해지면 저 권총사격술 과외 좀 해주세요. 저도 승진고과 챙겨야 할 때가 됐는데, 제일 문제가 사격입니다."

"속사, 완사?"

"둘 다요."

"총체적으로 문제구만. 이번 기회에 총과 친해지는 시간을 보내봐. 어깨에 차고 다니지만 말고 말이야. 파지(把指) 해보고 실탄 빼고 격발하는 연습도 하고."

"그러니까요, 형님이 좀 봐주세요."

박경사가 끌어안듯이 들러붙으며 장난을 쳤다. 하반장이 질색을 하는 얼굴로 그의 손을 쳐냈다.

"그래그래, 알았다. 그러자고. 차는 내 게 작아서 주차하기 편하니까 내 차로 가자."

두 사람은 강력범죄수사대 청사 밖 이면도로에 주차된 하반장의 i30에 올라탔다. 베이지색 i30은 바로 출발해 구로역으로 달렸다.

하반장과 박경사가 그동안 용의자를 추적한 수사 내용은 이랬다.

용산서 정보관이 피살당한 당일 저녁 9시 55분, 공덕역 삼성아파트 주차장 CCTV에 검은 톤의 모자를 쓴 용의자가 찍혔다. 그가 주차장을 가로질러 차가 출입하는 통로로 걸어나가는 영상을 확인했다.

둘은 주변 CCTV의 동시간대 영상을 확보하고 네 시간 넘도록 눈이 빠지게 쳐다보았다. 하지만 검은 모자를 쓴 용의자가 기록된 영상은 찾을 수 없었다.

그런데 하반장 눈에 공덕역 사거리 쪽으로 내려가는 길에 있는 방범용 CCTV에서 흰 모자를 쓴 남자가 걸어가는 영상을 발견했다. 이번엔 그가 CCTV 추적을 따돌리기 위해 도보로 이동한다는 가정을 하고 저녁 10시 이후 마포역 CCTV를 확인했다.

하얀 모자를 쓴 남자는 저녁 10시 20분 마포역 2번 출구로 들어왔고, 10시 22분 지하철 승차카드를 이용해 개찰구를 지나갔다. 용의자가 사용한 카드 이용기록을 확인해 오후 10시 35분 신길역에서 하차한 사실을 알아냈다. 곧장 용의자의 핸드폰 번호의 발신기지국에 대한 영장을 집행했다.

사건 당일 발신기지국은 구로역 부근이었다. 기지국이 커버하는 범위를 고려했을 때, 용의자는 구로역과 신길역 사이에서 공덕역 삼성아파트로 출발했다는 가정이 성립했다.

하반장과 박경사는 당일 정보관 자동차 주변에 주차했던 차량들을 탐문해 블랙박스를 제출받았다. 그중에서 용의자의 모습이 선명하게 찍힌 영상을 발견했다. 얼굴의 이목구비까지 확인할 수 있는 정도의 화질이었다.

용의자는 정보관 퇴근 시간에 맞춰 집에 도착했을 것으로 보았다. 사건 당일 오후 4시부터 5시 30분까지 공덕역 개찰구 CCTV 영상을 제출받아 다른 팀원들과 영상을 돌려보았다.

용의자로 추정되는 인물이 4시 50분에 개찰구를 통과하는 CCTV를 찾아냈다. 사용한 지하철 교통카드 이용내역을 분석한 결과 그는 4시에 구로역에서 승차했다.

여기까지가 하반장과 박경사가 전날까지 수사한 내용이었다.

둘은 구로역 CCTV에서 용의자 흔적을 발견할 수 있었다.

구로역 개찰구로부터 역순으로 CCTV를 추적한 결과, 용의자는 NC백화점을 통해 구로역 1번 출구로 들어왔다. 백화점에 2시경에 들어와 지하식당가 규동 집에서 식사를 했고, 결재는 신용카드로 했다.

박경사는 포스사에 전화를 걸어 카드에 대한 정보를 요구했다. 그러나 포스사는 외국에서 발행한 신용카드라 한국 가맹점에서 줄 수 있는 정보는 제한적이라고 했다.

두 형사가 규동 집에서 포스사와 전화를 마친 시간은 오후 3시였다.

박경사는 규동 집을 나와서 아케이드를 걸으며 아직 점심도 못 먹었다며 투덜거렸다.

"형님 뭐 좀 먹죠."

"그래 조금 쉬자. 아까 보니까 백화점에 냉면집 있더라. 그리로 가자."

식당가 냉면집에서 각자 사리까지 추가해 먹었지만 식사 시간은 5분이 넘지 않았다.

"지금 나가면 어두워지기 전에 몇 군데는 더 돌 수 있겠는데. 오늘 석회(夕會) 몇 시지?"

하반장이 시계를 보며 물었다.

"8시요. 오늘 탐문한 내용만 팀장에게 전달하면 꼭 들어갈 필요는 없습니다."

"총기 반납하러 들어가야지."

"쓰지도 않는 총기 받으러 가야 하고 반납하러 가고. 총 차고 있으니까 점퍼도 입어야 하고 귀찮아 죽겠네요."

"총을 귀찮아하니까 사격을 못 하는 거야."

"좋은 말씀입니다. 총과 친해지는 시간!"

조금 지친 기색인 박경사가 빈정거리듯이 대꾸했다.

"총이 신체 일부라고 느껴지는 단계가 있어. 그때부터가 사격 훈련의 시작이야. 그전에는 훈련이라 할 수 없지. 일관성 있는 사격은 누구나 일정한 시간을 채운 후에나 가능한 거야."

하반장은 그러거나 말거나 진지하게 대답해주었다.

"형님은 그 단계까지 얼마나 걸렸습니까?"

"2년…. 빡세게 2년 사격을 했더니, 총과 내가 하나가 되는 것 같더라. 사격 당시의 기압과 풍향, 이런 것들이 저절로 계산이 되더라고."

"형님은 군인이 더 어울려요. 아니, 형사가 더 어울리는 것도 같고. 형님은 뭐가 나아요?"

"나는 추적하는 게 좋아. 7공수에서 야전 추적술을 가르쳐주는데, 발자국을 보고 인원 규모를 확인하고, 중무장인지 경무장인지 구별하고 뭐 그런 전술인데, 그게 그렇게 재미있더라고."

"전생에 포수였나? 총도 잘 쏘고 추적도 잘하고."

박경사가 혀를 차며 짓궂게 말했다.

"호텔로 가보자. 몇 군데는 돌아볼 수 있겠다."

"CCTV 안 뒤지고요?"

"호텔 먼저 몇 군데 탐문해보자고. 얻어걸리면 제일 좋고, 그게 아니면 다시 여기서부터 CCTV 까야지."

박 경사는 핸드폰을 꺼내 지도를 보며 호텔을 검색했다. 이제부터 지리한 탐색이 시작될 터였다. 운이 좋으면 시간을 줄이겠지만, 아무것도 장담할 수 없으니 조급한 마음은 다 내려놓고 다녀야 한다.

탐문수사를 할 때는 곤욕스러운 일이 한두 가지가 아니다. 그중하나는 형사들에게 호의적인 상인은 없다는 것이다. 행여 자신의 매장에 안 좋은 영향을 미칠까 우려해 말을 길게 하지 않는다. 게다가 탐문이 가장 힘든 업종이 숙박 시설이다. 무엇이든 모른다고 하는 게 숙박업에 종사하는 사람들의 특징이었다. 두 형사는이제부터 가장 까탈스러운 탐문수사를 해야 했다.

* * *

저녁 5시가 조금 넘어 세 번째 호텔에 도착했다.

세 번째로 도착한 호텔은 구로역에서는 조금 떨어져 있고, 대림동 차이나타운과는 가까웠다. 호텔이라지만 1층 로비는 모텔과 별반 차이가 없었다. 호텔 카운터는 여성 종업원 한 명이 지키고 있는데, 한쪽에는 중저가 프랜차이즈 커피숍이 입점해 있었다.

박경사는 운동화를 신고 카고바지에 아웃도어 점퍼 차림이었다. 하반장도 다르지 않았다. 호텔 여직원은 형사라는 걸 대번에 알아본 것 같았다. 다 안다는 듯 '무엇을 도와드릴까요?' 하며 친근하게 굴었다.

박경사는 신분증을 꺼내 프론트 데스크에 올리고 살며시 밀면서 강력범죄수사대 형사라고 밝혔다.

"네, 형사님들이 여기 많이 오십니다."

호텔 여직원이 놀란 기색도 없이 상냥하게 말했다.

박 경사가 뜻밖이라는 듯이 '네?' 하고 반문했다.

"저희 호텔에 영등포서 강력반 형사님, 구로서 강력반 형사님이 자주 오세요. 형사님은 어디서 오셨죠?"

"아, 저희는 시경 강력반 형사."

하반장이 끼어들었다. 고갯짓으로 박경사에게 용의자 사진을 보여주라 했다.

"저기 혹시 이 사람 여기서 숙박하였을까요?"

호텔 여직원은 휴대전화기를 받아 뚫어지게 쳐다보았다. 그리고 다시 박경사를 보았다.

"왜요? 손님이었습니까?"

하반장이 은근히 물었다.

"그런 것 같기도 하네요."

"언제요?"

"어제 들어온 분 같은데….'

여직원이 긴가민가하다는 듯 고개를 갸웃했다. 그리고 호텔 입구 쪽을 쳐다보더니 턱을 살짝 들었다. 로비로 하얀 골프모자를 쓰고 진한 회색 바람막이 골프점퍼를 입은 남자가 들어서고 있었다.

두 형사는 슬며시 고개를 돌려 그를 쳐다보았다. 그도 엘리베이터로 쪽으로 다가가다 낌새를 눈치채고 멈춰 섰다. 서로 시선이 마주치자, 남자는 곧장 호텔 밖으로 내달리기 시작했다. 형사들도 반사적으로 따라 뛰었다.

예고도 없이 추격전이 시작되었다. 추격전이 시작되면 형사는 상대방이 스프린터인지 장거리 러너인지 판단해야 한다.

단거리 선수에게 속도로 맞서면 200미터쯤에서 힘이 빠져 추격을 포기하는 경우가 생긴다. 그런 상대는 일정 거리를 유지하면서 달리다가 상대가 힘이 빠지기를 기다리는 게 낫다.

반면에 장거리 선수를 만나면 지구력 대 지구력으로 맞서다가 타이밍을 잡아 추월해야 한다.

제일 까다로운 상대는 폭발적인 스피드로 장거리를 달리는 놈이었다. 두 형사는 앞에서 뛰는 놈이 그런 놈이라는 것을 50미터를 추격하고 알아보았다.

'저놈은 저 속도로 우리가 지칠 때까지 뛸 놈이다. 페이스 조절 따위는 없다. 심장이 터질 때까지 달린다.'

인도를 질주하는 용의자와 그 뒤를 쫓는 형사들의 간격은 그래도 시간이 지날수록 조금씩 좁혀지고 있었다. 이대로라면 곧 체격이 작은 박 경사에게 추월당하게 생겼다.

용의자는 대로 쪽으로 달리다 갑자기 방향을 틀어 차도로 뛰어들었다. 박경사도 차도로 내달렸으나 용의자만큼 과감하게 달리지 못했다. 다시 간격은 조금씩 벌어졌다. 그 뒤를 따르던 하반장은 앞서가는 박 경사와 더 멀어졌다.

용의자는 이제 차도를 건너 이면도로 쪽으로 도주했다. 박경사는 그의 진행 방향을 놓치지 않고 계속 따라붙었다. 용의자는 골목길 두 개를 지나쳐 세 번째 골목으로 방향을 꺾었다.

박경사가 바짝 붙어 골목으로 진입할 때였다. 숨어 있던 용의자가 박경사의 머리를 돌로 내리쳤다.

박경사는 아슬아슬하게 몸을 굴려 피했다.

헛손질을 하면서 용의자가 휘청거렸고, 그 틈에 박경사가 달려들어 허리를 잡고 바닥에 메다꽂았다.

기습에 실패하고 순식간에 반격을 당하자 용의자는 당황하는 눈치가 역력했다. 안 되겠던지 허리춤에 차고 있는 토카레프를 꺼내 조준했다.

박경사는 방어적으로 두 팔을 내밀고 손바닥을 펼쳤다. 자신의 총은 꺼내지도 못했다. 그렇다고 상대의 총을 뺏기 위해 앞으로 다가설 수도 없었다. 그저 다리가 땅에 박힌 듯이 서서 멀뚱히 쳐다만 보았다. 꼭 유도 경기장에서 심판을 찾는 것 같았다. 심판이 있다면 박경사는 총을 뽑는 건 반칙이라고 말하고 싶었다.

용의자가 다시 달아나려고 주춤주춤 뒤로 물러서는데, 갑자기 총성이 울렸다. 굉음에 박경사는 깜짝 놀라 두리번거렸지만, 용의자는 움직이지 않았다. 그는 자신의 가슴에서 피가 새어 나오는 걸 쳐다보고 있었다. 그러다 절망적인 얼굴로 고개를 들었다. 떨리는 팔을 들어 총구를 겨누었다. 그때 두 번째 총성이 울렸고, 탄환은 용의자의 머리를 뚫었다.

박경사 눈에 용의자의 가슴과 이마에서 피가 뿜어져 나오는 게 보였다. 용의자는 이내 앞으로 고꾸라졌고 그 주위가 금세 피로 물들어갔다.

용의자 몸에서 흘러나온 피가 박경사 발끝까지 미치자 슬며시 뒷걸음질 쳤다.

돌아보니 하반장이 여전히 총을 겨눈 자세로 서 있었다. 그가 용의자를 사살한 것이다.

"형님, 총을… 총을 쏘면 어떡합니까?"

쓰러진 용의자가 더 이상 움직이지 않는 걸 보고서야 박경사는 바짝 얼어붙었던 자세를 풀었다. 하마터면 죽을 뻔했다며 안도하는 한편으로 괜히 신경질도 났다.

"그러면 너 죽게 내버려둘까!"

"아니 그게 아니라… 내가 할 수 있었는데…."

박경사는 허탈한 얼굴로 그 자리에 주저앉았다.

"일어나. 현장 사진 찍고 지원 요청해야 해. 나는 팀장님에게 전화해서 이 새끼 묵었던 호텔로 형사들 보내라고 할 테니까, 너는 112 신고해서 이쪽으로 지원 요청해!"

"네…."

박경사는 겨우 몸을 일으키며 말했다.

그는 이제야 자신이 앞에 쓰러진 시체가 될 수도 있었다는 생각이 들었다. 그리고 총을 차고 있다고 해서 누구나 총을 뽑을 수 있는 건 아니라는 걸 확실하게 알았다.

하반장의 연락을 받은 강력범죄수사대 형사들은 용의자가 묵었던 호텔에 들어가 노트북을 확보했다.

호텔 방에는 노트북 외에 토카레프 탄창 두 개와 자살용으로 보이는 앰플이 담긴 파우치 백이 발견되었다.

강력범죄수사대 팀장은 2계장에게 전화를 걸었다.

"계장님, 보안과 불러야겠습니다. 그냥 강력사건 같지는 않아요."

그는 대공용의점이 있는 현장 상황을 보고했다. 그리고 그가 요청한 보안과는 경찰청에서 대공수사를 담당하는 부서였다. 보안과 소속 안보수사대는 국가정보원 방첩조정과 요원들, 군 정보사 요원들과 같이 현장에 도착했다. 그들은 안보수사대가 수거하는 증거자료를 살피면서 수첩을 꺼내 메모를 했다.

공작원들

북한 조선노동당 문화교류국은 주요 우방국가에 선전요원을 파견하고 있었다. 그들은 해외 거점에 유경회관, 옥류관 등의 이름으로 북한 음식점을 운영하며 외화벌이를 했다. 이 임무는 표면적인 것이고 식당의 배후에는 해외 공작조가 있었다.

해외 공작조의 주요 임무는 거점 국가에서 남한 인사 포섭과 정보 수집이었다. 예산은 평양에서 받아 운영하는 게 아니라 직접 수익을 창출해 조직을 운영하고, 평양에 외화 할당량을 송금했다. 즉 자급자족형 공작사업이었다.

조선노동당 문화교류국 베트남 공작조는 김정남 암살작전을 수행한 것으로 알려져 있었다. 통치권자의 가장 은밀한 요구를 실행해서 성공했지만, 은밀한 요구였다는 것이 문제가 되었다. 북한 정권은 김정남 암살사건을 자신들의 작전으로 인정하지 않았다. 그래서 이후로 베트남 공작조는 감시와 견제의 대상이 되었다.

암살작전의 이면에는 조선노동당 문화교류국 중국 공작조와의 경쟁 구도가 있었다. 중국 공작조는 규모 면에서 베트남 공작조를 압도하는 최대의 조직이었다. 하지만 유경식당 종업원 집단 탈북사건으로 집행부가 송환되어 대거 숙청을 당했다.

이로 인해 중국 공작조 핵심 요원들이 와해되자 베트남 공작조가 그 빈자리를 차지하며 평양의 은밀한 요구를 실행에 옮긴 것이다. 작전은 성공했고, 베트남 공작조는 평양의 가장 날카로운 칼로 자리매김했다.

혹독한 감화교육을 받고 이듬해 하반기에 중국에 복귀한 중국 공작조 생존자들은 절치부심하며 재기를 노렸다. 그리고 기회가 왔다. 북미회담이 하노이에서 열리기로 한 것이다. 평양은 중국을 관통해 하노이까지 기차로 갈 것이라고 북경의 북한대사관에 통보했다. 북한대사관은 모든 역량을 동원해 기찻길을 열어야 했다.

북한대사를 필두로 공작원 조직까지 나서서 가용 가능한 모든 휴민트를 동원해 중국공산당의 승인을 얻어냈다. 회담은 결렬되었지만 기찻길은 열려 있어서 북한의 지도자 동지는 왔던 길로 돌아갈 수 있었다.

중국 공작조는 그 공로를 인정받아 다시 외화벌이 사업과 정보망 구축사업을 재개했다.

그러나 코비드-19 펜데믹으로 관광객이 급감하고 경제활동이 축소되자 문화교류국 해외 공작조는 제대로 운영비를 벌지 못하는 처지였다. 평양에 송금해야 하는 할당금을 채우기도 힘들었다. 베트남 공작조와 중국 공작조는 자구책으로 북한에서 생산한 필로폰을 동남아에 유통시키는 사업을 확장했다.

필로폰 사업을 확장하려니 베트남 공작조와 중국 공작조는 중국 육로를 통한 필로폰 운반 경로와 동남아 시장에 대한 활동 영역을 두고 경쟁하며 서로를 견제했다.

중국은 마약사범에게 관용이 없는 국가였다. 따라서 중국 공작조는 중국 내에서 마약을 유통할 수 없었다. 베트남 공작조도 비슷한 처지였다. 베트남 공안 보안국의 눈치를 보느라 베트남 내에서 필로폰을 유통시킬 수 없었다. 그렇다면 수요와 구매력이 있는 곳은 태국과 마카오뿐이었다. 북한의 필로폰을 유통하는 태국 마약 조직은 이러한 약점을 빌미로 베트남 공작조와 중국 공작조를 경쟁시키며 납품 단가를 후려치는 실정이었다.

* * *

베트남 공작조가 백상균이라는 남한 기업인을 포착한 것은 작년 2월. 마카오 현지 마약 조직에게 필로폰을 넘기는 거래를 하던 중이었다.

공작조는 마약 조직을 통해 그가 그랜드 하얏트 마카오에서 거액의 도박 빚을 지고 호텔 방에 감금당했다는 정보를 얻었다.

베트남 공작조는 먼저 백상균에 대한 정보를 다방면으로 취합

했다. 그리고 그가 거액의 회사자금을 횡령한 혐의로 수사를 받던 중 도피했다는 사실을 확인했다. 정보 수집이 끝나자 베트남 공작조는 공작원을 따로 두고 그를 관찰하기 시작했다.

백상균은 그때 매일 저녁 9시부터 10시 사이에 호텔 라운지 바에서 샴페인을 한 병씩 마셨다. 그게 그의 루틴 가운데 하나였다. 그럴 때는 늘 슈트 차림이었다.

그는 180이 넘는 큰 키에다 몸매도 날렵했다. 명품 브랜드 슈트와 맞춤 셔츠를 입고, 롤렉스 금장시계를 찬 한국인은 그 자체로 인상적이었다. 그는 카지노에 도박 빚으로 감금당해 있으면서도 기업가이자 금융인 같은 애티튜드를 유지하려는 듯이 보였다.

카지노는 그 애티튜드 때문에 백상균이 샴페인을 주문하면 외상으로 돈 페리뇽을 가져다주었다. 그리고 그런 애티튜드가 북한 공작원들이 그에게 접근해야 할 필요성을 느끼게 했다.

공작원들은 라운지 바에 그가 혼자 있을 때 직접 접촉을 시도했다.

"백상균 회장님! 맞으시죠?"

접촉을 시도한 자는 40대 초반으로 반팔 셔츠를 입었다. 그는 우연히 알아본 것처럼 슬며시 다가와 인사를 건넸다.

백상균은 라운지 무대 근처에서 재즈 가수의 노래를 들으며 샴페인을 마시는 중이었다. 그는 말을 건 사내를 흘끔 쳐다보았다. 그 사내 옆에는 30대로 보이는 남자가 같이 있었다.

"누구시더라?"

백상균이 샴페인 잔을 내려놓으며 말했다.

사내는 슬며시 명함을 건넸다. 명함에는 '호치민 무역유한공사 대표 이상필'이라고 적혀 있었다.

이상필은 170cm가 조금 넘어 보이는 키에 광대뼈가 툭 불거져 인상이 날카로웠다. 눈도 갸름해 묘한 긴장감을 일으키는 외모였다.

"나를 압니까?"

"네, 말씀을 워낙 많이 들었습니다."

"나에 대해서 말입니까?"

백상균은 명함을 앞뒤로 보고 나서 앞에 선 사내들을 위에서부터 아래로 스캔했다.

"잠시 앉아도 되겠습니까?"

"공무원처럼은 안 보이고, 그렇다고 기자 같지도 않은데. 그러면 나에게 무슨 용건이 있는 사람들일까? 아, 돈 받으러 왔나? 돈 얘기는 서울에 있는 대표들한테 가서 해야지."

백상균이 명함을 신경질적으로 테이블에 던지면서 말했다.

"그런 게 아닙니다."

이상필은 슬며시 백상균 앞에 앉았다. 다른 남자는 그 뒤에 서서 백상균의 반응을 살폈다.

"그래 알 것 같네. 너희들도 마카오에서 백상균 만나 이야기는 전했다고 보고는 해야겠지. 그건 내가 들었으니까 술이나 한잔하자."

백상균은 호텔 종업원을 부르려고 손을 높이 들었다. 동시에 이상필은 뒤에 선 남자를 돌아보며 말했다.

"너도 앉아라. 병풍 서고 있으면 사람들이 불편해한다. 호텔에서 예의는 지켜야지."

종업원이 오자 백상균은 샴페인 잔 두 개를 더 가져오라고 했다.

백상균은 잔이 올 때까지 입을 다문 채 시선을 돌려 재즈 가수만 쳐다보았다. 가수는 몸매가 드러나는 드레스를 입고 콘트라베이스와 피아노 반주에 맞추어 'FLY ME TO THE MOON'을 불렀다.

잔이 왔다. 호텔 종업원은 얼음통에서 샴페인을 꺼내 두 남자에게도 술을 채워주었다.

백상균이 잔을 들어 둘을 향해 살짝 기울였다가 한 모금 마셨다. 두 사람은 잔을 들지 않았다.

"누가 나를 찾고 있는 거냐?"

백상균이 잔을 내려놓으면서 말했다.

"민상구 회장님이 1월에 한국으로 잡혀가셨죠… 태국 골프장에서 말입니다."

이상필이 말했다.

"거참, 말 돌리지 말고. 누가 보냈고, 용건이 뭔지만 말하라고! 상구 얘기는 왜 꺼내나!"

백상균이 짜증스러운 목소리로 언성을 높였다. 이상필 옆에서 허리를 세우고 앉아 있던 남자가 자리에서 일어서려 했다. 이상필이 그의 허벅지를 지그시 누르며 앉으라고 눈짓을 했다.

"초면에 말을 너무 함부로 하는 것 같습니다."

끙, 소리를 내며 앉던 남자가 낮은 목소리로 으르렁거렸다.

"민상구 회장님도 태국에서 도박 빚이 있어서 고초를 겪으셨다고 들었습니다. 저희가 도와드릴 것이 없나 몇 번 찾아갔었습니다."

이상필이 차분한 목소리로 말했다.

"상구를 찾아갔다고, 태국에서?"

"저희는 평양에서 왔습니다."

백상균은 그 말을 듣고도 그다지 놀라는 기색이 아니었다. 오히려 호기심이 동하는 얼굴이었다. 소리를 내지는 않았지만 웃음기가 슬슬 피어오른 것도 같았다. 기분이 좋다는 듯 잔을 들어 남은 샴페인을 마셨다.

"북에서 오신 분들이구만. 상구한테 얘기는 들었어. 평양에서 오신 분들이 약을 팔려고 했다고 말이야. 그런데 어쩌나, 사람을 잘못 찾아오셨어. 나는 상구가 좋아하는 약에는 관심이 없습니다."

"저희도 민회장님이 필요로 했던 걸 몇 번 가져다드렸을 뿐입니다. 지금 그것 때문에 백회장님께 찾아온 건 아니고요."

"무슨 일로 왔는지는 모르겠는데, 지금 내가 일할 처지가 아니요. 그래도 먼 길 오셨으니까 술이나 한잔합시다."

백상균은 무료한 일상에 재미난 일을 만난 듯이 들떠 보였다.

북한 공작원들은 술잔을 들고 샴페인을 조금 마셨다.

백상균은 호텔 종업원에게 손짓을 했고, 검은색 유니폼을 단정하게 차려입은 여종업원이 자리로 와 얼음통에서 샴페인을 꺼내 세 사람의 잔에 술을 채웠다.

"저희는 회장님께 동업을 제안하려 합니다."

"무슨 동업? 나는 대북사업에는 관심이 없는데."

시큰둥하게 굴면서도 그의 입가는 조금씩 실룩거렸다.

"제가 말하는 동업은 그런 종류가 아닙니다. 단도직입적으로 말씀드리죠. 저희는 회장님에게 투자를 하려고 합니다. 회장님은 저희 투자 받으시고 그만큼 돈을 벌어주면 됩니다."

"가령 어떤 방법으로?"

백상균이 이번엔 정말 관심이 생겼다는 듯 몸을 기울이며 물었다.

"저희가 회장님 도박 빚을 갚아주겠습니다. 여기서도 내보내드리고요. 그 대신 공화국에서 발급한 여권으로 베트남으로 거처를 옮기셔야 합니다. 베트남에 가서 저희에게 적절한 수수료와 원금을 갚으면 됩니다."

"내가 그런 능력이 있다고 봅니까?"

백상균은 이상필의 노골적인 조건을 다 듣고 의뭉스럽게 물었다.

"민회장님이 태국에 있을 때 말입니다."

이상필이 한 템포 쉬었다가 백상균을 똑바로 쳐다보며 말했다.

"백회장님이 노바프론티어 펀드 자금을 다 주무르고 있다고 말씀하셨습니다. 몸통은 백회장인데 본인은 정치인과 어울린 게 밉보여 수배자 신세가 되었다고 말입니다."

백상균은 미간을 찌푸리더니 몸을 소파에 깊숙이 기댔다. 그리고 잔을 들고 샴페인을 천천히 마셨다.

"관심이 있으십니까?"

이상필이 눈을 번득이며 물었다.

"카지노 애들과는 대화가 됩니까?"

백상균이 확인하려는 듯 물었다.

"연결해주는 사장 애가 있습니다."

"베트남에 간다고 해도 여기처럼 있으면 해결을 못 합니다. 내가 돈을 굴리려면 조용히 사람을 만나야 해요. 그래서 전화, 이동 이런 건 보장해주어야 합니다."

"저희가 제안하는 생활수칙 몇 개만 지켜주시면 됩니다. 그러면 말씀하시는 통신과 이동은 충분히 보장될 겁니다."

이상필이 조금 여유가 생긴 얼굴로 다독이듯 말했다.

"내 빚이 얼마인지는 알죠? 내가 그 빚만 갚으면 베트남에서 이 대표와 빠이빠이 하는 걸까?"

"하하, 회장님. 카지노보다는 이자를 더 쳐주셔야죠. 그리고 같이 있다 보면 또 신박한 사업 아이템도 나오지 않겠습니까. 회장님의 경험에 저희 사업자금을 태우고 싶습니다."

"샴페인을 한 병 더 마시고 생각해봐야겠는데, 지금 결정해야 하나?"

"오늘 밤 천천히 생각해보십시오. 저희는 이틀 뒤에 베트남으로 복귀합니다."

백상균은 끝말은 듣지도 않고 손을 들어 호텔 종업원을 불렀다.

종업원에게 백상균은 샴페인을 추가로 주문했다. 이상필과 남자는 생맥주를 달라고 했다.

* * *

베트남 공작조는 백상균의 도박 빚 300만 달러 중 100만 달러는 일시불로 상환하고 나머지 금액은 지급보증을 했다. 북한 공작원의 지급보증을 주선한 자는 공작원의 필로폰 거래 상대방이었다. 일정의 수수료를 받기로 했는데 돈으로 받거나 필로폰으로 받는 조건이었다.

백상균은 조선인민민주주의공화국 여권으로 베트남에 입국했다. 처음 머문 장소는 호치민이었다. 시 동부 바닷가 단독주택에서 약 한 달간 머물렀다. 그 기간 공작원들은 백상균에게 비망록을 작성하게 하고 내용의 진위를 조사했다.

공작원들은 백상균이 관리한다는 노바프론티어 펀드 비자금에 대해 자세히 쓰라고 했다. 항목별로 묻고 또 물었다. 백상균이 거짓말을 하는지 확인하기 위해서였는데, 처음부터 비자금 항목을 다시 쓰게 하는 것을 세 번이나 반복했다.

항목별로 자금 조성 경위, 차명으로 투자한 법인이나 개인의 이름, 투자 명목 등에 차이가 있으면 납득이 될 때까지 세세히 질문을 했다.

홍콩 바이오 기업에 투자한 돈이 500만 달러, 실제 투자금은 300만 달러, 나머지 200만 달러는 차명으로 현금화하는 수수료.

바이낸스 거래소에 보유한 코인이 총액으로 1,500만 달러인데, 이 코인은 홍콩 OTC에서 조금씩 환전하여 사용 중.

미국 법인으로 보내 맨하탄 아파트를 구입한 자금이 500백만 달러. 한국의 사모펀드와 투자조합에 분산한 자금이 약 1천억 원. 그리고 현금화한 돈을 창고에 보관하고 있는 액수가 400억 원.

이것이 백상균이 공작원들에게 반복해서 말한 비자금 현황이었다. 그리고 자금 관리를 케이앤파트너스 김상식 대표가 한다고 했다.

공작원들은 몇 번의 조사로 백상균의 진술에 일관성이 있다고 판단했고, 조사를 다 마친 날 저녁 바닷가 단독주택 정원에서 바비큐 파티를 했다.

백상균과 이상필은 야외용 접이식 의자에 앉아서 맥주를 마셨다. 그의 부하들은 그릴 앞에서 고기를 구우며 맥주를 마시거나 담배를 폈다.

"백회장님, 창고에 묻어놓은 돈을 통으로 가지고 오는 건 어떨까요? 위치만 가르쳐주시면 저희가 가서 가져오겠습니다."

분위기가 무르익자 이상필이 호기를 부렸다.

"이대표, 400억 원을 현금화하는 데 비용이 얼마나 들었을까?"

"그야 저는 모르죠."

"평균 수수료가 20%야. 500억으로 400억을 만들었다는 말이지. 수수료 이상으로 돈이 들어가는 경우가 많이 있어. 상대방이 허위매출을 받아줬으면 부가세를 우리가 부담해야 해. 그러면 그게 또 10%, 400개를 만드는 데 어림잡아서 200개 조금 못 들었어."

"아, 그렇습니까?"

이상필은 모르는 세상에 대한 이야기를 들었다는 듯이 호기심을 보였다.

"그렇게 어렵게 현금화한 돈을 한국에서 이곳으로 송금해 달러로 환전하려면 또 얼마의 수수료가 들겠어? 쉽게 생각해봐. 마카오 카지노에서 400억 원 원화를 달러로 찾아가겠다고 하면 얼마를 주겠냐고?"

이상필은 맥주병을 오른손, 왼손으로 바꿔 쥐기를 몇 번 반복했다.

"반이나 줄까요?"

"그래, 반 정도 받을 수 있어. 그것도 한 번에 받는 게 아니라 여러 번에 나누어서. 그리고 그놈들이 그 돈을 쉽게 주겠어? 칩으로 주고 게임을 하라고 할걸."

"하, 그럼 다 털리는 거구만요. 완전히 간나 새끼들이네."

"그래, 종간나 새끼들이야. 그러니까 한국에서 현금화한 돈은 한국에서 쓰는 게 제일 부가가치가 높은 거다, 이 말이야."

"그렇지만 너무 아깝지 않습니까? 남한은 물가가 오르는데 돈을 묻어놓고만 있으면 어떡합니까?"

"틀린 말은 아닌데, 내가 얘기했지. 비자금 400억 원은 현금으로 600억 원 가치가 있다고. 600억 원 자산이 있는데 현금 400억 원이 필요한 사람이 있지 않겠어? 그때 바꿔주는 거야. 그게 진정한 의미의 자금세탁이라고. 금융자산을 현금화했다가 다시 현물자산으로 바꾸는 거야, 세금을 내지 않고."

"아, 그렇겠네요."

그릴에서 고기를 굽던 공작원들이 백상균과 이대표에게 다 익었다고 와서 먹으라고 불렀다. 이대표는 먼저 먹고 있으라며 손을 흔들었다.

"이제 자기들 얘기 좀 해봐! 내 얘기는 많이 했으니까."

"우리 얘기 뭐 말입니까?"

"뭐, 가족 얘기도 좋고. 어떻게 베트남에서 지내는지도 말해주면 내가 플랜을 짜는 데 도움이 되니까."

"호치민, 하노이에 식당을 하나씩 운영하고 있는데, 영 신통치가 않습니다. 평양에 보내야 할 돈은 점점 늘고 있고, 현지 경비도 같이 늘어나서 말입니다."

백상균이 격의없이 나오자 이상필도 작금의 고충을 대충 털어났다.

"그래… 내 돈은 홍콩에서 찾아야 해. 그러면 저기 있는 사람들이 홍콩에 갔다 오나?"

"홍콩 OTC 업체는 일 없습니다. 우리도 많이 거래합니다."

"어떻게?"

"공화국에는 코인털이를 하는 부서가 있습니다. 그 애들이 털어온 코인을 해외 공작조에 보내면 우리가 홍콩에서 현금화해서 송금하는 일을 많이 했습니다."

"아, 그래? 그러면 돈 찾는 파이프는 확실하네!"

"회장님, 그런 건 걱정 마시고, 돈만 꼬박꼬박 보내주시면 됩니다."

"식구들은 안 나왔어?"

"가족들은 평양에 있습니다."

가족 얘기에 이상필은 정색하며 대화를 멈추었다. 그러곤 부하들에게 맥주와 고기를 가져오라고 일부러 큰 소리로 시켰다. 가족 얘기가 두 사람의 분위기를 얼어붙게 만든 셈이다.

"가서 같이 먹자고. 한 식구가 되었는데."

백상균이 맥주병을 들고 먼저 일어섰다. 이상필은 그 자리에 잠시 더 앉아 있다가 후, 한숨을 내뱉고 몸을 일으켰다.

* * *

백상균은 공작원들을 따라 하노이로 이동했다. 공작원들은 하노이 외곽의 고급 아파트를 빌려 숙소로 사용했다. 그가 도착해 가장 먼저 한 일은 서울과 통신선을 복원하는 거였다.

먼저 회사 관계자들에게 메시지를 보내 카지노에서 나왔음을 알렸다. 다음으로 김상식에게 연락해 하노이로 돈을 송금할 방법을 찾으라고 했다.

그가 공작원들에게 말한 비자금 구성은 큰 틀에서는 맞는 내용이었다. 말하지 않은 게 있다면 현재의 비자금 현황이었다.

홍콩 바이오 기업으로 빼돌린 돈은 도피 생활을 하면서 이미 탕진했다. 미국에서 구입한 고급 아파트는 다시 매각한다고 해도 하노이로 송금하기 힘들었다. 그리고 바이낸스에 USDT(대표적인 스테이블 코인)으로 환전되어 있는 돈은 김상식이 여러 코인으로 분산했다가 코인 가격이 폭락하면서 가치가 반토막 난 상태였다.

사모펀드와 투자조합에 1,000억 원가량의 돈이 들어간 건 맞지만 그건 총액 개념으로 회수해서 재투자한 것까지 합한 금액이었다.

실제로 사용한 돈은 약 500억 원인데, 대부분 부동산과 주식 등 자산가치 하락으로 쉽게 현금화하기 어려웠다. 마지막으로 현찰 400억 원. 백상균은 그 돈을 지켜야 나머지 비자금을 회수하는 게 가능하다고 생각하고 있었다.

백상균은 홍콩으로 빼돌린 300만 달러를 모두 소진했던 터라 부족한 돈을 지인들로부터 송금받아 썼다. 그동안 지급보증을 김상식이 했다. 김상식은 재무 상태가 어렵다며 카지노에서 도박을 중단해 달라고 여러 번 요청했다. 그러고는 더 이상 송금하지 않았다. 그래서 결국 카지노에 300만 달러를 빚지게 된 것이다.

베트남으로 오고 나서 그는 김상식을 겁박해 3월부터 11월까지 한화로 10억 원, 약 80만 달러를 받아냈다. 그리고 그걸 북한 공작원들에게 건넸다. 그 돈은 원금을 변제한 것이 아니라 300만 달러에 대한 이자였다.

백상균은 공작원들에게 80만 달러는 자신이 운영한 펀드 수익금이라고 허세를 부렸다.

공작원들은 받은 80만 달러 중 10만 달러 이상을 백상균과 호텔에서 식사를 하고 술을 마시는 데 사용했다. 공작원들 역시 백상균의 통 큰 태도 때문에 그렇게 돈을 소비하는 것에 큰 문제 의식을 갖지 않았다.

12월이 되자 김상식은 백상균에게 더 이상 돈을 송금해줄 수 없다고 단호히 말했다.

백상균은 이것 봐라, 하는 심정으로 코웃음을 쳤다. 그러면서도 제 처지를 우습게 만드는 데 화가 났다. 김상식은 그동안 자신을 통해 사채업자들의 돈을 빌려 M&A를 했다. 김상식은 항상 자기 앞에서 을(乙)이었다. 그는 자신이 없었으면 오늘의 김상식은 없다고 여겼다. 그런데 지금은 생활비를 부탁하고 있었고, 생활비를 아껴 쓰라는 핀잔까지 듣고 있다. 급기야 이제는 생활비를 주지 못하겠다고 했다.

백상균은 공작원들의 감시가 소홀한 틈을 타 김상식에게 전화를 했다.

"김대표, 무슨 말이야! 돈을 더 보낼 수 없다고? 그거 윤성국 회장 뜻인가?"

백상균은 생각처럼 다그치지는 못하고, 최대한 자제하며 말했다.

"회장님, 윤성국 회장님이 교도소에 있으면서 일일이 어떻게 지시하겠습니까. 아시다시피 회장님께서 쓰신 돈을 제가 투자한 조합의 대표들에게 사정사정해서 받아내 꾸역꾸역 메꿨습니다. 그런데 한국의 시장 상황이 너무 좋지 않아요. 돈이 회수가 안 되고 있습니다."

"너무 빡빡하게 군다. 김대표 힘든 건 알지. 그래도 내가 남산 호텔 매각하면 그 돈으로 김대표가 관리하는 돈 중에 비는 건 해결할 수 있지 않을까?"

"회장님, 호텔이 매각된다고 해도 호텔 인수에 투자한 우선수익자들에게 돈 주고 나면 남는 게 없습니다. 그리고 남는 게 있다고 해도 골든씨티그룹으로 귀속되는 자산인데, 법정관리 중인 회사에서 그 자금을 유용할 수 있겠습니까?"

"맨하탄에 있는 아파트 매각해서 채워 넣을게. 돈을 조금 더 보내야 내가 생활을 하지."

백상균은 사정하는 것처럼 보이지 않으려고 했지만, 목소리는 벌써 애원조가 되었다.

"회장님, 그 주택은 검찰에 이미 노출되었습니다. 범죄수익금으로 분류되어 동결될 거예요. 매각해도 소용없습니다."

"거참, 안된다는 말만 하지 말고 무슨 방법을 찾아보라고!"

백상균이 기어이 못 참고 소리를 쳤다. 김상식은 그의 위세에 눌려 아무 대답을 못 했다.

"이봐, 김대표, 바이낸스에 있는 코인으로 돈을 보낸다든지, 현금화한 비자금으로 돈을 보내주면 쉽게 해결될 일인데, 일을 어렵게 하고 있네!"

"그 돈은 윤성국 회장님과 이선호 회장님 동의가 없으면 사용할 수 없는 것으로 하셨지 않습니까."

김상식이 기어들어 가는 목소리로 말했다.

"그래서 윤성국이는 그 돈을 손 안 댔나? 김대표 너는 한 푼도 손 안 댔어? 내가 한번 찬찬히 따져볼까!"

"급할 때는 그 돈으로 회장님이 쓰신 돈을 갚고 있습니다. 한번에 많이 보내 드릴 수 없어서…."

"그러면 그렇게 계속하면 되지 왜 안 된다고 말하는 거냐고, 지금!"

백상균은 김상식을 달래는 데 슬슬 지쳐가고 있었다. 겉으론 아직 점잖게 말하고 있었지만 속으로는 욕이 터져나오는 중이었다.

"검찰의 자금추적 압박이 심해서 조심해야 합니다. 조금 잠잠해지면 또 보내드리겠습니다."

"바이낸스에 보낸 돈과 현금으로 보관하는 돈이 총합이 500개가 넘어. 그 돈 다 어딨어? 내가 애들 보내서 찾아볼까! 내가 성국이 있는 교도소에 애들을 못 보낼 것 같나!"

"회장님, 오해하지 마시고요. 하여간 1월까지는 힘들 것 같습니다. 바이낸스 계좌는 한 번만 잘못 움직여서 검찰 레이다에 걸리면 전체 동결됩니다. 조금만 참아주시면 제가 방법을 찾겠습니다. 그리고 지금 회의를 들어가야 해서 전화 끊겠습니다. 정말 죄송합니다."

김상식은 일방적으로 전화를 끊었다.

백상균은 본능적으로 플랜B가 필요한 시간이 왔음을 직감했다. 핸드폰을 열어 전화번호부에 저장되지 않는 번호를 키패드에 입력했다.

몇 번의 통화 연결음이 울리고 상대가 전화를 받았다.

"회장님, 전화 늦게 받아서 송구합니다."

"아니다. 그럴 수 있지."

백상균은 다시 여유를 부리는 톤으로 목소리를 바꾸었다.

"회장님, 그렇지 않아도 회장님께서 호출하시면 제가 그쪽으로 건너가려고 준비 중입니다. 언제 뵈러 갈까요?"

"우선 베트남에 있는 후배 중에 야무진 애들 있나?"

전화 상대방은 백상균에게 한참 설명을 했다.

"그러면 호치민에 있는 애들 두 명 이쪽으로 올려야겠다. 그다음에 남대표가 넘어오고."

백상균은 간단히 계획을 알려주고 전화를 끊었다. 참았던 한숨이 길게 나왔다.

그러면서 올려다본 하늘이 새카맸다. 사채업으로 부를 축적한 백상균은 사채업자 중 제일 악독한 부류가 카지노에서 사채를 놓는 사람들이라는 걸 알았다. 그들 손아귀에서 벗어나려고 북한 공작원들과 손을 잡았지만 돈을 갚을 수 있는 상황이 아니었다. 빚은 갈수록 늘어만 갔다. 백상균은 처음부터 북한 공작원들을 지나가는 자리로 여겼다. 그는 단지 떠나야 할 시기가 생각보다 빨리 왔다는 게 불편했다.

'내가 백상균이다. 나이 스물에 도끼 한 자루에 의지해 서울에서 자리 잡은 백상균이라고!'

그는 울적한 마음을 다잡으려고 도끼 차고 반포 P호텔에 들어갔던 35년 전을 추억했다.

탈출

백상균의 숙소는 하노이에서 남쪽의 탄호아로 옮겨졌다.

안전가옥은 6개월에 한 번씩 옮기는 게 규칙이라고 이상필이 알려줬다. 백상균과 두 명의 공작원은 탄호아 리조트에 숙소를 잡았다.

이상필은 이동하는 날 세 사람과 함께 탄호아 리조트에 동행했다.

"회장님, 저는 월말즈음에 와서 회장님 문안드리겠습니다. 혁두와 철영이가 회장님 잘 모실 겁니다."

이상필은 짐을 내려놓고 물 한 잔 마시고는 타고 온 토요타 렉서스를 몰아 하노이로 출발했다. 그가 월말에 온다고 한 것은 그때가 백상균이 상필에게 원금과 이자를 갚아야 하는 때였기 때문이다.

백상균의 탄호아 골프장 리조트 일과는 이랬다.

아침 6시 30분에 일어나 7시부터 9홀 라운딩. 라운딩 후 샤워. 아침 식사는 9시에 골프장 리조트에서 제공하는 조식 뷔페에서 과일과 요구르트. 루틴은 거기까지였다.

그다음부터는 바닷가를 산책하거나 한국의 TV 프로그램을 보았고, 전화로 한국에 있는 지인들에게 전화를 했다. 공작원들에게 돈을 주어야 하는 날짜가 다가올수록 전화하는 시간은 늘어났다.

그가 호치민, 하노이를 거치면서 얼굴을 알게 된 공작원은 다섯 명이었다. 혁두와 철영은 그 다섯 중 두 명이었고, 탄호아 리조트에서도 상균과 생활을 같이 했다.

이상필은 하노이와 호치민을 오가면서 활동했는데, 백상균이 돈을 입금해야 할 시점에 탄호아 리조트로 그를 만나러 왔다. 돈을 입금하고 나면 그는 이상필과 다른 공작원 두 명과 함께 호치민이나 하노이 카지노에 가서 며칠 동안 게임을 즐겼다.

그를 전담 마크하는 공작원은 최혁두로, 나이는 31살이었다. 혁두는 아침 라운딩에서 카트를 운전해주기도 하고, 상균이 바닷가를 산책할 때는 서너 걸음 뒤에서 항상 따라다녔다.

그는 키가 170cm에도 미치지 못하는 단신에다 깡마른 체형이었다. 이상필은 혁두가 독종 중의 독종이어서 보디가드로 부리면 좋을 거라며 상균에게 소개했었다. 덧붙여 말하길, 그의 부친은 노동당원이며 그 역시 군 장교 출신으로 문화교류국에 차출된 엘리트라고 했다.

백상균은 처음부터 엘리트 출신이라는 혁두가 마음에 들지 않았다. 젠 척하는 태도가 특히 싫었다. 그가 동료들에게 하는 태도를 보고 '서울이나 평양이나 재수 없는 놈은 똑같이 행동하는구나'라는 생각이 들었다.

혁두는 칼을 잘 썼다. 특히 나이프를 던지면 10미터 거리에서는 빗나간 적이 거의 없었다. 그가 칼 던지기를 보여주었을 때 상균은 내기를 걸었다. 다른 공작원의 머리에 맥주 캔을 얹어놓고 동전을 던져서 맞추면 1,000달러를 주겠다고 한 것이다.

"회장님, 던지려면 칼을 던지지 왜 동전을 던집니까!"

혁두가 고개를 좌우로 꺾으며 자신감을 드러냈다.

"장난으로 하는데 위험하게 할 필요 있나. 그리고 받아주는 사람도 입장이라는 게 있지. 안 그러냐?"

"철영 동무, 괜찮지요?"

혁두가 머리에 맥주 캔을 올려놓은 철영이라는 공작원에게 물었다.

"하던 대로 해라!"

철영은 무심하게 말했다.

"그러면 회장님이 동전으로 하자니까 동전으로 합니다."

혁두는 5천동 동전을 손에 쥐고 철영으로부터 10보쯤 떨어져섰다. 철영은 눈을 감고 다리에 힘을 주었다. 혁두는 어깨를 몇 번 풀고 동전을 잡은 오른손으로 목표를 조준했다. 그리고 어깨 회전을 최소화해서 손목 스냅으로 동전을 던졌다.

철영의 머리에서 맥주 캔이 팡, 터지면서 바닥으로 떨어졌다. 상균은 깜짝 놀라며 달려가 터진 맥주 캔을 집었다. 동전은 맥주 캔을 찢으며 들어갔고, 캔에서는 맥주가 계속 새어나왔다.

"이게 돼?"

백상균이 감탄한 표정으로 두 사람을 쳐다보며 물었다.

"회장님, 혁두가 젓가락 던지면 벽에 박힙니다."

"1,000달러 받아서 나눠 가질까요, 행사를 한번 크게 할까요?"

철영이는 머리에서 맥주를 털어내며 말했고, 혁두는 웃기만 했다.

상균은 그때 이들을 벗어나는 게 호락호락하지 않다는 걸 직감했다. 그들은 보디가드인 동시에 자신을 옴짝달싹 못 하게 하는 감옥의 창살들이었다.

* * *

하노이 2월의 기온은 20도 이하에 머문다. 새벽에는 긴 팔을 입어야 할 정도로 서늘한 날씨였다. 상균은 1월부터는 새벽에 라운딩을 하는 대신 바닷가 산책으로 시간을 보냈다. 한국 관광객들이 골프장을 찾는 시기여서 혼자서 조용히 라운딩을 할 수 없기도 했다.

2월 3일 토요일 아침 7시, 상균은 아침 산책을 하러 방에서 나왔다. 리조트 객실에 묵고 있는 혁두는 복장을 갖추고 응접실에서 기다리고 있었다.

상균이 조금은 그윽한 눈을 하고 말했다.

"혁두야, 오늘은 카페에서 커피랑 아침 먹자. 괜찮겠어?"

"네, 일 없습니다."

두 사람은 객실에서 나와 리조트 내 오솔길을 따라 해안가로
갔다. 그리고 백사장 남쪽으로 걷기 시작했다. 남쪽으로 2km쯤
가면 브런치를 파는 카페가 있었다.

상균은 선글라스를 쓰고 헐렁한 바지와 네이비색 폴로 셔츠 차
림으로 해안가를 말없이 걸었다. 네 걸음 뒤에서는 혁두가 면바
지와 점퍼 차림으로 따라서 걸었다. 그렇게 30분 정도를 걸어 브
런치를 파는 카페 두 군데가 모여 있는 곳에 도착했다.

카페 앞에는 차량이 세 대 주차되어 있었다. 상균은 백사장에서
벗어나기 위해 해안도로 쪽으로 향했다.

해안도로에 올라서서는 주머니에서 담배를 꺼냈다. 상균은 아
주 가끔 담배를 피웠다. 혁두를 돌아보며 라이터를 달라고 했다.

혁두는 해안도로에 올라서며 주머니에서 라이터를 꺼냈다. 두
손으로 상균 입에 물려 있는 담배에 불을 붙여주었다. 여기까지
는 그다지 특별할 게 없었다. 그러나 혁두는 일상에서 벗어난 변
수가 생겼다는 걸 곧 알아차렸다. 상균의 등 뒤로 10m쯤 떨어진
곳에 정차된 토요타 랜드 크루저에서 두 명의 남자가 내리는 걸
보았다. 그들은 아닌 척 주위로 시선을 뿌렸지만, 누구를 노리고
움직이는지 정확하게 간파했다.

변수가 위험한 수준이라는 걸 직감한 혁두는 라이터를 바닥에 떨구면서 점퍼 안쪽 허리춤으로 손을 넣었다. 차고 있는 권총을 뽑으려는 거였다.

상균의 손이 어느새 혁두의 두 손을 슬그머니 붙잡았다.

"혁두야, 너 그거 꺼내면 여기서 죽는다."

"놔! 간나 새끼!"

혁두가 몸을 비틀면서 손을 뿌리쳤다. 사내들은 어느새 이미 눈앞에 다가서 있었다. 다시 총을 꺼내려 점퍼 안으로 손을 집어넣었다. 순식간에 달려든 사내 하나가 그가 총을 뽑지 못하도록 왼손으로 그의 팔뚝을 눌렀다.

사내의 오른손에는 칼이 쥐어져 있었다. 혁두가 몸부림치자 그의 왼쪽 허벅지 뒤쪽에 칼을 박았다. 혁두는 비명을 지르지도 못했다. 다른 사내가 혁두 뒤에서 상체를 팔로 감싸며 손으로 입을 틀어막은 것이다.

칼은 든 사내가 혁두 왼쪽 다리에서 천천히 칼을 뽑아 이번엔 오른 다리에 두 번째로 칼을 놓았다. 혁두의 두 다리가 몸을 지탱하지 못하고 바닥으로 무너졌다.

그사이에 칼을 든 사내는 혁두 허리에서 총을 빼앗았다.

"야야! 그만해라. 칼을 한쪽에만 쥐어야지 양쪽에 다 주면 어떡하냐!"

상균은 담배를 쥔 손을 흔들며 사내들을 탓했다.

"개 간나 새끼들, 내가 죽여버릴 거다."

혁두는 바닥에 엎드려 다리를 감싸며 울부짖었다.

"주머니 뒤져서 다 빼."

상균은 담배 연기를 내뿜으면서 태연하게 지시했다.

혁두를 뒤에서 제압했던 사내가 점퍼 주머니에 손을 넣으려 하자, 혁두가 욕을 하면서 몸을 웅크렸다. 사내는 반항하는 혁두의 머리를 절구 공이 같은 주먹으로 내리쳤다. 두 대를 맞자 웅크렸던 몸이 펴졌고, 코와 입에서는 피가 쏟아졌다.

혁두를 때렸던 남자는 그의 주머니에서 핸드폰과 접이식 칼 그리고 지갑을 꺼내 상균에게 가져다주었다. 상균은 담배를 발로 비며 끄고 나서 혁두 앞에 쪼그리고 앉았다.

"혁두야, 너 사람 몸에 칼 안 담궈봤지? 이건 동전 던지기하고는 다른 거야."

"좆까, 좆까!"

혁두는 욕을 하며 침을 뱉었지만 누운 제 얼굴에 도로 떨어졌다.

"혁두야, 이대표한테는 돈을 갚을 거라고 전해. 내가 원금 하나도 안 빼고 다 해결해줄 테니까 조용히 기다리고 있으면 된다고."

혁두는 계속 혼자서 중얼거리듯이 상균에게 욕을 해댔다.

"네 폰은… 저기 보이지?"

백상균은 손가락으로 브런치 카페 너머를 가리켰다.

"저기다 놓아둘 테니까 가져가. 거기서 전화해서 도와달라고 해. 피 많이 흘리면 위험하니까 빨리 와야 한다. 알았지!"

상균이 무릎을 펴고 일어서자 사내 둘도 차로 움직였다.

세 남자는 서두르지도 않고 천천히 랜드 크루저에 올라탔다. 랜드 크루저는 50미터 정도를 주행하다가 창문이 열렸고, 백상균은 백사장 쪽으로 핸드폰을 던졌다. 그리고 사라졌다.

* * *

혁두는 50미터를 온몸으로 기어가 핸드폰을 찾았다. 리조트 객실에 있는 철영에게 구조요청을 했다. 철영은 바로 자동차를 몰아 혁두를 실었고, 탄호아 시내에 있는 시립의료원 응급실로 데려갔다. 출혈이 상당했지만 혁대로 왼쪽 다리를, 점퍼로 오른 다리를 묶어 응급조치를 한 덕분에 겨우 목숨을 건질 수 있었다.

의사는 칼날이 다리 동맥을 피해 들어왔지만, 왼쪽 다리 측면의 햄스트링에 속하는 반힘줄근육이 끊어져서 말려 들어갔고, 때문에 걸음걸이가 불편할 수 있을 거라 진단했다.

그날 저녁 하노이에서 이상필이 내려왔다.

이상필은 철영을 병원 밖으로 불러내 주먹으로 가슴을 때리고 손바닥으로 뺨을 내리쳤다. 응급실 옆 주차장에서 철영은 말없이 맞기만 했다.

상필은 뺨을 서너 번 더 때리고서야 손을 멈추었다. 부하를 이렇게 조져댄다고 상균을 당장 찾아올 수도 없는 일이었다. 하지만 그는 견딜 수 없었다. 얼굴부터 목까지 벌게질 만큼 화가 가득 차올랐다.

"이 병신 새끼들! 전혀 눈치를 채지 못했니!"

이상필은 병원 벽에 붙어 있는 쓰레기통을 발로 걷어차면서 소리쳤다.

철영은 아무 대꾸도 하지 못했다.

"뭐라 말을 좀 해라!"

"제가 백상균이를 찾아서 목을 따겠습니다."

이상필은 철영의 정강이를 발로 걷어찼다. 철영은 허리를 굽히며 넘어졌다.

"목을 따? 그럼 300만 불은 누가 갚니?"

철영은 허리를 펴고 일어서며 또박또박 말했다. 자신이 돈을 받아오겠다며.

이상필은 담배를 꺼내 자기 입에 물고 철영에게도 건넸다. 두 사람은 각자 담배에 불을 붙이고 연기를 내뿜었다.

이상필의 핸드폰이 울렸다. 그가 리조트 객실로 보낸 부하에게 온 연락이었다.

"뭐라고! 이런 개새끼가! 알았다!"

신경질적으로 전화를 끊었다.

"민수랑 준호를 리조트에 보냈는데, 백상균 짐이 없어졌단다."

"이 개새끼….""

철영이는 신음하듯이 분노 섞인 목소리를 내뱉았다.

"종간나 새끼, 너를 혁두에게 보내고 자기 짐을 리조트에서 빼서 갔다. 리조트에 문제 있을 물건 놔둔 게 있니?"

"그런 것 없습니다. 총도 챙겨서 왔습니다."

"백상균이가 어디로 간 것 같니?"

"제 생각에는… 캄보디아로 가려고 할 것 같습니다."

"왜?"

"마카오와 캄보디아를 오고 가며 도피 생활을 했다고 했으니 캄보디아에 은신처가 있을 수 있지 않겠습니까?"

"우리가 찾을 수 있는 범위가 아닌데…. 나는 애들 데리고 리조트 수색하고 철수한다. 너는 혁두 옆에 있으면서 대기해라."

"네, 조장 동무."

이상필은 담배를 바닥에 떨구고 주차장으로 움직였다.

철영은 담배 연기를 내뿜으며 혓바닥으로 입 안의 상처를 살폈다. 여기저기가 터져서 혀에 피맛이 느껴졌다. 담배 연기 사이로 상필이 사라지자 철영은 담배를 비벼끄고 병원 안으로 들어갔다.

* * *

하노이에 있던 이상필은 철영의 연락을 받자마자 끊고 바로 상균에게 전화를 했었다. 하지만 수신불가 상태였다. 그 후 수없이 전화를 걸었지만 마찬가지였다.

분노에 찬 이상필은 '목을 따고 배를 갈라서 내장을 꺼내 빨래줄에 널어놓겠다'는 투의 메시지를 수없이 보냈다. 처와 딸의 성기를 도려내 사진을 찍어 보내겠다고도 했다. 그래도 메시지는 수신확인이 되지 않았다.

이상필이 핸드폰만 붙들고 있자, 하노이 북한 식당의 총지배인인 민수는 김상식에게 직접 연락을 해보자는 제안을 했다.

저녁 11시가 넘은 시간이었다. 식당 평양옥 영업을 마감하고 둘은 홀에 앉아 테이블에 맥주병을 놓아두고 있었다.

"김상식이 백상균의 위치를 알까?"

"김상식이 백상균의 위치를 몰라도 백상균은 그놈에게 연락할 겁니다. 돈이 필요한 건 백상균도 마찬가지 아닙니까?"

"계속해봐라."

이상필은 대동강 맥주를 제 잔에 따라 마셨다. 맥주로 목을 축이고 담배를 꺼내 불을 붙였다.

"김상식뿐만 아니라 백상균이가 비망록에 쓴 한국 인사들 모두에게 백상균의 위치를 말하라고 해야 합니다. 백상균이 우리에게 쓴 비망록을 모두 공개하겠다고 하면 어떻게든 그것만은 피하고 싶은 놈들이 있을 겁니다."

나름대로 궁리를 했던 건지 제법 일리 있게 들렸다.

"백상균이가 그놈들에게 연락을 할까?"

"혁두가 백상균 동태를 보고한 걸 보면, 백상균이 월말 때마다 여기저기에 돈을 보내라고 전화를 했다고 했습니다. 그 전화에는 그놈들도 있을 겁니다."

이상필은 민수 잔에 맥주를 채워주었다.

"네가 김상식에게 보낼 메시지하고 다른 놈들에게 보낼 메시지를 써봐라!"

이상필은 민수가 작성한 메모대로 김상식과 김재식에게 메시지를 남겼다. 그러나 응답을 받지 못했다.

백상균이 검찰수사를 받을 때 선임했던 차장검사 출신 변호사에게도 연락했다. 그에게 비망록에 적힌 로비한 검사들에 대한 명단을 보냈다. 하지만 변호사 역시 답신을 하지 않았다. 그렇게 시간은 또 일주일이 지나갔다.

철영은 혁두를 퇴원시켜 하노이 안가로 데리고 왔다. 아직 안색이 창백하고 힘겨워 보였다. 게다가 햄스트링이 끊어진 왼쪽 다리는 목발을 짚어야 했다. 마른 몸이 더 말라 보였다. 이상필은 다리를 절며 복귀 신고를 하는 혁두에게 개고기를 먹여야겠다며 당분간 쉬라고 했다.

공작원들 안전가옥은 북한식당 평양옥의 종업원들 숙소와 같은 아파트였다. 평양옥에서 도보로는 30분, 오토바이를 타고는 5분 안에 도착하는 곳이다. 아파트 3층에는 식당 종업원 숙소가 두 채였는데, 2층에는 이상필과 공작원들이 사용하는 아파트가 두 채 있었다. 이상필의 숙소에서 혁두를 제외한 공작원들이 모여 향후 대책을 논의했다.

조직에 위기가 닥쳤다는 걸 모두 공감했는지 누구도 먼저 말을 꺼내지 못했다. 침묵이 길어질수록 분위기는 점점 가라앉았다.

"조장 동무, 제가 서울에 가서 김상식을 만나겠습니다."

철영이 서울 가기를 자원했다. 그는 어떻게든 백상균을 놓친 실수를 만회하고 싶어 하는 것 같았다.

"만나기만 한다고 문제가 해결되는 게 아냐. 돈을 받든지 백상균 위치를 알아내야 하는 거지."

상필은 의외로 침착하고 차분하게 말했다. 화를 내기도 지친 듯했다.

"백상균은 김상식에게 분명히 연락할 겁니다. 제가 탄호아에 있으면서 백상균이 김상식에게 돈을 재촉하거나 욕하는 전화 내용을 여러 번 들었습니다."

상필은 대답을 하지 않았다.

"제가 서울에 가서 김상식을 지키고 있으면 백상균은 그리로 올 겁니다."

상필은 공작원들을 쳐다보면서 생각에 잠겼다가 식당 총지배인 민수를 보고 입을 열었다.

"서울에 가려면 어떻게 해야 하나?"

"평양의 승인을 받아야 합니다. 그래야 한국 여권을 받을 수 있고, 서울에서 지원을 받을 수도 있습니다."

"내가 서울에 일이 있다고 적당히 얘기해서 여권을 받아볼게. 그 외의 지원은 필요 없지 않았어? 서울에서 사용할 수 있는 장비 위치는 민수 네가 알아내서 철영이에게 알려줘. 사용하지 않고 다시 제자리에 반환하면 문제없다. 철영이는 서울에서 교육받은 대로 핸드폰을 개통해 우리와 연락망 유지한다."

"철영이를 정말 서울에 보낼 겁니까?"

민수가 물었다.

"평양에서 몸 사리고 있는 놈들이 이런 작전을 승인하겠어? 돈 먹는 두꺼비처럼 넙죽넙죽 받아 처먹기만 하는 놈들, 여권을 받으려면 그놈들에게 또 얼마가 건너가겠니."

베트남 공작조에 노동당 군정지도부에서 파견한 정치요원은 혁두였다. 혁두가 회의에 참석하지 못해 이상필은 편하게 말할 수 있었다.

"제가 서울에 가서 김상식에게서 돈을 받거나, 백상균을 찾을 기회를 만들겠습니다."

철영이 다부지게 말했다.

서울

철영은 '민한철'이라는 이름으로 중국 여권을 가지고 3월 13일 인천공항을 통과했다.

그의 공민증은 조선족 신분이었다. 그는 중국 여권을 받기 위해 하노이에서 중국 광서성 남령시로 이동했고, 그곳에서 특송으로 받았다. 그리고 여권 테스트를 위해 홍콩으로 이동했다가 홍콩에서 인천행 비행기를 탔다.

인천공항에 내리자마자 시흥시 정왕동으로 가서 핸드폰 매장을 돌며 유심 3개를 구매했다. 선불폰 3대도 함께 개통했는데, 선불폰에 있는 유심은 빼고 별도로 구매한 유심으로 갈아 끼웠다.

그리고 나서 남양주시로 이동했다. 민수가 전달한 정보에 의하면, 거기 임대창고에 공작에 필요한 장비가 있었다.

찾아낸 임대창고는 컨테이너 야적장에 있었다. 철영은 민수에게 전달받은 키 번호로 컨테이너를 열고 들어가 박스에 보관된 토카레프 2정, 탄창 4개, 소음기, 자살용 앰플, 공작금 200만 원을 가지고 나왔다.

저녁 9시에 서울로 들어와 일산 모텔에 은신처를 마련했다.

모텔에서 해야 할 일의 우선순위를 메모했다. 첫 번째는 김상식을 만나는 일이었다.

다음 날 오전에 김상식에게 전화를 걸었다. 얼떨결에 전화를 받은 김상식은 백상균에게 연락 온 게 없다며 얼른 끊으려 했다.

"김대표님, 지금 사무실 앞입니다. 들어가서 이야기합시다."

철영은 그때 이미 여의도 신송센터 빌딩 18층 케이앤파트너스 앞에 와 있었다. 김상식은 외부에서 회의 중이라고 했지만 철영은 개의치 않았다. 전화를 끊고 다짜고짜 사무실로 쳐들어갔다.

안에는 젊은 여직원과 30대 후반쯤 된 남자 직원이 있었다. 여직원이 어떻게 오셨냐고 물었지만 그녀의 어깨를 밀어내고 철영은 대표이사실로 성큼성큼 걸어갔다. 그리고 문을 신경질적으로 열었다. 사무실에는 아무도 없었다. 여직원은 대표님이 이번 주는 해외 출장 중이라며 전화를 걸어보라고 했다.

사무실을 둘러보니, 남자 직원은 자신에게 눈길도 주지 않았다. 김상식은 투자금을 되돌려 받으려고 찾아오는 채권자들을 피해 사무실을 비우는 시간이 많았다. 그러다 보니 직원들은 이런 상황이 낯설거나 놀랍지 않았다. 철영처럼 다짜고짜 대표이사실부터 찾아 들어가는 사람들을 숱하게 대응하고 있었다.

두 번째 할 일은 서초동에 있었다.

철영은 백상균의 변호사 사무실을 찾아갔다. 변호사 사무실은 중형 법무법인으로, 20층 건물 5개 층을 임대해서 쓰고 있었다. 프론트 데스크에서 변호사 이름을 댔지만 약속 없이 사무실에 올라갈 수는 없었다. 전화를 해도 받지 않았다.

철영은 변호사 사무실 앞에서 사진을 찍어 전송했다. 수신확인만 할 뿐 대답이 오지는 않았다.

세 번째 할 일은 김재식을 만나는 일이었다.

철영은 용산경찰서 정보관 김재식을 만난 적이 있었다. 김재식도 그때 철영을 알았다.

김재식이 하노이로 백상균을 만나러 왔을 때, 둘은 하노이에서 북쪽으로 한 시간 거리에 있는 탄란CC에서 골프 라운딩을 했다. 골프장까지 이동하고, 라운딩 후 하노이로 가는 걸 혁두와 철영이 맡아서 했다.

혁두와 철영은 조선족이라고 자신들을 소개했다. 백상균에게는 그 이상 이야기하지 말 것을 미리 당부해둔 터였다.

김재식이 하노이에서 2박을 하는 동안 철영은 혁두와 함께 상균과 김재식을 감시하면서 가이드 역할을 해주었다.

철영은 변호사 사무실을 나와 김재식에게 전화를 걸었다. 그는 바로 전화를 받았다.

철영은 하노이에서 운전을 해주었던 자신을 소개하면서 만나자고 했다. 김재식은 일이 있다는 핑계를 대며 서둘러 전화를 끊었다.

철영은 그때부터 일주일 동안 김상식, 백상균의 변호사, 김재식 정보관의 직장 근처를 맴돌며 출근 여부를 체크했다. 퇴근할 때까지 기다렸다가 집까지 미행해 하루 동선도 확인했다.

백상균의 변호사는 철영이 찾아간 날 오후 3시쯤 대치동 집으로 퇴근했고, 그날 이후 출근하지 않았다.

김상식은 한동안 사무실로 나오지 않다가 철영이 찾아간 날로부터 3일 후에 모습을 드러냈다. 출근길이 철영에게 포착되어 집까지 미행을 당했다.

출퇴근이 일정할 수밖에 없는 김재식은 그날 오후 퇴근 때부터 미행을 당해 역시 집이 노출되었다.

3월 20일, 철영은 김재식에게 용산경찰서 로비에서 오후 2시에 보자는 문자를 남겼다.

경찰서 정문에서 정보과 김재식을 만나러 왔다고 했고, 방문명단에 민한철 이름을 기재했다. 철영은 아웃도어 바지와 점퍼, 야구모자를 쓰고 운동화를 신었다. 오후 2시 10분쯤 김재식이 경찰서 로비로 나왔다.

김재식은 어색하고 과장되게 웃는 표정이더니 로비에 있는 사람들이 다 듣도록 목소리를 높였다.

"거참, 내가 오늘 오후에 방문할 곳이 있어서 힘들다고 했는데. 나중에 오시면 될걸."

김재식은 악수를 하려고 손을 내밀었다. 철영은 팔짱을 낀 채 상대의 손만 내려다봤다.

"여기서 얘기할까, 나가서 할까?"

철영은 다른 사람이 들어도 상관없다는 투로 반말을 했다.

"저기, 차를 타고 나가서 이야기합시다. 차 안 가지고 왔죠? 내 차로 갑시다. 이 근처에는 마땅한 커피숍이 없어서."

김재식은 일단 그를 로비에서 데리고 나왔다. 괜히 한 번 두리 번거리고는 주차장 쪽으로 성큼 걸음을 옮겼다. 철영은 두 발짝 쯤 뒤에서 따라갔다. 그에게 경찰서는 적진 한복판이나 마찬가지 였다. 투자회사 사무실이나 변호사 사무실과는 전혀 다른 공간이 었다.

김재식이 검은색 그랜저 운전석에 타는 걸 보고 철영이 조수석 문을 열었다.

"거참, 여기까지 찾아오면 어떡합니까! 백회장님은 베트남에 있고 한국에 들어오지도 못할 텐데."

김재식이 안전벨트를 매고 차를 출발시켰다.

철영이 안전벨트를 매지 않아 차에서 경고음이 계속 울렸다. 경 찰서 정문을 나갈 때까지 매지 않았다. 안전벨트를 매면 경찰서 에서 탈출해야 할 상황에 신속히 대응할 수 없었다. 경찰서를 빠 져나오자 철영은 안전벨트를 등 뒤로 돌려 버클에 채웠다.

"사고 나도 난 모릅니다."

김재식이 돌아보지도 않고 말했다.

"그리고 백회장님이 나에게 보고하고 어디 가시는 분이 아닌

거 알잖아요. 한국에 있는 나한테 백회장님 행방을 물으면 내가 어떻게 대답을 합니까?"

"김재식이, 니 씨부리는 건 좋은데, 허튼짓하지는 마라. 옆구리 빵꾸 난다."

철영은 허리에 찬 총을 오른손으로 쥐고 아웃도어 점퍼 안에서 김재식을 겨누며 말했다.

김재식은 철영이 겨눈 총열이 점퍼 안에 있어 보지 못했다.

"허, 씨발. 그게 뭔데?"

철영은 총을 밖으로 꺼내 그의 오른쪽 허벅지를 총 끝으로 지그시 눌렀다.

"경찰서에서 나왔으니까 땡길까?"

"아니, 아니, 말을 좀 들어보라고! 난 백상균이가 어디 있는지 모른다고!"

김재식이 운전하면서 소리쳤다.

"너한테 연락은 왔지?"

"왔어, 왔어. 올 1월에 500만 원만 보내라고 해서 보냈어. 가끔 그러시거든. 500만 원 보내 드리면 일주일 후에 600만 원 다시 보내주고. 그래서 돈 보내드렸어."

"그게 다야? 전화기 꺼내봐!"

"아이, 진짜 왜 그래! 3월 이후에 이상필 대표인가 하는 사람이 메시지를 보냈어. 내가 베트남에서 회장님과 어울린 거 폭로하겠다며 사진 몇 장 첨부해서. 그래서 내가 회장님께 전화를 드렸는데, 받지 않으시더라고."

"그래서?"

"그래서 텔레그램으로 메시지를 보냈지. 베트남에서 무슨 일 있으시냐고. 그랬더니 별일 아니니까 신경 쓰지 말고 있으래. 나중에 연락한다고. 그게 다야."

"전화기 꺼내라!"

"알았어, 알았다고. 다 보여줄게."

김재식은 핸드폰을 꺼냈고, 원효고가를 타기 전 신호대기에서 텔레그램 앱을 열었다. 백상균과의 대화방은 비어 있었다.

"이게 자동 삭제 기능이 있어서 하루만 지나면 대화방 내용이 모두 없어져."

철영은 전화기를 빼앗아 내용을 확인하고 백상균의 텔레그램 아이디를 암기했다.

"백상균에게 메시지 보내서 위치가 어디인지 알아내. 그리고 나에게 알려줘야 한다."

대화방이 비어 있는 걸 보고 철영이 지시했다.

"백회장 같은 여우가 나한테 그런 걸 오픈하겠어?"

"그건 니가 해결할 문제야. 일주일 줄게. 그 안에 알아내. 너는 내가 누구인지 모르지? 일주일 안에 알아내지 못하면 내가 너희 집에서 내가 누구인지 알려줄 거다."

"아니, 다짜고짜 그러지 말고. 나도 회장님께 얘기는 들어서 자기들이 어떤 사람인지 대충은 아는데, 너무 그렇게 일방적으로 요구하면….”

“차 세워라!”

“뭐?”

“차 세우라고.”

김재식은 삼각지역을 지나 차를 세웠다. 철영은 차에서 내리면서 ‘일주일이다’라고 기간을 다시 한번 강조했다. 그리고 삼각지 대구탕 골목으로 사라졌다.

* * *

그렇게 일주일이 지났다.

이상필은 철영에게 한국에서 활동한 상황을 보고 받고, 김상식, 백상균의 변호사, 그 변호사 로비 명단에 있는 검사들 그리고 김재식 정보관에게 협박성 메시지와 메일을 다시 보냈다. 하지만 아무도 반응이 없었다.

밤 10시가 지나 영업을 끝낸 하노이 평양옥 홀에서 이상필과 민수는 맥주를 마시며 고심하고 있었다.

“조장 동무, 이제 어쩌실 겁니까?”

이상필은 담배를 뻐금뻐금 빨면서 대답이 없었다.

“철영이가 서울에서 여기저기 쑤시고 다녔으니까, 남한 애들이 눈치를 챘을 수도 있을 텐데요. 이쯤에서 철수시키는 것이 어떻겠습니까?”

민수가 조급한 얼굴로 이상필의 눈치를 보다가 말했다.

"지배인…."

"네, 조장 동무."

"오늘 매출이 얼마인가?"

"네, 매출은 일 없습니다. 늘 거기서 거기인데, 그건 왜 그러십니까?"

"우리가 필로폰을 돌려도 현금을 줄 수가 없다."

"마카오 애들이 백상균 빚 담보로 필로폰을 받으니까 그렇지요. 그러면 다른 쪽 유통을 늘려볼까요?"

"마카오 애들에게 필로폰 주지 않고 다른 쪽 유통 늘리면 어찌되나? 마카오 애들 구역으로 그 필로폰이 넘어가고, 그때부터는 마카오 애들과 전쟁을 해야지."

이상필은 재털이에 담배를 비벼 껐다. 맥주잔을 움켜쥐고 힘을 주었다가 벌컥거리며 목을 적셨다.

"더 문제가 뭔지 아니? 필로폰 받아왔는데 돈을 송금하지 않으면 공장에서 우리에게 필로폰을 주지 않는다는 말이다."

이상필은 담배를 새로 꺼내 불을 붙였다.

"사정 얘기를 해보고, 일단 물량을 확보해야 하지 않겠습니까?"

민수가 주눅이 들어 말했다.

"공짜로 줄 놈들이 아니잖아. 철영이 서울 보내는 여권 받아오는 데 1만 불 썼다. 우리가 베트남에서 계속 공작하려면 여기저기

약을 뿌려야 해. 할당된 달러만 보낸다고 우리를 여기 그대로 놔두었어? 당무위원회에 줄을 대며 이리로 나오려는 놈들이 얼마나 많은데."

"지간 놈들! 해외 공작을 해보지도 않았으면서 나와서 뭐 한다고 그런답니까!"

"당 입장에서 우리가 가시 같은 존재 아니갔어? 백두혈통에 손을 댔으니 찜찜하지. 교체하고 싶은데 명분이 없어서 못 하고 있는 거야. 내가 여기저기 약 치면서 살살대니까 조치를 못 하고 있는 거라고."

"조장님이 지난 일 년간 혁명적으로 가열차게 기름칠을 했으니 당분간 약발이 있지 않갔습니까?"

"그 기름칠을 백상균이 가져온 돈으로 했지. 마카오에 주어야 할 200만 달러는 한 푼도 줄지 않았고."

두 사람은 무거운 한숨을 쏟아놓고 다시 맥주를 마셨다.

"필로폰 배정도 뒷돈을 주지 않으면 물량을 많이 주지 않아. 중국 공작조 애들이 싹 쓸어 가면 우리에게 떨어지는 물량이 얼마나 되갔어. 중국 공작조는 우리가 마카오에서 영업하는 것도 불편해하는데 말이다."

"아…."

민수가 짧은 탄식을 터트렸다.

"돈이 돌지 않으면 필로폰을 받아올 수 없어. 카지노 애들 빚 독촉은 더 심해질 테고. 평양은 가만있나! 할당금 독촉은 말할 것도 없고. 백상균 때문에 300만 불이 물려 있어서…. 젠장! 현금흐름이 중요한데. 공급망 있고 납품처가 있어도 현금이 안 돌아서 망하겠다는 말이다."

두 사람은 새로 채운 맥주잔을 단숨에 깨끗하게 비웠다. 그리고 잠시 대화가 끊겼다.

"내가 제일 열 받는 게 뭔지 알간?"

이상필이 한참 만에 입을 열었다.

"백상균이에게 속은 것 아니겠습니까."

"백상균이, 백상균에게 돈 처먹은 놈들, 그 간나 새끼들이 우리를 좆 같이 보는 거다. 사기꾼 새끼한테 공화국의 혁명 전사가 칼을 맞고, 사기꾼 간나 새끼한테 오쟁이 잡힌 얼빠진 놈으로 취급당하고 있다고!"

이상필은 맥주잔을 바닥에 내던졌다. 잔이 깨지면서 유리 파편이 이리저리 흩어졌다.

"조장 동무, 머리에 열이 오른 건 이해하지만, 어떻게든 필로폰을 미리 땡겨와 시간을 벌어야 하지 않갔습니까, 제가 평양으로 신의주로 한번 돌고 오겠습니다."

"총지배인, 나는 말이다. 남한 놈들의 사상이 정말로 마음에 들지 않는다."

"어떤 사상 말입니까?"

"남쪽 아새끼들은 돈을 빌려가면 갚지 않는 걸 원칙으로 생각한다는 말이다. 백상균이나 김상식이나 대갈박에 '돈은 안 갚는 것이다'고 써붙이고 다니는 놈들이란 말이야."

"그렇습니다. 우리는 필로폰 물량 받아서 즉각 대금 납부하고, 밤낮으로 정말로 열심히 투쟁하는데 말입니다."

"이런 식으로는 안 되갔어."

"어떻게 하시려고 그럽니까?"

민수가 걱정스러운 듯이 물었다.

"우리가 누구고, 무엇을 할 수 있는 사람인지 보여주겠어."

"어떻게… 말입니까?"

"적극적인 조치가 필요하단 말이야. 첫 번째 목표는 김상식이!"

"조장 동무, 제거 명령은 평양에서만 내릴 수 있습니다."

민수가 화들짝 놀라 말했다.

"김상식을 본보기로 우리의 의지를 알리는 거이야."

"김상식을 제거하면 돈을 어떻게 받습니까?"

"그건 백상균이 고민하게 해야지. 목표를 김상식으로 정한 건 백상균에게 보여주려는 거야. 돈을 해결하지 못하면 골로 간다고 말이다."

"조장 동무, 평양에서 절대로 용서하지 않을 겁니다. 그런 작전을 단독으로 할 수는 없습니다. 은밀하게 한다 해도 말입니다."

민수가 안절부절못하고 엉덩이를 들썩였다.

"아니, 공개적으로 보여줘야지. 백상균뿐만 아니라 관계되어 있는 놈들 모두에게."

"평양에서는 절대로…."

"신경 쓰지 마! 백상균을 확보해서 그놈이 말한 비자금의 절반이라도 찾아내면 어떻게 됐어? 1천만 달러만 평양에 보내도 우리 일은 합리화될 거야."

"평양에서 식구들이 고초를 겪을 수도 있습니다."

"약을 써야지. 당 간부들에게 개별적으로 약을 쓰면 가족들도 어찌 못한다는 말이다, 알간? 그래서 우리에게 제일 필요한 건 백상균을 다시 잡아오는 거야."

"혁두에게는 어떻게 설명할 겁니까?"

"먼저 설명할 필요 없다. 조치를 취하고 나면 당에서 혁두에게 지령을 내린다. 그때 가서 설명해도 돼. 혁두는 이 일에서 자유로울 수 없어. 백상균을 놓친 건 혁두니까."

"철영에게는 어떤 지시를 내릴 겁니까?"

"김상식을 공개된 장소에서 사살. 총기는 현장에. 메시지는 분명해야 한다."

"…"

민수는 입을 벌린 채 말이 없었다. 이미 다 결정지은 것처럼 느껴질 만큼 이상필은 단호해 보였다.

"쫄지 마라! 백상균만 확보하면 된다. 그놈이 가지고 있는 비자금만 있으면 우리의 적극적인 조치는 사후 승인이 될 거야. 가족들도 안전하게 생활하게 할 수 있어."

민수는 이상필을 불안하게 쳐다보며 잔에 맥주를 따랐다. 그의 손이 덜덜 떨리고 있었다.

상균의 호출로 서울에서 베트남으로 넘어온 건 전주역전파 행동대장 남대표였다. 그는 호치민에서 도박사이트를 운영하는 후배 둘을 시켜 상균의 탈출을 도왔다.

상균은 탈출에 성공한 뒤 김상식에게 바로 연락했다. 이상필한테서 연락이 오면 10만 달러를 보내주라고 했다. 김상식은 준비해보겠다고는 했다.

그리고 회사로 후배가 찾아가면 현금 3억 원을 마련해서 주라고도 했다. 김상식은 그것도 준비해보겠다고 했다.

다음 날 남대표가 부하들 다섯을 대동해 김상식의 사무실을 점거했다. 김상식은 급하게 현금을 융통해 그에게 3억 원을 지급했다.

3억 원은 도피자금이었고, 10만 달러는 북한 공작원들에게 주어 시간을 벌려던 거였다.

남대표는 돈을 가지고 베트남으로 들어갔다. 예정한 대로 백상균과 함께 캄보디아로 월경을 시도했다. 그러나 월경 브로커가 수상하다는 낌새를 눈치채고 포기했다. 대신 중국으로 월경을 알아보기 위해 하이퐁으로 이동했다. 하이퐁 시내 호텔에서 둘은 은신 중이었다.

-회장님, 뉴스 보셨습니까? 여의도에서 총에 맞은 사람은 김상식 대표입니다.

핸드폰 텔레그램 앱으로 메시지가 전달되었다. 발신인은 김재식 정보관이었다.

상균의 변호사도 같은 내용의 메시지를 보냈다. 그리고 변호사는 상균에게 어떤 조치든지 취해달라고 했다.

김상식이 총격으로 여의도에서 살해당한 건 상균에게도 충격이었다. 공작원들이 이렇게까지 막 나갈 줄은 예상하지 못했다. 더욱이 한국에 사람을 보내 자신의 주변인들을 여기저기 들쑤시고 다닐 줄이야.

'김상식이 바보 같은 놈아, 10만 불을 줬으면 죽을 일도 없었을 텐데.'

그때 상균은 그 정도에서 이들도 물러설 거라 예상했다. 그것만으로 충격요법은 충분했다. 사람이 죽었으니 앞으로 파장도 만만치 않을 텐데, 어디까지 그 영향이 미칠지 가늠도 되지 않았다.

그렇게 열흘이 지나 4월 13일, 김재식이 아파트 주차장 자신의 차에서 변사체로 발견되었다.

상균은 김재식 사망 뉴스까지 접하자 분명하게 알게 되었다. 이상필이 있는 한 자신은 어디서도 안전하지 않을 거라는 걸.

블랙

형사의 보고는 항상, 언제나, 어떤 경우에도 한 박자가 늦는다.

절대로 수사상황을 실시간으로 보고하지 않는 것이다. 여기엔 그만한 이유가 있다. 그만한 이유에 해당하는 과정을 일반화시켜 보면 이렇다.

경찰청의 수사 관료는 현장 일선의 수사팀에 새로운 수사 내용을 내놓으라고 독촉한다.

수사팀장은 경찰청 압박에 검증되지 않은 단서를 근거로 성급하게 긍정적인 보고를 하고 만다. 긍정적인 보고를 기다렸던 수사 관료는 경찰청 지휘부에 그대로 보고받은 내용을 전달한다. 하지만 생물과 같은 수사에서 반대 증거가 나오는 순간, 긍정적인 단서는 무용지물이 돼버린다.

그런 케이스가 생기면 경찰청 지휘부는 수사팀을 불신하기 시작한다.

여기서 나아가 더 안 좋은 경우도 발생한다. 경찰청 수사 관료가 언론의 압박을 못 이겨 검증되지 않은 수사 내용을 언론에 노출하는 것이다. 그러다 사실관계가 틀어지면서 오보로 판명되는 경우다.

경찰청이 열받은 언론사와 관계를 다시 정상화하려면 수사팀장을 날려야 한다. 그래서 수사팀은 항상 상급부서의 질책을 감수하더라도 수사 상황을 실시간으로 공유하지 않는 것이다.

서울시경은 총기살인사건 용의자와 용산경찰서 정보관 피살사건 용의자의 공통점을 두 가지 발견했다. 두 건의 용의자가 동일인이라는 것과 백상균과 연관성이 있어 보인다는 거였다.

그러나 경찰청 국가수사본부에는 바로 보고하지 않았다. 용의자의 인적 사항을 먼저 특정해야 했다. 그런 다음에 그간의 수사 상황을 종합해 국가수사본부에 보고하려는 계획이었다.

그런데 수사본부 형사들은 예상보다 일찍 용의자를 조우했고, 격투 끝에 사살하는 지경에 이르렀다. 설상가상 용의자에게는 대공용의점이 확인되었다. 은신처에서 토카레프 탄창 두 개와 북한 공작원들이 소지하는 자살용 앰플까지 나온 것이다.

국가수사본부는 강력범죄수사대를 보고누락으로 질책할 여유도 없었다. 경찰관이 총기로 용의자를 사살했고, 사살된 용의자는 북한 공작원으로 추정되며, 용의자는 이미 서울에서 두 건의 살인사건을 저질렀다. 뿐만 아니라 피해자들은 백상균 관련한 협박을 당하고 있었다. 이러한 사실관계는 사회를 뒤흔들 폭발성이 농후했다.

이 사안을 가지고 경찰청 9층 경찰청장 직무실에서 경찰청장, 국가수사본부장, 외사국장, 국가수사본부 형사국장, 안보수사국장이 모였다. 둘러앉은 그들의 분위기는 무거웠고 심각했다.

"백상균은 지금 어디 있습니까?"

경찰청장이 외사국장에게 물었다.

"하노이에 있을 겁니다. 연락은 백상균이 김민준 경감에게 하기로 했습니다. 김경감이 먼저 연락할 수는 없는 상황이고요."

외사국장이 간단하게 대답했다.

"청장님, 피해자들 포렌식 자료를 보면요, 살해당한 사람들은 백상균의 조력자로 보입니다."

형사국장이 경찰청장에게 말했다.

"사살된 용의자에게서 대공용의점이 있다고 보아야겠지요···. 백상균과 북한 공작원이라···. 도무지 연결이 되지 않는데···. 대체 무슨 일이 있는 걸까요?"

경찰청장이 중얼거리듯이 말했다.

맥락의 간격이 너무 길다 보니 누구 하나 먼저 나서질 못했다.

"형사국장, 상황이 급해서 지금은 넘어간다만, 서울시경 강력범죄수사대가 보고누락한 건 사건 종결 후에 꼼꼼히 따져봐야 해! 난 형사들이 사건 정보 독점하는 걸 상당히 불쾌하게 생각하고 바꿔야 할 관행이라고 봅니다."

경찰청장의 목소리가 조금 높아졌다.

"만약 그날 말이야, 우리 형사들이 용의자에게 당했으면 강력범죄수사대는 뭐라 했을까? 그제야 '살인사건은 백상균과 관련있고, 두 강력사건의 용의자는 동일인입니다' 이따위로 보고하면 강력범죄수사대장은 말할 것도 없고 서울청장까지 위태로웠을 거야. 안 그래!"

고개를 주억거리기만 할 뿐 형사국장은 말이 없었다.

"백상균은 어떻게 송환할 겁니까?"

경찰청장이 외사국장을 보면서 말했다.

"인터폴계에서 송환계획을 짜고 있습니다. 금일중으로 보고드리겠습니다."

"하노이 경찰주재관이 김민준 경감이라고 했죠? 대학 선배 아들인데…."

모두 찻잔을 든 채로 또 말이 없었다.

"백상균이 하노이에서 발견되었다는 보고는 대통령실에서 관심이 많았습니다. 게다가 살인사건 용의자한테서 백상균과 관련성이 나왔고요. 신속히 송환합시다."

경찰청장의 지시에 외사국장은 빠른 송환을 준비 중이라고 대답했다.

"청장님, 언론에는 가려두시죠. 백상균이 하노이에 발견된 것과 살인 피해자들이 백상균과 관련 있다는 부분은 언급하지 않는 게 좋겠습니다. 대통령실에 보고할 때도 비공개로 송환을 추진하겠다고 해야 합니다."

형사국장이 조심스럽게 제안했다.

"대통령실에서 살인사건과 백상균의 연관성을 보고하지 않았다고 추궁하면 형사국장이 적당한 답을 준비해야 할 거야."

경찰청장은 형사국장을 일부러 똑바로 쳐다보며 말했고, 이내 안보국장에게로 고개를 돌렸다.

"안보국장님, 국정원과는 협업 중인가요?"

"사살당한 공작원에 대해서 추가정보를 공유해주기로 했습니다."

"비공개 송환이기 때문에 작전명을 모닝글로리로 했습니다."

"모닝글로리? 무슨 뜻입니까?"

외사국장이 작전명을 말하자 경찰청장을 비롯해 다들 그를 쳐다보았다.

"베트남 요리 이름입니다."

* * *

외사국장은 이번 일에서 하루라도 빨리 벗어나는 것이 목표였다.

경찰청 외사국이 살인사건과 관련 있는 백상균을 송환 중에 있다는 게 세상에 알려지면 언론의 관심은 외사국에 집중될 것이다. 그러기 전에 송환을 마무리 지어야 한다.

외사국의 업무는 해외수배자 추적과 송환까지다. 그다음 수사는 수사부서의 책임이었다.

외사국장은 백상균의 소재를 발견한 것만으로도 충분한 공을 세웠기 때문에 지금부터는 엑시트가 빠를수록 좋다고 생각했다.

그는 경찰청장실에서 내려오면서 바로 외사과장을 호출했다.

"송환팀 당장 베트남으로 보내!"

호출받은 과장은 이미 국장 직무실 앞에 대기하고 있었다.

"네! 다른 지시는… 없었습니까?"

외사과장이 벌겋게 긴장한 얼굴로 물었다.

"최대한 신속하게 송환한다. 다른 지시사항은 없어. 우리는 데리고 와서 검찰청에 넘기면 손 터는 거야."

"네, 송환팀은 이준 경감을 팀장으로 해서, 살인 용의자를 사살한 강력범죄수사대 형사 2명, 그리고 하노이 경찰주재관 김민준입니다. 표는 예약했고 돌아오는 티켓은 항공사와 오픈 발권 협의 중입니다."

국장과 과장은 직무실로 같이 들어가면서 대화를 이어갔다.

"백상균은 어디 있어?"

"저희도 모릅니다. 그쪽에서 SNS로 연락을 합니다."

"하노이에 가면 백상균을 데리고 올 수 있는 건 맞는 거지?"

"그 부분은 문제없을 겁니다. 한국행을 원하는 건 백상균이니까요."

외사국장이 허공을 잠시 쳐다보다 생각난 듯 물었다.

"언제 떠날 수 있어?"

"출발하는 건 문제가 없습니다. 송환업무에 대해 하노이 공안국과 협의 중인 것들이 있어 그것만 해결하면 언제든지 떠날 수 있습니다."

"어떤 부분을 협의하는데?"

"우선 현지에서는 최대한 신속하게 조사를 하고 한국행 비행기를 태워달라고 해야 합니다. 다음으로 호송경찰관들 무장을 허락해달라는 요청입니다."

"그게 가능해? 그리고 그럴 필요까지 있나?"

"우리도 외빈 방문에서 경호인력 무장허가를 해준 적이 있습니다. 조직폭력배 출신이고 국내에서도 분쟁이 있다는 이유로 추진해보려고 합니다. 김민준 경감이 현지에서 하고 있습니다."

"쓸데없는 일 같은데… 아무튼 시간 오래 끌지 말고 송환팀 출발시켜! 대통령실에 송환업무 일일보고 올려야 한다. 관심이 아주 많아."

외사과장이 나가자 국장은 맥이 풀린 표정으로 생각에 잠겼다.

그가 이번 일에서 빨리 손을 털려고 하는 이유는 무엇보다 대통령실의 관심 때문이었다. 백상균이 검찰의 수사를 받다가 해외로 도피한 건 알려진 사실이다. 지금 대통령실에는 검사들이 우글우글했다. 그들이 백상균 송환에 관심이 많다는 건 정권에서 부담으로 여긴다는 것이다. 외사국장은 백상균 소재 발견을 대통령실에서 불편하게 생각한다는 뜻으로 해석했다.

대통령실은 집권 초기부터 경찰청에 외사국의 기능과 인력의 축소를 주문했다. 외사국은 저번 정권에 비해 규모가 반토막이나 있었다. 백상균 송환과정에서 대통령실 심기를 거슬리면 외사국은 문을 닫아야 하고, 자신은 지방청장도 해보지 못하고 퇴직을 해야 했다.

* * *

오후 2시 30분, 점심 시간이 꽤 지났는데도 식당은 아직 좀 붐비는 편이었다.

"그래서, 그 꼬마들이 백상균 말이 사실인지 확인하려고 대통령실로 가는 보고서에 역정보를 흘렸다?"

"더 대단한 건 유출되는지를 확인하기 위해 3일간 잠복까지 했답니다."

"맹랑한 친구들이네. 한번 혼나봐야겠는걸."

낙원상가와 탑골공원이 마주한 곳에 노인들을 위한 무료급식소가 있고, 6천 원에 한 끼 식사를 해결할 수 있는 식당들이 늘어서 있었다. 순대국 한 그릇을 6천 원에 파는 식당에서 정변호사와 50대 중반의 남자가 원형 철판 테이블에 앉았다.

각자 앞에 놓인 순대국은 반쯤 비워져 있었다. 그 옆으로 이미 빈 소주병 두 개가 보였다. 서로의 맥주잔에는 소주가 가득 담겨 있었다.

정변호사는 은은한 광택이 나는 네이비색 양복에 백지장처럼 하얀 셔츠를 입고 있었다. 그의 잘 손질된 헤어와 페레가모 구두는 허름한 식당에서 더욱 도드라져 보였다.

50대 중반의 남자는 오래되어 보이고 구겨진 은색 양복을 입고 있었지만 손에는 롤렉스 서브마린을 차고 있었다. 빗질을 하지 않은 머리와 아침에 면도를 건너뛴 얼굴이어서 식당 분위기에 그러저럭 어울렸지만, 양복은 역시 어울리지 않게 휴고보스였다.

"문제는 백상균이 아니에요. 북에 협박을 당하는 사람들이 정부 요직에 들어가 있다는 거죠. 반역자들을 찾아내야 합니다."

"그것도 백상균을 무사히 데리고 들어왔을 때나 가능한 일이고… 베트남팀은 무서운 애들이야. 말레지아 공항에서 김정남 작업을 한 것도 그 팀이니까. 여의도 사건도 똑같은 패턴이라고. 공개적인 장소에서 명확한 메시지를 남겼어."

"어떻게 하실 거예요?"

대답은 않고 남자는 화제를 돌렸다.

"너는 변호사 일은 잘하고 있냐?"

"생각보다 적성에 맞습니다."

"변호사 일 잘해라. 다른 건 신경 쓰지 말고."

정변호사는 그의 말에 나지막이 소리를 내며 쓸쓸하게 웃었다. 마주 앉은 남자는 선을 넘지 말 것을 당부하는 것 같았다. 그 말 한마디에 자신은 롤렉스 서브마린을 찬 남자와 다른 세계에 있다는 걸 분명하게 깨달았다.

정변호사와 마주 앉은 남자는 국정원 요원으로 활동하다가 십수 년 전 조직 내부에서 이성 문제를 일으켜 면직당했다. 사실은 위장 퇴사였고, 그 일이 있은 후 중국과 한국을 오가는 보따리상(따이공) 영업을 위한 여행사를 차리고 공작 활동을 했다.

현재는 국정원 블랙요원이기보다는 국정원에서 하청받은 일을 처리하는 외주업체 운영자라는 신분이 더 어울리는 사람이 되었다. 정변호사가 그를 부를 때는 형이지만, 그의 명함에는 '대상무역 김영민 대표'라고 적혀 있었다.

"형, 처음에는 여기 관심 없었잖아요? 근데 왜 이 일을 하려는 거예요?"

정변호사는 이준 경감이 찾아왔던 날 그에게 전화해 대강의 내용을 전달했다. 김영민은 '대단한 국가기밀이 새어 나간 것도 아닌데, 움직일 필요가 있을까?'라며 시큰둥하게 대답하며 조금 생각해보겠다고만 했다.

"며칠 사이에 상황이 심각하게 변했어. 북측 움직임이 심상치 않거든."

"뭐가 변했다는 거예요?"

"경찰이 용의자를 사살하고 대공용의점이 있다고 발표하니까 평양은 정말 공작원이 남한 경찰에 사살당했는지에 대해 조사를 시작한 거야. 평양은 남한에서의 작전 지시를 내린 게 없는 것 같다고."

김영민은 순대국을 한 숟갈 입에 넣고 맥주잔의 소주를 쭈욱

들이켰다.

"경찰청은 TV 뉴스에 압수한 토카레프, 탄창, 소음기, 자살용 앰플, 핸드폰, 공작금을 쫙 깔아 놓고 브리핑을 했어. 물론 평양도 시청했겠지. 그래서 어떻게 됐을까?"

"어떻게 됐습니까?"

"어떤 조직이 승인 없이 남한에서 작전을 했는지 찾아내려고 하는 거야. 그리고 공작원 죽음에 대한 책임을 물으려고 하겠지."

"책임을 묻는다…. 베트남 공작조를 응징하겠군요…."

"그것만이 아니야. 우리도 위험해."

"우리가 위험하다는 건?"

"현장 요원들 간에 MOU가 있어. 한쪽이 피를 보면 상대 쪽도 피를 봐야 해. 그래서 피를 보지 않는 선에서 상부의 수요를 맞추는 공작 활동을 하는 것으로 묵시적 합의를 했고, 신사협정이 수 년간 이어지고 있어."

"아… 예전 방식이었으면 그런 브리핑은 하지 않았을 텐데요. 그냥 살인사건 용의자를 체포하는 과정에서 사살했다. 이렇게 드라이하게 할 수도 있었을 텐데 말입니다."

"평양은 개망신을 당했다고 판단하고 한 방을 준비할 거야. 현장요원들에게 타깃을 선정하라고 지시가 내려간 것 같아. 이거 절대로 그냥 넘어가지 않는다! MOU도 당분간 익스파이어드(expired)되었어."

"지금은 예전보다 시스템이 정교하지 않은 것 같네요."

"언제는 시스템이 있었냐? 다 개인기였지!"

김영민은 잔을 들어 남은 소주를 비웠다. 정변호사도 맥주잔에 담긴 소주를 반쯤 마셨다.

"어쨌든 그런 움직임이 중국에서 포착되고 있어. 원청회사도 그쪽 시장조사를 해보라고 나에게 하도급을 준 상태야."

"제가 말씀드린 경찰관들 얘기를 원청회사에 했습니까?"

"아니! 내가 왜? 아직 시장조사도 안 했는데. 패를 다 까면 나 같은 용역회사를 고용하겠냐!"

김영민은 수저를 들어 순대국을 휘휘 저으며 퉁명스레 말했다.

"형, 그나저나 다음에 만날 때는 이런 데서 보지 말고 좀 조용한 곳으로 갑시다."

정변호사가 남은 소주를 마시며 말했다.

"왜? 맛있는데, 값도 싸고."

"이준에게 제가 전달할 내용이 있어요?"

"내가 연락할 테니 모르는 번호라도 전화 받으라고 해. 베트남과 무역하는 사람이라고 하면 알아듣겠지."

"형사들이 용의자를 일찍 발견해 오히려 일을 키웠습니다."

"상황이 심각하다는 건 말해줘라. 내가 얘기하면 안 믿을 것 같으니까."

김영민도 남은 소주를 단숨에 들이켰다.

정변호사는 언제나 든든하게 여기는 김영민을 애틋하게 바라보았다. 서로 나이 먹어간다는 걸 이런 허름한 곳에서 실감할 때

마다 기분이 묘했다. 그가 김영민을 처음 만나 인연을 맺은 게 벌써 14년 전이었다.

그때 정변호사는 서울시경 경제범죄 담당이었는데, 건달들이 사채를 댄 주가조작 사건을 추적 중이었다.

정변호사는 원래 일선 경찰서에 형사과장으로 있었다. 김영민은 지금도 가끔 그때 직급으로 그를 정과장이라고 불렀다. 형사과장을 마친 정과장은 서울시경 경제범죄수사대장으로 전입했다. 그즈음 이제는 유혈이 낭자한 강력사건은 손을 떼고 싶었다. 대신 파이낸스에 집중하겠다고 호기를 부렸고, 그렇게 주가조작 사건을 수사하게 되었다.

그런데 정과장이 쫓던 주가조작 선수들이 시체로 발견되었다. 시체가 두 번째로 발견되었을 때, 정과장은 허탈해했다.

'이런 젠장, 이러면 또 강력사건이잖아!'

별수 없이 자금추적을 담당하는 수사관들까지 용의자 추적에 투입했다.

그러던 중 유력용의자를 검거해 차에 태웠는데, 그 차를 막아선 사람이 김영민이었다.

김영민은 차에서 내리더니 휘적휘적 다가왔다.

"이봐, 형사나리, 이건 대형사업이야, 우리가 2년간 공들이고 있다고. 저 친구는 우리에게 넘겨, 여기서 쫑나면 안 된다니까!"

"두 건의 살인사건 용의자인데, 어떻게 넘깁니까? 당신 뭔데요?"

그때 정과장은 어이없어 김영민을 빤히 쳐다보았고, 김영민은 그런 정과장을 더 어이없어했다.

"그냥 넘기라는 게 아니고. 당신들이 찾는 놈들은 내가 찾아줄게, 그런데 저 친구는 안 돼. 저 친구가 경찰서에 들어가면 우리 사업은 끝이야, 당신들한테 아무 일 없다는 건 내가 보증한다."

김영민은 이름과 전화번호만 적힌 명함을 건넸다.

명함을 보고 정과장은 그가 국가정보원 요원임을 알아보았다.

김영민은 뒤에 대기하듯 서 있는 자들에게 눈짓을 했다. 두 명의 사내가 정과장이 탄 카니발 문을 열고 살인사건 용의자를 끄집어내 다른 차에 태웠다.

"아이고, 저 새끼 많이 깨졌네, 인권 경찰이 이러면 안 되지. 내가 붓기 빠지면 데려다 줄게요."

"진짜… 진짜 범인을 데려다 줄 수 있어요?"

김영민이 영 미덥지 않아 보여 정과장은 한 번 더 다짐을 받고 싶었다.

"우리 길에서 이러지 말고 술이라도 한잔하면서 얘기할까."

김영민이 차 안쪽을 기웃거리며 농담처럼 말했다.

"목이 컬컬하기는 한데, 우리 식구들도 오늘 땀을 많이 뺐고…."

정과장은 카니발에 타고 있는 부하직원들을 보면서 말했다.

"다 같이 가면 되지, 가자고, 내가 자기네 차에 타고 가자."

김영민은 스스럼없이 카니발에 올라 앉았다.

카니발은 김영민이 가자는 대로 신사동으로 출발했고, 김영민과 형사들은 가라오케에서 새벽 두 시까지 술을 마셨다.

그렇게 우연처럼 관계를 시작한 김영민과 정변호사는 서로 부족한 부분을 채워주는 협업시스템을 만들었고, 정변호사가 경찰청에서 퇴직하기 전까지 10년 넘게 함께 활동했다.

* * *

그날 저녁 준은 김영민에게 전화를 받았다.

"여보세요?"

낯선 번호였음에도 준은 누군지 짐작이 갔다. 연락이 오리라 예상했지만, 조금은 급작스럽게 느껴지기도 했다.

"정변호사가 소개한 김대표입니다."

"네… 말씀하시죠."

"베트남 일정을 알려주세요. 현지 상품 위치를 포함해서."

상대는 용건부터 꺼내며 거침이 없었다. 다짜고짜 정보를 요구하자 준은 망설이다 형식적으로 대답했다.

"그런 정보는 외부에 알려줄 수 없습니다."

준은 전화 너머에서 상대방이 웃는 소리를 들었다.

"이준 경감! 더 좋은 방법이 있어? 대통령실에 경찰청이 허위보고한 것으로 아는데, 이경감이 수습할 수 있을까? 그리고 한국에서 그쪽 사람이 총 맞은 것처럼 베트남에서 송환팀 몸에 구멍

숭숭 뚫리면 그 책임을 누가 질 거야?"

상대의 말은 정곡을 찌르는 것 같았지만, 준도 물러서지 않았다.

"저도 대충은 짐작합니다. 김대표님은 국정원 쪽이신 것 같은데요, 이번 송환 작전은 경찰청이 주도하는 일입니다."

"내곡동 사람들이 이번 일에 협업하자고 당신 회사에 연락한 모양인데, 그 사람들이 이경감이 허위 보고한 건 알고 있을까?"

준은 말이 없었다. 어떻게 대답해야 할지 몰랐다. 북한 공작원을 사살한 후 국가정보원은 경찰청 외사국에 백상균의 송환 작전을 공동으로 수행하자고 강하게 어프로치 했다.

"난 화물을 누가 배송하는지는 관심 없어. 안전하게 서울에만 가져다 놓으면 된다는 생각이야. 그럴 필요가 있는 일이라 생각하고. 그래서 이준과 김민준, 당신들이 저지른 일에 협조하는 거라고. 복잡하게 생각하지 말고 송환 정보 보내. 그래야 할 거야."

"…생각해보겠습니다."

준은 마지못해 그렇게만 대답했다.

"아무리 생각해도 소용없다. 이제 와서 대통령실에 백상균 말을 다 보고할 수는 없잖아. 당분간은 지금과 같이 드라이한 보고만 해. 그렇게 해야 자네들도 안전해."

전화를 끊고 나서 준은 순간 아찔한 기분이 들었다. 자신이 상대에게 허세를 부렸다는 것을 자각한 것이다. 선택지가 없었는데도 말이다.

                              * * *

　민준은 숙소로 쓰는 아파트 식탁에서 노트북을 열고 내일 할
일에 대해 정리하고 있었다. 노트북 옆에는 캔 맥주가 이미 두 개
나 비어 있었다. 노트북 화면에 송환팀 도착시간, 이동방법, 송환
팀 숙소 등이 정리된 게 보였다.

　민준은 '백상균 조우 후 이동방법' 항목에서 칸을 채우지 못하
고 한동안 스크린만 쳐다보는 중이었다. 손을 뻗어 맥주캔을 집
었다. 빈 맥주캔이 획 들렸다.

　'벌써 다 마셨다고?'

　민준은 일어나 냉장고에서 타이거 맥주를 새로 꺼내왔다.

　뚜껑을 따니 맥주가 공기와 만나 기포를 일으키는 소리가 경쾌
하게 들렸다. 그는 시원하게 한 모금 넘겼다.

　오늘 오후에 대사관 직속 상사 전현진 경정에게 '백상균 송환계
획(하노이)'를 보고했다. 전경정은 변수 없이 진행하라며 보는 둥
마는 둥 하다가 사무실을 나갔다. 대사관 외교부 직원들도 백상균
송환에 대해서 아는지 모르는지 관심이 없기는 매한가지였다.

　민준은 하노이 공안국 업무 파트너 여(黎)경감에게 수차례 연
락해 백상균을 확보하면 즉시 출입국심사를 받을 수 있도록 신신
당부했다. 그때마다 여경감은 조치를 했다며 별일 아니라는 듯이
대답했다.

　'백상균을 어디서 만나든지 24시간 이내에 꼭 비행기에 태워야

190

해!'

민준은 입술을 앙다물고 다시 손을 컴퓨터 자판에 얹었다. 몇 글자 쓰기 전에 핸드폰이 울렸다. 발신인은 준이였다.

민준은 통화를 수락하고 스피커 폰을 켰다.

"민준아, 형사들이 공작원을 사살하는 바람에 상황이 급박하게 돌아간다."

준답지 않게 목소리에 힘이 없었다.

"백상균 조용히 송환해서 마무리하려고 했는데, 형사들이 용의자를 너무 일찍 사살해서 일이 더 꼬였네."

민준도 황당한 기분이기는 마찬가지였다.

"게다가 국정원이 개입했어."

"무슨 말이야?"

민준의 목소리가 대번에 커졌다.

"정변호사님이 도움 줄 사람을 소개해줬는데, 국정원 블랙요원 같다. 그 사람이 송환 일정을 공유해달래. 백상균에 대한 보고는 지금처럼 드라이하게 하라고 했어."

"그렇게 할 거야?"

"응…. 내가 마닐라에서 코리안데스크로 있을 때, 정변호사님은 블랙요원을 활용해 일을 처리한 적이 있었어. 나는 모른척하는 게 좋을 것 같아서 묻지 않았고. 아마 이번에도 그런 식인 것 같다."

"그런 식이 뭔데?"

"그때 마닐라 카지노에서 한국 조직폭력배 두 조직 사이에 분쟁이 발생했어. 나는 탐문을 해서 보고서를 만들어 한국에 보내려고 했지. 그런데 정변호사님이 먼저 전화가 왔어. 그 일을 아냐고 하는 거야. 그래서 보고서 작성 중이라고 했더니, 자기에게 먼저 초안을 보내달래."

"정변호사님은 그걸 어떻게 알았는데?"

"이건 그냥 짐작인데, 마닐라에서 카지노를 감시하는 국정원 블랙요원의 부탁을 받은 것 같아. 내가 보낸 보고서 초안은 두 개 조직 간의 분쟁이었는데, 정변호사님은 한 개 조직 내부의 다툼으로 보고서를 수정하라고 했어. 이유는 사실상 한 개 조직인데, 모르는 사람이 보면 두 개 같이 보인다는 거였어. 어쨌든 그렇게 해서 보고서를 정식으로 접수시켰지. 그런데 그 후에 정변호사님이 지우라고 한 조직의 조직원들은 마닐라에서 사라졌어."

"무슨 일이 있었던 거야?"

"몰라, 그렇게 끝났어."

"알았다. 백상균 확보하고 국정원 블랙요원의 활동에 대해서는 어떻게 보고할지 결정하자."

전화를 끊고 민준은 입술이 바짝 마르는 것 같았다. 예상 밖의 일들이 계속 일어나는 상황이었다.

'국정원까지 개입하다니⋯.'

민준은 이번 일이 준과 자신만의 일이 아니게 되었다는 것을 확실하게 알았다. 이제 자신과 준은 그라운드의 플레이어일 뿐이라는 것도 선명해졌다. 컨트롤은 제3자가 두 사람의 의도와는 상관없이 하게 될 거라는 것도. 민준은 떨떠름한 기분을 떨칠 수 없었다. 갑자기 갈증이 일었다.

'그래 판은 클수록 좋지. 들어올 사람들은 다 들어와!'

민준은 노트북을 닫고 맥주캔을 호기롭게 들었다.

4부
서로 다른 계획들

법률비서관

황변호사가 이상필에게 처음 메시지를 받은 건 6개월 전이었다.

메시지에는 베트남 현지에서 찍은 백상균 사진이 포함되었고, '백회장님이 안부를 전합니다'라는 내용도 담겨 있었다. 황변호사는 백상균의 안부가 전혀 궁금하지 않았다.

2주 전부터는 내용이 완전히 달라졌다. 백상균의 위치를 알아내라는 협박 메시지를 보낸 것이다. 그게 전부가 아니었다. 자신이 백상균의 부탁을 받고 검사들에게 로비를 한 내용이 적힌 노트를 사진으로 찍어 함께 보냈다.

며칠 전에는 변호사 사무실에 이상필이 보냈다며 사람이 찾아왔다. 자리에 없다는 평계로 그를 돌려보냈다. 그는 자신이 다녀갔음을 알리기 위해 사무실 앞에서 사진을 찍어 전송했다.

황변호사는 그날 이후부터 사무실에 출근하지 않았다. 그리고 며칠 뒤 백상균과 함께 식사한 적 있던 사모펀드 김상식 대표가 여의도에서 총에 맞아 살해되었다. 황변호사는 매스컴으로 사건을 확인하자마자 휴대폰을 교체하고 일본으로 출국했다.

당분간 큐슈 골프 리조트와 온천을 오가며 시간을 보낼 작정이었다. 출국해 오후 6시쯤 쿠로가와에 도착한 그는 2평 남짓한 료칸 다다미 방에 짐을 풀었다. 새로 장만한 핸드폰에 텔레그램으로 메시지가 들어왔다.

-차장님, 텔레그램으로 통화하시죠.

대통령실 법률비서관이었다. 그는 황변호사가 중앙지검 2차장 시절에 특수2부장이었다. 남부지검 차장검사에서 검사장 승진을 못 하고 옷을 벗었다. 그러나 정권이 바뀌고 대통령실 법률비서관으로 낙점받아 화려하게 복귀했다.

황변호사는 답장을 할지 말지 한참을 망설였다.

그사이에 상대는 텔레그램으로 사진을 보내왔다. 손 글씨로 쓴 노트를 찍은 거였다. 사진을 확대해 내용을 읽어보았다.

노트에는 예전에 그가 백상균과 함께 간 룸살롱에 대한 내용이 담겨 있었다. 몇 시에 룸살롱에 들어갔고, 어떤 여성들을 불렀는지. 그리고 저녁 9시경 남부지검 박차장이 술자리에 합류했다는 등등.

텔레그램 통화 버튼을 눌렀다. 몇 번의 신호가 가고 나서 상대가 받았다.

"박 프로, 이 사진은 뭐야?"

황변호사는 대통령실 법률비서관을 박프로라고 불렀다. 검사들은 후배 검사를 부를 때 프로시큐터(Prosecutor)의 앞 두 자리 '프로'를 성(姓) 뒤에 놓고 '박프로', '김프로'라 부르는 게 관행이었다. 황변호사는 별일 아니라는 듯이 말을 던졌다.

"차장님, 그놈들이 사진을 전송했습니다. 백상균의 위치를 알려 주지 않으면 언론사에 보내고 인터넷에 도배를 하겠다고 합니다."

또한 후배 검사는 퇴직한 선배를 퇴직 당시의 관직으로 부르는 것을 미덕으로 여겼다.

"그냥 무시해요. 백상균 같은 사기꾼 말을 누가 믿겠어."

"VIP에 누를 끼치면 안 되는데 어떻게 무시합니까! 얼마 전에 여의도에서 살해당한 사모펀드 대표는 백상균 수사에서 참고인 선상에 올라 있던 사람입니다. 그 사람이 총에 맞아서 죽었어요. 도대체 무슨 일이 있는 겁니까?"

"무슨 일이 있겠어?"

"차장님은 어디 계세요?"

"어! 나는 몸이 안 좋아서 일본에 온천 왔어."

"한국에 안 계시다고요?"

"몸이 너무 안 좋아서 좀 쉬러 왔어."

"아, 차장님! 차장님 부른 술자리에 가서 이게 무슨 꼴입니까! 백상균은 어디 있습니까? 선배님이 연락해보시죠."

"나도 연락이 끊긴 지 조금 됐지."

"선배님이 해결하셔야죠. 제가 VIP 모시고 있습니다. 함부로 움직일 수 없으니까 백상균에게 연락해서 그 사람들과 합의를 보라고 하세요."

"내가 한번 연락을 해볼게."

"꼭 좀 해결해주세요. 저야 백상균 한두 번 만난 것밖에 없는데."

"알았고, 내가 지금 같이 온 사람들하고 식사하러 가야 하니까 나중에 통화해."

황변호사는 전화를 끊고 이불에 핸드폰을 집어 던졌다.

"사람이 총에 맞아서 죽었는데 내가 어떻게 해결하겠어. 각자 알아서 사는 거지."

황변호사는 중얼거리면서 바닥에 드러누웠다. 만사가 귀찮아져 온천 하러 갈 생각도 없어졌다. 그저 빨리 이 바람이 지나가기를 기다리는 게 상책 같았다.

가만히 눈을 감고 누워 있으니 백상균을 처음 만났던 특수부장 시절이 생각났다.

그때 자신의 수사 대상이었던 기업인이 참고인에서 피의자로 신분 전환을 앞두고 있었는데, 그 배후에 백상균이 있었다.

이가 없으면 잇몸이 시리듯이 백상균은 기업인의 피의자 전환을 막기 위해 황변호사 주변의 검사, 검찰수사관, 연수원 동기 변호사들을 상대로 광범위한 구명운동을 했다. 결국 황변호사는 그 단계에서 수사를 멈추었다. 이미 성공한 수사여서 피의자가 한두 명 더 늘어난다고 달라질 게 없었다. 그 뒤 두 사람은 룸살롱에서 도원결의하듯이 형제의 예를 맺었다.

황변호사는 지청장으로 지방 근무를 하고 중앙지검 2차장검사로 서울에 복귀했지만, 이런저런 행실에 구설수가 붙어 검사장 승진은 어렵다는 시그널을 받았다. 황변호사가 변호사 개업을 결심하고 제일 먼저 찾아간 사람이 백상균이었는데, 황변호사의 1호 의뢰인도 백상균이었다.

* * *

대통령실 법률비서관은 전 정부의 민정수석 역할을 대부분 이어받았다. 역대 민정수석은 공직자 관리, 사정 업무, 법률 자문 및 이슈별 여론 동향 파악을 주로 다뤘다.

따라서 법률비서관은 사건, 사고 등 사회적 이슈에 대응해야 했기에 공중파 방송 저녁 뉴스를 확인하고, 검찰, 경찰에서 올라오는 보고서를 일일이 검토한 후 저녁 10시경 퇴근하는 것이 업무 루틴이었다.

오늘 경찰청에서 법률비서관실로 올라온 보고서에는 백상균 송환계획서가 들어 있었다.

그런데 경찰청 보고서에는 백상균 송환에 대한 구체적 스케줄이 담기지 않았다. 가장 기본적인 송환팀 출국 일자도 미정이었다. 그저 3명의 형사와 하노이 경찰주재관이 하노이 공안과 협력해 백상균을 송환한다는 한 페이지 분량이 전부인 보고서였다.

'씨발, 정보가 샌다고 눈치챘나….'

박비서관은 성의 없는 경찰청 보고서를 한참이나 노려보았다. 불쾌하면서도 불안한 마음이 동시에 들었고, 조바심에 가만히 앉아 있을 수 없었다.

어쨌든 그는 송환팀이 어디에서 백상균을 만나는지, 한국으로 돌아오는 날짜는 언제인지 알아야 했다. 그보다 우선 송환팀이 언제 출국하는지부터 정보가 필요했다.

그는 법률비서관실에 파견온 경찰관을 호출했다. 그리고 얼굴을 보자마자 불쾌한 기색을 노골적으로 드러내며 따지듯 물었다.

"이봐요, 유과장. 보고서를 이렇게 주면 내가 VIP에게 어떻게 보고합니까?"

박비서관의 불편한 심기를 알아채고 유과장이 얼른 사무적으로 대답했다.

"비서관님, 제가 말씀하신 사항을 보강해 다시 보내라고 하겠습니다."

"아니야, 그러지 말고 지금 바로 전화해봐. 내가 메모했다가 VIP 보고하면서 부연 설명할 테니까."

유과장은 대통령 법률비서관실에 파견온 경정(警正)이었다. 법률비서관실에서 경찰청 연락관 역할을 하면서 경찰청이 취급하는 사건, 사고를 취합해 법률비서관에게 보고하는 업무를 맡고 있었다.

유과장은 법률비서관이 보는 앞에서 경찰청 외사과장에게 전화를 걸었다. 그는 최근 들어 법률비서관의 관심 때문에 수시로 경찰청 외사과장과 통화했다. 그러다 보니 경찰청 외사과장도 항상 유과장의 전화를 받을 준비가 되어 있었다. 아니나 다를까 신호가 세 번 넘어가기 전에 전화를 받았다.

"외사과장님, 저 유경정입니다."

"네, 말씀하세요."

"오늘 올라온 보고서가 너무 간단해서 몇 가지 확인하려고 전화했습니다."

법률비서관 귀에도 전화기 너머 외사과장이 보고서에 대해 설명하는 소리가 들렸다. 박비서관이 답답하다는 티를 내며 유과장을 다그쳤다.

"과장님, 과장님! 지금 보강해서 보낼 시간은 없습니다. 그렇게 하면 다시 경찰청장 보고도 해야 하지 않습니까. 그냥 몇 가지만 추가하겠습니다. 송환팀은 내일 몇 시에 무슨 비행기로 하노이에 도착합니까?"

유과장은 직설적으로 물었고 외사과장의 대답을 메모하면서 전화를 받았다.

"네, 알겠습니다. 그러면 백상균과 경찰주재관은 같이 있습니까?"

유과장은 들은 것을 또 메모했다.

"그러면 백상균의 연락을 기다리고 있어야 하네요? 언제 들어오는지는 대충 나옵니까?"

유과장의 손이 계속 바빴다.

"우리 송환팀은 어디에서 대기할 건가요?"

네네, 하는 소리가 몇 번 더 나오고 나서 유과장은 감사하다는 인사를 하고 전화를 끊었다.

그는 메모를 쳐다보면서 통화 내용을 복기했다. 박비서관은 컴퓨터 책상에 앉아 통화 내용에 별 관심 없는 것처럼 보이려고 자신의 핸드폰 액정만 쳐다보고 있었다.

"비서관님."

"네, 뭐라 합니까?"

박비서관은 무덤덤한 척 대답했다.

"백상균 소재는 경찰도 모르고 있답니다. 연락은 백상균이 일방적으로 하고 있습니다. 송환팀은 내일 출발해 숙소에서 대기하다가 백상균 연락이 오면 데리고 이민국으로 갈 계획이라고 합니다. 그래서 돌아오는 비행기편은 오픈 티켓으로 예약했답니다."

박비서관은 그 정도로는 모자란다는 듯 시큰둥하게 말했다.

"그러면 나는 VIP께 '경찰이 백상균 연락 오기만 기다리고 있습니다'라고 대답해야 합니까?"

"하노이 경찰주재관 보고에 따르면 서울에서 발생한 살인사건 때문에 백상균이 상당히 긴장하고 있다고 합니다. 그래서 백상균이 일정에 대해 일방적으로 통보하고 있는 상황이라고요."

유과장은 상황을 설명하면서도 속으로는 고개를 갸웃거렸다.

법률비서관이 유난히 관심을 가진다는 생각이 들었기 때문이다.

"백상균이 들어오면 수사는 검찰에서 합니다. 살인사건 수사는 용의자가 사망했으면 종결하라고 하세요. 문제가 있으면 살인사건도 검찰에서 백상균을 조사할 테고요."

"네, 알겠습니다."

"송환팀 숙소는 어디죠?"

"네, 하노이 레이크사이드 호텔입니다. 4성급 호텔인데, 하노이 경찰주재관이 예약했습니다."

"네…. 백상균을 송환팀이 확보하면 그다음 절차는 어떻게 되나요?"

"하노이 주재관이 하노이 공안국, 이민국과 협의를 잘했습니다. 그래서 백상균을 확보하면 공항으로 직행해 간단한 출입국심사만 받고 바로 출국하는 것으로 했습니다."

유과장은 경찰청 외사과장으로부터 비공개 송환이라 정보를 제한적으로 보낸다는 설명을 들었다. 중요 수배자이기는 하지만 대통령에게 구체적인 송환 일정을 보고할 필요는 없기 때문이었다. 그런데 박비서관의 태도로 봐서는 그런 경찰청의 조치를 말할 수 없었다.

유과장 눈에는 다만 박비서관이 수사하던 수배자여서 집착하는 것으로 보였다. 만약 그 이면에 무엇이 있다고 해도 알 필요는 없다고 생각했다.

"보고 시점은 언제로 잡고 있습니까?"

"비행시간이 네 시간 정도입니다. 하노이 공항에 도착해 보고를 하면 될 것 같습니다."

"그건 경찰청 사정이고. VIP 관심 사안인데 검찰청도 조사 준비하고, VIP 보고 준비하려면 시간이 빠듯합니다. 진행 상황을 실시간으로 보고하라고 하세요! 내가 VIP께서 언제 호출해 하문하실지 몰라 조마조마합니다."

"네, 그렇게 조치하겠습니다."

유과장이 비서관실에서 나가고 나서도 박비서관은 한동안 자리에서 일어나지 못했다. 공연히 마음이 조급하고 불안했다.

"휴…."

자신도 모르게 길게 한숨을 쉬며 송환 계획에 대해 생각했다. 어쩌다 이런 꼴이 되었는지 스스로 생각해도 한심했다. 그러면서 한 발씩 발을 들였다가 이젠 너무 깊게 들어왔다는 자괴감이 밀물처럼 머리에 차오르고 있었다.

백상균만 확보하면 협박을 멈추는 걸까? 백상균을 내준다고 해도 그놈들 손아귀에서 벗어날 수 있을지 장담할 수 없었다.

'그 사진만 없었어도 무시할 수 있었는데…. 그놈의 사진….'

* * *

자정 무렵, 박비서관은 혼자 식탁에 앉아 크리스털 언더락 잔에 소주를 채워 마시고 있었다. 그는 양주보다 소주를 즐겼다. 그 취향은 대통령과 검찰청에서 같이 일할 때 만들어졌다.

검사 출신 대통령은 소주를 좋아했다. 더 정확하게는 소주를 맥주에 타서 마시는 폭탄주를 좋아했다. 자연스럽게 그런 취향이 되기도 했다. 검사가 양주를 좋아한다고 하면 룸살롱을 드나드는 사람으로 취급받을 수 있기 때문이었다. 그래서 술자리가 있으면 먼저 하는 말이 '저는 양주는 안 마십니다'였다.

텔레그램에 메시지가 수신되었다.

벌써 열흘 넘게 매일 자정 무렵마다 텔레그램으로 수신되었다. 황변호사에게 메시지가 오지 않게 해달라고 여러 번 부탁했지만 소용없는 일이었다.

-아직입니까?

박비서관은 메시지를 확인만 하고 대답을 하지 않았다.

상대로부터 텔레그램 통화 요청이 왔다. 또 시작이었다. 지긋지긋했지만 함부로 떨쳐낼 수는 없었다. 그는 수락을 탭핑했다.

"하노이 레이크사이드 호텔에 한국 경찰들이 있을 겁니다."

"백상균은?"

"내일 한국 경찰이 하노이에 들어가면 연락해서 만날 예정입니다."

"어디서?"

"그건 모릅니다."

"박비서관님, 백상균이가 서울에 가면 비서관님도 곤란해집니다. 여기서 그 새끼가 못 들어가는 게 비서관님한테도 좋은 일이란 말입니다. 남의 일 한다고 생각하지 말고, 좀 더 적극적으로 움직여주세요."

"난 최선을 다했어. 당신들이 하노이 호텔에서 놓친 거지!"

박비서관은 언성을 높이다가 이내 목소리를 낮추었다. 목소리는 작아도 신경질적인 말투는 변함이 없었다.

"정보가 정확하지 않았던 것 같은데….'

"이번에는 실수하지 말고 그쪽 일은 알아서 잘하라고. 한국 사기꾼에게 슈킹 당하고, 서울에 돈 받으러 왔다가 총 맞은 사람은 당신 부하겠지."

상대는 잠시 말이 없었다.

"거, 텐프로 룸살롱에 가서도 꼭 소주를 시켜 마신다는데, 남한 소주가 맛있습니까? 난 밍밍해서 말입니다. 평양소주는 목 넘어가면서 찌르르한 맛으로 마십니다. 백상균이가 그럽디다. 박차장은 조니워커 블루를 시켜도 소주를 달라고 했다고 말입니다. 검소해 보이려고 그럽니까, 정말로 소주가 좋아서 그럽니까?"

상대는 거리낌 없이 박비서관의 아픈 곳을 찔렀다.

"소주를 시키면 소주 3병을 얼음통에 꽂아서 가져오는데, 한 50만 원 받았던 것 같다고 하던데요. 같이 있었던 애미나이 이름이 현지였고. 현지는 묶어서 술 시중하게 하는데 그게 100만원. 또….'

"백상균이 들어오지 못하게 잘 막으쇼, 실수하지 말고."

박비서관은 전화를 끊고 크리스털 잔에 담긴 소주를 단숨에 마

208

셨다.

"씨발놈…."

언제까지 이런 꼴을 당해야 하는지 적어도 분명한 시점은 나왔다. 백상균부터 처리하는 게 순서다. 백상균만 사라지면 저놈들한테 끌려다니지 않을 수 있다.

박비서관은 잔에 다시 소주를 채웠다.

라스트 댄스

김영민은 2015년형 제네시스 DH G330을 정왕신길로 도로 공영주차장에 주차하고 차에서 내렸다.

시흥시 정왕동 외국인 거리 대부분은 중국 음식점과 식료품점이 차지하고 있었다. 거기 거주하는 사람들 60% 이상이 중국인이기도 했다. 나머지 외국인은 시화공단과 반월공단에서 일하는 방글라데시, 파키스탄 그리고 중앙아시아 사람들이었다.

김영민은 주위를 살피지도 않고 곧장 하나로마트 앞에 있는 핸드폰 매장으로 들어갔다. 정왕동에 있는 핸드폰 매장 중에서는 규모가 제일 큰 곳이었다. 거기 매장 주인은 중국 길림성에서 온 오근호라는 중국동포였다.

그는 40대 초반으로, 한국 온 지는 10년이 조금 넘었다. 정왕동에서 핸드폰 매장 두 개, 음식점 한 개를 운영하면서 정왕동 외국인거리 청년위원회 회장을 맡고 있었다.

김영민은 늘 그렇듯이 오늘도 헐렁한 휴고보스 양복을 입었고, 오른손에는 루이비통 클러치백을 들고, 왼손에는 롤렉스 서브마린을 찼다. 매장 안에는 20대로 보이는 여직원 한 명과 오근호 사장이 나란히 있었다.

"오사장! 오랜만이네."

오근호는 김영민을 알아보자마자 과장되게 반가운 몸짓을 했다.

"대표님, 오셨습니까! 나가서 시원한 아이스커피 한잔하시죠."

오근호가 어디 캥기는 것처럼 서두르는 기색을 보이자 김영민이 능글맞게 웃으며 말했다.

"여기서 얘기하면 안 돼?"

"이제 손님들 올 시간입니다. 나가시죠. 고량주 한잔하실까요?"

"어허, 안 되지. 나 술 먹일 생각은 마라!"

"그거야 나가보면 알겠죠."

연신 실실 웃던 오근호는 대뜸 팔짱을 끼더니 김영민을 끌고 매장을 나왔다. 여종업원이 일어나 '안녕히 가세요' 인사를 하는 소리가 작게 들렸다.

핸드폰 매장을 나와 두 사람이 들어간 곳은 우육면을 파는 식당이었다. 식당에 들어서자 카운터를 보는 여사장이 얼른 오사장을 알아보았다.

오근호는 장사 잘되냐며, 여사장의 남편 안부까지 물었다. 여사장은 남편이 심양에 일이 있어 들어갔다고 했다.

안내를 받아 둘은 식당 제일 끝자리 6인용 테이블에 앉았다. 시간은 벌써 오후 3시가 지나 점심 손님은 다 빠진 터였다. 오근호는 어향육슬과 마파두부 그리고 사천 고량주인 노주노교를 주문했다.

주문을 해놓고 지나가는 말로 점심은 드셨지요, 물었다가 아직 식전이라는 말에 오근호는 당황했다.

"사장님, 아직 점심을 못 드셨으면 어떡합니까?"

"아침을 늦게 먹으니까 점심시간이 일정하지 않아. 이걸로 점심하면 된다."

탁자에 노주노교와 고량주 잔 두 개 그리고 짜사이가 놓였다. 오근호는 고량주 병을 열어 김영민 잔에 따르고 자기 잔을 채웠다. 둘은 잔을 부딪치고 첫 잔을 비웠다.

어향육슬과 마파두부가 나오기 전까지 고량주 세 잔을 마셨고, 어향육슬과 마파두부를 안주로 먹으면서 30분 동안 500ml 노주노교를 비우고 술을 한 병 더 시켰다.

그러고 나서야 오근호는 김영민이 찾아온 이유를 알아보려고 운을 뗐다.

"경찰이 여기 왔다 갔습니다."

"오사장 매장을?"

"아뇨, 제 후배가 하는 매장인데, 총 맞은 놈이 거기서 유심을 구매했더라고요."

"오사장 매장 아니기에 다행이네."

"저야 뭐 핸드폰 장사하는 사람인데요. 물건을 원하면 주는 거지 무슨 상관있겠습니까."

"그래서 중국에 있는 사업팀 반응은 뭐야?"

"비상이죠."

오근호는 상체를 김영민 가까이 가져가며 속삭이듯 말하기 시작했다.

"베트남 공작조가 잠적했습니다. 그래서 중국 공작조가 그 애들을 쫓고 있지 않겠습니까."

"중국 누구? 최사장이 움직이나?"

"북경에 있는 공작조를 움직였으니까 최사장이 맞지요. 그런데 형님은 왜 그 일에 관심이 있습니까?"

오근호가 몸을 다시 원위치하면서 은근슬쩍 물었다.

"북쪽 사람이 죽었는데 평양에서 가만히 있겠어? 북쪽 애들이 남쪽 경찰관을 먼저 살해했기 때문에 생긴 일이라고 내가 메시지를 전달해야 할 것 아니야."

"그런 일이야 최사장한테 직접 전달하면 되지 말입니다."

"저쪽 분위기가 어떤지도 알아야 하고, 선수는 누가 투입되었는지도 확인해야 되잖아. 그러니까 오사장을 보자고 했지."

"저는 여기서 전화 돌려서 분위기나 알아볼 수 있지요. 말씀드린 게 답니다. 북경 최사장을 보내 베트남에 나가 있는 애들 데리고 오려고 한다는 게 전부예요."

오근호가 김영민 눈치를 살피며 술잔을 단숨에 털어넣었다.

"베트남 애들이 서울에서 왜 사고를 쳤는지는 알고 있어?"

이번에는 김영민이 오근호 앞으로 몸을 가져갔다.

"그건 저는 모릅니다. 무슨 일입니까?"

"백상균이라고, 해외로 도피한 수배자야. 골든씨티그룹 회장인데 회삿돈을 횡령한 혐의로 수사를 받다가 도피했어. 노바프론티어 펀드 사태는 들어봤을 거야. 그 펀드 자금을 자기 회사에 유치하고 돈을 마음대로 유용했다는 소문이 수사의 시작이었어."

"그런데요?"

"그런데… 그 백상균을 베트남 공작조가 데리고 있었던 것 같아. 데리고 있었던 이유야 돈 때문이겠지. 현금인출기처럼 백상균이 꿍쳐둔 비자금을 마음대로 뽑아 쓰려고 했는데, 그게 계획대로 안 되었다는 얘기야."

"잘 이해가 안 가는데요."

오근호는 듣고도 무슨 소린지 몰라 고개를 갸웃거렸다.

"백상균이 마카오 카지노에 도박 빚으로 잡혀 있었거든. 베트남 공작조가 어찌어찌 백상균을 알게 된 모양이야. 그래서 도박 빚을 대신 갚아주고 데리고 있었던 거지."

"아하, 그런데 백상균이 그 빚을 안 갚았군요."

"그래, 그리고 그놈들로부터 도망쳤어. 이번에 사망한 공작원은 백상균을 찾아서 그 돈을 받아내기 위해 서울에 들어온 거고. 그리고 백상균과 관련 있는 사람들과 접촉을 한 거야. 그러다 살인까지 했다."

"이제 조금 돌아가는 그림이 이해 갑니다."

오근호는 고량주를 입에 털어넣으며 고개를 끄덕였다. 무슨 일이 이해가 갈 때 하는 습관인 듯했다.

"오사장, 하나만 더 부탁하자."

여기서 부탁이란 일종의 기브앤테이크였다. 내가 사건의 배경을 설명해주었으니 너도 새로운 정보를 알아내라는 의미였다.

"뭘 말입니까?"

"평양에서 베트남 공작원들만 데리고 가려고 할까, 백상균도 같이 데리고 가려고 할까?"

"그거야… 모르겠는데요."

오근호는 본인 잔에 다시 고량주를 채웠다.

"그러니까 한번 알아봐 달라고."

"최사장한테 직접 물어보시죠."

오근호는 그것까지는 좀 난처하다는 표정을 지으며 살살 웃었다.

"최사장이 애매한 대답을 할 수 있으니까 그래."

김영민은 허리를 등받이에 기대면서 술잔을 들었다. 아닌 척하며 오근호의 표정을 살폈다. 그는 이 자리를 파하면 자신이 설명한 내용을 북한 공작조직에 넘길 것이다. 벌써 이 정보의 가치가 얼마인지 셈을 하고 있는 게 빤하게 보였다.

김영민이 의도한 건 이런 거였다. 오근호가 북에 정보를 넘기면 북은 또 다른 정보를 요구할 것이고, 오근호는 결국 자신에게 연락을 할 거라는 것이다. 그렇게 거래를 시작할 수 있었다.

두 사람은 노주노교를 한 병 더 비우고 헤어졌다.

김영민이 대리기사가 운전하는 차를 타고 경인고속도로에 올라탄 시간은 오후 5시였다. 서울로 가는 길은 빽빽하게 밀려 있었다.

김영민은 북경 공작조 책임자 최사장이 움직였다면 대화를 시도할 수 있다고 판단했다. 최사장은 만만치 않은 상대지만 무리수를 두는 사람은 아니었다. 백상균을 무사히 송환하기 위해서는 최사장에게 도움이 될 일을 만들어야 했다.

김영민은 위챗을 열어 그를 찾았다. 안부 인사부터 시작하기로 했다.

* * *

김영민이 오래전 국정원에서 위장 퇴사하고 중국에서 무역업을 시작했을 때, 가장 먼저 접근한 사람이 최사장이었다.

그는 고려호텔 중국 주재원이라고 자신을 소개했다. 주로 하는 일은 중국 관광객을 모집해 북한으로 송출하는 일이라고 했다.

그가 최사장을 처음 만난 건 베이징에 있는 중국 음식점으로, 한국 사람들이 즐겨 찾는 곳이기도 했다. 김영민이 그 식당에 세 번째 갔을 때 최사장이 다가와 말을 걸었다.

"식당 사장한테 들으니까 사장님도 여행사를 한다면서요?"

"누구세요?"

김영민은 그때 마파두부와 볶음밥을 먹고 있었다.

"나는 조그만 여행사를 하는 사람입니다."

최사장은 맞은편에 선 채로 김영민 대표에게 명함을 건넸다. 명함에는 고려관광 대표로 기재되어 있었고 협력사로 고려호텔, 고려항공이 작은 글씨로 인쇄되어 있었다.

"사장님은 따이공(중국 보따리상) 영업하는 것 같은데, 중국 애들 필요하면 말하세요. 돈 가지고 장난치지 않는 애들로 소개해드리겠습니다."

최사장은 그 정도로 인사만 하고 카운터로 가 김영민이 식사한 비용까지 계산하고 밖으로 나갔다.

김영민과 최사장의 만남은 그렇게 시작되었다.

김영민은 먼저 접근해온 최사장에게 반응을 보이기로 했다. 웨이하이에서 인천으로 들어가는 배에 따이공 20명을 채워야 하는데 5명이 빈다며 도움을 청했다. 최사장은 도와주는 대신 김영민에게 한국에서 중국으로 올 때 사와야 하는 품목을 몇 개 지정해주었다. 대부분 비타민과 화장품이었다.

그런 거래가 몇 번 있고 나서 두 사람은 저녁을 먹었다. 최사장은 서울에서 사온 물품을 평양으로 가는 관광객의 손에 들려 보내 배달하면 이문이 많이 남고, 당 고위직에게 선물이 되어서 영업하기 수월해진다고 사정을 설명했다.

그런 거래가 6개월 지속된 후에는 북한산 녹용을 가지고 와 한국에 팔아줄 수 있는지 물었고, 김영민은 녹용을 경동시장에 유통할 수 있다고 했다. 실제로 그는 경동시장에서 북한산 녹용을 러시아산으로 둔갑해 판매하기도 했다.

김영민과 최사장은 서로가 공작원임을 알았지만 내색하지 않았다. 진지하게 물건의 품질을 확인하고 단가를 맞추고, 유통선도 이익이 많은 곳으로 교체하면서 사업가답게 거래를 이어갔다. 그리고 두 사람은 서로를 자신이 포섭한 북한 공작원, 남한 공작원으로 정보당국에 보고서를 올렸다.

두 사람이 제일 바빴던 시기는 7년 전 북한 미사일 도발 시기였다. 북한은 미사일 발사라는 이벤트를 통해 남한을 대화 테이블에 앉힐 수 있는지, 그런 의사결정을 할 수 있는지 궁금해했고, 남한은 김정은이 직접 대화 테이블에 나올 것인지 궁금했다.

북한 정부와 남한 정부 모두 상대국의 정세 판단을 위해 최대한으로 정보망을 가동했는데, 김영민과 최사장도 그런 정보망 중 하나였다.

두 사람은 남한과 북한이 가동하는 정보라인 중에서 가장 깊고 정확한 정보를 전달할 수 있는 라인으로 자리매김하기 위해 수시로 만나 회의를 했다. 그런 과정 속에서 양국 정부를 만족시킬 수 있는 아이템을 찾으려 최선을 다했다. 정보의 질을 높여갈수록 공작금을 더 많이 받을 수 있었다.

그렇게 두 사람은 생계형 공작원으로 협업하며 교환할 정보 아이템을 발굴하고, 그 정보에 의미를 부여하며 상급부서를 기만했다.

그런 한편으로 서로에게 치명적인 내용을 캐내려고 각자의 방식으로 상대를 감시하면서 세월을 보냈다.

* * *

"하노이에 가야겠다."

오후 7시가 다 되어 종로2가에는 어느새 어둠이 내렸고, 퇴근을 서두르는 차량들이 빽빽하게 들어차 있었다. 김영민과 정변호사는 종로타워 2층의 스타벅스에 있었다. 두 사람이 앉은 자리에서는 보신각이 훤히 내려다보였다. 그곳은 정변호사가 가끔 혼자서 커피를 마시는 자리였다.

김영민은 정왕동에서 종로타워로 오면서 정변호사에게 만나자고 했다. 정변호사는 무슨 일인지 궁금했지만 알았다고만 했다.

먼저 도착해 음료까지 가져와 기다리는데, 곧이어 김영민이 들어왔다. 그는 자리에 앉자마자 대뜸 하노이에 가겠다는 말부터 먼저 꺼냈다. 정변호사가 놀라서 물었다.

"형님 파트너도 하노이에 있습니까?"

"아마도."

김영민 앞에는 아이스아메리카노가 놓여 있었다.

"술은 많이 드셨어요?"

"고량주 두 병."

"낮에 드실 수 있는 양은 아닌데요."

정변호사가 가볍게 운을 떼듯 말했지만, 김영민은 말을 돌릴 생각이 없어 보였다.

"베트남 공작조가 평양의 소환 명령에 불복하면서 백상균을 쫓고 있는 것 같아. 그만큼 필사적이라는 거지. 이대로는 송환팀이 위험해."

"북한 공작원들이 하노이에서 한국 경찰관들을 공격하면 베트남 정부가 상당히 불쾌해할 텐데요."

"베트남 정부의 시스템을 믿고 가만히 있을 수는 없잖아."

김영민의 의지가 확고해보이자 정변호사는 별수 없겠다는 듯 말했다.

"이번 송환업무가 고차방정식이 되었습니다."

"대통령실에서 정보가 새어 나가는 흔적이 나왔고, 북한 공작원은 서울 한복판에서 사살당하고, 대형 이벤트가 연속해서 발생했어."

"대통령실에서 정보가 유출되었다는 사실을 원(院)에 보고하셨어요?"

"그 보고를 했으면 국정원에 파견 나온 검사들이 대통령실에 전달할 거고, 그러면 역정보를 흘린 경찰관들이 위험해지잖아. 두더지도 잡지 못하고."

김영민은 아이스아메리카노를 한 모금 마시고 말을 이었다.

"원(院)에서 움직이기 시작한 건 북한 공작원이 사살당했기 때문이야. 평양은 지금 격앙되어 있다고. 경찰은 언론에 권총, 탄창, 자살용 앰플을 나래비 세웠고, 남파간첩이 도주하는 동영상이 하루 종일 뉴스에 나왔어. 그러면 어떤 일이 벌어질까?"

"북한에서도 똑같은 일을 하겠죠…."

"그래! 남조선과 내통하는 반동 역도들을 색출해 공개 처형하는 뉴스가 나올 거야. 그중에는 우리가 오랜 시간 동안 공들이고 있는 정보자산이 있어. 정보전이라는 건 비례의 원칙이 칼같이 지켜지는 전장이야. 하나를 주면 하나를 받고, 하나를 타격하면 하나를 타격당하고. 그래서 현장요원들끼리는 절대 선을 넘지 않는다고. 그런데 한쪽이 선을 넘으면 그 반대쪽도 선을 넘기 마련이야. 북쪽 애들은 우리가 선을 넘었다고 인식하고 있어. 그러니 북한 정찰총국은 우리 해외 공작원을 타격하거나 백상균 송환팀을 직접 타격할 수도 있는 거야. 본사는 지금 그것 때문에 촉각을 곤두세우고 있는 거고."

김영민은 한 장으로 된 상황도를 보여주듯 명료하게 현실을 인식시켜주었다.

"정찰총국요? 그러면 이제는 노동당이 아니라 군부에서 나서기 시작했다는 건가요?"

정변호사가 놀라 물었다.

"당과 군부는 경쟁 관계여서 당이 허점을 보이면 군부가 나서서 해결하려고 하지."

"하노이에서는 뭘 하시게요?"

"송환팀을 뒤에서 백업하려고."

"어떻게요?"

"노동당 대외협력국 중국지부와 정찰총국이 동시에 하노이에서 베트남 공작조를 쫓고 있어. 중국지부가 먼저 베트남 공작조를 확보하도록 협조하고, 나는 백상균 송환업무가 안전하게 끝나게 하려는 거지."

김영민은 구체적인 업무까지 술술 말했다.

"최사장과 딜을 하겠다는 거예요?"

"베트남 공작조가 제거돼야 백상균 송환업무가 무사히 끝나. 정찰총국은 일하는 방식이 거칠어서 송환팀이나 백상균을 모두 타깃으로 삼을 가능성이 있어. 내가 그래서 최사장에게 세일즈를 잘해야 하지."

스스로에게 다짐하듯 말하고는 아이스아메리카노를 시원하게 들이켰다.

"어려운 일인 것 같습니다."

"어려운 일이지. 그리고 오늘 보자고 한 건 네가 할 일이 있어서야."

김영민이 검지를 들어 그를 가리키며 말했다.

"제가요?"

"백상균이 한국에 왔을 때 어떻게 해야겠어?"

정변호사는 잠깐 생각하는 것 같더니 곧 제 생각을 말했다.

"비망록에 쓴 대통령실 비서관에 대해서 진술을 받아내야죠."

"진술만으로 대통령실 비서관이 북과 내통했다는 증거가 되겠어?"

정변호사는 통유리 밖의 종각 사거리를 바라보았다. 교통체증은 어느새 풀리는 듯 보였다. 잠시 판단해본 생각을 솔직하게 말했다.

"스캔들은 될 수 있지만 증거는 부족합니다. 역정보를 흘린 경찰관들이 정황에 대해 진술을 한다고 해도 대통령실을 상대로는 역부족이에요. 젊은 친구들만 희생될 겁니다."

"그래, 경찰관들이 할 수 있는 일은 송환하는 것까지야. 그 젊은 친구들이 조사할 수도 없는 일이고, 대통령실에서 조사하게 두지도 않을 거야. 그러니까 네가 백상균을 접견해야 한다."

"…"

"나는 백상균이 무사히 송환되면 원(院)에 이번 일에 대해 상세한 보고서를 작성해서 보낼 거야. 그러면 원은 장기사업으로 이 일을 추진할 거고. 정변, 이거 북에 포섭된 가장 고위급 간첩사건이다! 그런데 국정원은 백상균과 접촉할 방법이 없어. 변호사인 네가 구치소에 가서 백상균의 입장을 알아보고, 원과 조정해야 한다고."

구체적인 지시를 받고 보니 정변호사도 어깨가 묵직하게 느껴졌다.

"네…."

"왜? 하기 싫어? 네가 솎아내자고 했잖아."

"제가 형을 끌어들였으니, 저도 제 할 일을 해야겠죠. 그런데 형님의 보고서만으로 원에서 대통령실에 두더지를 청소하려고 할까요?"

"국정원은 고유가치를 많이 상실했어. 하지만 돌이킬 수 없을 만큼 정확한 정보를 확인하면 장기사업으로 두더지들을 잡아낼 거야. 그게 정보기관의 속성이잖아. 그 정보는 내가 가지고 올 테니 너는 백상균과 나의 메신저가 되면 되는 거야."

김영민은 자신의 마지막 공작을 설계하고 있었다. 정변호사도 김영민이 대통령실을 상대로 공작을 결심했다는 걸 알 수 있었다. 그리고 자신도 그가 꾸며놓은 공연에 참여해야 한다는 것을 받아들였다.

두 사람은 종각 사거리를 바라보며 커피잔을 들고 잠시 말이 없었다.

"하노이 가서는 몸조심하세요. 베트남 공작조가 호전적이라면서요?"

"그래, 조심해야지. 대통령실에 내통한 공무원이 있다는 사실만 밝혀내면, 내가 해온 사업 중 가장 큰 사업이 될 것 같아. 이번 일만 마치고 은퇴해야겠어."

"노후 준비는 되어 있습니까?"

정변호사가 은퇴라는 말에 능글맞게 웃으며 물었다.

"그런 게 어딨어? 닥치는 대로 사는 거지. 어쨌든 라스트 댄스라고 생각하고 멋지게 해보자. 젊은 애들한테 쪽팔리면 안 되잖아."

"그렇죠."

밖에 어둠이 내리면서 종각 사거리의 정체는 거의 풀려가고 있었다. 정변호사는 통유리에 비친 자신의 얼굴에서 오랜만에 설레임이 깃든 표정을 보았다. 그는 다시 회색지대로 들어가면서 건조해졌던 세포들이 조금씩 꿈틀거리며 깨어나는 것을 느끼고 있었다.

* * *

다음 날, 김영민은 최사장에게 전화를 걸었다.

어제 위챗으로 먼저 메신저를 보냈는데, 계산해보니 거의 1년 만의 연락이었다. 오전에 오근호는 김영민에게 전화해 평양은 백상균에게는 관심이 없는 것 같다는 내용을 전달했다. 그리고 송환팀 스케줄을 알아봐 줄 수 있는지 물었다. 김영민은 의도한 대로 거래의 시작점을 찾았다.

"최사장, 베트남에서 출장 중이라고 하던데?"

김영민이 설레발을 치듯 말했다.

"또 어디서 무슨 얘기를 듣고 그래?"

"최사장이 찾는 물건 위치를 알려줄 수 있어서."

"무슨 약을 팔려고 전화했는지 모르겠지만 일단은 들어보자. 시작은 좋았어."

"허세 부리지 말고. 형제산(정찰총국 위치)이 움직인다는 게 본사에서 내려온 정보야. 빨리 매듭을 지어야지."

"김사장이 해줄 수 있는 게 뭐가 있는데 큰소리를 치실까?"

오랜만의 연락이었지만 통화 내용은 마치 어제 만난 친구처럼 격의가 없어 보였다. 그러나 그 속의 긴장감은 보이지 않을 뿐 팽팽하게 당겨져 있었다.

"하노이 애들이 백상균을 쫓고 있다는 건 알고 있잖아?"

"계속해."

"서울에서 백상균을 송환하려고 경찰들을 파견할 거야. 송환팀과 백상균이 있는 곳으로 하노이 공작원들이 나타날 걸로 보는데. 어떻게 생각해?"

"백상균이라…. 그 사기꾼 새끼 때문에 이상필이가 무리수를 많이 두었어."

최사장이 속내를 드러내며 말했다.

그가 딴소리를 하며 옆길로 새려는 것 같자 김영민이 바로 길을 틀어막았다.

"관심 있냐고 묻잖아."

"백상균 통해서 돈을 얼마나 빨았는지 모르겠지만 베트남 공작조에게 뇌물을 처먹은 당 간부들도 같이 정리할 거야."

최사장은 한 번 더 돌려 말했고, 김영민이 대신 이번 건을 간단하게 정리했다.

"우리는 백상균만 데리고 가면 돼. 하노이 애들은 알아서 처리하라고. 그놈들이 우리 경찰관을 살해했지만 그건 없던 일로 해 줄게."

"그걸 말이라고 해? 우리 대원 사살하고 TV에 도배했으면서. 지금 상황을 정확히 모르고 있는데, 로동당 문화교류국 차원의 수습은 물 건너갔어. 정찰총국에서 보복 작전을 해야 지도자가 만족할 거야."

"그러니까 우리 둘이 빨리 이번 일을 마무리하자고 내가 전화한 거야."

김영민의 협업 제안에 최사장은 무슨 궁리를 하는지 한동안 말이 없었다.

"김사장도 하노이에 올 거야?"

"그래, 하노이에 가서 정확하게 정보를 줄 테니까 이상필인가 하는 놈만 쏙 빼가라고."

"오면 연락해."

김영민은 전화를 끊고 미지근해진 핸드폰을 만지작거리며 통화 내용을 복기했다.

그가 그동안 경험해온 최사장은 'No is no'였다. 그렇다고 'Yes is yes'는 아니었다. 최사장이 말한 지금의 Yes는 Yes일 수도 No일 수도 있었다. 김영민은 일단 거래를 시작해보겠다는 취지로 받아들였다. 아직 거래단가가 결정된 건 아니어서 언제든지 거래가 엎어질 수 있다는 걸 상정해야 했다.

강력범죄수사대

하반장은 용산서 정보관 김재식 살인사건의 수사기록을 정리하고 있었다. 유력용의자가 사망했으므로 사건은 공소권 없음으로 종결될 것이다. 하지만 담당 형사는 사망한 자가 살해범이라는 것을 수사기록에 현출시켜야 했다.

하반장은 증거들을 근거로 달아서 수사보고서를 작성했고, 증거와 보고서를 수사기록으로 편철 중이었다. 인터폰이 울렸다. 강력범죄수사대장의 호출이었다.

하반장은 한걸음에 강력범죄수사대장 직무실로 올라갔다.

부속실 직원은 수사 1계장이 아직 안에 있다며 잠시만 기다려 달라 했다.

하반장은 마음이 조금 급해져 있었다. 오후 비행기로 박경사와 함께 하노이로 출발해야 하는데 시간이 촉박했다.

그런데 굳이 이 시간에 부르다니 영 찜찜한 기분이었다. 혹시 특진 누락과 관련된 일인가 싶었지만 그건 이미 자신도 충분히 납득한 사항이었다. 그 건에 대해서는 억울할 수도 있었지만 그는 덤덤하게 받아들였다.

총기살인사건 용의자이자 경찰관 살해사건 용의자를 체포했으니 그에게 특진은 원래 예정된 일이었다. 그러나 서울시경은 특진을 수여하지 않았다. 오히려 그 반대였다. 추적 과정부터 용의자를 조우한 경위, 총기 사용 순간 매뉴얼을 지켰는지 세세히 감사를 했다.

문제없는 것으로 결론이 났지만, 서울시경은 실은 경찰청 국가수사본부 눈치를 봐야 했다. 언론은 사건의 배경을 두고 다양한 추측성 기사를 내면서 의혹을 증폭시키고 있었다. 국가수사본부는 서울시경이 사건 보고를 정확하게 하지 않았다고 감찰을 벼르고 있었다.

서울시경도 이런 상황에서는 북한 공작원이 서울에서 암살작전을 실행한 이유를 밝히지 않은 채 담당 형사를 특진시킬 수는 없는 노릇이었다. 결국 미적거리다 특진 추천을 상신하지 못한 것이다.

강력범죄수사대장실 문이 열리고 1계장이 나왔다.

"어, 하반장. 들어가 봐."

수사 1계장은 수사대장이 시킨 일이 있다는 듯 서둘러 복도를 나섰다.

하반장은 노크를 하고 대장실로 들어갔다. 대장은 회의탁자에 앉아 있었고, 탁자에는 서류 더미들이 정렬되지 않은 채 어지럽게 흩어져 있었다.

대장은 경찰대학을 졸업하고 일선 수사현장에서 잔뼈가 굵은 수사 간부였다. 그의 하루 일과는 조회(朝會)로 시작해 석회(夕會)로 끝났다. 조회 때 각 팀장은 진행 중인 사건에 대해 오늘 할 일을 보고해야 했다. 그리고 석회 때는 오늘 한 일과 내일 할 일을 보고해야 했다.

그는 조회와 석회 사이에 각 팀에서 올라오는 보고서와 수사자료를 밑줄 치면서 꼼꼼히 읽었다. 그의 머리에는 강력범죄수사대가 진행하는 사건의 내용이 촘촘히 박혀 있었다.

수사대장 주재 회의에서 형사팀장이 질문에 제대로 된 답변을 못 하거나 수사 내용을 엉뚱하게 보고하면 매서운 지적을 받았다. 강력범죄수사대 형사들 사이에서 판사와 검사는 속여도 수사대장은 못 속인다는 말이 사실로 받아들여졌다.

대장은 안경을 벗어 회의 탁자에 올려놓으며 하반장에게 앉으라고 했다.

하반장이 자리에 앉자 서류 더미 위에 '격려(激勵)'라는 한자가 쓰인 흰 봉투가 있었다.

"오늘 오후에 간다고 했지?"

"네, 두 시 비행기입니다."

"빨리 공항으로 가야겠네. 이거 얼마 안 되지만 가서 식사 한

번 하라고.”

수사대장이 흰 봉투를 하반장에게 내밀었다.

“감사합니다.”

“얼마 안 돼, 딱 식사 한 번 할 돈이야.”

“감사합니다. 출장비가 있으니까 충분합니다.”

“그건 그렇고, 연쇄살인범에 총기살인범을 잡았으면 즉시 특진인데, 호송업무까지 가게 했네.”

“괜찮습니다. 살인사건과 호송업무가 관련이 있다고 하니까요. 이번 일까지 잘 마무리하겠습니다.”

“하반장은 워낙 성실하니 책임감 있게 잘할 거라는 거 알아. 중요 범인을 검거한 유공은 없어지지 않는다. 심사할 때까지 변수를 최대한 줄여서 일할 수 있도록 하자.”

“네, 그렇게 하겠습니다.”

“내가 보자고 한 이유는 또 다른 한 가지가 있어요.”

“네, 말씀하십시오.”

“해외수배자 검거작전은 외사국이 항상 문제야. 우리가 공작해서 수배자 위치를 알려주면, 그 정보를 가지고 현지 경찰 내세워서 자기들이 검거했다고 공적을 가져가는 일이 한두 번이 아니었어.”

“네, 알고 있습니다.”

“이번 사건은 외사국에서 소재를 파악한 백상균을 송환하는 거야. 그러니 그 공적을 외사국이 가져가 버릴 거야. 솔직히 나는 송환 작전에 우리 형사들 투입하지 않으려고 했어. 그런데 지금 우리 수사대 처지 알고 있지?"

"네… 보고누락 때문에 감찰이 있을 예정이라 들었습니다."

"그래서 송환업무에 참여 못 하겠다는 말을 못 하는 거야."

"네, 출장 가서 누가 되지 않게 행동하겠습니다."

"그런데 이상하지 않아?"

"뭐가… 말입니까?"

"용의자를 사살하자 곧바로 백상균을 하노이에서 송환하라는 업무가 내려왔어요."

"네…."

"우리가 살인사건이 백상균과 연관되었다는 보고를 하기 전이었는데, 외사국은 백상균 송환 계획을 짜고 있었던 거지."

대장은 습관처럼 볼펜을 돌리며 말했고, 하반장은 선 채로 묵묵히 들었다.

대장은 손에서 볼펜을 가만히 내려놓고 고개를 들어 하반장을 올려보았다.

"나는 외사국에서 뭔가 숨기고 있다는 생각이 들어. 그것도 뭔지 알아봐."

하반장은 말없이 대장의 다음 말을 기다렸다.

"송환업무 끝나고 공적 심사할 때, 살인 용의자 검거와 백상균 송환을 하나의 사건으로 심사를 한다면 누구의 공이 더 클까? 외사국은 대통령실에서 관심 있는 주요 수배자 백상균을 송환했고,

우리 수사대는 보고누락의 책임을 져야 하는 상황이야."

"아…."

하반장 입에서 미세한 탄식이 흘러나왔다.

"내가 하반장과 박경사를 이번 송환에 투입하는 이유는 주도권을 빼앗기지 않기 위해서야. 인천공항에 들어올 때 방송국 카메라가 걸려 있을 거잖아. 상균이 옆에 서 있는 형사는 자네여야 해. 외사국 놈들한테 자리 빼앗기지 말라고."

"네, 명심하겠습니다."

하반장은 정신이 번쩍 들었다. 경위에서 경감으로 특진하는 건 일선 형사가 누릴 수 있는 가장 영예로운 트로피였다. 그만큼 바늘구멍을 통과하는 것처럼 치열한 경쟁인 것이다. 그런데 자신의 공적이 어쩌면 백상균 송환으로 물타기를 당하게 될지도 몰랐다.

"상균이를 확보하면 현지에서 조사를 시작해. 사망한 피해자들과 어떤 관계인지 진술서를 받아서 우리 기록에 붙여야 해. 상균이가 한국에 오면 남부지검으로 인계될 거야. 우리가 해결한 살인사건도 검찰에 빼앗길 수 있다고. 무슨 말인지 알겠지?"

"무슨 말씀인지 잘 알겠습니다."

하반장은 조금은 비장한 심정이 되어 대장실을 나왔다.

당연히 그에게도 특진 욕심이 있었다. 당장은 아니지만 연말에는 공적을 인정해 경찰청도 특진시켜줄 거라 막연히 생각했다. 그래서 끝까지 최선을 다한다는 마음으로 수사기록을 꼼꼼히 만들어 사건을 마무리하고 있었다.

그런데 대장은 살인사건 용의자 검거만으로 특진 되기는 힘드니 백상균 송환에서 역할을 늘려야 한다고 했다. 그렇게까지 생각하지 못한 자신이 한심스러웠다.

그리고 한 가지 더 있었다. 외사국이 숨기고 있는 사실을 알아오라고 했다. 이 일만 충실히 수행하면 특진은 어떻게든 밀어주겠다는 메시지였다.

하반장에겐 강력범죄수사대장이 경찰청에 반격을 준비하는 것으로 보였다.

출발

민준은 여경감을 통해 하노이 공안국에 송환대상자가 조직폭력배 수괴라서 무장이 필요하다고 여러 차례 요청했다. 다행히 이런 주장이 먹혀 총기 소지 허가를 받는 데 성공했다.

허가된 규모는 권총 두 정, 실탄 각 10발이었다. 총기 소지를 허가하는 대신 실탄 잔량을 매일매일 보고하는 조건이었다. 이건 명목상 조건이고, 다른 건이 더 있었다. 베트남 공안국이 따로 내건 조건이었다.

베트남 공안국은 경찰청 외사국에 베트남에서 거액의 회삿돈을 훔쳐서 달아난 절도 혐의자 응우옌 끼엔 반을 찾아 달라고 했다. 찾아낸 혐의자의 비자를 취소하고 추방해 달라고 요청한 것이다. 끼엔 반이 회사의 부하 여직원을 강간한 혐의도 있다며 추방의 필요성을 강조했다.

민준은 그 조건을 준에게 전달했고, 준은 정변호사에게 전화를 걸었다.

정변호사는 사회주의 국가 경찰과 업무는 기브앤테이크고 그쪽이 원하는 것을 들어줘야 협조를 얻을 수 있다고 했다. 준은 지금이 그 상황이라고 생각했고, 정변호사가 가장 정확한 판단을 내려줄 거라 믿었다.

"이 반장, 아마 끼엔 반은 절도 혐의자라기보다는 베트남의 반정부 인사일 거야. 그가 한국 내 베트남 커뮤니티에서 아무런 통제 없이 반정부 활동을 하는 게 아무래도 베트남 공안에는 눈엣가시겠지. 절도 혐의와 강간 혐의를 갖다붙여 요청한 것일 수도 있는데. 어떻게 하겠어? 들어줄 거야?"

정변호사는 베트남 공안국의 조건을 추론해보고 오히려 반문했다.

"글쎄요, 과장님 말씀이 팩트라는 보장도 없고…."

"나의 경험치에서 나오는 이야기라니까 이건. 그러니까 어떻게 하겠어?"

"저희는 총기가 있어야 호송업무를 할 수 있습니다. 과장님은 이런 경우에 어떻게 하셨습니까?"

"내 경우가 아니라 이반장이 어떻게 할지 정하라고. 내가 그 요청을 거부했다면 이반장도 거부할 거야?"

"그건 아니지만…. 아무튼 저희는 총이 필요합니다…."

"그럼 판단대로 하면 되지."

이미 정답은 정해져 있었는지도 몰랐다. 다만 그것을 정답으로 채택하느냐의 문제였다. 준은 정변호사의 추측을 듣고 나니 더욱 망설여지기도 했다. 그러나 그의 고민은 길지 않았다.

준은 경기남부경찰청 외사과 외국인 수배자 추적팀에 추방 대상자 자료를 넘겼다. 그리고 출발하는 날 아침 그가 여권 미소지죄로 체포되어 추방될 예정이라는 보고를 경기청으로부터 받았다.

*　*　*

준이 이끄는 송환팀은 오후 6시 비행기로 인천에서 하노이로 출발했다.

출발하기 전 서울 하늘에는 황사가 내려앉아 있었고 바람도 쌀쌀하게 불었다. 하반장과 박경사는 유니폼이라도 되는 것처럼 윈드브레이커와 아웃도어 바지를 입고 공항에 도착했다. 준은 린넨 셔츠와 네이비색 면바지 그리고 자켓을 입고 공항에서 형사들을 기다렸다.

준의 옆에는 사이즈가 작은 캐리어도 있었다. 준은 두 형사의 복장을 보고 속으로 혀를 내둘렀다. 공항에서 아웃도어 복장을 입는 건 자신에겐 상상도 못 할 일이었다.

송환팀은 총기 두 정과 실탄 20발을 베트남 항공 기장에게 맡긴 후에 비행기에 탑승할 수 있었다. 하노이에 도착해서는 현지 공안으로부터 총기를 인수받기로 했다.

대부분의 강력형사들에게 그렇듯이 하반장과 박경사는 이번이 첫 해외 출장이었다. 경찰관으로 해외 출장을 간다는 건 굉장히 제한적이었다. 인터폴 컨퍼런스나 사이버수사관들이 자료분석 등 공조를 위해 나가는 게 대부분이었다.

수배자 송환업무는 외사국에서 파견한 코리안데스크나 경찰주재관들이 주도하는 업무다. 한국에서 출장을 간 형사들은 공항에서 수배자를 인수해 오는 정도의 업무만 맡았다.

하반장은 강력범죄수사대장의 지시를 곱씹으면서 자신과 박경사의 역할을 늘릴 수 있는 방법을 생각해보았다. 역할을 늘릴 수 있는 기회가 없다면 입국할 때 백상균 옆에 서서 사진 찍히는 일밖에 할 것이 없었다.

비행기에 탑승해서도 내내 좁아터진 자리만큼이나 답답함을 느꼈다. 그러다 옆자리의 박경사를 돌아보았다. 박경사는 영화를 틀어놓고 어느새 졸고 있었다.

네 시간 뒤, 송환팀은 현지 시간 오후 8시에 하노이 공항에 도착했다.

입국장 게이트에 민준이 기다리고 있었다. 민준은 폴로셔츠에 베이지색 면바지의 편안한 차림이었다.

준이 민준을 마지막으로 본 게 벌써 2년 전이었다. 그가 휴가차 서울에 왔을 때도 공교롭게 준은 해외로 출장을 나가 있어 만나지 못했다. 2년 넘게 못 본 사이지만 준은 민준이 어제 만난 것처럼 익숙했다. 최근에 통화를 많이 한 탓도 없지 않았다.

"민준아!"

준은 캐리어를 끌며 반갑게 손을 흔들었다. 그의 뒤에는 하반장과 박경사가 캐리어를 밀며 따라왔다.

민준은 준에게는 간단히 눈인사만 건네고, 뒤에 따라오는 하반장과 박경사에게 다가갔다. 의식적인 행동이었다.

오랜만에 보는 준과 회포를 푸는 건 나중 일이었다. 자신이 지금 공식적으로 마중을 나온 사람은 하반장과 박경사라고 할 수 있었다. 민준은 둘에게 깍듯이 인사부터 했다.

"오시느라 수고하셨습니다."

준을 통해 함께 오는 형사들에 대해 대충 듣긴 했지만, 역시 직접 보는 것만 못했다. 하반장의 외모만 보고서도 그가 어떤 사람인지 단박에 알 것 같았다.

깊게 패인 주름과 강인한 턱선을 보며 그가 고도의 군사훈련을 받았으리라고 짐작했다. 박경사는 다소 왜소해 보이는 체구에다 퍼머 머리라 조금 허술해 보였다. 게다가 얼굴에는 짓궂어 보이는 장난기가 묻어났다. 그러나 악수할 때의 악력은 사람의 힘이 아닌 것 같았다.

민준은 두 경찰관과 먼저 인사를 나눈 후에야 준을 돌아보며 말했다.

"저녁을 먹어야 하나?"

"비행기에서 기내식 먹었다. 호텔 가서 짐 풀고 간단하게 맥주나 한잔하자.”

준은 당연한 줄 알면서도 친구보다 둘을 먼저 챙기는 데 괜히 심통이 나서 대충 대꾸해버렸다.

민준은 앞장서서 자동차가 주차된 곳으로 송환팀을 안내했다. 노이바이 공항 입국장에는 여기저기서 한국말이 쏟아지듯 들렸다.

“하노이는 처음이신가요?”

민준이 하반장에게 공손하게 물었다.

“작년에 가족들하고 다낭에 휴가를 왔습니다. 그때는 다낭공항으로 입국해서 하노이는 처음입니다.”

“다낭은 지나다니는 사람 절반이 한국 사람이죠?”

박경사가 넉살 좋게 끼어들었다.

“절반 이상입니다.”

민준의 안내를 받으면서 호송팀은 공항 택시 승강장으로 이동했다.

승강장 한가운데 민준의 카니발 승합차가 비상등을 켜고 정차되어 있었다. 그 앞에는 하노이 공안의 순찰차가 경광등을 비추고 있었다.

“뭐야? 에스코트라도 해주는 거야?”

준이 민준에게 느물거리며 물었다.

“공안들이 항공사에서 총기 수령하러 온 거야. 에스코트는 무슨.”

“백상균 데려올 땐 공안이 에스코트해주면 좋겠다.”

준이 히죽히죽 웃는 얼굴로 중얼거리면서 캐리어를 카니발에 실었다.

호송팀이 짐을 카니발에 옮겨 실을 동안 하노이 공안이 총기를 인수해 순찰차로 돌아갔다. 민준과 세 명의 호송팀은 하노이 공안의 에스코트를 받으며 레이크사이드 호텔로 출발했다.

가는 동안 비가 부슬부슬 오기 시작하더니 본격적으로 차창을 두드렸다. 주말 러시아워는 시내로 들어서자 더 심각했다. 택시와 오토바이들이 뒤엉켜 도로를 가득 메웠고, 일부 도로는 침수되어 차들과 오토바이들이 물웅덩이를 피해 한쪽으로 몰리면서 정체가 더 심해졌다.

"하반장님이 북한 공작원을 쏘셨다면서요? 반장님은 총을 잘 다루시나요? 한국에서는 총 쏠 일이 별로 없었을 텐데."

민준은 차 안 공기가 답답하다고 느낄까 봐 하반장에게 말을 걸었다.

"경감님, 이 선배는 7공수에서 10년, 경찰특공대에서 5년 근무한 대테러 전술 달인입니다. 경찰특공대 시범사격하는 것 보신 적 없으시죠? 움직이는 표적에 이동 중 사격을 하면서 헤드샷을 합니다."

박경사가 신나 하며 대화에 끼어들었다.

"박경사님도 그날 하반장님 곁에 계셨던 거죠?"

민준이 호기심에 찬 목소리로 물었다. 그렇기도 했지만 박경사가 떠들도록 놔두는 게 지금은 자신도 편할 것 같았다.

"아, 그게 사실은⋯. 제가 다 지어 놓은 밥을 형님이 숟가락 꽂아서 잡수신 건데 말입니다⋯."

"야! 머리에 구멍 날 뻔한 사람 살려놨더니 밥그릇에 수저 꽂았다고 하냐!"

"형님, 저번에 말씀드렸지만 저도 다 생각이 있었어요."

"상대가 총을 겨누고 있는데 무슨 생각이 필요해. 즉각 반응해야지."

"즉각 반응해야겠다고 생각하고 있었다니까요."

"박경사님은 유도 국대 출신이야."

준이 슬쩍 끼어들어 민준에게 박경사 경력에 대해 알려줬다.

"그놈이 돌맹이로 내 마빡을 내리치려고 하는 걸 피하고 등 뒤로 돌아가서 허리를 잡아 매치는데 말입니다. 마음만 먹으면 목뼈를 부러트릴 수도 있었다니까요. 경찰이 그러면 안 되니까 등으로 떨어지게 힘을 살짝 빼준 건데, 이 새끼가 고마운 줄도 모르고 권총을 꺼내잖아요. 그래서 내가 점잖게 타이르려고 했죠. 그거 집어넣어라, 그러면 안 된다. 그리고 빈틈에 낚아 매치려고 했는데⋯. 그때 마침 형님이 헐레벌떡 뛰어오셔서 가슴에 한 발, 대갈통에 한 발, 두 방 박은 거예요."

"에라이!"

하반장이 어깨를 툭 치자 박경사가 괜히 말을 돌렸다.

"김경감님, 그나저나 백상균은 언제 데리러 갑니까?"

"일정이 픽스 된 건 없습니다. 텔레그램으로 호송팀 도착했다고 메시지 전달해놓고 답변 오기를 기다려야 합니다."

"호텔에 도착하면 방에다가 짐만 올려 놓으시고, 1층 로비에 모여서 맥주 마시러 가시죠."

준이 뒷자리에 탄 호송팀을 돌아보며 히죽 웃었다.

20분 후 카니발 차량은 레이크사이드 호텔에 도착했다.

세 사람은 호텔 프론트에서 룸 키를 받아 배정된 방으로 올라가 짐을 풀고, 곧바로 호텔 1층 로비로 내려왔다. 두 형사의 짐은 보스턴백 크기의 가방 하나씩이 전부였다.

로비에서 기다리던 민준은 호송팀을 이끌고 도보로 호텔 근처 레이크뷰사이드라는 음식점으로 향했다. 저녁 9시 30분이었지만, 식당은 빈 테이블이 안 보일 정도로 손님들이 가득했다.

민준은 가까스로 자리를 잡고 반쎄오, 게튀김 그리고 맥주를 주문했다.

"베트남어를 꽤 잘하시네요."

하반장이 종업원과 능숙하게 대화하던 민준을 지켜보다 말했다.

"겨우 음식 주문 정도나 할 줄 아는 수준입니다. 하노이 공안들과 업무를 볼 때는 번역기에 의존해야 해요. 말이 너무 빨라서 알아듣기 어렵거든요."

음식을 기다리면서 서울에서 온 형사들은 살인 용의자를 추적했던 방법과 사살한 과정을 들려주었다. 대부분 박경사가 말했고, 하반장은 묵묵히 듣는 쪽이었다.

식당 종업원이 반쎄오와 맥주를 가지고 왔다. 준은 세 사람 잔에 부지런히 맥주를 채워주는 역할을 맡았다.

"이 음식은 쌀가루 튀김에 야채를 싸 먹는 건데, 한국에서도 드셔보셨죠?"

민준의 음식 설명에 하반장과 박경사는 먹어본 음식이라고 고개를 끄덕였다. 잠시 후 종업원이 푸짐하게 담은 게튀김을 가져왔다. 색다른 술안주에 다들 얼굴이 환해졌다.

경찰관들은 다 내려놓은 가벼운 마음으로 술잔을 기울였고, 자연히 사담을 이어갔다. 먼저 민준의 하노이 생활이 화제가 되어 한동안 이야기가 이어졌다. 그다음은 박경사가 올림픽 준비 과정에 대해 드라마틱하게 이야기를 풀었다. 민준과 준은 국대 선수들의 살인적인 운동량에 감탄에 감탄을 연발했다.

"그런데 백상균이 직접 김경감님에게 찾아와 한국으로 보내 달라고 한 거예요?"

박경사가 올림픽에 대한 무용담을 끝내고 맥주잔을 비우면서 물었다.

"그렇습니다."

"보고서를 보면 백상균은 4월 17일 송환요청을 했는데요, 4월 3일 서울에서 발생한 살인사건에 대해서는 얘기를 안 했나요?"

하반장이 민준과 준을 바라보며 궁금해하던 걸 물었다.

두 사람은 서로를 흘깃거리기만 할 뿐 아무 말이 없었다.

"왜요? 무슨 말을 했습니까?"

박경사도 맥주를 마시면서 눈을 동그랗게 뜨고 채근했다.

"그게….."

"우리는 4월 22일 용의자를 추적 중 사살했습니다. 그리고 24일 경찰청 외사국으로부터 백상균 송환에 호송관을 파견하라는 공문을 받았어요. 그러니까 외사국은 백상균이 송환요청을 한 4월 17일에 이미 살인사건과 백상균의 연관성을 알았던 걸로 보입니다."

하반장은 차분한 목소리로 민준을 보며 말했다. 민준에게 대답을 요구하는 눈빛이 선명했다.

"내가 얘기할게."

민준은 입을 벙긋거리며 망설이는 준을 돌아보고 나서 입을 열었다.

"백상균은 서울에서 발생한 살인사건이 자신 때문이라고 했습니다."

"4월 17일에 송환요청을 하면서 그 얘기를 했다는 거죠?"

하반장이 확인하듯 다시 물었다.

"네, 맞습니다."

"수사본부는 살인사건과 백상균의 관련성에 대해 아무런 정보도 전달받지 못했어요."

하반장은 출국 바로 전에 강력범죄수사대장과 면담했던 걸 떠올렸다. 그의 말대로 외사국은 백상균에 관한 정보를 숨기고 있었다.

민준과 준은 말없이 맥주잔만 만지작거렸다.

"외사국에서 백상균이 살인사건과 관련이 있다는 걸 수사본부에 전달했으면 수사가 좀 더 빨라졌을 겁니다. 수사본부는 두 건의 살인사건을 별개의 사건으로 분류해서 진행했어요. 그러다가 용의자의 공통점을 발견한 겁니다. 백상균이 살인사건에 대해 무슨 얘기를 하던가요?"

민준은 비망록에 대한 건 제외하고 대강의 경과를 설명했다.

하반장은 민준의 설명을 듣는 내내 조금은 심각해 보였다. 그의 말이 어디까지 팩트인지, 혹은 무엇을 더 말하지 않는지 가늠하려다 보니 자연스럽게 표정이 굳어진 것이다.

박경사는 백상균이 북한 공작원들에게 피납되어 있다가 탈출했다는 부분에 생략된 내용들이 많다고 여겼는지 더 물어보려 했으나 하반장의 눈치를 살피며 입을 닫았다.

"수사본부에 그런 내용을 전달하지 않은 이유가 있나요?"

하반장이 민준과 준을 번갈아 쳐다보면서 물었다.

"확인되지 않은 사실을 백상균 말만 믿고 보고서에 담을 수는 없었습니다. 반장님은 수사를 통해 백상균과의 연관성을 찾아냈지만, 저는 백상균의 말뿐이었습니다."

민준은 솔직하게 말했다.

"저는 외사과장님에게 백상균과 북한 공작원들의 관계를 보고하지 못했습니다. 안 믿을 거니까요."

준도 속사정을 말하곤 목이 타는지 맥주를 연거푸 마셨다.

"그러면 우리가 용의자를 사살한 다음 이경감님은 백상균이 말한 북한 공작원과의 관계를 보고했습니까? 우리는 백상균이 북한 공작원들에 피납되어 있었다는 사실을 모르고 이곳에 왔어요."

"…못 했습니다."

"그건 왜죠?"

박경사가 그게 말이 되느냐는 듯이 어이없다는 얼굴로 물었다.

민준과 준은 서로를 쳐다보기만 할 뿐 또 말이 없었다.

"우선 백상균을 확보하고 자세한 얘기를 하는 게 어떨까요?"

준이 이 정도에서 화제를 돌렸으면 하는 마음으로 하반장에게 말했다.

이미 자리는 모두에게 어색해져 있었다. 서로 말하지 않는 것, 말할 수 없는 것, 그래서 감추는 것처럼 보이는 자리였기 때문이다. 이래선 안 되겠다고 생각했는지 하반장이 세 사람을 찬찬히 둘러보며 입을 열었다.

"지금부터 우리는 한 팀으로 움직여야 합니다. 총기도 소지하고 있습니다. 그만큼 위험한 작전이라는 건데, 서로 간의 신뢰는 기본입니다."

하반장의 어조는 점점 더 단호해졌다.

민준은 그가 지금 대테러작전을 지휘하는 팀장처럼 느껴졌다. 임무를 시작하기 전에 하반장은 무엇부터 해야 하는지 정확히 알고 있는 것 같았다.

"백상균은 자신에 대한 정보가 북한으로 유출되는 걸 걱정했어요."

민준이 맥주잔을 조심스럽게 내려놓으며 말했다.

"무슨 말인지 모르겠습니다."

하반장은 민준을 똑바로 보며 추궁하듯 말했다.

"한 팀으로 움직여야 한다는 건 맞는 말씀입니다. 두 분께 지금 상황에 대해 정확하게 알려드려야 한다고 생각했습니다. 단 오늘 밤은 아니었습니다. 백상균에게 연락이 오면 그때 말씀드리려 했는데, 말이 나왔으니 전부 말씀드리겠습니다."

민준은 백상균의 비망록에 대해서 그리고 대통령실에서 정보가 유출되는 정황, 북한 공작원들이 하노이 호텔에 찾아온 이야기를 가감 없이 하반장과 박경사에게 전했다.

대통령실까지 나오자 테이블 분위기는 어색하다 못해 얼어붙었다.

하반장은 눈을 감고 팔짱을 낀 채 생각에 잠겼다. 음식은 반 이상 남아 있었지만 더 이상 손을 대는 사람은 없었다. 네 사람은 그렇게 한참 동안 입을 닫았고, 이 테이블에만 결계를 두른 듯 무거운 침묵이 내려앉았다.

가장 먼저 온몸을 꿈틀거린 건 박경사였다. 그는 테이블 위의 맥주캔을 이것저것 들었다 놓으며 모두 빈 걸 알았다. 맥주를 더 주문하려고 손을 들다가 민준을 쳐다보았다.

"맥주 더 주문할까요?"

"그만 마셔라."

하반장이 모두 들으라는 듯이 말했다.

"질문이 있는데요."

"말씀하시죠."

민준은 박경사가 손을 든 채로 묻는 질문에 어떤 대답이든지 해줄 수 있다는 태도였다.

"이 사건의 장르가 말입니다. 강력 사건입니까, 권력형 비리 사건입니까? 첩보 스릴러 같기도 하고."

"쓸데없는 소리 말고 들어가자."

하반장이 박경사를 나무라며 자리에서 일어섰다.

하반장이 성큼성큼 식당 밖으로 나가자 나머지 세 사람도 서둘러 하반장을 쫓아 나갔다. 네 명의 한국 경찰은 대화 없이 호텔까지 걸어갔다.

호텔 로비에 들어서자 하반장은 민준에게 생각난 듯이 물었다.

"총은 언제 받을 수 있습니까?"

"내일 오전에 하노이 공안이 올 겁니다."

"외사국은 김경감이 말한 내용을 모르고 있었던 거죠?"

"대통령실에서 북한 공작원들에게 정보가 유출되고 있다고 말을 할 수 있었겠습니까?"

민준은 동의를 구하듯이 준을 쳐다보면서 말했다.

"하반장님, 우리는 정말로 백상균의 말을 신뢰할 수 없었어요. 그냥 평범한 송환업무가 될 것으로만 생각했습니다."

준이 하반장에게 변명하듯이 말했다.

"알겠습니다. 오늘은 피곤하니까 내일 아침에 다시 얘기하시죠."

하반장은 고개만 까닥거려 인사하곤 박경사와 엘리베이터에 나란히 올라탔다.

둘을 올려보낸 민준과 준은 호텔을 나와 주차장에 있는 카니발로 다가갔다.

민준은 모두 사실대로 얘기해주었지만 여전히 거짓말을 하고 있는 것처럼 보였다는 데 괜한 자괴감이 일었다.

"어차피 말하려고 했어."

"이해해주는 것 같아?"

"글쎄다…."

준은 시간이 지나면서 다 풀릴 일이라고 속 편하게 생각하기로 했다. 그에겐 다음 스텝이 더 중요했다.

"그건 그거고, 백상균에게 송환팀 도착은 알렸어?"

"응, 호텔 로비에서 메시지 보냈다. 확인은 했는데 아직 답은 없네."

"기다리는 수밖에 없구나."

"서울은 어때? 계속 백상균에 대한 정보를 요구하고 있어?"

"과장님이 매일 챙기면서 대통령실과 통화를 하는 것 같았어."

"국정원 블랙은 너에게 뭐라고 해?"

"북한 공작원이 사살돼서 북한은 격앙되었다고 겁을 잔뜩 주는데. 내가 마음에 걸리는 건 다른 문제야."

"뭐가?"

민준은 미간을 찌푸리며 준을 쳐다보았다. 어느새 이 송환임무에는 너무 많은 사람들이 관여하기 시작했다. 그만큼 신경 써야하는 일들이 늘어나는 것이다.

"김영민 대표가 송환업무를 지원한다는 건 국정원이 개입했다는 건데, 국정원은 대통령실에서 정보 유출된다는 걸 어떻게 처리하고 있는 걸까?"

그 질문은 김영민 대표가 등장하고부터 민준에게도 마음에 걸리는 내용이었다.

"김대표도 그런 얘기는 본부에 보고하지 않은 것 같아. 두더지를 잡기 위해서."

"송환 마치고 생각하자. 생각이 많다고 멈출 수 있는 일이 아니니까."

민준은 준의 가정에 답을 내놓지 않고 카니발에 올랐다.

카니발이 오토바이 사이로 파고드는 것을 지켜보다가 준도 몸을 돌려 로비로 들어갔다.

＊＊＊

호텔에서 민준의 숙소까지는 차로 30분 거리였다.

오토바이가 여기저기서 파고드는 시내 한복판을 통과하며 고층 건물이 듬성듬성 서 있는 하노이의 야경을 바라보았다.

준도 마찬가지 생각이겠지만 민준도 수사본부가 이렇게 빨리 살인 용의자를 검거할지 예상하지 못했다. 자신과 준 그리고 강력범죄수사대 두 형사는 파도에 휘말리듯이 우연한 흐름에 쓸려 백상균 송환업무를 위해 하노이에 밀려온 것이다.

민준에게 하노이에서의 3년은 경찰청을 퇴직할 것인가를 고민하는 시간이었다. 사실은 경찰관으로 계속 살아가야 할 이유를 찾는 시간이기도 했다. 민준은 우연히 그 이유를 찾은 것 같았다. 이런 사건이 언젠가는 자기에게 올 것이라는 기대를 품고 있었고, 이번에 그 사건을 만났다는 것을 비로소 알았다.

노바프론티어 펀드 사태는 민준이 경찰청 퇴직을 생각하게 한 원인이었다. 그 사건의 숨겨진 핵심 인물, 백상균이 사태의 이면에 대해 알려주었다. 대통령실 최고위직에 노바프론티어 사태를 축소하려 했던 사람이 있다는 것을.

민준은 노바프론티어 펀드의 관계회사 압수수색 영장이 기각되었을 때도 막연하게 그런 걸 느꼈다. 사건을 덮으려는 세력이 있다는 의심을 했던 것이다. 의심은 현실이 되어 노바프론티어 펀드 사태가 터졌다.

그리고 그 세력은 민준에게 접근해 핵심 피의자 한 명을 해외로 도주할 기회를 만들었다. 자신이 옳다고 생각하는 일에서 지고 있는 기분은 참으로 참담했다. 더구나 민준의 약한 고리까지 파고든 상대방들에게 분노를 느꼈다. 민준에게 드디어 그날의 복수를 할 기회가 왔다는 생각이 들었다. 민준은 낱낱이 까발려서 그놈들을 너덜너덜하게 만들어주고 싶었다.

　숙소까지는 15분이 남았다. 민준은 다시 형사의 피가 뜨거워지는 걸 느꼈다.

＊＊＊

　"형님, 우리가 괜한 일에 엮인 것 같은데요."

　박경사는 침대에 대자로 드러누워 눈을 멀뚱거렸다.

　"너, 방으로 안 가나?"

　하반장은 욕실에서 양치질을 하고 나왔다.

　"형님, 대통령실 고위직이 백상균에게 코가 꿰서 북한 공작원과 내통한다는 게 말이 됩니까? 쟤네들 제정신일까요?"

　"어서 가서 자라! 피곤하다."

　"지금 잠잘 때냐고요! 공연한 일에 발 담궜다가 밉보여서 강력범죄수사대에서 쫓겨나면 어떡합니까? 형님 특진도 날아갈 게 뻔한데. 무슨 대책을 세워야지요."

　"무슨 대책을 세워? 백상균 송환하러 왔으면 곱게 데리고 들어가는 거지!"

　"저런 얘기를 듣고도 가만히 있겠다고요? 백상균이 서울서 대통령실 고위직이 북한놈들과 연루되어 있다고 한마디라도 하면, 위엣 놈들은 우리에게 그 부분을 보고했는지, 안 했는지 따질 텐데. 대통령실에서 콧김만 불어도 독감 걸리는 게 경찰청 위엣 놈들 아닙니까!"

박경사가 침대에서 벌떡 일어났다.

하반장은 수건을 목에 건 채 침대 앞 탁상 의자에 앉았다.

"그래서 어쩌자는 거야? 그냥 돌아가?"

"어쩌긴요? 수사본부에 보고를 해야죠. 외사국에서 대통령실 정보 유출을 캐고 있다고 말입니다."

"외사국에서 하는 일이 아니잖아. 쟤네들이 엉겁결에 의심 가는 정황을 확인했을 뿐이지."

"그래도 어떻게든 보고를 해놔야죠! 철모르고 대통령실 뒤를 캐는 애들이랑 한 묶음으로 취급당하면 어떡합니까!"

"뭐라고 보고해? 외사국 경감들이 대통령실에서 정보가 유출된 정황을 확인했으니 알고 있으라고 계장, 과장에게 보고하면, 오, 그래, 수고했다, 그러겠어? 쓸데없는 소리 하지 말라고 할 것 아니냐고."

하반장은 목이 타는지 냉장고에서 생수를 꺼내면서 다시 말을 이었다.

"그 사람들이 수사부장이나 서울청장에게 '대통령실에서 정보가 유출되는 것 같습니다'라고 보고 할 수 있냔 말이야!"

"하! 그래도 이게 가만히 있어서 될 일인가요."

"그게 문제가 아니다."

"그럼 뭐가 문제인데요?"

"김경감 말이 사실이라면 우리가 송환 작전을 탈 없이 하기가 쉽지 않아. 북한 놈들은 서울에서 살인사건을 두 건이나 저질렀어. 어떻게든 백상균 송환을 막으려 할 거야. 바짝 긴장해야 할 거야."

"그렇게 말씀하니까 더 열받네. 이렇게 위험한 일에 끌어들이다니."

"두 사람이 끌어들인 건 아니잖아."

"이런 상황을 보고했다면, 지금처럼 맨땅에 헤딩하듯이 송환업무를 했겠습니까? 베트남 정부에 협조를 구해서 현지 경찰의 지원을 받아야지요."

"총은 가지고 왔잖아. 그것만 해도 김경감, 이경감이 큰일 한 거다."

"하이고, 그 알량한 권총 두 자루로 뭘 하겠다고요. 하노이에서는 간첩들에게 쫓기고, 서울 가서는 대통령실에서 볶아댈 게 분명해요. 해외 출장 간다고 좋아했는데, 이건 뭐 딱 함정에 빠진 꼴이네요."

박경사는 다시 침대에 벌러덩 드러누웠다.

"쉬어야겠으니까 어서 일어나서 네 방 가라!"

하반장은 목에 걸린 수건으로 박경사의 다리를 후려쳤다.

＊＊＊

하반장은 새벽 한 시가 넘어가는데도 잠에 들지 못했다. 침대에서 일어나 창가로 가 어둑한 하노이 시내를 내려다봤다. 호텔 주변의 건물은 대부분 불이 꺼져 있었다.

대장은 외사국이 숨기고 있는 사실이 있다고 단정하고, 그걸 알아보라고 했다. 하반장은 민준과 준이 거짓말을 한다고는 생각하지 않았다. 그럴 이유가 없기 때문이다. 그렇다면 외사국은 숨기고 있는 사실이 없다. 민준과 준이 외사국에도 보고하지 못한 사실이 있었을 뿐이다.

대장은 살인 용의자에 대한 보고누락으로 경찰청에서 압박을 받았고, 경찰청 외사국이 정보를 독점하고 있다는 단서를 찾아내 상황을 반전시키려 하는 것이다.

'대통령실에서 송환 정보가 유출된다는 걸 보고하면 대장은 뭐라고 할까?'

대통령실에 북한과 내통하는 고위직이 있다는 정보는 함부로 언급할 수 있는 게 아니다. 직(職)을 걸고서 규명할 각오가 있을 때야 공론화할 수 있는 문제다. 백상균 송환의 이면을 들춰내 대통령실을 힘들게 할 경찰 관료는 없는 것이다.

'내가 보고를 해도 대장은 못 들은 걸로 할 것이다⋯'

두 젊은 경찰관이 외사국에 보고를 하지 못한 이유도 다르지 않을 것 같았다.

작전지원팀

아침 7시 30분, 민준은 하노이 공안과 함께 레이크사이드 호텔에 도착해 송환팀에게 권총과 실탄을 전달했다. 공안은 저녁 8시에 다시 와 총기와 실탄 현황을 점검하겠다고 했다.

민준은 대사관에 출근했다가 호텔로 다시 오겠다며 공안과 함께 떠났다.

하반장, 박경사, 준은 조식 뷔페를 먹기 위해 호텔 1층 레스토랑으로 들어갔다. 세 사람은 어색한 분위기로 마주 앉았다.

"식사 가져오시죠."

준이 자리에서 일어서자 하반장과 박경사도 음식을 가지러 가기 위해 일어섰다. 세 경찰관은 쌀국수를 먹었고, 열대 과일 몇 가지를 가져와 후식으로 먹고, 커피를 마셨다. 식사 시간 내내 어색함은 풀리지 않았다.

"대통령실에서 정보가 유출된다는 게 사실이면 말입니다. 그걸 아는 사람은 우리 말고 누가 또 있습니까?"

하반장은 커피를 마시면서 준에게 물었다. 하반장은 어떤 경우에도 흥분을 하지 않는 사람처럼 무심하고 차분하게 말했다.

"청(廳)에서 상의할 사람이 없어 전직 경찰 선배님께 상담을 받았습니다. 정변호사님이라고, 외사과장을 하셨던 분이에요."

"예전에 광역수사대 강력계장이셨죠?"

"아시나요?"

"경찰 교육원에서 강의를 들었습니다. 그분이 뭐라고 했는데요?"

"정변호사님이 송환 작전을 도와줄 사람을 소개했는데, 국정원 블랙 같습니다."

"블랙요!"

박경사가 눈이 동그래지면서 준에게 몸을 기울였다.

"뭘 어떻게 도와준다는 거죠?"

"솔직히 저도 잘 모르겠습니다. 분위기가 상당히 안 좋다고 했습니다. 이유는 반장님이 서울에서 공작원을 사살했기 때문에 북에서도 그에 상응하는 조치를 취할 수 있다는 겁니다. 그리고 백상균에 대한 정보를 공유해 달라고 했습니다."

"거봐요, 형님이 함부로 총을 쏴서 일이 이렇게 되지 않았습니까!"

박경사는 하반장을 흘겨보면서 쯧쯧, 혀를 찼다.

"조용히 해봐!"

하반장은 다시 준을 보며 다음 말을 기다렸다.

"그러면 국정원도 대통령실에서 정보가 유출되고 있다고 생각하는 건가요?"

"그게… 확실하지 않습니다. 블랙요원은 국정원 본부와 따로 움직이는 것 같더군요. 그분도 대통령실을 끌고 들어가는 내용을 함부로 보고할 수 없지 않을까요? 그리고….'

"그리고?"

"그 사람은 대통령실에서 정보를 유출하는 사람을 잡아내는 데 더 관심이 있는 것 같았습니다. 그러기 때문에 본부에 보고하지 않고 확실한 증거를 잡으려는 것 같습니다."

하반장은 커피잔을 들었다 놨다 하면서 생각을 정리하고 있었다.

박경사는 뭐가 이리 복잡하냐며 투덜거리곤 커피를 더 가지러 갔다. 박경사가 커피를 리필해 가져오자 하반장이 입을 열었다.

"이렇게 합시다. 송환업무가 상당히 위험한 건 분명한 것 같습니다. 그러니 백상균을 확보해서 비행기에 태우는 데 집중합시다. 백상균을 확보하면 진술을 들어보고 어떻게 보고할지 협의하는 겁니다. 그가 대통령실을 걸고넘어지려고 하면 비행기를 태우면서 보고해야 합니다."

하반장은 임무의 우선순위를 정하고, 변수에 어떻게 대응할지 일목요연하게 정리했다. 어제 늦은 밤까지 생각한 것들이었다. 하반장은 일의 성격을 분명히 했다.

준은 하반장의 말에 끼어들 틈을 찾을 수 없었다. 대통령실과 백상균의 관계가 공론화될 때, 자신이 대통령실에 허위보고를 했다는 내용을 빼줄 수 있는지, 수위 조절이 가능한지 묻고 싶었다. 하지만 하반장의 단호한 태도를 보아서는 백상균 입장을 확인하기 전까지는 어떤 대답도 들을 수 없어 보였다.

"그게 좋을 것 같네요."

준은 동의할 수밖에 없었다.

"그리고 이경감님은 블랙요원과 진행하는 내용 공유해주세요. 무사귀환이 1차 목표입니다."

세 사람은 식사를 마치고 각자 방으로 올라갔다.

* * *

준은 침대에 누워 심란한 마음으로 천장을 올려다보았다.

문득 어쩌다 여기까지 왔을까, 하고 자기도 모르게 중얼거렸다. 그러면서 하노이에 오게 된 경위를 하나하나 짚어보았다.

민준으로부터 거물 수배자의 소재를 발견했다는 소식을 들은 건 해외 송환업무를 담당하는 경찰관에게 행운이었다. 백상균 같은 거물을 송환하면, 커리어가 쌓이면서 인사 평점도 좋게 받을 수 있었다.

그리고 민준이 전해준 흥미로운 이야기, 대통령실 고위 관계자가 북에 정보를 넘겨 송환업무를 방해할 것이라는 내용은 호기심을 자극했다. 준은 그런 일이 발생하는지 확인하고 싶었다. 행운은 거기까지였다. 호기심 때문에 매뉴얼이라는 울타리 밖으로 나와야 했고, 지금도 가야 할 방향을 정하지 못하고 있는 기분이었다.

설핏 잠이 들었는지 비몽사몽간에 꿈을 꾸었다. 노이바이 공항에 자신이 있었다. 그리고 난데없이 총격전이 벌어졌다. 그야말로 아수라장인데, 어디선가 날아온 총알에 자신의 머리가 관통당했다. 말 한마디 못 하고 죽어가는 자신을 내려다보고 있었다.

준은 침대에서 벌떡 몸을 일으켰다. 뒷덜미로 땀이 송송 맺혀 있었다. 아직 악몽에서 깨지 못했는지 마구 머리를 흔들었다.

준은 다시 안전한 울타리 안으로 들어가고 싶었다. 그러자 정 변호사의 얼굴이 떠올랐다. 그는 경찰관일 때 울타리를 넘나들며 일을 했던 것 같다. 상담을 갔을 때 '이봐 젊은이, 하드보일드 한 세계에 들어 온 걸 환영하네!'라는 표정이었다.

이어서 통화만 했지 한 번도 만나보지 못한 김영민 대표도 생각났다.

그는 또 뭐 하는 사람인가? 국정원 직원인가? 그에게는 또 어떤 경계라는 것이 있을까?

준은 마구잡이로 떠오르는 생각에 몸을 뒤척이다가 핸드폰 진동음을 들었다. 직속 상사인 인터폴 계장이었다.

전화를 받자마자 그는 백상균과 연락이 됐는지부터 물었다. 아마도 대통령실에서 온 전화 때문에 현재 상황을 확인하는 것이라고 짐작했다. 준은 연락이 되면 보고하겠다며 전화를 끊었다.

어느새 시간이 훌쩍 지나버렸다. 송환팀 단톡방에 점심은 어떻게 할지 메시지를 남겼다. 하반장과 박경사는 각자 해결하자고 했다.

준은 오후 한 시쯤 호텔을 나섰다. 근처 편의점에서 담배 한 갑과 음료수를 샀다. 편의점을 나서며 담배에 불을 붙였다. 그때 핸드폰이 울렸다. 등록되지 않은 번호였다.

준은 잠시 망설이다 담배를 입에 문 채 전화를 받았다.

"담배 피우나?"

"네?"

준은 황급히 주위를 둘러보았다.

"놀라지 말고 차분하게 전화 받아."

"김대표님? 하노이에 계십니까?"

"자네들 숙소가 감시 당할 수 있어서 주변을 둘러보고 있어. 아직 의심스러운 놈들은 발견하지 못했는데, 그래도 조심하는 게 좋겠지."

"백상균은 아직 연락이 없습니다."

"기다리면 올 거야."

준은 핸드폰을 귀에 댄 채 연신 이리저리 둘러보며 김영민을 찾으려 했다. 편의점 앞 도로에는 여기저기서 오토바이가 지나가고 있었다. 그랩 택시 여러 대가 길가에 정차해 있었는데, 기사들이 차에서 내려 담배를 태우며 잡담을 나누느라 시끄러웠다. 어디서도 감시를 한다는 낌새를 찾아내지 못했다.

"이 번호로 전화를 드리면 됩니까?"

"아니, 내가 보안 메신저 링크를 보낼 테니 그 프로그램을 깔고, 메신저를 통해서만 연락하자고. 여기는 감청이 가능한 국가야. 함부로 사람 이름 언급하지 않는 게 좋아. 암호를 마카오로 하지. 전화를 해야 할 때는 마카오로 부르면 돼."

"저희 송환팀 형사들에게 북한 공작원과 마카오의 관계를 오픈했습니다. 우리가 위험에 처할 수 있다는 얘기도요."

준은 이 말을 망설이다가 꺼냈다. 그도 알아야 할 것 같다는 생각도 있었지만, 그렇게 하는 게 옳았던 건지도 확인받고 싶었다.

"팀은 협력이 되어야 하니까 정보를 공유하는 건 좋은 선택이야."

"그럼 연락 오면 메신저로 알려드리겠습니다."

"총기를 가져올 수도 있다고 했는데, 가져왔나?"

"네, 38구경 3인치 스미스 권총 두 정과 실탄 각 열 발입니다."

"사용할 일이 없어야 할 텐데."

"…사용할 수도 있는 상황인가요?"

"자네와 김경감이 한 선택은 옳았어. 이런 준비도 없이 송환업무를 했다가 큰 사고가 생길 수도 있지. 무엇보다 확신을 가지고 이번 일을 했으면 좋겠어."

"네…"

준이 호텔방에 돌아왔을 때 URL 주소가 기재된 메시지가 들어왔다. 그 주소를 따라 'HANOI'라는 대화방에 들어갔다. 그리고 삼촌이라는 상대방으로부터 메시지가 떴다.

　-작전지원팀

* * *

오후 4시가 되자 민준은 호송팀 단톡방에 호텔 로비 펍에서 만나자는 메시지를 남겼다.

준과 두 형사는 로비에 있는 펍으로 내려갔다. 민준은 펍에서 이미 커피를 마시고 있었다.

"아직 연락 없어?"

준이 백상균 소식부터 물었다.

"아직이야."

"아직 연락 없으면 오늘은 호송이 힘들겠군요?"

하반장이 물었다.

"일과 시간 이후에는 이민국에서 조사를 하지 않을 겁니다."

"북한놈들은 백상균을 돈 때문에 쫓고 있는 거죠?"

박경사가 민준에게 물었다.

"그렇게 들었습니다."

"우리가 백상균을 빚쟁이로부터 지켜주는 거네요."

"주요 수배자이기도 하죠."

준이 담담하게 대답했다.

커피를 다 마실 즈음 테이블 위에 있는 민준의 핸드폰에서 진동음이 울렸다. 텔레그램으로 메시지가 들어왔다.

민준은 긴장한 표정으로 텔레그램 앱을 열었다. 송환팀도 그의 표정에서 때가 왔음을 알아차렸다. 민준은 테이블 위에 자신의 핸드폰을 올려놓아 다들 볼 수 있게 했다.

-내일 오전 8시에 픽업 장소를 알려드리겠습니다. 내일 중으로 한국행 비행기를 탑승할 수 있게 준비해주세요. 보안 유지 부탁합니다.

메시지를 확인하고 네 사람은 긴장한 얼굴로 서로 눈을 맞추었다. 민준이 먼저 입을 열었다.

"반장님들은 강력범죄수사대에 내일 출발한다는 얘기를 전달하지 말아주세요, 저도 출발 전까지는 외사국에 송환 일정에 대해서 보고하지 않을 겁니다."

"그 부분은 얘기 끝났어. 그를 확보하는 데 집중하고, 그의 태도에 따라서 보고 형식과 내용을 정하기로 했어."

준이 아침에 논의한 내용을 전달해주자 민준은 하반장과 박경사에게 감사하다며 반복해서 고개를 숙였다.

"우리가 레이크사이드 호텔에 있다는 걸 북한 놈들이 알까요?"

박경사가 넌지시 물었다.

"대통령실로 가는 보고서에는 출국 일자만 특정했고 숙소 같은 건 표시하지 않았습니다. 하지만 대통령실에서 파견 경찰관을 통해 얼마든지 알아볼 수는 있을 겁니다."

준은 이미 그럴 것이라고 단정하듯 대답했다.

"그러면 이렇게 합시다. 지금 나가는 겁니다. 만약 우리가 감시당하고 있다면 미행을 할 거예요. 미행을 당하는지 확인해야 합니다. 위장 작전으로 지금 나가자는 겁니다."

하반장의 제안에 네 사람은 서로를 쳐다보며 고개를 끄덕였다.

"차를 호텔 현관으로 가지고 오겠습니다. 현관에서 기다리면서 주변을 관찰해주세요."

민준이 일어서면서 당부했다.

송환팀은 펍에서 로비를 지나 호텔 현관으로 이동했다. 민준은 차를 가지러 갔고 준, 하반장, 박경사는 대화를 나누는 척하면서 주변에 감시가 붙었는지 확인하고 있었다.

잠시 후 검은색 카니발이 송환팀 앞에 정차했다. 준은 조수석에, 하반장과 박경사는 뒷열에 탑승했다.

"특이 동향 있었어?"

민준이 준에게 물었다.

"나는 이상한 점 못 느꼈는데, 반장님들은 어떻습니까?"

준이 돌아보며 물었다.

"출발하시죠. 따라오는 차가 있는지 살펴보겠습니다."

"동쑤언 시장으로 출발하겠습니다. 하노이에서 제일 큰 시장인데 근처에 차를 세운 다음 일부는 차에 대기하고 일부는 시장 안으로 들어가서 견과류나 말린 과일을 조금 사는 것으로 하시죠."

네 사람은 동쑤언 시장으로 이동했다.

카니발이 시장으로 가는 동안 네 명의 경찰관은 각자 미행이 붙는지 살피면서 창밖을 관찰했다. 준은 메모지에 자동차 번호를 적어 가면서 동일 차량이 주변을 맴도는지 확인했다. 40분 정도 지나 시장에 도착했다.

민준은 도로 가장자리 주차구역에 차를 정차했다.

"저는 박경사님과 차에 남아서 주변을 좀 더 살펴보겠습니다. 하반장님과 이경감이 시장으로 가는 것으로 하죠."

준과 하반장은 차에서 내려 시장으로 들어갔다. 두 사람은 30분 정도 어디가 어딘지 모를 만큼 복잡하고 좁은 시장길을 이리저리 돌아다녔다. 그리고 견과와 말린 망고를 구매해 차로 돌아왔다. 그 시간이 오후 5시 50분이었다.

"미행은 확인하지 못했습니다."

하반장이 민준에게 말했다.

"저도 여기서 우리가 감시당하는지는 확인하지 못했습니다."

"이제 어디로 가?"

준이 지친 기색으로 물었다.

"여기서 차로 40쯤 가면 꽌안응온이라는 식당이 있습니다. 거기로 식사하러 가시죠. 가면서 조금 더 미행 확인해보고요."

* * *

송환팀이 식사를 마치고 호텔에 도착한 시간은 밤 9시 10분이었다. 하노이 공안들이 어김없이 로비에서 한국 경찰들을 기다리고 있었다.

송환팀은 그들과 하반장 방으로 올라가 총기와 실탄을 보여주었다. 공안은 탄환 숫자를 확인하고 총열을 후래쉬로 비추어가며 사용 이력이 있는지 확인했다. 사용 흔적이 없다는 걸 확인하고 나서야 총기를 두 형사에게 돌려주었다.

공안이 돌아가고 나자 일부러 약속한 것처럼 하반장 방에 송환팀이 모두 모였다.

민준은 TV를 켜고 볼륨을 높였다.

"오늘 미행은 없었던 것 같습니다."

"우리가 확인하지 못했을 수도 있고요."

하반장이 일말의 여지를 남기며 말했다.

"아니요, 미행이 없었다고 합니다."

준의 말에 모두들 그를 쳐다보았다.

"무슨 말이야?"

민준이 준의 얼굴로 고개를 쭉 빼며 물었다.

"보안 메신저로 김영민 대표에게 우리 이동상황을 알려줬어. 김대표는 벌써부터 호텔 앞에서 북한 공작원들이 나타나는지 감시하고 있었더라고. 우리가 이동한 후 따라붙는 차가 없었대. 시장에서도 미행은 없었다고 하고."

준이 메신저 내역을 동료들에게 보여주었다.

"우리는 누가 백업하는 것도 눈치채지 못하고 있었군요."

하반장이 어이없다는 듯 말했다.

"내일도 김영민 대표라는 사람이 우리를 백업해주나요?"

박경사가 뭔가 속은 기분이 든 것처럼 물었다.

"모르겠습니다. 어떻게 활동할지는."

네 사람은 침대에 걸터앉았거나 바닥에 주저앉아 김영민 대표에 관한 생각을 두서없이 늘어놨다. 마치 스무고개를 하듯 이어지던 그의 실체는 송환팀이 바라는 것들을 나열하는 것이었고, 어느새 그는 송환팀을 하노이에서 보호해주는 수호신의 경지에 이르렀다.

"오늘 모두 수고하셨습니다. 편히 주무세요, 저는 7시까지 호텔로 오겠습니다."

민준은 한심한 대화를 끝내야겠다는 듯이 서둘러 말했다.

"너도 우리와 같이 있는 게 좋지 않을까?"

"간첩들이 김경감을 납치해 백상균 위치를 알아볼 수도 있으니까 우리와 같이 있으시죠."

하반장이 일리가 있다고 생각했던지 고개를 끄덕이며 말했다.

"대사관 공식 직원에게 그렇게 무리수를 두지는 않을 겁니다. 대사관 직원을 납치하면 베트남 정부에서 북한을 가만두지 않을 테니까요."

민준은 내일 보자는 인사를 하고 방을 나섰다.

준은 민준을 배웅하기 위해 1층 로비까지 따라 내려왔다.

"외사국에 보고는 어떻게 했어?"

"아직 연락이 없었다고만 했어."

"뭔가 더 알아보려고 하지는 않고?"

"일상적인 안부였어. 백상균 확보하면 연락 달라는 정도야."

"북한놈들이 우리가 보고할 때까지 기다려줄지 모르겠다."

"그러게. 우리가 최소한의 정보만 보고하고 있다는 걸 눈치챘으면 다른 방법을 찾으려고 할 텐데."

"잘 자고, 내일 아침에 보자."

"너도 조심해서 가!"

민준의 카니발이 자동차와 오토바이 사이로 사라졌다. 그러고도 준은 한참이나 민준이 떠난 길을 지켜보았다. 내색은 하지 않았지만 위험을 감수하고 혼자서 꿋꿋하게 맡은 일을 하는 민준이 친구로서 대견스러웠다.

준은 친구를 보내고 엘리베이터로 올라가면서 내일 이 시간엔 비행기에 탑승해 있으면 좋겠다는 바람을 떠올렸다.

준은 방으로 들어가자마자 보안 메신저로 김대표에게 내일 일정을 물었다.

-출발 직전에 목적지 알려주고 이동하면서 통과 지점 알려줘야 한다.

-네.

-서울에서는 백상균에 대한 정보를 요구하고 있진 않아?

-공항 도착해서 비행기 탑승 직전에 보고할 예정입니다. 서울은 수시로 보고해 달라고 합니다.

-알았다.

-북한 공작원들이 송환팀이 하노이에 있는 걸 알고 있을까요? 너무 조용하니까 오히려 이상합니다.

-너희들은 차분히 맡은 임무만 수행하면 돼. 특이사항 있으면 내가 연락을 할 거야. 메신저 항상 확인하고.

준은 문자 통화를 마치고 창가로 다가갔다. 어쩐지 어젯밤의 하노이와 오늘 밤의 하노이가 조금 달라 보였다.

하노이는 한창 발전하는 도시답게 여기저기서 고층 건물들이 쭉쭉 올라가고 있었다. 호텔 앞 유흥가로 보이는 곳은 서울만큼이나 화려하고 요란한 빛을 뿜어냈다. 내일 이 시간에 하노이 야경을 뒤로 하고 비행기에 탑승해 있다면 위험에서 벗어났다는 것이다.

하지만 서울에는 또 다른 전장(戰場)이 기다리고 있었다. 백상균의 입에 따라 그간의 송환 경과에 대해 강하게 추궁받을 수도 있었다.

준은 머릿속이 복잡해지자 하반장 말처럼 백상균을 확보하는데만 집중하자고 다짐했다.

* * *

김영민은 레이크사이드 호텔 앞 야자수 나무 뒤편에서 현대 엑센트를 정차해두고 로비를 감시하고 있었다. 그의 생각은 확고했다. 최사장 말에 의하면, 베트남 공작조는 노바프론티어 펀드 비자금을 탈취하겠다며 시간을 달라는 메시지를 남기고 잠적했다. 그러니 분명 송환팀 주변에 있을 것이다.

그는 호텔 로비 앞에서 헤어지는 민준과 준을 보았다.

잠시 후 민준은 카니발 승합차를 타고 출발했다.

민준이 타고 떠난 승합차 번호판을 보면서 김영민은 머리를 살짝 기울였다. 자신이 탄 엑센트 차량처럼 렌트한 차량이었다. 민준은 그러니까 차량을 렌트해 송환팀과 움직이고 있었다. 어쩐지 마음에 걸리는 부분이었다.

송환작전

다음 날 오전 7시에 맞춰 민준은 호텔에 도착했다. 바로 로비 레스토랑으로 들어갔다.

민준은 평소에는 아침을 건너뛰는 편이었다. 하지만 오늘은 지금 먹는 음식이 유일한 식사가 될지도 모른다는 생각에 든든하게 먹기로 했다.

민준이 쌀국수와 국물에 적신 꿔이를 다 먹었을 즈음에 준, 하반장, 박경사가 식당에 들어섰다. 민준이 먼저 알아보고 손을 흔들었다.

"아직이야?"

준이 의자를 뒤로 빼면서 물었고 민준은 고개를 끄덕였다.

"식사 다하셨습니까?"

박경사가 민준의 빈 쌀국수 그릇을 보며 인사했다.

"아닙니다. 과일 먹고 커피도 마셔야 합니다. 편하게 드세요. 오늘은 언제 식사할지 모르니 든든히 드시는 게 좋겠습니다."

"두 분 먼저 식사 가져오세요. 저는 민준이와 잠깐 얘기 좀 하겠습니다."

하반장과 박경사가 음식을 가지러 갔다.

"같이 있을 때 얘기하지."

"아까 호텔 방에 모여서 상의한 거야. 백상균을 확보해서 공항으로 가면 오늘 중으로 출국심사 가능한 거지? 내가 저녁 7시로 티켓팅을 했다."

"이민청에서 출입국 심사받을 때 그 시간을 알려주면 맞춰줄 거야. 그러기로 협의가 되어 있으니까."

"김영민 대표는?"

"일정을 실시간으로 공유해달라고 하네."

하반장과 박경사가 접시에 푸짐하게 음식을 담아왔다. 하반장 접시에는 한국인을 위해 준비한 밥과 김치가 있었고, 박경사는 소시지와 빵을 가지고 왔다.

송환팀은 식사를 하면서 시시껄렁한 한국 정치 상황에 대해서도 얘기를 나누었다. 네 사람 모두 자연스럽고 편하게 식사하려고 했지만 테이블 위에는 묵직한 부담감이 놓여 있었다.

네 명의 경찰관들이 커피를 다 마신 시간은 여덟 시가 조금 넘었다. 모두 테이블 위에 올려져 있는 민준의 핸드폰을 의식했다. 정치 얘기도, 경찰청 인사에 관한 얘기도 할 만큼 했기 때문에 더 말을 꺼내는 사람은 없었다. 그리고 커피잔도 비어 있었다. 꼭 시험 전에 시험지 배포를 기다리는 수험생이 된 기분이었다.

드디어 테이블 위의 핸드폰에서 메시지 진동음이 들렸다. 시선이 모두 기기에 집중되었지만 준은 아무 일도 아닌 듯 런던에서 스포츠 에이전시를 했던 일을 들려주었다.

민준은 맞장구를 쳐주면서 천천히 핸드폰을 들어 메시지를 확인했다.

"차 타고 두 시간 이상은 가야 합니다."

민준이 전화기로 지도를 검색하면서 말했다.

"짐을 어떻게 할까? 바로 공항으로 가서 출발해야 하는데, 차에 짐을 옮기는 게 너무 눈에 띌 것 같지 않아?"

준이 망고를 포크로 뒤적이는 척하면서 주위를 둘러보았다.

"여권과 주머니에 들어갈 꼭 필요한 짐만 챙기면 나머지는 제가 체크아웃해서 서울로 보내드리겠습니다."

"나는 지갑, 여권, 핸드폰이 모두 재킷에 있어서 이대로 출발해도 괜찮습니다. 반장님들은 장구 챙겨야 하니까 올라갔다 오시죠. 그게 자연스럽게 보일 겁니다."

"그러면 나는 양치질을 해야 하니까 올라갔다 오겠습니다."

박경사가 긴장감을 떨치려는지 평소보다 더 쾌활하게 말하면서 먼저 일어섰다. 하반장과 박경사는 함께 호텔 방으로 올라갔다.

"너는 양치질 안 해도 돼?"

"지금 농담이 나오냐? 어디야? 김대표에게 전달해야 하는데."

"차에 가서 얘기하자."

민준과 준은 레스토랑을 나와 카니발 승합차에 나란히 올라탔다.

"하이퐁에 있는 소노벨 리조트. 여기서 2시간 30분 정도 걸릴 거야."

준은 보안 메신저를 열고 김영민에게 메시지를 전달했다.

곧 백상균을 만나면 다시 메시지를 전달하라고 답장이 왔다.

* * *

김영민은 호텔 앞에서 줄곧 민준의 카니발 승합차를 지켜보고 있었다.

먼저 민준과 준이 올라탔고, 잠시 후 두 명의 형사까지 태웠다. 그는 오전 7시부터 호텔 주변을 돌면서 이곳을 감시하는 사람이 있는지 수색했지만, 수상한 흔적은 찾을 수 없었다.

김영민은 송환팀 주변에 북한 공작원들이 나타나지 않는 게 되려 불안했다. 그건 그들이 다른 루트로 백상균에 대한 정보를 취득하고 있다는 반증이었다.

백상균은 송환팀에게 자신을 픽업할 장소를 알려주었으므로 그가 아직까지는 무사하다고 볼 수 있었다.

이제 공작원들이 백상균을 직접 타격하려고 할지, 기존 작전대로 송환팀을 타깃으로 움직일지 알 수 없는 상황이 되었다.

공작원들은 절대로 한쪽에서만 정보를 취득하지 않는다. 크로스 체크를 위해 두 군데 이상의 정보 소스를 확보해서 움직인다. 북한 공작원들도 그럴 것이다. 그렇다면 그들은 다른 정보 루트를 확보하고 있을 가능성이 높았다.

15분 후. 카니발이 출발하자 김영민도 엑센트를 출발시켰다.

* * *

카니발 승합차는 고속도로에 올라서서 하이퐁으로 방향을 잡았다.

조수석에 앉아 말이 없던 준이 슬며시 창문을 내렸다. 습한 바람이 차 안으로 밀려 들어왔다.

"왜, 답답해?"

운전하는 민준이 준을 돌아보며 말했다.

"아니야, 바깥은 온도가 얼마나 되나 보려고."

"한국 한여름 날씨지."

"그러네."

준은 다시 창문을 올렸다. 고속도로 밖으로는 논과 공터가 교차하며 이어졌다. 준은 백미러로 뒷좌석 형사들을 쳐다보았다. 두 사람도 자신처럼 우두커니 창밖을 내다보고 있었다.

"시합하러 가는 기분입니다."

박경사가 어색한 침묵을 깨려고 그랬는지 말문을 열었다.

"네? 그게 무슨…."

준이 대화를 끌어내려고 반응을 해주었다.

"해외에 시합을 많이 다녔으니까요. 낯선 도시에서 처음 가보는 시합장으로 떠날 때 느끼는 긴장감이 있거든요. 딱 그 기분입니다."

"꼭 이겨야죠. 서울에서 뒤풀이도 하고요."

준이 박경사를 돌아보며 주먹을 불끈 쥐고 말했다.

준은 서울에 도착해서의 일들을 머릿속에 그려보았다.

백상균은 인천공항에서 남부지검 수사팀에 인계될 거고, 남부지검에서 수사를 받을 것이다. 동시에 경찰청 수사본부는 백상균을 살인사건의 참고인으로 조사하면서 죽은 피해자들과의 관계 그리고 사살된 용의자와의 관계를 조사해야 한다.

백상균이 경찰, 검찰 조사에서 대통령실에 북한 공작원들과 내통하는 사람들이 있다고 진술한다고 해도 경찰이나 검찰은 그 말을 믿지 않을 것이다.

그렇다면 김영민은 백상균 송환 이후 어떤 계획이 있는 걸까?

그는 경계가 불분명한 곳에서 활동하는 블랙요원이다. 지금은 우리를 백업하고 있다. 만약 북한 공작원들이 나타난다면 그는 어떤 조치를 취할 수 있을까?

그는 구체적인 계획을 알려주지 않았다. 자신도 그에게 어떤 계획이 있는지 묻지 않았다. 물어도 대답해주지 않을 것 같았다.

준은 10대 후반에서 20대에 막연히 그레이 영역에서 활동하는 국가정보원 에이전트를 동경했다. 모험을 떠나고 싶었던 것이다.

경찰청에 들어와 제일 좋았던 건 제도권에 편입되었다는 안정감이었다. 스포츠 에이전시 일을하면서 겪었던 불안정한 생활 때문에 외교관 아버지 밑에서 느꼈던 안정감이 그리웠다. 학창 시절 리버럴한 생활을 할 수 있었던 건 그 안정감이 중심을 잡아주었기 때문이다.

그런데 이번 일은 자신을 그레이 존으로 이끌었고, 예상하지 못한 모험을 마주하게 했다.

"준아! 쫓아 오는 차가 있는지 관찰하면서 가자."

민준이 운전대를 톡톡 두드리며 준에게 말했다.

"어… 알았다."

준은 공연히 놀라며 대답했다. 민준이 자신이 딴생각에 빠져 있는 걸 알아챈 것 같았다. 준은 머리를 한 번 세차게 흔들었다. 당장은 송환업무에 집중하고 서울에서의 일은 생각하지 않기로 했다.

* * *

"한 시간만 더 가면 목적지에 도착합니다. 거기는 한국 기업에서 건설한 리조트예요. 지금 보시는 곳은 LG 공장이고요. 소노벨 리조트는 한국인 관광객이나 상사 주재원들 수요에 맞춰서 개발한 관광단지입니다."

민준이 주변에 대해 설명을 해주었다.

"경감님, 백상균이 소노벨 리조트에 은신해 있었던 걸까요?"

박경사의 질문에 민준은 모르겠다고 대답했다.

"직접 만나본 백상균 인상은 어땠습니까?"

하반장이 물었다. 사진으로만 보았지 직접 본 적이 없다는 게 뒤늦게 생각난 것이다.

"글쎄요, 잘생겼습니다."

"그래요…. 조폭 출신인데 외모는 험하지 않은 모양입니다."

"자세히 보면 거친 분위기가 있는데, 첫인상은 키 크고 핸섬한 사업가입니다."

"궁금하네요, 어떤 사람일지."

"형님, 백상균을 만나면 호칭은 뭐라고 할까요?"

박경사가 뜬금없이 묻자 하반장이 간단히 정리했다.

"골든씨티그룹 회장이니까, 회장님으로 하자."

"몇 시간 같이 있어야 하는데, 분위기 좋게 가야죠."

"제가 오면서 이리저리 둘러보고 있는데, 미행 차량은 없는 것 같습니다."

준은 뒤에 탄 형사들에게 보고하듯이 말했다.

그렇게 카니발은 하이퐁으로 별다른 일 없이 들어섰다. 소노벨 리조트에 도착한 시간은 오전 10시 50분이었다. 민준은 차를 리조트 정문 우측으로 몰고 가 도로 가장자리에 정차했다.

곧 백상균에게 리조트에 도착했다고 메시지를 보냈다.

잠시 후 민준의 핸드폰이 울렸다.

-하이퐁 시내에 바쿠라는 게 요리집이 있습니다. 그리로 오면 됩니다.

민준은 메시지 내용을 동료들에게 보여주었다.

"출발합니다."

민준은 구글맵으로 내비게이션을 열고 차량을 출발시켰다.

운전하는 민준을 제외하고 모두 주변을 살피면서 따라붙는 차량이 있는지 확인했다.

소노벨 리조트에서 게 요리점 바쿠까지 가는 데는 30분이 소요되었다.

'30분이라….'

하반장은 백상균이 겉으론 대담해 보이지만 충분히 조심성도 갖춘 사람이라는 걸 짐작했다. 그건 자신의 경험에서 나온 추측이었다.

길에서 노출 시간이 길수록 미행을 하기 힘들어진다. 하반장은 거래장소를 옮겨가며 접선하는 마약사범을 추적하면서 미행에 실패했던 경험이 있었다. 물불 안 가리던 조폭 출신의 백상균이 지금 얼마나 조심하고 있는지 알 만했다.

송환팀이 바쿠에 도착하자 백상균의 보디가드처럼 보이는 현지인 두 명이 식당 앞을 지키고 있었다.

그들은 차에서 한국인들이 내리자 안으로 들어가도 좋다는 것처럼 턱으로 안쪽을 가리켰다.

식당 안은 직사각형처럼 긴 구조였다. 양쪽 벽에 테이블이 하나씩 붙어 있고 식탁과 식탁 사이는 통로로 사용되고 있었다.

식당 끝 구석 자리에서 백상균은 게튀김과 함께 맥주를 마시고 있었다. 그의 앞에 키는 작지만 다부진 체구를 가진 40대쯤 보이는 남자가 마주 앉아 있었다. 옆 테이블에는 덩치가 큰 20대 남자 두 명이 더 있었다. 이들이 모두 일행으로 보였다.

민준은 백상균과 마주 앉은 40대 남자가 하노이 호텔에서 자신을 안내해준 사람이라는 걸 알아보았다.

"영사님, 오셨습니까. 게살 쌀국수 한 그릇 하시겠습니까?"

백상균이 앉은 채로 맨 앞에 선 민준에게 반갑게 말했다.

"아닙니다. 회장님. 신속히 이동하시는 게 좋겠습니다."

민준이 선 채로 대답했다.

"서울에서 형사님들이 내려오셨는데 뭐가 걱정입니까? 먹던 거나 마저 먹고 가죠."

백상균은 커다란 게살튀김을 입에 가득 물고 천천히 씹어서 삼킨 다음 맥주잔에 남은 술을 모두 마셨다.

"지금 공항으로 가는 겁니까? 가면 한국행 비행기를 바로 탈 수 있는 거죠?"

백상균은 민준 뒤에 대기하고 있는 준을 건너다보며 물었다. 송환팀을 어색하게 세워두고도 그는 별로 신경 쓰지 않는 눈치였다.

"네, 공항이민국에서 간단한 조사를 받고 보세구역으로 이동하시면 저희가 다시 회장님을 인수할 겁니다. 원래는 이민국에 하루 이상 구금될 수도 있는데, 신속하게 송환하기 위해서 노력을 많이 했습니다."

준이 사무적으로 대답해주었다.

"저 때문에 애쓰셨는데, 제가 서울에서 일 잘 보고 식사 한번 대접하겠습니다."

상균은 작게 트림까지 하고 나서 손수건으로 입을 닦은 다음에야 느긋하게 일어섰다.

민준은 앞장서 식당 밖으로 나가 주차한 자동차의 시동을 걸었다. 상균은 식당을 나와 현지에서 고용한 것으로 보이는 보디가드들을 손짓으로 불렀다. 그러고는 지갑에서 현금을 꺼내 한 사람씩 주었다.

그들은 '감사합니다' 하고 어색한 억양으로 상균에게 인사했다.

"남대표, 내 걱정은 하지 마."

민준은 상균의 몸에 밴 동작 하나하나에서 조직의 보스 같은 권위가 느껴졌다. 남대표라는 자는 프로페셔널한 분위기를 풍겼다. 뭘 하지 않는데도 위압적인 위세가 느껴졌다. 이런 자들이니 북한 공작원들조차 후릴 수 있었는지도 모른다는 생각이 들었다.

남대표와 덩치 두 명은 차량에 탑승하는 백상균에게 90도로 허리를 숙여 인사했다.

준은 조수석에 탑승했고 승합차 맨 뒷자리에는 형사 두 명이, 운전석 뒤편에 백상균이 앉았다.

리조트에 도착했다가 식당에 들러 백상균을 태우고 하노이로 출발한 시간은 11시 30분이었다. 민준은 하노이 공항에 오후 2시경 도착 예정이라고 시간을 알려주었다. 운행 시간은 약 2시간 30분. 송환팀은 정차 없이 고속도로를 통해 공항으로 갈 것이었다.

* * *

준은 사이드미러로 쫓아오는 차가 없는지 확인하며, 김영민에게 하이퐁에서 공항으로 출발했다는 메시지를 보냈다.

준은 차 안의 분위기를 살피면서 안도의 한숨을 쉬었다. 그다지 어색하지도 긴장되지도 않았다. 그래서인지 아직 공항에 도착하지 않았지만 왠지 별다른 일은 일어나지 않을 것 같았다.

"뒤에 계신 분들이 서울에서 오신 형사님들이죠?"

상균이 여행을 함께 가는 일행이라도 되듯 뒤를 돌아보면서 물었다.

하반장은 눈인사만 하고 대답은 하지 않았다.

"비행기에서 수갑은 채우지 맙시다."

백상균이 하반장을 보며 괜히 친근한 표정으로 말했다.

"아, 여기 하반장님이 북한 공작원을 사살한 분입니다."

준이 백상균에게 하반장을 간단히 소개했다.

"아, 그래요…. 어떻게 생긴 놈이었습니까?"

"그냥 뭐, 북한 사람처럼 생겼습니다."

"다리에 상처가 있었습니까?"

"제가 부검에 참여했는데 다리에 상처는 없었습니다. 왜 그러시죠?"

박경사가 얼른 말했다.

"제가 북한 애들한테서 빠져나올 때 말입니다. 혁두라는 놈이 저를 감시하고 있었는데, 갑자기 총을 뽑으려고 해서 양다리에 한 방씩 칼침을 놓았습니다. 그래서 북한 애들이 열 좀 받아 있을 겁니다. 제가 북한놈들한테서 탈출했다는 얘기는 들으셨죠?"

"아까 봤던 한국 사람들은 조폭입니까?"

하반장이 말을 끊고 물었다.

"하하, 요즘 조폭이 어디 있습니까!"

백상균이 능글맞게 웃어댔다.

"그 사람들이 백 회장님 탈출할 때 칼침 놓은 것 아닙니까?"

"그렇게 생각하시면 그런 거겠죠."

"백 회장님, 그러면 범죄 사실 하나 더 추가될 수 있습니다."

하반장은 상균이 사태의 심각성을 자각하지 못하는 것 같아 엄포를 놓았다.

"아니, 대한민국 국민이 간첩들한테 잡혀 있다가 탈출하면서 간첩놈들 몇 대 때린 것도 죄가 됩니까?"

백상균은 그래도 실실 웃으면서 느물거렸다.

"백 회장님 때문에 서울에서 살인사건이 두 건이나 발생했어요. 그중에는 경찰관도 한 명 있었습니다."

하반장이 그 말을 듣고는 정색을 하고 말했다.

"그 일은 나도 상당히 유감으로 생각합니다. 하지만 그놈들이 그렇게까지 나올 줄은 예상 못 했어요."

"빠져나오면서 건달들 동원해 칼부림한 거예요? 저한테는 그런 얘기 안 하지 않았습니까?"

민준이 운전을 하면서 고개를 반만 돌려 물었다.

"그거야 뭐…. 내가 그런 것까지 얘기하면 영사님이 날 어떻게 보셨겠어요. 괜히 나에 대한 선입견이 생겨서 이번 일을 추진하지 않을까 싶어 그랬습니다."

"그러니까 백회장님은 북한놈들 돈 슈킹하고 칼침도 놓고 그랬네요. 북한 간첩들이 범죄 피해자네요."

박경사가 비꼬듯이 말했다.

"박경사, 그만해라. 그 새끼들은 대한민국 경찰관을 살해했어. 그것도 서울 한복판 경찰관 집 앞에서."

"그래서 형님이 그놈 대갈박에 총알을 박았지 않습니까."

박경사의 언성이 조금 높아졌다. 누구 때문에 이 고생이냐는 투가 역력했다. 백상균은 뒤통수가 가려운지 괜히 뒷머리를 긁적였다.

차에는 어느새 미지근한 정적이 흘렀다. 누구도 입을 열지 않을 분위기였다. 아마도 모두 입을 닫고 공항까지 가는 것이 좋겠다는 공감대가 생긴 것 같았다.

호송 차량은 하이퐁의 LG이노텍 공장을 벗어나 박닌의 삼성공단을 지나 고속도로를 따라 운행했고, 그사이에도 별다른 특이사항은 없었다.

* * *

김영민은 호송팀 차량을 하노이 국립대학교까지 따라갔다.

미행이 붙지 않은 걸 확인하고 나서야 하노이 시내로 차량을 돌렸다.

하노이 한국대사관 근처 호아빈 공원 앞 갓길에 차를 정차하고 준에게 메시지를 보냈다.

-카니발을 렌트한 곳이 어디인지 확인 바람.

5분 후, 준은 민준에게 전달받은 내용이라고 하면서 한국대사관과 거래하는 렌터카 회사 사무실 위치를 전송했다.

김영민은 베트남 한국대사관에서 남쪽으로 2킬로미터쯤 떨어진 렌터카 사무실로 차량을 돌렸다.

중국에서 사업을 진행할 때, 1순위 업무는 북한 대사관 직원 명단 확보였다. 그 명단 중에 포섭 가능한 사람을 추려내는 건 해외 공작원의 기본 업무였다.

하노이의 북한 공작원들도 그 기본 업무에 충실했을 것이다. 하노이 북한 식당을 출입하는 한국대사관 직원이나 관계자들을 통해 렌터카 사무실 정도는 알아낼 수 있었을 것이다.

알아낸 렌터카 사무실에서 렌터카 위치를 추적한다면, 송환팀의 위치를 실시간으로 보는 게 가능해진다.

서울에서 백상균에 대한 정보가 충분하게 흘러나오지 않으면 북한 공작원들은 그동안 축적한 정보망을 가동할 게 틀림없다.

그러면 그들은 렌터카 사무실로 올 가능성이 높았다.

김영민는 11시 40분쯤 렌터카 회사에 도착해 주차장에 차를 세우고, 사무실을 감시했다.

핸드폰 보안 메신저로 준의 메시지가 수신되었다.

-대표님, 저희는 하이퐁에서 물건 확보해 공항으로 출발합니다.

메시지를 확인하고 김영민은 최사장에게 전화를 걸었다. 신호음이 세 번 가고 상대방이 전화를 받았다.

"김사장님, 점심같이 하자고 전화했어?"

"베트남 애들 위치를 알 수 있을 것 같은데."

김영민이 용건부터 확인했다.

"지금 어디 있어?"

"베트남 애들만 데리고 갈 거지? 우리 애들 다치거나 백상균 데리고 가면 안 돼."

김영민은 먼저 확인할 내용부터 정확하게 전달했다.

"우리가 백상균을 왜 데리고 가겠어? 그런 범죄자를 위해 자기네 정부는 송환팀까지 보내나? 그냥 베트남에서 뒈지게 놔두지."

"법정에 세워야지, 그게 원칙이니까. 그건 그렇고 최사장은 어디 있어?"

"왜? 위치는 언제 알려줄 건데?"

"조금 있으면."

최사장은 말이 없었다. 김영민도 최사장의 반응을 살피기 위해 더 이상 말을 하지 않았다. 시간이 조금 지나고 최사장이 먼저 입을 열었다.

"김사장! 이번 일에서 빠지는 게 어때?"

"무슨 뜻이야?"

"서울에서 있었던 희생 때문에 형제산(정찰총국)이 움직이고 있다고. 베트남 공작조에만 책임을 묻고 끝나지 않을 수도 있어."

최사장의 말이 심상찮다고 느꼈는지 김영민이 다시 한번 못을 박듯 말했다.

"송환팀 건드리면 우리도 가만있지 않을 거야. 현직 경찰관을 살해한 건 그쪽에서 먼저 한 일이야! 무리수 두지 말라고!"

김영민이 고압적으로 언성을 높이자 최사장은 한 발 물러서듯 말했다.

"왜 흥분하고 그러나. 우리가 10년 넘게 사업을 같이했는데. 이번 일이 어떻게 끝날지 대충 짐작은 하잖아. 최고 존엄이 지시한 일이야. 우리는 베트남 공작조를 모두 데리고 가야 해, 부수적인 희생은 감수할 수밖에 없어."

"다시 말하지만 송환팀 건드리면 한동안 힘들어질 거야. 남한에서 활동하는 공작망 색출해서 발가벗겨주겠어. 백상균도 건드리지 마! 그놈은 법원에 데리고 가야 해, 반드시."

"알았어, 알았다고. 그런데 김사장, 현장이 어디가 되었든 나타나지는 마! 정보가 있으면 나에게 전달하고, 서로 부딪치지 말자. 알았지!"

최사장은 그렇게 당부하고 전화를 끊었다.

렌터카 사무실을 쳐다보면서도 머릿속에는 최사장이 했던 말들이 맴돌았다. 그는 분명하게 경고를 했다. 부수적인 희생이 있을 수 있다고….

김영민의 이마에 굵은 주름이 접혔다. 가만있어도 이마의 주름은 자글자글했다. 자잘한 주름만큼이나 그동안 국내외를 안 가리고 많은 공작을 수행했다.

그는 두 손으로 미간을 문지르며 생각을 정리했다.

"형제산이 움직인다고…. 그러고 보면 어디 계획대로 진행되는 작전이 있던가."

김영민은 운전대를 톡톡 두드리며 중얼거렸다.

본부는 정찰총국이 개입하려는 정황을 포착하고 자신에게 시장조사를 맡겼다. 최사장이 정찰총국을 언급했으면, 그들은 이미 하노이에 들어와 있는 것이다. 그래서 최사장도 자신의 제안을 받아들였다. 거래는 이미 성립된 것이다. 빨리 마무리하는 일만 남았다.

최사장은 노동당 문화교류국으로부터 절대로 베트남 공작조를 정찰총국에 넘어가지 않게 하라는 지시를 받았을 것이다. 당의 문제는 당에서 해결해야 한다. 정찰총국에서 이상필을 확보하면 문화교류국은 심대한 타격을 받을 것이다.

그다음 수순은 뻔했다. 정찰총국은 이상필 조사를 빌미로 문화교류국의 부정부패를 이슈화해서 문화교류국의 해외사업을 자신들의 사업으로 돌리려 할 것이다.

오후 1시 무렵, 렌터카 사무실 주차장으로 군청색 토요타 픽업트럭이 들어왔다.

김영민은 망원렌즈가 부착된 카메라를 들고 운전석을 관찰했다. 그것만으로는 운전자가 베트남인인지 북한 사람인지 구별이 불가했다.

운전자와 조수석에 타고 있던 남자가 차에서 내려 렌터카 사무실 쪽으로 걸어갔다. 좌우를 살피는 기색은 없었다.

렌터카 사무실에서 기다렸다는 듯 하얀 셔츠와 양복 바지를 입은 한국 사람처럼 보이는 남자가 나왔다. 세 사람은 그 자리에 선 채로 담배를 피우면서 얘기를 나누었다.

픽업트럭을 타고 온 사람들은 담배를 다 태우자 꽁초를 바닥에 던지고 다시 자기 차로 돌아가 탑승했다.

김영민은 세 사람을 모두 촬영했다. 그리고 그 파일을 핸드폰으로 옮겼다.

보안 메신저를 사용해 준에게 자료를 전송했다. 자료전송이 될 무렵 토요타 픽업트럭은 렌터카 사무실 주차장을 떠났다.

* * *

준은 메시지에 첨부된 사진을 김민준에게 보여주었다.

"누구인지 알아?"

"대사관 시설담당 직원인데."

"나머지 사람들은?"

"모르겠어."

준은 전화기를 뒤에 앉은 백상균에게 넘겼다.

"아는 사람이 있습니까?"

"선글라스를 쓴 놈이 이상필입니다. 이놈들 오야붕."

백상균은 둘을 바로 알아보았다.

준은 다시 전화기를 받아 김영민에게 민준과 백상균이 확인해 준 내용을 전송했다.

구글 내비게이션에는 노이바이 공항까지 1시간 30분이 남았다고 표시되었다. 준이 전송받은 사진을 본 송환팀과 백상균은 안 좋은 일을 직감했다. 대사관 직원이 북한 공작원들과 같이 있어서는 안 되는 거였다.

누구도 함부로 사진의 의미를 추측하는 말을 하지 않았다. 대신 공존해선 안 되는 이들이 함께 있는 사진이 전혀 예상하지 못한 위협이라는 건 모두 인정하고 있었다.

* * *

김영민은 수신된 메시지 내용을 확인했다.

'이런….'

북한 공작원들은 베트남 대한민국 대사관 시설담당 외교부 직원을 포섭한 것이다. 그러니까 공작원들은 렌터카 회사를 통해 송환팀 차량의 위치를 실시간으로 전달받고 있었던 게 분명했다.

김영민은 렌터카 사무실 앞으로 차를 움직여 정차한 다음 뛰듯이 사무실로 들어갔다.

하얀 셔츠를 입은 남자가 프론트 데스크 앞 소파에 앉아 핸드폰을 만지작거리고 있었다.

김영민은 소파로 가서 거칠게 남자의 뒷덜미를 잡고 일으켜 세웠다. 남자는 40대 초반으로 보였다.

"뭐야!"

그가 한국말로 소리쳤다.

"평양옥 사장과 사이가 좋던데, 내가 찍은 사진을 대사관에 보내야겠거든. 여기서 얘기할까 나가서 할까!"

김영민은 누가 들어도 상관없다는 듯 큰 소리로 으르렁거렸다.

덜미를 잡힌 사내는 김영민의 손을 뿌리치고 사무실을 나섰다. 렌터카 데스크에 앉아 있던 젊은 남녀 직원은 어리둥절한 표정으로 쳐다만 보았다. 김영민은 사내를 따라 나가 팔을 잡고 자신의 차로 끌었다.

"이거 놓고 얘기합시다."

사내가 뿌리치며 언성을 높였다.

"차에 타. 보여줄 게 있으니까."

김영민은 운전석에 먼저 올라탔다. 그도 마지 못한 얼굴을 하고 조수석에 엉덩이를 밀어넣었다.

"한국대사관 6급 시설 담당 조일환, 당신 맞지?"

김영민은 정면에다 시선을 둔 채 말했다.

"당신은 누군데요?"

"지금 내가 누구인지는 중요하지 않아. 네가 송환팀 위치를 북한 공작원들에게 넘기고 있다가 발각된 사실이 중요하지."

"넘겨짚지 맙시다. 식당 사장을 여기서 우연히 만났을 뿐입니다."

"나중에 국정원에서 보안감사 나왔을 때도 그런 변명이 통했으면 좋겠다."

"국정원 직원이세요?"

조일환이 뜨끔해하며 소곤거리듯 말했다.

"내 얘기 잘 들어. 쟤네들은 송환팀을 습격해 수배자를 빼내려고 하는 거야. 너는 그 일에 협조했고. 그런데 이제 그만해. 더 이상 렌터카 사무실에서 GPS 위치 받아서 저놈들에게 넘기는 일은 하지 말라고. 그러면 내가 이번 일은 그냥 넘어가 줄 수 있어."

김영민은 카메라에 찍힌 사진들을 조일환에게 보여주었다.

"그냥, 우연히 식당 사장을 만났고…."

"쓸데없는 변명하지 마. 그놈들한테 무슨 일로 코가 꿰였는지는 모르겠지만, 여기서 끊어내지 않으면 인생이 훨씬 힘들어질 거다. 알았지! 사무실에 돌아가서 있어."

김영민은 그에게서 핸드폰을 빼앗고 차에서 밀어냈다.

조일환은 얼빠진 얼굴을 하고 몇 번이나 김영민의 차를 돌아보왔다. 지금 자신이 무슨 일을 당했는지 아직도 정신이 없는 것 같았다. 그러다 잠시 우두커니 서서 허공을 쳐다보고는 타고 온 그랜저 승용차에 올라 주차장을 빠져나갔다.

김영민은 시간을 확인했다. 오후 1시 15분을 지나고 있었다. 차량이 곧 하노이에 진입할 시간이었다. 북한 공작원들은 공항도로 진입로 어딘가에서 송환팀을 습격할 준비를 하고 있을 것이다.

이들은 현재까지 받은 정보만으로도 송환팀이 몇 시쯤 공항에 도착할지 충분히 알 수 있다. 그들이 습격할 장소는 교통량이 적고 도주로가 확보된 곳일 가능성이 높았다. 그러니까 송환팀이 고속도로에서 내려오는 그때 습격을 감행할 것이다.

김영민은 핸드폰을 열었다.

-지금 어디야?

준에게 메시지를 보냈다. 1분 후쯤 답신이 왔다.

-13시 30분이면 하노이에 들어갑니다. 고속도로 위에 있습니다.

-하이퐁에서 출발한 이후 줄곧 렌터카 회사에서 위치를 추적당하고 있었다. 절대 차를 멈추어서는 안 돼. 상대는 어디선가 기다리고 있어.

* * *

"긴장해야겠다."

준이 메시지를 보면서 소리쳤다.

"이상필이 대사관 직원과 왜 같이 있는 겁니까?"

백상균이 떨떠름하게 물었다.

"북한놈들이 렌터카 회사를 통해 우리를 추적하고 있었대. 이 차에 GPS가 있으니까 렌터카 회사에서 정보를 알려주면 너무 쉬운 일이지."

준이 욕설을 중얼거리면서 설명했다.

"렌터카 회사에서 왜 그놈들에게 정보를 알려주는데?"

운전대를 꽉 잡은 민준도 목소리가 높아졌다.

"아까 사진 봤잖아. 그 사람과 북한 공작원이 짜웅한 거래."

"이런 젠장!"

민준은 자동차 핸들을 내리치면서 소리 질렀다.

차량 맨 뒷좌석의 하반장은 38구경 권총을 꺼내 실린더를 열고 실탄을 점검했다.

"너도 총기 점검하고 손에 쥐고 있어. 접근하는 차량이 있으면 무조건 당긴다."

하반장이 박경사에게 지시했다.

박경사도 38구경 권총을 꺼내 실린더를 개방하고 실탄 점검을 했다.

"회장님은 몸을 낮춰주세요. 눈에 띄는 건 안 좋습니다."

백상균은 하반장의 말에 따라 고개를 차창 아래로 숙였다.

"여러분의 안전을 위해 최대한 협조해야죠."

차 안에는 순식간에 긴장감이 차올랐다.

"김영민 대표 메시지예요. 고속도로를 내려올 때 조심하라고 합니다. 녹색 토요타 픽업트럭을 눈여겨보라고 하고요."

준이 급하게 메시지를 읽어줬다.

박경사는 손에 땀이 차는지 손바닥을 바지에 쓱쓱 문질렀다. 하반장은 특유의 무표정을 하고 양손으로 38구경을 쥔 채 창밖을 살폈다. 민준은 몸을 앞으로 바짝 기울인 채 운전대를 꽉 잡았다.

"김경감님, 앞에 장애물이 나와도 밀고 지나가는 겁니다. 절대로 정차하면 안 돼요. 충격에 대비할 수 있도록 미리 알려주시고요."

하반장이 민준에게 미리 언질을 했다.

오후 1시 31분 카니발은 하이퐁하노이 고속도로 톨게이트를 통과했다.

하노이

"조장님, 메시지가 안 왔습니다."

토요타 픽업트럭을 운전하는 민수는 이상필에게 조일환으로부터 메시지가 수신되지 않는다고 보고했다.

"메시지를 안 보냈다고?"

"네."

"이 개새끼가 미쳤나!"

이상필은 신경질적으로 민수의 핸드폰을 잡아채서 조일환에게 전화를 걸었다.

신호 대기음이 한참 울리고 통화가 연결되었다.

"조일환은 집으로 갔어. 너희와 통화할 일은 없을 거야."

귀에 낯선 서울 말씨가 들렸다.

"너는 뭔데?"

이상필이 핸드폰에다 고함을 질렀다.

"내가 누군지가 문제가 아니야. 너희들은 큰일 났어! 북경 최사장 알지? 최사장이 너희들 턱밑까지 왔다."

"이 종간나 새끼가 뭐 하던 개뼈다귀인데 말이 많니!"

"50827 토요타 픽업트럭! 백상균은 최사장에게 넘기고 그냥 도망쳐. 죽 쒀서 개 줬다고 생각해."

"야이, 간나 새끼야! 아가리를 찢어서 대동강 던져 놓으면 동동 떠오를까! 니가 뭔데 이래라 저래라니! 최을수가 백상균을 왜 데리고 가니?"

"평양에서 너 같은 놈 귀환시키는 게 이득일까, 백상균 데려다 돈 털어가는 게 이득일까? 목숨 부지할 생각이나 해. 형제산 애들이 너희들 쫓고 있다. 그래서 최사장은 공항에서 백상균을 데리고 가기로 한 거야."

전화가 끊어졌다.

"조장님! 뭐 하는 놈입니까?"

"몰라! 대사관 놈이 걸린 모양이다. 전화 받은 놈은 모르겠다."

"국정원 놈입니까?"

"간나 새끼가 묘한 말을 하네."

"무슨 말 말입니까?"

"최사장이 하노이에 있단다. 최을수가 백상균을 데려간다고 말이야."

"북경 지부장 말이지요? 최을수가 왜 백상균을 데려갑니까?"

"최사장이 하노이에 들어온 걸 니는 알았니?"

"제가 어떻게 압니까?"

"최사장 새끼가 우리에게서 백상균을 채가려고 하는 거야. 평양으로 끌고 가려고."

"이제 어떻게 합니까?"

"공항으로 가야지. 그놈들 오늘 공항 들어가는 건 분명하니까. 준호, 혁두에게 그리로 오라고 해야겠다."

"조장님…."

"왜?"

"최사장도 공항에서 우리를 기다리고 있을 겁니다. 그놈이 한 말이 있지 않습니까."

"…."

이상필 대표는 말없이 핸드폰을 만지작거렸다.

"우리가 공항에 먼저 도착할 거다. 백상균이만 빼내서 신속하게 이동한다. 마음 단단히 먹으라우. 이미 시작한 일이야."

이상필은 전화를 걸어 준호와 혁두에게 공항 진입도로에서 대기할 거라 했다. 두 사람은 오토바이 한 대로 픽업트럭을 뒤따라오고 있었다.

* * *

"공항까지 얼마나 남았지?"

사이드미러에서 눈을 떼지 않은 채 준이 물었다.

"35분."

민준이 구글맵을 보면서 말했다.

"우리가 공항으로 가고 있는 게 노출되었고, 북한 놈들은 어딘가에서 기다리고 있다는 거네."

"절대 차 멈추지 말고 공항으로 가야 해. 몇 시 비행기라고 했지?"

"저녁 7시."

"탑승 게이트만 통과하면 별일 없겠지."

"김정남 얼굴에 맹독성 물질 뿌리는 것 봤지, 공항에서?"

"겁줄래! 백상균 죽이는 게 놈들 목표는 아닐 텐데."

준이 민준의 어깨를 툭 치면서 말했다. 말하고 나서 아차, 싶었다.

"겁나게 말하지 마시죠. 당사자가 들으니 불안합니다."

백상균이 양손으로 얼굴을 만지작거리면서 중얼거렸다.

"공항 근처가 제일 위험합니다. 놈들은 그 길목을 지키고 있으면 된다고 생각할 겁니다."

하반장은 어떻게 대비할지 침착하게 말했다.

"형님, 놈들이 위협하면 사격할 거예요?"

박경사가 손에 땀을 닦으면서 물었다.

"먼저 쏘는 편이 이긴다. 상대의 전투의지를 무력화시킬 수 있는 선제공격이 최선이야."

"선방이 중요하긴 한데, 오인사격을 할 수 있어서요. 형님이 먼저 쏘면 저는 따르겠습니다."

"저 때문에 욕보십니다."

백상균이 고개를 숙인 채로 얼굴만 옆으로 돌리고 말했다.

* * *

민준의 눈에 공항의 관제탑이 들어왔다.

내비게이션은 공항까지 2킬로미터 남았다고 안내했다.

"거의 다 왔다."

민준은 옆에 앉은 준에게만 들릴 정도로 나지막하게 말했다.

공항도로는 상하행선이 분리되어 있고 각 4차선의 넓직한 길이었다. 교통량은 거의 없어서 민준의 카니발은 한껏 속도를 내 달릴 수 있었다.

"공항청사에서는 어디로 가야 해?"

"2층에 이민국 출장소가 있어. 내 가방에 공문 있다. 준아, 네가 내 가방 가지고 반장님들이랑 먼저 들어가. 나는 차 주차하고 따라 들어갈 테니."

"알았어."

"경감님, 뒤에 오토바이 한 대가 접근합니다."

하반장이 운전석에 알렸다.

민준은 사이드미러를 통해 두 명이 탄 오토바이 한 대가 차에 바짝 붙으려 하는 게 보였다. 그리고 오토바이 뒤에 탄 사람 손에 총이 들려 있는 것도 보였다.

"반장님, 오토바이에서 총을 겨누려 합니다."

민준이 고함을 질렀다.

그 순간, 뒷바퀴가 바닥에 주저앉은 것처럼 차가 급격히 내려 앉았다. 오토바이에서 차의 좌측 뒷바퀴에 총격을 가해 타이어가 터진 것 같았다.

오토바이는 빠르게 운전석 쪽으로 붙으며 왼쪽 앞바퀴에도 총 격을 가했다.

카니발 차량은 출렁 기울어졌고, 휠이 바닥에 닿으면서 불꽃이 튀었다.

"이러다가 차가 전복되겠어!"

민준이 액셀러레이터에서 발을 떼며 감속했다.

"놈들이 접근하면 응사하겠습니다."

하반장이 간격을 유지하고 따라붙는 오토바이를 노려보면서 말했다.

"형님, 뒤에서 차가 접근합니다."

박경사가 다급한 목소리로 소리쳤다.

이상필이 탄 토요타 픽업트럭이 카니발을 뒤에서 쿵, 들이받았 다.

카니발은 앞으로 밀리며 가드레일을 스치고 지나가다 간신히 정차했다.

추돌의 충격으로 뒷좌석에 탄 하반장과 박경사는 바닥에 총을 떨어트렸다. 하반장이 겨우 정신을 수습하고 바닥에서 총을 집었다.

"교전하겠습니다."

하반장이 말했다.

"잠시만요! 저놈들이 총을 겨누고 있습니다."

준은 카니발 앞으로 오토바이에서 내린 두 명이 총구를 겨눈 걸 보았다.

녹색 토요타 픽업트럭에서 내린 이상필은 권총을 늘어트린 채 운전석 민준에게 다가갔다.

"문 열라우!"

민준은 뒷좌석의 하반장을 돌아보았다. 하반장은 고개를 끄덕였다.

백상균도 고개를 돌려 하반장을 쳐다보았다. 뭐라도 해봐야 하는 것 아니냐는 표정이었다.

민준은 잠금을 해제했다.

카니발 문이 열리고 이상필이 백상균의 목덜미를 낚아챘다.

"이렇게 보니까 반갑다, 종간나 새끼야!"

"내가 돈은 갚는다고 했잖아. 이렇게 무식하게 받으러 오냐!"

백상균이 끌려 나가면서 이상필에게 소리쳤다.

이상필은 버티는 백상균의 어깨를 왼손으로 잡고 오른손에 든 토카레프 총열로 목덜미를 누르며 1차로에 정차한 토요타 픽업트럭으로 끌고 갔다.

"돈! 당연히 받아야지. 그리고 네놈 껍데기도 홀딱 벗겨줄게. 혁두가 칼 쓰는 거 봤지. 너 기다리고 있다. 죽지 않을 만큼씩 포를 떠주겠다고."

"내 몸에 손가락 하나라도 대면 네놈들은 돈 한푼도 못 받아!"

상필은 토카레프 손잡이로 상균의 입을 때렸다. 상균의 입술이 터지면서 피가 흘렀다.

오토바이에 올라탄 준호와 혁두는 4차로에서 카니발 운전석을 향해 총을 겨누었다. 누구라도 차 밖으로 나오면 방아쇠를 당길 기세였다. 둘은 카니발을 감시하는 데 집중하느라 자신들에게 달려드는 검은색 지바겐을 신경 쓰지 못했다.

지바겐은 상균이 카니발에서 끌려 나왔을 때 막 코너를 돌고 있었고, 100미터 전방에 목표물을 발견하고 급하게 속도를 높였다. 상필의 부하들은 코너에 가려 지바겐을 바로 발견하지 못했다.

굉음을 내며 달려오는 지바겐을 이상필과 백상균이 동시에 돌아보았다. 두 사람은 꼼짝도 하지 못한 채 지켜보았고, 상필과 상균을 스치듯이 지나갔다. 그리고 가차없이 오토바이를 밀어버렸다.

텅, 준호와 혁두가 오토바이와 함께 공중으로 떠오르더니 공항 진입도로 가드레일 밖으로 날아가버렸다.

카니발 운전석에 앉은 민준의 눈에는 앞에 있던 오토바이가 갑자기 사라지고 공간이동을 한 지바겐이 그 자리에 서 있는 것처럼 보였다.

　그 틈에 하반장은 박경사와 함께 차량 우측으로 하차해 차량 뒤편에 몸을 은폐하고 반격 준비를 했다. 그들 눈에도 난데없이 돌진한 지바겐이 보였지만 그 의도를 짐작할 수 없었다.

　이상필은 오토바이를 탄 부하들이 습격받은 것을 보고 검은색 지바겐을 향해 토카레프를 겨누었다.

　상균은 이상필의 손이 헐거워지자 그의 손을 뿌리치고 카니발을 향해 뛰었다.

　이상필이 도망치는 백상균 등짝을 향해 총구를 돌렸다. 동시에 하반장은 카니발 뒤편에서 앞으로 나가 무릎쏴 자세로 방아쇠를 당겼다.

　타앙, 총알은 이상필의 오른쪽 쇄골을 뚫고 들어갔다. 몸이 휘청거리더니 그는 토카레프를 바닥에 떨어트리며 주저앉았다.

　토요타 픽업트럭 운전석에 있던 민수는 끔찍한 상황을 모두 지켜보았다. 백상균만 태우면 튀기로 했는데, 지바겐이 나타나면서 모두 엉망이 되었다. 내려서 거들어야 한다고 생각했지만 이상필이 총에 맞아 쓰러지는 것을 보자 생각이 바뀌었다. 그는 차에서 내리는 대신 차를 급발진시켰다.

　민수는 지바겐을 피하며 전속력으로 도망치기 시작했다.

　"병신 같은 새끼… 그렇게 어디까지 가려고 그러니."

　이상필은 멀어지는 녹색 토요타 픽업트럭을 보면서 혼잣말을 했다.

상필은 지바겐이 달려들 때 이미 상황이 끝났다는 것을 예감했다. 어깨에서 피가 쏟아지면서 팔이 올라가지 않았다. 총을 들 수 있다면 자기 머리통에 총알을 박고 싶었다.

"백상균이를 저승길 동무로 삼으려 했는데 말이야…"

고작 이런 말을 중얼거릴 수 있을 뿐이었다.

지바겐에서 내린 남자 두 명이 권총을 손에 든 채 이상필에게 다가왔다.

"이상필이, 제정신이 아니지! 당에서 들어오라는데 뭐 한다고 이 지랄이니."

어깨에서 흘러내리는 피로 셔츠는 이미 붉게 물들어 있었다.

"저 간나 새끼들을 잡아가면 당에서 좋아할 거야. 어서 잡아가자고."

지바겐에서 내린 남자는 이상필이 무엇인가 설명을 하려고 하자 머리에 총알을 박았다.

이상필은 그대로 앞으로 쓰러졌고, 머리에서 아스팔트로 피를 쏟아내고 있었다.

줄줄 흐르는 피는 총을 겨누고 있는 하반장 발 앞꿈치까지 닿으려 했다.

"미친 새끼, 아직도 정신 못 차리고 씨부리고 있어."

총을 쏜 사내가 중얼거렸다. 그리고 송환팀을 이제야 의식했다는 듯 돌아보았다.

그는 총을 쥔 채 양손을 위로 슬쩍 들어올리며 교전이 끝났음을 알려주었다.

민준과 준은 그 광경을 카니발에서 숨죽이며 쳐다보고 있었다. 하반장은 총을 거두지 않고 예의주시했다. 백상균은 잔뜩 긴장한 채 하반장 옆에 꼭 붙어 서 있었다.

지바겐에서 내린 둘은 카니발을 쳐다보고 비실비실 웃으면서 총을 옷 안으로 집어넣었다.

그리고 손을 흔들고 지바겐으로 걸어갔다. 지바겐에서 다른 두 명이 하차해 백업하고 있었다.

하반장은 두 사람 이동에 맞춰 여전히 경계 사격 자세를 취했다.

지바겐에서 내렸던 자들은 다시 순차적으로 차량에 탑승했다. 그리고 아무 일 없었다는 듯 육중하지만 경쾌한 엔진 소리를 내며 현장에서 멀어져 갔다.

"뭐야?"

준이 민준에게 물었다.

"모르겠어. 베트남 공안 같지는 않은데."

준은 그제야 차에서 내려 가드레일로 달려가 아래를 내려다보았다.

나무가 우거져 오토바이가 떨어진 아래 상황이 확인되지 않았다. 도로 한가운데는 이상필이라는 자가 널브러져 있었고, 카니발은 좌측 전후 타이어가 펑크 난 채로 기울어져 있었다.

준이 황당하다는 표정을 하고 민준을 쳐다보았으나, 그도 어떻게 해야 할지 아무것도 모르겠다는 얼굴이었다.

백상균은 입술이 터져 흐르는 피를 손수건을 꺼내 닦고 있었고, 하반장과 박경사는 쓰러진 이상필을 내려다보고 있었다.

* * *

20분 전에 김영민은 최사장에게 언질을 주었다. 공항에서 기다리고 있으면 이상필을 만날 수 있을 거라고.

그는 그렇게 알려놓고 송환팀을 지원하기 위해 엑센트로 최대한 속력을 높여 공항도로에 올라섰다.

준으로부터 5분 안에 공항에 도착할 것 같다는 메시지 이후로더는 정보가 없었다. 공항에 도착해 이민국 사무실로 들어갔어야 할 시간이 지났다. 눈앞으로 공항 관제탑이 보였다. 도로에 차량은 드문드문 있었다.

엑센트가 우측으로 완만하게 굽은 지점을 통과했다.

100미터쯤 전방에 정차되어 있는 검은색 카니발이 보였고, 송환팀이 우두커니 도로에 서 있는 걸 확인했다. 김영민은 카니발 뒤에 차를 세우고 내려섰다. 피를 흘리고 도로에 널브러져 있는 남자가 눈에 들어왔다.

하반장은 갑자기 접근하는 엑센트를 발견하고 차를 향해 총을 겨누었다.

김영민은 차에서 내려 태연하게 다가왔다. 준은 하반장의 오른

팔을 잡으며 괜찮다고 했다.

"다친 사람은 없어?"

김영민이 준을 보고 물었다.

"김영민 대표님인가요?"

준은 그를 처음으로 대면하는 거였다.

김영민은 대답은 하지 않고 바닥에 있는 이상필의 상태를 먼저
살폈다.

"누구?"

"이상필이요."

김영민이 묻는 말에는 백상균이 대답했다. 건조한 목소리였다.

김영민은 백상균의 그런 말투가 귀에 거슬렸다. 방금 전 피를
보았고, 사람이 죽었다. 그런데도 그의 목소리에는 감정선이 없었
다. 그런 사람은 상대하기 힘들었다.

"나머지는?"

김영민은 이번엔 준에게 물었다.

"한 명은 차로 도주한 것 같고, 두 명이 오토바이를 타고 있었
는데, 검은 벤츠가 밀어서 가드레일 밖으로 날아갔습니다."

"빨리 공항으로 가자."

"차가 운행 불가능합니다."

"일단 내 차에 모두 타."

"일이 잘되고 있는 겁니까?"

백상균이 김영민에게 퉁명스럽게 물었다.

"백상균 씨 서울 보내려고 이 사람들이 목숨 걸고 일하는 건 기억해야 할 겁니다."

김영민은 냉랭하게 말하곤 운전석에 올랐다.

"이자한테 습격을 받았는데, 또 다른 차량이 이들을 습격했습니다. 오토바이가 있었는데 저기 가드레일 밖으로 날아가고…. 이자가 탔던 차량은 도주했고요."

준이 장황하게 상황을 설명했다.

김영민은 준의 횡설수설만으로도 어떤 상황이었는지 알 수 있었다.

다섯 명의 사내가 엑센트에 우겨서 들어갔다. 민준과 준은 조수석에 겹쳐서 앉았다.

"선생님이 김영민 대표입니까?"

민준이 물었다.

"공항에 가면 김경감이 송환팀 인솔해서 이민국 사무실로 가!"

"총은 어떻게 합니까? 총알 한 방 사용했는데."

하반장이 뒷자리에서 물었다.

"제가 하노이 공안에 전화해서 공항으로 오라고 하겠습니다."

민준은 핸드폰에서 번호를 뒤졌다.

"사람이 여러 명 죽었는데 우리가 서울행 비행기에 탈 수 있을까요?"

준이 아직도 이 상황이 믿기지 않는다는 얼굴로 물었다.

"갈 수 있다. 과감하게 대로에서 일을 벌인 걸 보면 북한 놈들이 베트남 보안국과 조율을 마치고 한 작전일 거야."

김영민이 대수롭지 않다는 투로 말했다.

"네?"

민준과 준이 놀라며 동시에 물었다.

"베트남 공작원들에게 평양에서 귀환 명령을 했는데, 말을 듣지 않았어. 그래서 평양에서 베트남 공작원들을 잡아가려고 사람을 보낸 거야."

"우리는 서울로 가면 되지만, 민준이는 하노이에 남아야 하는데, 괜찮겠습니까?"

준이 친구를 돌아보며 걱정스러운 목소리로 물었다.

"하노이 보안국에서 오늘 일에 대해 공식적으로 설명을 요구하는 일은 없을 것 같다."

"안전하겠죠?"

준이 다시 물었다.

"베트남 보안국이 한국 경찰관을 제거하는 걸 승인할 리 없지. 그래서 너희들이 살아있는 거고. 당분간 조심은 해야겠지만 걱정하는 일은 일어나지 않을 거야."

"아까 머리에 총 맞은 놈이 이상필 대표였습니다. 그놈들 차를 운전했던 놈이 민수였던 것 같고. 그러면 오토바이에 타고 있던 놈들은 혁두와 준호입니다. 민수는 대장이 총을 맞자 내뺐는데 얼마나 버틸지…."

"백상균 씨, 서울에서 선량한 투자자 지갑을 털더니 해외에서는 북한 공작원들 공작금도 털어먹었습니다. 정말 대단하십니다."

김영민은 백미러로 백상균을 노려보면서 말했다.

"한국에서 내가 투자자 사기 쳤는지는 재판을 받아봐야죠."

백상균은 어깨를 으쓱거리며 남 일처럼 대꾸했다.

"백상균 씨, 한국에 가면 정변호사가 접견을 갈 겁니다. 접견 잘 받아주시고, 하노이에 있었던 일에 대해서 상세히 설명해주세요."

"내 변호인단에는 없는 사람인 것 같습니다. 나는 황변호사라고 그쪽과 주로 일을 합니다."

"아무튼 정변호사를 꼭 기억하세요!"

준은 김영민이 하는 말을 통해 그가 서울에서의 일을 준비하고 있다는 걸 알아챘다. 그는 정변호사를 구치소로 보내 메신저로 활용하려는 것 같았다. 서울에서는 그의 또 다른 작전, 백상균 확보 이후의 작전이 전개될 것이다.

결국 송환팀은 김영민 장기판의 일부일 뿐이라는 생각도 들었다. 준의 눈에는 모두의 머리 꼭대기에서 김영민이 주도적으로 상황을 통제하고 있는 것으로 보였다.

김영민의 엑센트가 공항 출국장에 도착했다.

"빨리 움직여!"

김영민이 차를 정차하며 민준과 준에게 다그치듯 말했다.

엑센트 문이 열리자마자 민준과 준이 앞장을 서고 하반장과 박경사가 백상균의 양팔을 끼고 공항 안으로 뛰어 들어갔다.

* * *

　백상균의 출입국 심사는 예상했던 대로 짧게 끝났다.

　민준은 외교부에서 발급한 임시여권을 제출했고, 이민국 직원은 성의 없이 여권을 살펴보더니, 비행기표를 달라고 했을 뿐이다.

　준은 비행기표를 발권해 오겠다며 민준과 이민국 사무실에서 나왔다.

　"오픈 티켓을 예매해서 자리 잡는 건 문제없을 거야."

　"총은 어떻게?"

　"공안에 전화했어. 곧 도착해서 점검하고 비행기에 실어주겠대."

　"오늘 겪었던 일들을 경찰청에 어떻게 설명해야 하지?"

　"공항 가는 중에 습격을 받았고, 총격전이 있었다고 말해야지. 김영민이 설명했던 일들을 다 보고서에 담을 수는 없을 것 같아."

　"그렇게 하자."

　민준과 준은 비행기표 티켓팅 후에 이민국 사무실로 돌아왔다.

　하반장과 박경사는 백상균을 가운데 두고 앉아 있었다. 세 남자 모두 몹시 지친 표정이었다.

　백상균은 민준과 준이 사무실 안으로 들어서자 비행기표는 구

314

했는지부터 물어보았다.

준은 그를 빤히 쳐다보고 나서 고개만 끄덕였다.

송환팀과 백상균은 이민국 사무실을 나와 면세점이 늘어선 탑승 대기장으로 들어갔다.

많은 여행객들이 걱정없는 표정들을 하고 면세점을 오가며 쇼핑을 하고 있었다. 여기저기서 한국말도 들렸다.

준은 마치 방금 전 겪었던 일들이 꿈만 같이 느껴졌다. 이민국 사무실을 나오면서 차원이동을 해 여행과 쇼핑이 있는 일상 세계로 복귀한 기분이었다. 이제 위험에서는 벗어났다는 안도감이 온몸에 퍼졌다.

5부
귀환의 조건

공항

인천행 비행기 출발시간은 오후 7시였다.

송환팀은 다섯 시간가량을 출국장에서 대기해야 했다.

준과 박경사는 다리에 힘이 다 풀렸는지 누가 보든 상관없다는 듯 바닥에 주저앉아 있었다. 멀리서 보면 두 사람은 고개를 숙이고 졸고 있는 것처럼 보였다.

하반장은 백상균과 나란히 공항 대합실 의자에 앉아 습관적으로 핸드폰을 보며 한국 뉴스를 검색했다. 시간은 느리고 무료하게 지나가고 있었지만, 긴장감은 출발시간이 다가올수록 커지는 기분이었다.

하반장은 강력범죄수사대장에게 보고할 시간이 가까워지자 머리 속으로 내용을 정리했다. 송환의 이면에 있는 정보 유출에 대해서는 어떻게 보고할지 정하지 못했다. 백상균이 그걸 어떻게 활

귀환의 조건 **319**

용할지도 알 수 없었다.

"식사해야죠?"

고개를 들어보니 민준이 크로스백을 메고 서 있었다. 하노이 공안에게 총기를 전달하고 인수증을 받아서 돌아온 것이다. 저 가방 안에 송환팀의 비행기표와 여권, 총기 인수증이 보관되어 있을 것이다.

"입맛이 없습니다."

"그래도 좀 드셔야죠. 다섯 시간이나 기다려야 하는데요."

민준이 주저앉은 준과 박경사를 보면서도 말했다.

"맥주나 한잔합시다."

상균이 자리에서 벌떡 일어나더니 허리를 휘휘 돌리며 스트레칭을 했다.

범죄자 신분을 망각하고 여행자처럼 구는 게 고까웠는지 하반장이 한마디했다.

"피의자 호송 중인데 술을 어떻게 마십니까?"

"반장님은 식사하시고, 나는 맥주 한잔하겠습니다."

상균이 그러거나 말거나 제멋대로 지껄였다.

"백상균 씨는 호송 중인 피의자예요. 술을 마시면 안 되죠!"

하반장이 대놓고 훈계를 했다.

"거 너무 빡빡하게 굴지 맙시다. 지금 영장 집행도 안 했잖아요. 지금부터 영장 집행하면 서울에서 나를 조사할 시간이 있겠습니까?"

경찰이 체포영장을 집행하면 48시간 이내에 검찰이 구속영장을 청구하거나 석방해야 했다. 따라서 해외수배자의 경우 영장 집행은 비행기가 한국에 도착하고 입국대기를 하면서 하는 경우가 대부분이었다.

"가시죠, 배가 고프니까 다들 예민해진 것 같은데."

준이 끙, 소리를 내며 자리에서 일어서자 박경사도 엉덩이를 털며 따라서 일어났다.

"검거 사실과 비행 스케줄은 탑승 한 시간 전에 보고하는 것으로 하겠습니다."

민준이 식당을 찾으러 먼저 앞장섰다.

"어디로 가는데?"

"비행기 탑승구 쪽에 식당이 몇 개 있어. 볶음밥도 있어서 식사가 될 거야."

민준이 늘어진 어깨로 돌아보면서 말했다. 그 역시 지친 기색이 완연했다.

"맥주도 팝니까?"

"네, 맥주 팝니다."

준은 맨 뒤로 따라가면서 백상균의 뒤통수를 쳐다보았다. 김영민이 그를 확보하기 위해 북한의 파트너와 거래를 했다는 생각을 지울 수 없었다. 백상균을 활용해 대통령실 법률비서관의 이적행위를 밝히려는 게 목적인 거다. 굳이 정변호사를 구치소에 접견을 보내겠다는 것도 그런 맥락일 것이다.

자신과 민준에게도 백상균을 송환하는 것으로 업무가 끝나는 게 아니다. 백상균이 서울에서 북한 공작원과 살인사건의 관련성, 대통령실 비서관과의 관계를 진술한다면 둘 다 보고누락에 대해 감찰 조사를 받을 수 있었다.

하반장과 박경사는 백상균 좌우에 나란히 서서 걷고 있었다. 준의 측은한 시선이 형사들의 뒷모습에 머물렀다. 두 형사도 서울에 어떻게 보고해야 할지 고민하고 있을 듯싶었다.

백상균은 머리를 쓸어 넘기며 공항 보세구역을 두리번거렸다. 여행객처럼 느긋한 걸음으로 터덜터덜 걸었다. 겉으론 여유를 부리는 것 같아도 그 역시 서울에서 발언의 수위를 어느 정도로 정리할지 고심할 것이다.

한고비를 넘기자 다들 새로운 고개를 넘어가야 하는 입장이었다. 서울에서 제각각 직면할 상황을 가늠하면서 미루어두었던 고민을 시작하는 것이다.

송환팀과 백상균은 탑승구 쪽으로 이동했다. 면세점에서 탑승구 방향으로 무빙워크가 설치되어 있고, 무빙워크가 끝나가는 지점에 카페와 식당이 밀집해 있었다. 민준은 그중에서 매장 너비가 제일 긴 식당으로 들어갔다.

젊은 여종업원은 송환팀이 들어오자 자리를 안내했고 한글로 써진 메뉴판을 가져다주었다. 그녀는 한눈에 송환팀이 한국 사람인 것을 알아보았다.

하반장, 박경사, 민준은 쌀국수를, 준은 반미를, 상균은 맥주와

스프링롤을 주문했다. 쌀국수를 주문한 사람들은 절반밖에 먹지
못했고, 준은 고집스럽게 반미를 입에 우겨넣고 있었다.

"국물 있는 게 잘 넘어갈 줄 알았는데, 뜨거우니까 못 먹겠다."

하반장이 젓가락을 휘휘 젓다가 그만 내려놓았다.

"맥주나 한잔 마실까요. 아직 영장 집행도 안 했는데."

박경사도 젓가락을 테이블에 툭 올려놓고는 백상균을 돌아보
며 말했다.

"여기서 찔끔거리지 말자. 서울 가면 허리띠 풀어놓고 마시게
해줄게."

"그나저나 형님 사격 정말 대단해요. 아까 어깨를 맞추려고 한
거죠?"

박경사는 문득 생각났는지 교전 상황을 들먹였다. 아예 오른손
을 권총 모양을 만들어 조준하는 시늉까지 했다.

"죽은 사람 얘기하지 마라! 따라붙는다."

"죽은 놈이 이상필이오. 공작원들 오야붕."

상균은 맥주잔을 말끔하게 비우고 나서 트림까지 하고 말했다.
그러고는 은근슬쩍 궁금하던 걸 물었다.

"김경감님, 아까 대충 얘기는 들었는데 그놈들은 정확히 누굽
니까?"

"저보다는 이경감이 더 잘 알 것 같습니다."

민준은 준을 향해 턱짓을 했다.

"저도 들은 얘기라 정확한 내용은 아닌데… 우리를 태워다준

사람이 국정원 블랙요원입니다. 무슨 사연인지는 자세히 얘기하지 않았지만, 북한에서 이상필을 제거하라는 지령이 내려왔다고 했어요."

준은 콜라를 마시며 목을 축였다.

"국정원 사람들과 종종 일을 같이 합니까?"

백상균이 맥주잔을 만지작거리면서 물었다.

"자주 있는 일은 아닙니다."

"이상필을 죽인 놈들도 북한 애들이고요?"

"우리도 그런 것까지는 모르겠습니다. 저희나 회장님이나 자세한 건 알 필요가 없지 않을까요?"

백상균이 이것저것 캐듯이 묻는 게 많아지자 하반장이 이쯤에서 말을 끊었다.

"도망간 놈은 이민수라고 하는데 하노이 평양옥 총지배인이고, 부두목입니다. 상황이 심상치 않게 돌아가자 내뺀 것 같은데, 얼마나 버티겠습니까? 조만간 어디서 시체로 발견될 게 뻔하죠. 참고로 알고 계시라고요."

백상균은 맥주를 한 잔 더 시켰다.

"여기서 나가면 있을 곳도 마땅치 않으니, 우리도 커피 마시면서 시간을 때우죠."

민준은 종업원을 불러 커피를 주문했다.

"호송 중에 북한 공작원들 습격을 받아 교전 중이었는데 또 다른 북한 공작원들이 나타나 우리와 교전 중인 북한 공작원들을 몰살시켰다! 이걸 어떻게 보고서에 담죠?"

박경사는 테이블에 팔꿈치를 얹어놓고 양손으로 얼굴을 가린 채 중얼거렸다.

"준아, 네가 비행기에서 보고서 초안 작성해서 공유해줘라. 우리가 다 일치된 내용으로 보고해야 하니까. 나는 송환팀 귀국 비행기 태우고 나면 이것저것 할 일이 너무 많을 것 같다."

그렇게 송환팀과 백상균은 공항도로에서 있었던 끔찍한 사태를 생각나는 대로 얘기하며 두 시간 가까이 시간을 보냈다.

"네 시가 다 돼가네요. 나가서 면세점 앞에 앉아 있죠. 여기도 너무 오래 있으니까 눈치도 보이고 피곤하네요."

상균은 맥주를 더 주문하지 않았고 송환팀의 커피잔은 진작에 비어 있었다.

준이 말하고 먼저 일어나자 송환팀도 백상균을 데리고 식당을 나섰다.

다섯 명 모두 여행 가방 하나 없는 빈 몸이었다. 국제공항 대합실에서 느껴지는 사람들의 설레고 들뜬 분위기는 그들과 무관했다. 지친 다섯 명의 사내는 난민처럼 떠돌고 있었고 면세점이나 기념품은 다른 세계의 소품일 뿐이었다.

준은 맨 앞에서 두리번거리며 다섯 명이 앉을 만한 자리를 찾았다. 민준은 맨 뒤에서 크로스백을 메고 수첩과 핸드폰을 번갈아 보며 무언가를 챙기고 있었다.

하반장과 박경사는 백상균 근처를 무심히 걷고 있었지만, 감시

하는 자세가 몸에 배어 있었다. 준의 눈에 대합실 맨 앞열 의자가
통째로 빈 곳이 보였다.

"저기서 쉬고 있죠. 일곱 시 비행기니까 두 시간 정도 버티다가
탑승 게이트로 가면 될 것 같습니다."

다들 준이 가리키는 의자에 가서 늘어지게 앉았다.

"나는 화장실 좀 가야겠습니다."

상균이 두리번거리며 화장실을 찾았다.

하반장은 박경사에게 같이 갔다 오라고 눈짓을 했다.

박경사와 백상균은 화장실을 찾아 나섰고, 어느새 여행객들 속
으로 사라졌다.

"백상균은 한국에서 어떻게 행동할까?"

준이 그가 없는 틈에 물었다.

"대통령실 비서관 얘기를 언론에 하면 경찰이 엄청나게 시달릴
건 분명합니다."

하반장은 걱정스러운 투로 말했다.

"대통령실에서 정보가 유출되는 정황이 있었다는 얘기는 백상
균에게 하지 않았습니다. 백상균이 서울에서 그렇게 털어놓는다
해도 증거가 없으니까요."

"그러면 김경감은 백상균이 그렇게 나오면 그런 일이 없었다고
부인할 건가요?"

"네, 당분간은…."

"북한 공작원들과의 관계는?"

"정부는 그 부분이 자연스럽게 알려진다고 해도 긍정도 부인도 안 할 거야. 오히려 우리들 입단속만 시킬 거고."

"북한 공작원은 NCND, 대통령실은 부인한다…."

준은 내용을 정리해놓고 생각을 해보는 것 같았다.

"준이 너는 국정원이 개입한 건 어떻게 보고할 거야."

민준이 고민하던 걸 물었다.

"하노이에 도착했을 때 김영민이라는 사람한테 전화가 왔고, 국정원 작전지원팀이라고 해서 그런 줄 알았다고 하려고. 김영민이 경찰청에는 작전 끝날 때까지 보안을 유지하라고 했다고 할 거야."

"그게 좋겠다. 그렇게 입을 맞추자. 대사관에서도 오늘 일에 대해서 자세한 보고를 요구할 거니까."

"그나저나 김경감님만 하노이에 혼자 남는데 괜찮겠습니까?"

하반장이 민준을 걱정스러운 눈길로 보며 말했다.

"저는 여기서 할 일이 있습니다. 반장님들 짐도 보내드려야 하고요."

"옷가지 몇 개인데, 보낼 필요도 없습니다."

"걱정하시는 게 뭔지는 알겠는데, 오늘 별일 없었으니까 괜찮을 것 같습니다. 이제부터는 대사관에서 외교부 사람들에게 시달리는 게 더 큰 걱정이죠."

대화는 이쯤에서 멈췄고, 세 사람은 머릿속으로 각자의 보고서 초안을 작성하는 듯했다. 그러나 다른 사람들 눈에는 여행에 지친 세 남자가 멍한 표정으로 면세점을 기웃거리는 것처럼 보였을 것이다.

"화장실이 꽤 먼 데 있습니다."

화장실에서 돌아온 박경사가 상균과 같이 민준 앞에 와 있었다.

"나도 갔다 와야겠다."

하반장이 끙, 소리를 내며 일어났다.

"형님, 면세점에서 쵸코렛이나 사탕 좀 사오세요."

"왜? 직원들 나눠주게? 지금 그럴 정신이 있냐?"

"아니요, 입이 말라서 사탕이나 빨고 있으려고요."

"제가 가서 사오겠습니다."

준이 자리에서 튕기듯이 일어나며 말했다.

* * *

송환팀과 상균은 준이 사온 캔디를 입에 굴리며 한 시간째 앉아 있었다.

하반장과 박경사는 핸드폰에 얼굴을 처박고 있었고, 준은 앉았다 섰다 하면서 지루한 시간을 견디고 있었다. 민준만 대사관 경찰 영사와 통화하며 바쁘게 업무를 보았다.

"나는 화장실 한 번 더 가야겠습니다."

백상균이 일어섰다.

"또요?"

박경사가 핸드폰에서 눈을 떼고 그를 쳐다보았다.

"맥주를 마셔서 소식이 자주 오네요."

"두 잔이나 드셔서 그렇죠."

"그래도 비행기에서 더 마시려고 참은 겁니다."

"백상균 씨, 비행기에서는 음주 안 됩니다. 공항에 도착했을 때 술 냄새 나면 우리가 문책을 받을 수 있습니다."

"화장실은 혼자 다녀오겠습니다."

상균은 하반장에게 못마땅한 듯이 말했다.

"박경사가 모시고 갔다와."

상균은 아이보리색 린네 셔츠와 아이보리보다 진한 배지색 바지를 입고 있었다. 준은 그의 뒷모습을 쳐다보면서 대충 입은 것 같지만 스타일이 있고 멋스러움이 느껴진다고 생각했다. 슈트를 입고 있으면 조폭 출신 사업가, 수배자라는 타이틀은 전혀 어울릴 것 같지 않았다.

* * *

"화장실에 사람이 많은가?"

하반장은 두 사람이 화장실에 간 지 10분은 넘은 것 같자 핸드폰으로 시간을 확인하며 중얼거렸다.

"화장실 나와서 면세점 구경하는지도 모르죠. 앉아만 있으니까 시간이 더 안 가는 것 같네요."

준이 기지개를 켜며 대수롭지 않게 말했다.

"조금만 더 기다려보시죠. 여기서는 어디로 갈 수도 없는데요."

민준이 하반장을 안심시켰다.

10분쯤 더 지나서 박경사가 헐레벌떡 뛰어왔다. 경직된 얼굴이 파랗게 질려 있었다. 하반장은 안 좋은 일을 직감하고 자리에서 벌떡 일어섰다.

"백상균은!"

"없어졌어요!"

"어디서?"

"화장실에서 큰일 본다고 들어가길래 저는 밖에 나와 있었는데, 아무리 기다려도 나오지 않아서 안으로 들어가 봤더니… 아무도 없는 거예요."

"네가 나오는 걸 못 본 거 아냐?"

"아닐 텐데요…. 화장실 앞에 꼭 붙어 있었는데…."

"너 핸드폰 하고 있었지?"

"그래도 바로 앞에 있었는데…."

"이 새끼가! 호송할 때 핸드폰 쳐다보지 말라고 몇 번을 말해도!"

하반장이 버럭 고함을 쳤다.

민준은 혹시나 하는 마음에 크로스백을 열어 백상균의 여권과 비행기표를 찾았다. 여권과 비행기표는 그대로 있었다.

"백상균이 여기는 오지 않았습니다. 찾아보죠."

민준이 말했다.

"어디 갈 데가 있나요?"

하반장이 물었다.

"임시여권을 제가 가지고 있어서 나가는 건 불가능합니다."

민준은 크로스백에서 여권을 꺼내 보여줬다.

박경사는 혼이 빠져 아무 말도 못 하고 두 손으로 얼굴을 가린 채 한숨만 쉬고 있었다.

"여기서 흩어져 찾아봅시다."

하반장은 수색을 제안했다.

"비행시간은 얼마나 남았죠?"

"연착하지 않으면 두 시간입니다."

"나랑 이 경감은 오른쪽으로, 박경사와 김민준 경감은 왼쪽으로 찾아보고 30분 후에 여기서 다시 모입니다. 단톡방에서 소통하죠."

하반장이 빠르게 대응했다. 송환팀은 그의 지시에 따라 두 명씩 조를 짜서 흩어졌다.

준은 하반장과 면세점을 뒤지면서 훤칠한 키의 중년 남성을 찾았다. 그는 어디에 있더라도 눈에 띨 외모였기 때문에 근처에 있기만 하다면 찾을 수 있을 것 같았다.

면세점을 차례차례 뒤지고 화장실을 열어보고 여객 터미널에서 대기하는 승객들 사이를 비집고 들어가서 사람들의 얼굴을 빠르게 확인했다.

'도대체 여기서 도망쳐 어디로 간다는 말이지?'

준은 사람들 사이를 비집고 다니면서도 백상균의 의도를 파악하려고 계속 머리를 굴렸다

비행 출발시간까지 백상균을 찾지 못한다면 어떻게 되는 걸까?

비행시간에 맞춰 백상균은 탑승구로 올까?

오지 않아도 출발하는 비행기를 타고 서울로 가야 하는 건가?

혹시 북한 공작원들이 다시 백상균을 납치한 건 아닐까?

준은 머릿속으로 여러 상황을 시뮬레이션하면서 벌게진 눈으로는 부지런히 백상균을 찾고 있었다.

어느덧 준과 하반장은 여객 터미널의 오른쪽 끝에 다다랐다. 시간은 30분이 다 되었다.

준은 송환팀 단톡방을 보았다. 민준은 집결지로 돌아오고 있고, 아직 백상균을 발견하지 못했다고 했다.

"우리도 빠르게 스캔하면서 원점으로 돌아갑시다."

하반장이 준에게 말했다. 그렇게 두 사람은 원래의 장소에서 김민준과 박경사를 만났다.

"이제는 서로 구역을 바꿔 한 번 더 찾는 겁니다. 비행시간은 얼마 남았죠?"

"비행기 시간까지 한 시간 조금 더 남았습니다."

준이 하반장에게 말했다.

네 사람은 다시 여객 터미널을 수색했고 비행기 시간을 30분 남겨두고 한 자리에 모였다.

"출입국 사무소에도 가봤는데, 별다른 일은 없었다고 했어."

민준의 코에는 어느새 땀이 송글송글 맺혀 있었다. 준의 목에도 땀이 흘렀다. 네 사람 모두 한 시간 이상 공항을 뛰어다니고 있는 셈이었다.

"죄송합니다. 공항 안이라 이런 일이 생길 줄은 몰랐는데….”

박경사가 고개를 주억거리며 울먹거렸다.

"일단 탑승 게이트로 가서 기다려보죠. 그리로 올 수도 있습니다."

민준이 박경사를 달래듯이 말했다.

"잠깐만요! 이럴 수도 있을 것 같습니다."

준이 티셔츠로 얼굴의 땀을 닦아내며 말했다.

"정과장님!"

"정 과장님이 뭐?"

"정 과장님이 그랬어. 민준이가 수사했던 동부여객 재무이사 김재성이 해외로 도피했을 때 말이야. 김재성은 인터폴 적색수배로 마카오에서 입국이 거부되어 여객 터미널에 있었어. 인터폴 본부에서 통보를 받은 정과장님이 홍콩 경찰주재관을 마카오 공항으로 보냈는데, 경찰주재관이 도착하기 전에 김재성이 전세기를 타고 캄보디아로 이동했다는 거야."

다들 넋 놓은 얼굴이 되었다. 희한하지만 기발한 방법인데, 그래도 설마 싶었다.

준은 하노이로 출국하는 날 오전에 정변호사에게 전화를 걸어 송환 작전이 시작되었음을 알렸다. 왠지 그에게 보고를 하고 떠나면 혹시 문제가 생겼을 때 도움을 받을 수 있을 것 같은 기분이 들었다.

그는 김영민이 송환팀의 안전을 위해 준비한 것이 있으니 그를 신뢰해도 좋다며 덤덤히 말했다. 준이 마닐라 코리안데스크로 있을 때도 '별일 없을 거다, 내 말 신뢰해도 좋다'며 그는 덤덤히 업무지시를 내렸다.

"그런데 과장님, 백상균은 왜 베트남에서 제3국으로 밀항하지 않고 대사관을 찾아 왔을까요?"

"나도 생각을 해봤어. 백상균은 어디로 도망간들 이상필이 쫓아올 거라 생각한 것 같고, 그리고 현실적으로 밀항에 필요한 자금이 없었을 거야."

"돈이 없었다고요?"

"그래, 그 친구는 전세기를 이용해 해외 공항에서 검거 직전에 있던 수배자도 빼돌린 적이 있어. 그런데도 베트남에서 저렇게 웅크리고 있다가 송환요청을 한 건 정말 최후의 수단을 선택한 걸 수 있어."

준은 하노이로 출발 직전 정변호사와 통화로 나눈 대화가 생각난 것이다.

"그럼 백상균이 전세기를 이용했다는 거예요?"

민준은 그럴 리 없다고 생각하면서도 확인하듯이 물었다.

"가능성이 있습니다. 이 사람들은 전세기를 동원할 줄 아는 사람들이라고 했습니다."

"잠시만! 내가 하노이 공안국 여경감에게 전화해 비행기 스케줄을 확인해줄 수 있는지 물어볼게."

민준은 몇 걸음 떨어져 전화했고, 전화를 하던 중 어디론가 뛰어갔다.

남은 세 사람은 민준이 비행 스케줄을 확인해주기를 기다릴 수밖에 없었다. 20분 후에 준의 전화기가 울렸다. 민준이었다.

"맞아, 전세기 스케줄이 있었고, 한 시간 전에 푸꾸옥으로 출발했대."

"예약자도 확인돼?"

"푸꾸옥 코로나 리조트. 카지노에서 정기적으로 전세기를 운항해 VIP 손님에게 제공하고 있어."

준은 전화기를 끊고 그 내용을 하반장과 박경사에게 전달했다. 다들 믿을 수 없다는 표정들이었다.

곧 민준이 도착했다. 그의 티셔츠가 땀으로 다 젖어 있었다. 얼마나 바쁘게 뛰어왔는지 축구선수처럼 양손을 무릎에 짚고 헐떡거렸다.

"푸꾸옥에 갔다면, 거기 뭐가 있는데?"

준이 답답하다는 듯 민준에게 물었다.

"푸꾸옥에 가면 캄보디아로 밀항하기가 쉬워. 가까운 곳은 배로 한 시간도 안 되는 거리라 낚싯배를 타고 왔다 갔다 하는 경우도 많다고 하더라. 한국 교민들 중에는 푸꾸옥에 여행 가서 캄보디아까지 간 사람들도 많았어."

"결국… 우리가 백상균을 놓친 거군요."

하반장이 탄식하듯 중얼거렸다.

"보통 수배자가 아닙니다. 대통령실까지 보고된 주요 수배자예요."

준이 허탈한 얼굴로 주저앉았다.

"우리는 망했네요…. 최소 직위해제. 차라리 북한 놈들이 백상균 얼굴에 독극물을 뿌리는 게 나았을 뻔했어요…."

박경사도 그 자리에 퍼질러 앉았다.

백상균이 공항에서 사라졌다는 건 네 명의 경찰관이 경찰청에서 사라질 수도 있다는 거였다. 해외 송환수배자가 공항에서 도주한 사례는 없었다. 언론은 이 사건으로 경찰청을 집요하게 공격할 수 있었고, 일부 방송사는 하노이 노이바이 공항에 취재진을 보내 상황을 재연하는 영상도 찍을 것이다.

거기에 어떤 기자가 백상균이 서울에서 벌어진 살인사건과 관련이 있다는 것까지 취재한다면, 이번 도주 사건은 은폐 의혹이라는 자극적인 타이틀로 포털 사이트를 도배할 게 분명했다. 네 명의 경찰관은 해명하는 보고서를 끊임없이 작성하면서 감찰 조사를 받을 것이다. 그 과정에서 네 사람의 경찰 경력은 완전히 끝나는 거나 다름없었다.

허탈한 심정에 다들 의자에 널브러진 채 움직일 줄 몰랐다. 이런 상황은 처음이라 뭘 어떻게 해야 하는지 매뉴얼도 없으니 누구 하나 입도 벙긋하지 못했다.

눈만 멀뚱거리거나 높은 천장만 하염없이 쳐다보는데, 하반장이 스윽 몸을 일으켰다. 그리고 조심스럽게 입을 열었다.

"그런데 말이야…. 우리가 수배자를 검거한 건 맞아?"

하반장이 중얼거리듯이 하는 말에 나머지 송환팀이 모두 그를 쳐다보았다. 무슨 말을 하는지 모르겠다는 표정들이었다.

"우리는 아직 영장 집행을 안 했어. 그리고 서울에 검거보고도 안 했고."

다들 그 말이 맞다는 데 이의를 달지 않았다. 그리고 그 말의 의미는 분명했다.

"맞습니다! 보고 안 했으면 안 잡은 거죠."

박경사가 벌떡 일어섰다.

"무슨 말씀인지…."

준이 두 형사를 번갈아 쳐다보았다.

"그러니까 반장님은 공식적으로 백상균이 미검상태이니 피의자 도주가 아니라는 거죠? 그러면 서울행 비행기는 취소하고 계속 검거 작전을 할 수도 있다는 거잖아요?"

민준이 말뜻을 알아채고 하반장에게 물었다.

"이제부터는 우리 식대로 한번 해보겠습니다."

하반장이 눈을 반짝이며 말했다.

"어떻게요?"

고개만 두리번거리는 준은 아직도 영문을 모르겠다는 표정이었다.

"형사들이 범인이나 수배자 잡았다가 고속도로 휴게소에서 떨구어 먹는 경우가 더러 있습니다. 그래서 검거보고는 항상 제일 늦게 하죠. 언제 떨구어 먹을지 모르니까. 떨구어 먹어도 아직 못 잡았다고 보고하면 되는 거니까요."

"제 말은 검거 작전을 어떻게 계속하실 거냐는 거죠. 잡아서 데리고 가야지 이번 일이 무마될 것 같은데요."

민준이 암담한 상황을 정리하듯 말했다.

"푸꾸옥으로 가면 방법이 있습니다."

하반장이 단정적으로 말했다.

"어떻게 말입니까?"

"우리 식대로 한다고 했지요. 망원이 있습니다. 밀항 루트를 잘 알고 있을 겁니다."

"형님, 누구 말하는 거예요?"

"끼엣을 불러야지."

"끼엣요? 아, 그 끼엣! 그 친구는 도움이 되죠."

"김경감님, 푸꾸옥행 비행기표를 끊어주세요. 오늘 가면 내일은 검거할 수 있습니다. 푸꾸옥에서 서울로 가는 비행기 탈 때 검거 보고하면 됩니다."

"가능하겠습니까?"

"푸꾸옥만 가면 가능합니다. 섬 아닙니까. 어디로 도망가겠습니까! 길목만 지키고 있으면 됩니다. 그리고 백상균을 낚아채려는 북한놈들도 사라졌지 않습니까. 우리가 백상균이만 거두어 가면 되는 겁니다."

민준과 준은 걱정스러운 표정으로 두 형사를 쳐다보았다. 침울하던 박경사 얼굴에 드디어 생기가 돌았다.

"그럼… 비행기표 끊겠습니다."

민준이 바로 움직였다. 그는 대사관 신분증이 있어 공항 내에서 이동이 자유로웠다. 항공사 부스를 찾아 출국대기장에서 나갔다.

페이크(FAKE)

상균은 베트남 공작조에서 탈출하고 나서 한국에서 건너온 남대표를 만났다. 그리고 캄보디아로 밀항을 시도했지만 실패했다.

그러자 상균을 도왔던 남대표와 그의 부하들이 동요했다. 내색은 안 했지만 그런 분위기는 빤하게 보였다.

상균이 거취에 대해 고민이 많아졌을 때 대형 사건이 터졌다. 이상필 일당이 여의도 한복판에서 노바프론티어 펀드 비자금 담당 김상식을 사살한 것이다.

상균은 이상필의 집요한 추격에 광기를 느꼈다. 반드시 죽이겠다는 복수의 메시지가 상관없는 사람을 직접 죽이는 거라니. 믿을 수가 없었다. 거기서 그치는 게 아니었다. 상균은 이상필이 절대 멈추지 않을 거라는 걸 알았다.

그건 그것대로 위험했지만, 다른 가능성도 열렸다. 노바프론티어 펀드 비자금의 관리인이 사망했으니 이제 비자금 관리에 공백이 생긴 것이다. 그 공백을 자신이 메울 기회가 왔다는 것도 깨달았다.

비자금 중에서 현금은 상균이 당장 차지할 수 있는 비자금이었다. 현금의 위치는 윤성국, 김상식 그리고 자신만 알았다. 그런데 김상식은 사망했고, 윤성국은 교도소에 있었다. 현금 400억은 마포역 1번 출구 앞 오피스텔 방에 쌓여 있었지만, 이제 그 돈을 움직일 수 있는 사람은 자신밖에 없었다. 문제는 배신하지 않고 현금을 보관할 수 있는 사람이 있느냐였다.

상균은 오랫동안 보아왔고, 지금도 자신을 지원하는 남대표를 믿어보기로 했다. 남대표는 전주역전파 출신으로 계보상 다른 계열의 후배라 할 수 있지만, 그쪽보다 오히려 백상균을 더 따랐다.

남대표는 여윳돈이 있으면 M&A에 투자를 했는데 깊게 관여하지는 않았다. 모르는 일에 나서지 않았고, 건달의 본업에 충실한 사람이었다. 상균은 그 점이 마음에 들었다.

상균은 남대표에게 마포 오피스텔에 약 400억의 현금이 여행용 트렁크 여러 개에 담겨 있는데 어떻게 빼내서 어떻게 보관할 것인지 물었다. 남대표는 제법 그럴싸한 방법을 제안했다.

"제가 가면 제일 좋은데 저는 여기서 회장님을 모셔야 하니까요, 제 친동생을 보내겠습니다. 동생 제수씨는 전주에서 식당을 하고 동생은 골재 판매를 합니다. 그래서 집에 트럭이 있습니다. 트렁크를 가져다가 창고에 보관하고 있으라 하겠습니다."

"혼자서 움직이는 게 제일 좋기는 하지. 근데 트렁크가 15개는 될 거야. 혼자서 옮기려면 힘들 텐데. 오피스텔 출입문 번호나 도어락 번호도 몰라."

"트럭을 몰고 짐 옮기러 왔다고 올라가면 됩니다. 도어락은 뜯고 들어가야죠."

"어떻게 뜯고 들어가는데?"

"골재를 하면서 인테리어도 좀 합니다. 그 정도는 할 줄 알 거예요."

"동생이 건달인가?"

"저 때문에 생활하기 쪽 팔리다고 그 생활 접었습니다. 맨날 누구 동생이라고 꼬마 취급하니까 제 얼굴만 보면 푸념입니다. 그건 핑계 같고 건달 행세 하는 것보다 건달 밑천으로 장사하는 게 낫겠다 싶었겠죠. 하여간 야무진 놈입니다."

상균은 남대표의 말에서 그가 동생을 신뢰한다는 걸 느꼈다.

"그것으로 끝나는 일이 아니야. 그 돈을 나한테 계속해서 보내줘야 우리가 활동하지. 그 일까지 할 수 있나?"

"제가 베트남 카지노에서 정킷 운영하는 후배들한테 당겨쓰고 동생에게 그쪽이 원하는 사람에게 전달해주라고 하겠습니다. 제 동생이 그 정도 일은 할 수 있습니다."

상균은 남대표를 빤히 보면서 그의 말이 믿을 만한지 다시 한번 가늠해보았다. 그리고 이제 굳히기를 위해 적당한 미끼를 던졌다.

"내가 자네나 동생에게 얼마를 줘야 할까?"

"10개 이상씩은 주셨으면 좋겠습니다."

남대표는 잠시 계산해보다 생각한 금액을 말했다.

"좋아, 20개씩 줄게. 거기 약 400개가 있다. 자네 형제에게 40개가 가면 10%야. 부탁하자."

"회장님, 실수 없이 하겠습니다."

"현금이 그 정도고 다른 것 다 회수하면 거의 1,000개 될 거야. 야, 남대표!"

"네, 형님!"

"끝까지 같이 가자."

견물생심(見物生心)이라고 했다. 처음부터 나쁜 사람은 없다. 환경이 나쁘게 만드는 경우가 더 많다. 상대방이 나쁘게 변하기 전에 환경을 바꿔줘야 한다. 상균은 우선 남대표에게 돈을 맡기고, 여기서 벗어나면 다시 회수할 방법을 찾기로 했다.

무엇보다 그는 남대표가 당장에 입장을 바꿀 사람은 아니라고 판단했다. 그리고 남대표 동생이 그 돈에 욕심을 낸다고 해도 받아낼 자신이 있었다. 남대표도 그걸 알기에 동생에게 함부로 욕심내지 말라고 경고할 것이다.

상균은 그렇게 자금 압박에서 벗어날 방법을 찾아냈다. 그다음은 한국으로 안전하게 귀국하는 것이었다. 귀국하면 수사를 최소화하고 재판에서는 최대한 가볍게 처벌받는 방법이 나올 것 같았다. 돈이 있으니까 그건 가능할 거라 믿었다.

수사를 무마하는 건 대통령실 법률비서관이 도와주면 충분히 효과가 있을 것 같았다. 그렇게만 된다면, 재판은 초호화 변호인단을 구성해 최소한의 형으로 막을 수 있으리라.

상균은 계획의 첫 단추로 대통령실 법률비서관을 눌렀다. 그에게 메시지를 보낸 것이다.

-나는 대사관에 가서 한국 송환을 요청할 겁니다. 박차장님이 귀국 이후 내 상황을 챙겨주시기 바랍니다. 은혜는 갚겠습니다. 박차장님에게 불편한 메시지가 간 건 북한 애들에게 납치되어 있어서 어쩔 수 없었습니다. 지금은 탈출한 상태이니 도와주기 바랍니다.

상균은 메시지를 보내고 나서 하노이 한국대사관이 보이는 숙소를 잡았다.

거기서 이상필이 나타나는지 감시하며 숨어 있었다. 메시지를 보내고 이틀째 되는 날, 상균은 이상필이 부하들과 한국대사관 주변을 맴도는 것을 보았다.

상균은 그의 등장이 무엇을 의미하는지 정확하게 알았다. 혹시나 했지만 더 이상 미련을 갖지 않기로 했다. 박비서관은 자신이 한국에 들어오는 것을 원치 않는 것이다.

상균은 한국행을 포기하고 이상필과 박비서관의 주의를 돌릴 수 있는 트릭을 쓰기로 했다. 마포 오피스텔에서 현금 400억 원을 확보한 후, 하노이 경찰주재관에게 정식으로 한국행 송환을 요청한 것이다.

* * *

국가정보원은 북한 공작원들이 서울에서 수행한 작전이 무엇이었는지 알아내기 위해 대북 정보망을 총가동했다.

국정원이 취합한 정보에 의하면 서울에서 작전을 벌인 조직은 노동당 문화교류국 베트남 지부가 분명했다. 책임을 묻기 위해 평양은 베트남 지부에 귀환을 명령했지만, 그들은 따르지 않았던 것으로 보였다. 결국 평양은 이들을 소환하기 위해 체포조를 파견했다.

두 정보를 취합하면 베트남 지부의 작전은 승인받지 않은 단독 작전이라는 분석이 가능했다.

김영민은 정변호사에게 받은 백상균에 대한 정보를 국가정보원 1차장에게 보고했다.

이로써 국가정보원은 노동당 베트남 지부의 단독 행위가 백상균 때문에 빚어진 일이라는 것을 알게 되었다.

다만 김영민은 대통령실 법률비서관이 북한 공작원에게 송환 정보를 유출한 정황에 대해서는 보고하지 않았다. 그 보고는 대통령실로 곧바로 전달될 것이기 때문이었다.

그 대신 국가정보원 2차장에게 비공식적으로 법률비서관에 대한 내용을 보고했다.

2차장은 국가정보원 공채 출신으로 해외업무에서 잔뼈가 굵은 정통 정보 라인이었다. 그리고 김영민의 입사 동기이기도 했다.

2차장 집은 도곡동에 있는 한신아파트였다. 김영민은 종종 매봉역 4번 출구 근처 식당가에서 2차장을 만나 술을 마셨다. 그 만남은 오랜 직장동료와의 일상적인 친목 모임이기도 했지만, 김영민이 필드에서 취득한 민감정보를 전달하는 자리이기도 했다.

김영민이 하노이로 출발하기 전날 저녁, 두 사람은 매봉역 먹자골목에 있는 마포집이라는 돼지갈비 음식점에서 만났다.

마포집은 여느 돼지고기 집이 그렇듯 기름 타는 냄새와 숯불 냄새가 뒤섞여 났다. 종업원들은 부산하게 테이블 사이를 오가며 술과 고기를 날랐고, 주문 내용을 서로에게 전달하느라 큰 소리들이 획획 날아다녔다.

"7번 테이블에 소주, 5번에 고기 추가."

직장동료 네다섯 명이 모여 술을 마시는 모습이 가장 많았고, 한두 테이블은 가족 단위 손님으로 보였다. 손님과 종업원이 경쟁하듯 큰소리로 떠들고 있어서 김영민과 2차장은 굳이 소리를 낮춰 얘기하지 않아도 되었다. 김영민은 그래서 이런 집을 좋아했다.

"그러니까 박비서관을 꼼짝 못 하게 할 증거를 확보하면 어떡할 건데?"

2차장이 고기를 싼 쌈을 입에 넣고 우물거리며 물었다.

"백상균이 서울에서 진술을 한다고 해도 법률비서관이 정보를 유출했다는 증거는 없어. 경찰이나 검찰이 수사를 할 리도 없고."

김영민은 소주잔을 들었고 2차장도 그를 따라서 마셨다. 두 사람은 빈 잔에 서로 술을 채워주었다.

"박비서관에게 북한과 내통했다는 명백한 증거를 들이밀고 사임을 시키든지, 아니면…."

"아니면 뭐?"

2차장이 의뭉스런 눈을 하고 물었다.

"아니면 정보원으로 활용하는 거지. 적당한 때 사임시키고."

"이중간첩으로 쓰자고?"

"그래."

"가능할까?"

"우리가 심은 두더지 작전이 있었잖아. 역정보가 오는 것 같아서 폐기했지만. 이번에 우리 방첩 능력을 보여준다는 차원에서 시도를 할 필요가 있어 그리고 어쨌든 사임시키기 위해서도 증거는 필요하니까 증거부터 확보하자는 거야."

"그건 맞는 얘기긴 한데…."

옆 테이블 남자 네 명이 폭탄주를 들고 '위하여'를 크게 외치고 술잔을 비웠다. 그중에서 나이가 제일 많아 보이는 사람이 잔을 모아 또 폭탄주를 만들었다.

다른 동료들은 소주를 조금만 타라며 아우성이었다. 유쾌한 표정으로 보아서는 소주를 조금만 넣는 걸 진심으로 원하는 것 같지는 않았다.

"검찰 출신들이 국정원에 들어와서 말아먹고 있는 걸 보는 게 지겹지도 않아? 그 사람들을 견제할 필요가 있다고. 증거가 없는데 검찰이 검사 출신 비서관을 수사하겠어."

"정보가 유출되는 건 확실한 거지?"

"확실해. 그건 젊은 경찰관들이 확인했어."

김영민은 2차장에게 외사국 경찰관들이 대통령실에 정보가 유출되는지 확인하기 위해 백상균 소재에 대한 허위 정보를 담은 보고서를 올렸고, 북한 공작원들이 그 보고서에서 적시한 대로 하노이 호텔 701호에 나타난 정황을 전달했다.

"백상균은 한국에서 조용히 지내야 할 텐데. 그가 떠들면 이중간첩 작전은 안 돼."

"증거만 확보하면 백상균 송환은 중요한 일이 아니지."

"어떻게 하게? 송환 경찰관들한테서 백상균을 빼내 제3국으로 보낼 거야?"

"그럴 수야 없지. 2차장님이 인력과 예산을 지원해주면 가능할지 모르지만."

김영민은 괜히 떠보면서 말했지만 현실 가능성이 없다는 걸 모를 리 없었다.

"나도 그럴 수야 없지. 조용하게 퇴직하고 싶거든. 백상균을 잘 설득해서 증거 확보해봐. 그다음 일은 그다음에 생각하자. 이적행위 하는 놈은 뽑아내야 하니까."

두 사람은 소리 나게 잔을 부딪쳤다.

2차장은 소주잔을 비우며 오랜 동료를 은근한 눈으로 쳐다보았다.

그는 김영민이 이번에 역작을 준비하고 있다고 생각했다. 관리직으로 진입하지 못하고 현역에서 프랙티스를 하는 노(老)공작원. 마지막 작품으로 자신의 공작원 생활을 마무리하려고 한다는 인상을 받았다.

20여 년 전, 그러니까 두 사람이 30대 후반 팔팔한 나이였을 때, 대통령을 따라 평양에 방문한 적이 있었다. 그때 국가정보원 요원들의 업무 중 하나는 사절단에 대한 북의 허니트랩(미인계) 차단이었다. 김영민은 허니트랩에 동원된 북한 여성 공작원들의 신체적 특징, 그들이 말한 고향 및 가족 그리고 타깃이 된 남측 인사에 대해 깨알같이 메모를 했다. 그리고 그 메모를 호텔 방에 놔두고 왔다. 국정원에서 지켜보고 있다는 메시지를 북에 남긴 것이다.

그때 일이 떠올라 2차장은 새삼스럽게 김영민을 보았다. 그는 타고난 공작원이었다.

* * *

국정원 2차장을 만나고 나서 며칠 후 김영민은 송환팀이 베트남으로 출국하던 날, 다른 비행기 편으로 하노이에 도착했다.

그리고 송환팀 숙소 근처에서 북한 공작원들이 나타나는지 감시했다. 숙소 주변에는 이상이 없다는 걸 확인하고 나서야 준에게 전화를 걸었다. 용건은 백상균과 직접 연락할 수 있게 해달라는 거였다.

김영민의 요청은 준에게서 민준으로 그리고 백상균에게 전달되었다.

백상균은 생각해보겠다며 시큰둥하게 대답했다.

미지근한 반응을 보이자 직접 당사자들끼리 연락할 수 있도록 민준은 상균의 텔레그램 아이디를 김영민 대표에게 전달하겠다고 했다. 상균은 여전히 별다른 반응을 보이지 않았다.

그때 상균은 하이퐁 마누아 호텔에서 은거하며 이런저런 상황을 저울질하고 있었다. 그러나 캄보디아로 건너갈 수 있는 구체적 계획을 짜는 데 애를 먹었다.

남대표는 캄보디아로 밀경시켜 줄 수 있다는 가이드를 만나기 위해 하이퐁 시내에 나갔고, 상균은 호텔 침대에 누워 그가 해결책을 찾아오기를 기다리는 중이었다.

핸드폰에서 진동음이 들리자 확인해보니 텔레그램에 메시지가 떴다.

-백상균 씨, 김영민이라고 합니다.

곧바로 이어서 또 메시지가 수신되었다.

-경찰주재관에게 제 이야기를 들은 걸로 압니다. 통화 가능할까요?

상균은 그때까지도 별다른 생각이 없었다. 무료한 시간에 잠시 얘기를 들어보는 것도 나쁘지 않을 것 같다는 정도였다.

-그렇게 합시다.

텔레그램으로 바로 전화가 왔다.

"여보세요."

"백상균 씨? 전화 받아주셔서 감사합니다."

"백상균입니다."

"김영민이라고 합니다."

"어쩐 일로 전화를?"

"만나서 이야기할 수 있을까요?"

"그건 곤란할 것 같은데. 들으셨는지는 모르겠는데, 내가 지금 북한놈들에게 쫓기고 있어서 말입니다. 조심해야 하거든요."

"그 문제로 전화 드린 겁니다."

"북한놈들 문제요? 그건 한국에 가면 다 말할 겁니다. 굳이 여기서 만날 필요는 없겠습니다."

"그것보다 백상균 씨 안전에 대한 문제를 상의하고 싶어서요."

안전이라는 단어가 나오자 상균도 바로 거절하는 대답이 나오지 않았다.

"그럼 국정원 사람들이 나를 경호라도 해주겠다는 거요?"

곧 시니컬한 목소리로 물었다.

"백상균 씨를 쫓고 있는 놈들은 예측할 수 없는 행동을 하고 있습니다. 백상균 씨를 잡으면 돈을 받을 수 있다고 생각해 더욱 필사적이죠. 서울에서의 살인사건은 백상균 씨에 대한 메시지입니다."

"그래서 은밀하게 송환해달라고 경찰 영사에게 부탁했습니다. 그런데 이렇게 국정원분까지 나설 줄 몰랐습니다. 은밀해야 하는데요."

피식, 하는 실소가 먼저 들리고 상대방의 목소리가 이어졌다.

"은밀할 수 있겠습니까? 대통령실에서 정보가 새고 있는데."

상균은 잠시 말이 없었다.

"대통령실에서 정보가 새는데 국가정보원이 나서면 뭐가 달라집니까?"

"대통령실에서 정보가 샌다고 하면서 왜 굳이 한국으로 송환되려고 합니까?"

이제 둘 다 말문이 막힌 것처럼 조용했다.

상균은 김영민이 자신의 한국행을 페이크라 생각하는 것 같았다. 들켰다는 생각이 들자 상균은 그가 대통령실을 보호하려는 것인지 공격하려는 것인지 확인을 해야 했다.

"내 안전을 어떻게 보장하려고요?"

"그 전에 협조가 필요합니다."

상균은 명시적으로 거래를 거는 상대가 편했다. 상대의 조건을 들으면 그의 의도를 알 수 있었기 때문이다.

"무슨 협조?"

"대통령실 법률비서관, 그가 공작원에게 정보를 유출했다는 증거가 필요해요."

"내가 그런 걸 가지고 있다고 생각하는 모양이네."

"비망록에 대한 얘기가 세상에 알려진다고 해도, 법률비서관이 부인하면 끝납니다. 스캔들은 되겠지만 북한놈들에게 협조해야 할 만큼의 위협은 아닙니다. 무엇이 그를 움직이게 했을까요?"

상균은 상대방의 목적이 무엇인지 이제 알 것 같았다. 입에 저절로 조소가 물렸다.

"그러니까 국정원은 대통령실 비서관을 잡으려고 여기 오셨군?"

"꼭 국정원 일이라 생각하지는 맙시다. 반역자를 잡는 일입니다."

"내가 그런 증거를 가지고 있다고 칩시다. 그러면 김대표가 내 안전을 어떻게 보장할 건데요?"

"제일 좋은 방법은 백상균 씨를 쫓고 있는 놈들을 강제수용소에 집어넣는 거겠죠."

"오호! 그래요? 그런데 그쪽에서 어떻게 할 수 있다는 건지?"

상균은 일부러 맞장구를 쳐주면서도 귀가 솔깃하기도 했다. 그렇게만 된다면 더할 나위 없을 것 같았다.

"그놈들은 평양의 귀환 명령을 거부하고 백상균 씨를 쫓고 있습니다. 제가 북측 파트너에게 정보를 준다면 그놈들은 다시 세상 빛을 못 볼 겁니다."

"일 년 가까이 생활하면서 정이 든 애도 있고, 사정이 딱한 놈도 있던데. 꼭 그렇게까지 할 필요가 있는지 모르겠습니다. 내가 마음이 많이 약합니다."

"백상균 씨의 북한 친구들이 밖에 있으면 외국은 물론 한국에서도 안전을 보장할 수 없습니다. 그 친구들은 돈을 찾지 못해도 복수는 할 테니까요."

김영민은 상균이 어떤 의도인지, 무엇을 원하는지 정확히 알고 거래를 제안했다.

구구절절 맞는 소리지만, 상균은 섣불리 대답할 수 없었다. 판단할 시간이 필요했다.

"내가 무엇을 가지고 있는지 생각 좀 해봐야겠네요."

"백상균 씨, 이번 일에 협조하면 본사에서 백상균 씨 수사나 재판에 도움을 줄 수 있습니다. 제가 본사에 그렇게 협의했다고 알릴 거니까요."

"생각해보겠습니다."

"그러시죠. 그런데 베트남은 사회주의 국가입니다. 백상균 씨가 은거하고 있다 해도 베트남 당국에서 백상균 씨 위치를 파악하는 건 어려운 일이 아닙니다. 그렇게 되면 베트남 보안국은 사회주의 국가인 북한에 협조하겠죠. 빠른 결정이 필요합니다."

백상균은 전화를 끊고 침대에 누워 천장을 쳐다보았다.

"증거를 달라…."

이번 거래는 맞교환할 수 있는 성격이 아니었다. 상대에게 원하는 것을 먼저 제공해야 상대는 내가 원하는 것을 줄 것이다. 박비서관은 김영민에게는 중요하겠지만 나에게 중요한 카드는 아니다. 비자금을 확보했으니 버리는 카드라 생각하고 거래에 응해야겠다.

백상균은 판단이 빨랐다.

* * *

　박비서관은 4년 전 검사장 승진에서 누락되면서 검찰청에서 사직했다.

　원래 그는 검사장 승진은 당연한 일이었고 시간문제일 뿐이라고만 여겼다. 어느 타이밍에 검사장 승진을 해야 검찰총장이 되는 데 유리한지를 고려할 뿐이었다.

　검찰청 주변에서는 박비서관이 노바프론티어 펀드 수사를 하면서 대통령실 행정관과 금융위 간부를 구속시켜 정권을 불편하게 했기 때문이라는 평가가 있었다.

　그는 불합리한 인사권자와 빈틈을 파고든 후배 검사의 야비함에 치를 떨면서 사직을 했다. 물론 전적으로 자신의 입장에서 앞세우는 사직의 근거였다. 하루라도 빨리 그렇게 하는 게 뭉개진 자존심을 조금이라도 회복하는 길이라 생각했다.

　백상균은 박비서관이 퇴직했다는 소식을 듣고 그를 불러들였다. 캄보디아로 와서 한 달 정도 푹 쉬었다 가라고 권한 것이다.

　고위 공직자로 승승장구하는 사람은 어느 날 조직에서 자신의 희생과 봉사를 깔아뭉개고 인사상 불이익을 주면 배신감에 몸서리를 친다. 박비서관이 그랬다. 몸담았던 검찰 조직은 룸살롱에서도 소주만 마셨던 자신의 노력을 몰라주었다. 앞으로는 자제하지 않고 막살겠다고 다짐했다. 그래서 백상균이 카펫을 깔아놓고 기다리는 캄보디아 송사 프라이빗 아일랜드로 날아갔다.

그는 거기서 한 달 가까이 낮에는 요트 낚시와 골프, 밤에는 백상균이 준비한 파티를 즐기며 상처 난 자존심을 달랬다.

귀국해서는 대형 로펌에 입사했고, 일 년 뒤 새로운 정권에서 대통령실 법률비서관으로 발탁되어 공직에 복귀했다.

백상균은 그와 찍은 사진 중 일부를 이상필에게 넘겼던 것이다.

이상필은 리조트 로비에서 백상균과 그가 젊은 여성들과 팔짱을 끼고 찍은 사진을 박비서관에게 보냈다.

대통령실 법률비서관이 자신이 수사했던 해외 도피 수배자와 해외에서 어울리는 사진. 이것은 그 어떤 변명도 통할 수 없었다.

* * *

"나한테 사진이 몇 장 있습니다."

"어떤 사진 말입니까?"

상균은 김영민과 통화한 다음 날 저녁에 먼저 전화를 걸었다.

"박비서관이 검찰청에서 나왔을 때, 내가 캄보디아에 있었는데, 그때 그가 한 달 정도 쉬었다 갔어요. 골프 치고, 요트 빌려서 낚시하고, 저녁에는 술 한잔하면서 사진을 몇 장 찍었는데. 그 사진을 북한 놈들 오야가 박비서관에게 보냈습니다. 그래서 북한놈들 말을 안 들을 수가 없죠. 그게 증거라면 증거입니다. 도움이 되겠습니까?"

"사진을 보내주시죠."

"나는 내일 경찰들에게 연락해 서울로 갈 겁니다. 이상필 문제를 해결해줄 수 있습니까?"

사진을 보내기 전에 상균은 다시 한번 정확한 대답을 듣고 싶었다.

"이상필은 다시 밝은 빛 보기 힘들 겁니다."

"서울 가서도 나를 도와줄 겁니까?"

"서울에 안 와도 됩니다. 이상필만 없으면 꼭 들어와야 하는 건 아니잖아요?"

"김대표!"

상균은 그를 불러놓고는 호쾌하게 소리를 내며 웃었다.

"당신이 국정원 요원인지는 모르겠는데, 나하고 대화는 통하는 사람 같소. 재미있는 말씀을 하시네. 그런데 나는 송환팀과 공항에 갈 겁니다. 사진은 몇 장 보내드리겠습니다. 이상필만 해결해줘요."

"송환팀과 만나서 공항으로 가면 문제는 해결될 겁니다."

"그게 다입니까?"

"네, 송환팀과 공항으로 가면 됩니다."

백상균은 전화를 끊고 김영민에게 사진을 전송했다.

* * *

남대표 동생이 마포 오피스텔의 비자금을 확보하자, 자금에 어느 정도 숨통이 트였다.

백상균은 송환팀을 이용해 이상필로부터 벗어날 방법을 찾았다. 거기엔 한국으로도 들어가지 않을 옵션이 포함되어 있었다. 돈이 있으니 이제 밀항 루트도 다방면으로 찾아볼 수 있게 되었다.

남대표는 푸꾸옥으로 들어가면 밀항을 책임져줄 후배들이 있다고 했다. 푸꾸옥 밀항 루트는 도박사이트를 운영하는 한국의 범죄 조직원들이 종종 사용한 방법이기 때문에 검증이 되었다고 설명했다.

"남대표, 푸꾸옥에 있는 애들이 카지노에서 정킷 운영하고 있지?"

"네, 맞습니다."

"그 친구들한테 전세기 보내라고 해. 카지노에서 운영하는 전세기가 있을 거야."

"전세기를 타시려면 공항에 가야 합니다."

"그럼 공항에 가지 뭐."

"네?"

"송환팀을 따라 공항에 들어갔다가 전세기를 타고 푸꾸옥으로 가면 될 것 같은데."

남대표는 머리를 문지르면서 백상균의 말에 바로 대답을 하지 못했다. 그게 어떻게 가능한지 머리를 굴려봐도 알 수 없었다. 반팔 셔츠를 입어 맨살이 드러난 그의 팔뚝에서 두툼한 힘술이 꿈틀거렸다. 그게 꼭 남대표의 고민을 대신 말하는 것 같았다.

"굳이 그럴 필요가 있을까요? 제가 배편을 알아보겠습니다. 여기서 남쪽까지 가려면 차로 이틀은 움직여야 해서 불편하시겠지만, 위험을 감수하는 것보다는 나을 듯합니다."

"아니야, 비행기로 간다. 공항에서 송환팀 따돌리는 건 남대표가 도와주면 충분히 할 수 있어. 푸꾸옥까지 가는 배가 더 안전하다는 보장도 없잖아. 공항 가는 길에 할 일도 있고."

"무슨 일을 말입니까?"

"일단 전세기부터 알아봐. 내가 생각을 정리하고 차차 알려줄게."

상균은 노바프론티어 펀드 관계사 직원이 마카오 공항에서 발이 묶여 있을 때, 캄보디아 카지노 전세기를 마카오로 보낸 경험이 있었다. 그리고 프놈펜에서 푸꾸옥으로 전세기를 타고 도박 원정을 한 적도 있었다.

그는 푸꾸옥 코로나 리조트에서 전세기를 운용하고 있는 것도 이미 알고 있었다. 코로나 리조트는 선수금을 보내면 비행기를 보내줄 것이다.

* * *

송환 당일에 남대표는 하이퐁에서 백상균과 헤어지고 노이바이 공항으로 출발했다.

그가 알아본 바에 의하면, 전세기를 이용하기 위해서는 첫 번째 조건으로 여객터미널 출국장에 들어갈 수 있어야 했다. 두 번째 조건은 전세기에서 내려 공항을 나올 수 있어야 한다.

첫 번째 조건은 백상균이 송환팀과 함께 출국장에 입장하는 것으로 해결할 수 있다고 했다. 전세기를 탄 후의 두 번째 문제는 저절로 해결되었다. 코로나 리조트 전세기는 정기적으로 운행되는 노선이라 비행기 활주로에서 리조트 리무진을 타고 입국 심사 없이 나올 수 있었다.

첫 번째 조건을 해결하기 위해 남대표는 그의 부하 둘과 함께 공항에 먼저 도착해 기다렸다. 그는 오후 1시 30분쯤 보세구역에서 대기하는 백상균을 발견했다. 남대표는 그의 앞을 지나가면서 자신이 공항에 들어와 있다는 걸 알려주었다.

남대표와 부하들이 흩어져 움직였고, 하이퐁 때와도 다른 복장을 하고 있어 송환팀은 그들을 눈치채지 못했다.

상균이 세워둔 계획은 이랬다.

오후 3시쯤 대기하는 장소에서 가장 가까운 화장실에서 남대표와 1차 접선을 한다. 그렇게 화장실이 컨택포인트로 특정이 되면, 그곳에 갈아입을 옷과 다른 사람으로 보이게 할 몇 가지 소품, 보스톤백을 놓아둔다. 오후 4시경 화장실로 와서 옷을 갈아입고, 네 명이 한 번에 화장실을 나가면서 감시하는 경찰관의 주의를 돌린다.

작전은 계획한 대로 실행되어 상균은 오후 4시 30분 전세기를 타고 오후 6시 30분에 푸꾸옥 공항에 도착했다.

카지노에서 보내준 리무진은 공항 활주로까지 들어왔기 때문에 상균과 부하들은 더 이상의 절차 없이 리조트로 바로 이동할 수 있었다.

백상균은 리조트에서 다시 다른 부하들이 준비한 토요타 랜드크루즈로 갈아탔다. 그리고 코로나 리조트에서 차로 한 시간 거리인 사오비치로 이동했다. 그곳에 외국인 장기 투숙객을 위한 빌라 단지가 있었다.

* * *

오후 두 시경에 김영민은 준으로부터 백상균을 비롯해 모두 출국심사를 무사히 통과했다는 메시지를 받았다.

그는 숙소인 레이크사이드 호텔로 가서 짐을 빼고 체크아웃을 했다. 그리고 그랜드 플라자 호텔로 이동해 다시 체크인을 했다.

해외 공작원의 원칙은 작전이 끝나면 바로 이동이었다. 김영민은 그 원칙에 따라 한국이나 제3국으로 이동을 해야 했다. 하지만 남은 일이 한 가지 있었다. 조일환에게 송환정보 유출의 책임을 모두 돌리고 대통령실 법률비서관은 상관없는 일로 보고서를 작성할 것이다.

보고서는 국가정보원 1차장에게 올라가고, 대통령실에도 전파될 것이다. 본부에서 조일환에 대한 조치사항이 하달되면 그걸 확인한 후에 하노이를 뜨기로 했다.

법률비서관은 보고서를 보고 이상필이 제거된 것과 자신의 정보유출이 발각되지 않은 것에 안심할 것이다. 그러면 김영민은 적당한 시기에 박비서관에게 사진을 제시할 계획이었다.

핸드폰 보안 메신저에 메시지가 수신되었다. 시간은 오후 7시였다.

-김영민 대표님, 백상균이 도주했습니다. 공항을 수색하고 있는데 비행기 시간까지 나타나지 않을 것 같습니다.

준의 메시지를 읽고 김영민은 아, 하고 탄식을 했다. 거기엔 양가의 감정이 동시에 섞여 있었다.

백상균이 한국에 들어가지 않는다면, 자신에게 그의 활용도는 높아진다. 적어도 수사기관에 박비서관에 대한 진술을 하게 될 일은 없을 것이기 때문이다.

박비서관도 백상균이 도주했다고 하면 이젠 완벽하게 안전하다고 생각할 것이다. 그러나 송환팀은 피의자 도주로 인해 상당한 곤란을 겪을 수밖에 없다. 그건 그것대로 그들이 떠안아야 할 문제였다. 김영민은 젊은 친구들이 딱하게 느껴졌다.

그는 준에게 전화를 했다.

"백상균을 찾았나?"

"못 찾았습니다. 북한 공작원들 백업팀이 있었나요?"

"무슨 말이야?"

"혹시 백상균을 공항에서 납치했나 묻는 겁니다."

"그럴 일은 없어."

김영민은 그것만큼은 단호하게 말할 수 있었다.

"그럼 도주한 게 맞군요."

헉헉거리며 숨차하는 소리가 고스란히 들렸다.

"그렇게 판단해야겠지. 빈손으로 서울에 가야겠구나."

"아닙니다."

"아니라고?"

"네, 백상균이 전세기를 이용해 푸꾸옥으로 간 것 같습니다. 추적을 할 겁니다."

"전세기를 이용했다고?"

김영민은 또 한 번 장탄식을 했다. 어쩌다 슬쩍 빠져나간 게 아니었다. 철저한 계획에 의한 탈출이었다. 이 모든 게 예정되어 있었다면 백상균이 자신과 송환팀을 완전히 속인 것이다. 그렇게 이상필까지 제거하면서 동시에 자신의 안전까지 스스로 지켜냈다. 어디까지가 그의 계획이었는지 몰라도 결과만 놓고 보면 감탄이 절로 나올 만한 수준이었다.

"쫓아가면 잡을 수 있겠나?"

"해봐야죠. 이대로 서울에 갈 수는 없습니다."

"무리하지는 말고."

"저기… 대표님 혹시 도움이 필요하면 연락드리겠습니다."

"그래, 연락해."

김영민은 전화를 끊고 창가로 가서 하노이 야경을 내려다보았다. 공작의 기본은 타인을 기만하고 이용하는 것이다. 백상균은 송환팀과 자신을 상대로 두 가지 모두를 완벽하게 해냈다. 이상 필은 저승에 가서도 눈을 못 감을 것 같았다.

백상균과 통화했던 내용을 곱씹어보았다. 그러고 보니 그가 한 말에 묘한 뉘앙스가 있었다. 도주하라고 했을 때 백상균은 호송팀과 공항에 갈 거라고 했다. 서울에 간다는 말은 하지 않은 것이다.

"이 새끼… 정말 강적이네."

김영민은 홈바에서 미니어처 양주를 꺼내 잔에 따랐다.

추적

일 년 반도 더 지난 일이었다.

그즈음 하반장과 박경사는 태국인 범죄 조직이 안산시 원곡동 태국인 이주노동자 커뮤니티에 둥지를 틀었다는 첩보를 입수했다. 더 심각한 건 그들이 태국 음식점으로 가장한 도박장을 운영하며 합성마약인 야바를 유통한다는 거였다.

하반장은 강력범죄수사대에 범죄 첩보를 제출하고 단속 작전을 승인받았다. 둘은 강력범죄수사대 두 개 팀을 동원해 조직의 근거지인 건물 2층의 태국 음식점을 덮쳤다. 그때 끼엣을 처음 만났다. 끼엣은 태국인들에게 둘러싸여 막 손목이 잘리기 직전이었다.

그가 그런 위태로운 상황에 처한 데는 이런 사연이 있었다.

끼엣의 친구 둘이 사흘 전에 태국 음식점 앞에서 태국 조직원들과 시비가 붙었다. 시비 끝에 늑골이 부러지고 무릎 인대가 끊어지는 중상을 입었다. 불법체류자 신분이라 경찰에 신고도 하지 못하고 오히려 출동한 경찰을 피해 숙소로 도망쳐 왔다.

끼엣은 친구들을 병원에 입원시켜놓고, 다음 날 입원비를 받으러 태국 음식점을 찾아갔다. 태국 조직원들은 다음날 오라고 했고, 그다음 날에 다시 음식점을 찾았지만 아예 상대도 해주지 않았다.

저녁 7시가 넘어가자 음식점은 손님들로 가득 찼다. 본격적인 장사가 시작되면서 아무도 그를 신경 쓰지 않았다. 이대로라면 입원비를 건질 가능성은 없어 보였다. 끼엣은 식탁 의자를 집어들어 음료수와 맥주를 보관하는 쇼케이스 냉장고에 집어던졌다.

소란을 일으키자 그제야 조직원들이 끼엣을 둘러쌌다. 끼엣은 결국 그들에게 뭇매를 맞고 사지를 붙잡혔다.

조직원 중 하나가 버릇을 고쳐놓겠다며 끼엣 위에 올라타 정글도(마체테)로 오른 손목을 내리치려 했다. 칼이 허공에 들어올려졌을 때 강력범죄수사대 형사들이 압수수색 영장을 가지고 음식점에 들이닥쳤다.

어느 정도 소탕이 되자 하반장은 피투성이가 된 끼엣을 식당 구석으로 데리고 갔다. 신원확인부터 했다. 끼엣은 한국에 온 지 3년차 되어 가는 때여서 한국말을 곧잘 했다.

끼엣은 자신이 베트남 사람이고, 며칠 전 친구들이 식당 직원들에게 구타를 당해 병원비를 받으러 온 것뿐이라고 치지를 잘 설명했다.

"금방 끝나니까 근처 경찰서로 가서 피해진술만 간단히 하자. 그러면 저 새끼들 모두 구속시킬 수 있어."

하반장은 끼엣의 피를 닦아주면서 말했다.

"경찰관님, 제발 보내주세요, 나는요, 사실은 불법체류자입니다. 경찰서 가면 베트남으로 가야 합니다. 아직 일을 더 해야 하는데, 제발 보내주세요. 태국놈들에게 맞은 친구들도 불법체류자여서 경찰에 신고를 못 했고, 병원비도 받지 못했습니다. 제발 도와주세요."

하반장은 흐느끼며 한국말을 더듬더듬 내뱉는 끼엣을 가만히 지켜보았다. 그의 말이 사실이고, 그의 절망적인 얼굴이 진심에서 우러나오는 거라고 확신했다.

"집에는 갈 수 있겠냐?"

"갈 수 있습니다. 제발 보내주세요. 다시는 경찰 앞에 나타나지 않겠습니다."

하반장은 고개를 이리저리 돌려 박경사를 찾았다.

"네, 형님! 이 친구도 경찰서에 태워서 갈까요?"

박경사는 조직 검거로 한바탕 뛰어다녀서인지 신이 나 보였다.

"네가 차에 태워서 집에 보내줘라."

"네?"

"데려다주라고."

"피해 진술은요?"

"저기서 야바 찾았으니까 그냥 보내줘."

박경사는 고개를 갸웃하면서 끼엣을 가까이 쳐다보았다. 이유는 나중에 하반장에게 듣기로 하고 시키는 대로 하기로 했다.

"일어나세요, 저와 같이 갑시다."

끼엣은 일어서려고 했지만 무릎이 펴지지 않아 바닥에 다시 주저앉았다. 몇 번이나 혼자 일어나보려고 해도 소용이 없었다.

"아저씨, 진짜 걸을 수 있겠어요?"

박경사가 끼엣에게 물었다.

"갑니다. 어깨만 잡아주면 갈 수 있습니다."

끼엣은 박경사의 손을 붙잡고 일어서려고 안간힘을 썼다.

박경사는 끼엣을 일으켜 어깨에 얹어 올렸다. 그렇게 겨우 차에 태워 공장 기숙사까지 데려다주었다.

그날 이후로 하반장과 박경사는 끼엣을 망원(網員)으로 삼아 베트남 커뮤니티의 동향을 탐문했다.

끼엣도 나름의 보상을 받았다. 자신에게나 주변 베트남인들에게 한국에서 생활하면서 관공서를 상대로 해결해야 할 민원이 생기면 하반장을 찾았다.

하반장은 끼엣의 민원을 해결해주기 위해 성심성의껏 도와주었고 그 때문에 끼엣은 베트남 커뮤니티에서 영향력 있는 젊은이가 되었다.

6개월 전, 끼엣은 목표로 잡은 돈을 모두 모았고, 고향인 베트남 푸꾸옥으로 무사히 돌아갔다.

그는 4남매 중 셋째아들이었는데, 위로 누나와 형, 아래로 여동생이 있었다. 먼저 들어온 끼엣이 자리를 잡은 다음 4남매 중에서 누나와 여동생도 한국에 나와 일했다. 억척스럽게 일한 남매들은 돈을 제법 모았고, 푸꾸옥에 돌아가면 게스트하우스와 마사지숍을 열 거라고 들었다.

정말 끼엣은 푸꾸옥에서 게스트하우스를 오픈하고 나서 하반장을 초대하기도 했다. 끼엣이 하반장을 초대한 건 꼭 홍보를 위해서만은 아니었다. 진심으로 한국에서 준 도움을 보답하고 싶어 했다.

하반장의 고향은 제주도였다. 그래서 하반장과 끼엣은 섬사람들끼리 통하는 점이 많았다. 섬사람들의 공통적 특징, 그러니까 친해지기가 어렵지, 친해지면 가족이 되는 것이다.

하반장은 지인들이 제주도 여행을 간다고 하면 본인의 제주도 공동체 일원이 운영하는 식당이나 민박을 추천했다. 이것을 제주도에서 괸당 문화라 한다. 마찬가지로 주변 동료가 푸꾸옥 여행을 간다고 하면 끼엣이 운영하는 게스트하우스를 추천했다. 그리고 끼엣은 그것을 당연한 것으로 여겼다.

* * *

송환팀은 저녁 7시 30분 푸꾸옥 행 비행기를 타고, 저녁 9시 30분에 푸꾸옥 공항에 도착했다. 비행기를 타기 전에 하반장은 끼엣에게 미리 연락을 해두었다. 푸꾸옥에 가는 중인데 네 명이 잘 수 있는 숙소와 공항에서 픽업이 가능한지 물었다.

끼엣은 하반장의 방문을 반가워하면서도 갑작스럽게 오게 된 이유를 궁금해했다. 공무에 해당되는 일이라고 하자 그도 더는 묻지 않았다.

하반장은 추가로 한국인이 캄보디아로 밀항하려는 배편이 있는지도 알아봐달라고 부탁했다.

끼엣은 그런 건 부탁도 아니라고 했다. 그러니 괜히 어렵게 얘기하지 말라며 너스레를 떨었다.

끼엣은 주위에 관광객을 상대로 낚싯배와 요트를 운영하는 사람들이 많다고 했다. 친형도 직접 낚싯배를 운항한다고 했다. 동종업계에서 그 정도 정보는 충분히 취득할 수 있다며 자신 있게 말했다. 굳이 그 정도는 보안을 유지해야 하는 정보로도 생각하지 않는다고 덧붙였다.

송환팀이 푸꾸옥에 도착해 공항 게이트를 나서자, 끼엣이 특유의 순진한 얼굴로 환하게 웃으며 기다리고 있었다.

끼엣은 마른 몸에 키가 크지 않고 아담한 편이었다. 한국에서와 달리 뒷머리를 길러 포니테일로 묶었고, 타이틀리스트 골프 모자를 쓰고 있었다.

"형님, 가방이 하나도 없어요?"

끼엣이 다들 맨몸인 걸 보고 놀라워했다.

"빈 몸으로 와서 빤스도 없다. 네 빤스 빌려줄 수 있어?"

"빌려 드릴게요, 부족하면 누나 빤스도 달라고 하죠."

시덥지 않은 농담을 하고 하반장과 끼엣은 서로 등을 두드리며 감싸 안았다.

그리고 끼엣은 박경사에게도 형님이라며 달려들어 끌어안았고 주먹까지 신나게 부딪쳤다.

오랜만에 만난 인사를 끝내고 하반장은 민준과 준을 소개시켜 주었다.

"김민준이라고 합니다."

민준과 준은 악수를 하면서 자신을 소개했다.

"제 차로 저희 게스트하우스로 가시죠."

"차도 있나?"

하반장이 대단한데, 하는 얼굴로 물었다.

"당연하죠. 단체 관광객들 게스트하우스로 이동해야죠, 해변에 데려다줘야죠. 미니버스는 있어야 합니다."

"이제 끼엣이라고 부르면 안 되겠다. 대표님이라고 해야겠네."

"형님, 대표는 누나예요. 저는 운전기사고요."

송환팀은 끼엣의 안내를 따라 공항 밖으로 이동했고, 공항주차장에 12인승 콤비버스가 정차해 있었다.

푸꾸옥 도로는 여느 동남아 관광지처럼 야자수 나무가 가로수였고, 습하고 소금기 있는 바람이 불었다. 송환팀 경찰관 네 명은 모두 창문을 열고 시원한 바닷바람을 맞으며 밖을 내다보았다. 공항에서 암담했던 상황이 푸꾸옥에 도착한 것만으로도 반전이

된 것처럼 느껴졌다.

준은 먼 바다에서 빛을 잃어가는 석양을 바라보며 오늘 밤은 평화롭게 잠들 수 있겠다는 기대감에 노곤해졌다.

* * *

끼엣의 가족은 푸꾸옥 중심가인 간저우에서 게스트하우스를 운영했다. 게스트하우스는 4층으로 된 시멘트 벽돌집이었고, 1층은 공용식당, 2층과 3층에 객실이 10개 있었다. 끼엣은 4층에서 부모님, 누나, 여동생과 같이 살고 있다고 했다.

송환팀이 게스트하우스에 도착하자, 끼엣의 누나가 주차장에서 서성이며 기다리고 있었다.

하반장과 박경사는 서울에서부터 끼엣의 누나를 알았다. 끼엣의 누나는 노란 티셔츠와 반바지차림이었다. 그녀가 입고 있는 티셔츠는 하반장이 귀국할 때 선물로 사준 옷이었다.

끼엣 누나는 하반장을 보자 폴짝폴짝 뛰면서 박수까지 쳤다. 그리고 오라버니, 하면서 하반장을 얼싸 안아주었다. 끼엣의 누나 뒤에서는 그의 아버지와 어머니 그리고 막내 여동생이 신기한 듯이 송환팀을 쳐다보았다.

끼엣의 여동생은 한국에서 일 년 정도 지내다가 베트남으로 돌아왔다. 취업 때문에 한국을 방문한 건 아니고 언니와 오빠에게 놀러 갔다는 게 더 정확한 목적이었다. 그래서 하반장과 박경사를 서울에서 본 적은 없었다.

"이거 어쩐다. 급히 오느라 선물을 하나도 못 사왔네."

하반장이 겸연쩍어 하며 괜히 박경사를 쳐다보았다.

"그러게 말입니다. 어르신께 술이라도 한 병 드려야 하는데요…."

하반장과 박경사가 먼저 끼엣의 부모님에게 인사를 했고, 민준과 준도 뒤에서 꾸벅거렸다.

끼엣이 하반장의 미안한 마음을 부모님에게 전하자, 이마가 넓게 벗겨진 끼엣의 아버지는 손사래를 치며 괜찮다고 했다. 손수 송환팀을 집 안으로 들였다.

끼엣의 누나도 하반장 뒤에서 '괜찮아, 괜찮아' 하며 하반장 일행의 등을 밀어 안으로 들어가게 했다.

게스트하우스 공용식당에는 끼엣의 가족이 준비한 저녁 식사가 입이 떡 벌어지게 차려져 있었다. 커다란 접시에 해산물 볶음밥이 산처럼 담겨 있고, 높이는 낮지만 넓이가 세수대야만큼 큰 냄비에 조개찜이 가득했다.

그리고 베트남 음식에서 빠지지 않는 느억맘과 신선한 야채도 네 접시나 차려져 있었다. 끼엣의 모친은 두 딸과 같이 송환팀 접시에 음식을 덜어주며 분주하게 움직였고, 끼엣은 송환팀이 마실 타이거 캔맥주를 날라주었다.

"끼엣, 우리는 언제 나가야 할지 몰라서 술은 안 마시는 게 좋겠다."

하반장이 끼엣에게 귀엣말로 말했다.

"형님, 한 잔씩만 드세요. 그리고 말씀하신 건 우리 형이 알아보고 있어요. 한 시간 안에 찾을 수 있을 거래요. 전화도 왔어요. 조금 기다리면 형도 올 거예요. 천천히 식사하시고 샤워하고 쉬세요."

박경사는 하반장이 말릴 새도 없이 어느새 맥주캔을 따고 목구멍에 쭉쭉 쏟아부었다.

박경사가 먼저 치고 나가자 망설이던 준도 캔을 따고 꿀꺽꿀꺽 맥주를 마셨다. 준이 맥주를 목에 넘길 때마다 선명한 목젖이 꿀럭거렸다.

끼엣의 여동생은 그 모습이 신기하다는 듯이 보고 깔깔 웃었다. 끼엣은 송환팀이 알아들을 수 없는 베트남 말을 여동생한테 하자, 여동생은 손사래를 치며 식당 밖으로 나갔다.

"뭐라고 하는 겁니까?"

박경사가 민준에게 물었다.

"말이 너무 빠르고 남부 억양이라 잘 못 알아들었는데요, 이경감이 잘생겨서 계속 쳐다본다고 놀리는 것 같았습니다."

"아! 키 크고 잘생긴 사람 인기는 만국 공통이구나."

"박경사님, 누나가 뭐라고 했는지 압니까?"

끼엣이 박경사에게 맥주캔을 하나 더 건네면서 말했다.

"뭐래요?"

"한국 경찰은 모두 박경사나 박항서 감독처럼 생긴 줄 알았는데, 키 크고 잘생긴 경찰관 보니까 속이 시원하다고 합니다."

"나를 박항서 감독과 같은 수준으로 본다고요! 나 이 집 음식 못 먹겠는데."

송환팀과 끼엣 가족은 그렇게 웃고 떠들면서 오랜만에 느긋하게 식사를 했다.

식사를 마치자 끼엣은 3층이 비어 있다면서 송환팀을 안내했다. 4인이 같이 잘 수 있는 큰 방을 배정해주었다.

준과 박경사는 샤워실로 씻으러 갔고, 하반장과 민준은 3층 거실에 끼엣과 남았다. 다시 하반장의 얼굴엔 긴장의 그림자가 어른거렸다.

"끼엣, 형은 언제 와?"

"12시쯤 온다고 했습니다. 형은 결혼해서 다른 곳에 삽니다."

"캄보디아로 가는 배는 찾았대?"

"기다려보세요, 형도 선장이라서 그런 일은 알아볼 수 있습니다."

"밤 12시에 어떻게 알아봐?"

하반장은 고개를 갸웃거렸다.

"캄보디아로 가는 요트는 두옹동 항구에서 출발합니다. 두옹동 항구 근처에서 선장들끼리 카드게임을 하는 술집이 있는데, 거기서 게임을 한다고 했습니다. 그 술집 주인은 우리 누나 학교 동창입니다. 캄보디아로 가는 배가 무엇인지, 누가 예약했는지 알아보는 건 어렵지 않아요. 샤워하고 쉬고 있으면 형이 와서 알려줄 거예요."

"그리고 끼엣, 하나만 더 부탁하자. 차를 렌트하고 싶은데."

"콤비버스 타고 다니죠. 내가 운전할게요."

"아니야, 추격전이 있을 수도 있어. 너에게 더 이상 폐를 끼치고 싶지는 않다."

하반장은 정색을 하고 말했고, 끼엣은 그를 물끄러미 보다 고개를 끄덕였다.

"알았어요. 형이 와서 보트와 배가 나가는 시간을 알려주면, 그 전에 차를 렌트해둘게요."

"끼엣, 고맙다. 갑자기 찾아와서, 너무 신세가 많다."

하반장은 끼엣을 애틋하게 보며 말했다. 대견하면서도 고맙다는 감정이 그의 눈에 고스란히 담겼다. 끼엣도 자신이 이렇게 자리 잡고 사는 걸 보여줄 수 있어서 기뻤다.

"반장님, 다음에는 가족과 꼭 놀러 오세요."

"그래, 내가 단체팀 몰고 올게."

"경감님도 같이 오세요."

끼엣이 민준을 돌아보며 말했다.

"네, 저는 하노이에 있는데, 한국 사람들에게 홍보 많이 해드리겠습니다."

"김경감은 대사관에 있어서 도움이 되겠다."

하반장이 조금은 긴장을 풀고 흐뭇하게 웃었다.

                    * * *

밤 12시가 조금 넘어 끼엣의 형이 게스트하우스에 도착했다.

게스트하우스 앞마당에 끼엣의 형이 타고 온 픽업트럭이 주차하는 소리가 들렸다. 끼엣은 하반장과 같이 게스트하우스 3층에 있었다.

"반장님은 나오지 마세요. 외국인과 얘기하는 모습이 보이면 안 좋습니다."

하반장을 비롯해 다들 고개를 끄덕였다.

송환팀은 샤워를 하고 끼엣이 나누어준 반팔티와 반바지를 입고 있었다. 서로 쳐다보면서 많이 본 듯한 차림이라 절로 실소가 터져나왔다. 끼엣은 한국 찜질방을 본떠서 게스트하우스 유니폼을 만들었다며 자랑했다.

송환팀은 끼엣이 배정해준 방에서 초조하게 기다렸다. 10분쯤 뒤에 자동차가 떠나는 소리가 들렸다.

끼엣이 송환팀이 있는 방으로 올라왔다.

"어떻게 됐어?"

하반장이 침대에 누워 있다가 벌떡 일어나면서 물었고, 민준과 준도 침대에 걸터앉아 있다가 얼른 일어났다.

"요트는 두웅동 항구에서 내일 낮 12시에 출발합니다. 예약자는 한국 사람들이고요. 먼 바다에 나가서 그쪽에서 온 요트에 갈아탈 겁니다."

"몇 명이나?"

"정확한 인원은 모르는데 한 명이라고 하지는 않았습니다."

"여기서 항구까지는 얼마나 걸려?"

"차로 30분이면 충분합니다."

"12시 출항이면 9시부터는 잠복을 하고 있어야 할 텐데…."

하반장이 송환팀을 돌아보며 말했다.

"어떻게 하실 건데요?"

민준이 하반장에게 계획을 물었다.

"차를 두 대 렌트해서 부둣가 앞뒤를 막아서야 할 것 같습니다. 그리고 백상균을 체포해야죠."

"끼엣, 차는 어떻게 렌트해?"

박경사가 끼엣에게 물었다.

"우리가 전화하면 렌트 회사에서 차를 여기로 가져다줄 거예요. 거래하는 회사가 있어요."

"끼엣이 있으니까 정말 편하구나."

박경사가 일어나서 끼엣과 또 과장되게 주먹 인사를 하며 말했다.

"민준아, 우리가 백상균을 체포하는 데 문제없을까?"

준이 생각난 듯 물었다.

"안 되는 게 원칙이야. 베트남 공안이 체포하게 해야 하니까."

"그러면 현지 경찰들을 불러야겠네요. 우리는 지키고 있으면서 도망가지 못하게만 하고 말입니다."

박경사가 당연한 수순처럼 말했다.

"공안을 부른다…."

민준은 조금 난감한 얼굴이었다. 공안을 부르기 위해서는 하노이 여경감에게 협조 요청을 해야 했다. 여경감은 하노이 공안국 소속으로, 한국대사관을 담당하는 민준의 업무 파트너였다.

푸꾸옥 현지 공안이 얼마나 협조적일지 알 수 없었다. 현지 공안의 협조를 기다리다가 백상균의 요트가 출발해버리면 낭패를 보고 만다. 그때부터는 관할이 코스트 가드(해안경비대)에 옮겨가고, 코스트 가드에 또 협조를 구해야 했다.

"반장님, 우리 형이 다른 얘기도 했습니다."

민준이 생각을 정리하고 있는 동안 끼엣이 하반장을 보면서 말했다.

"뭔데?"

"푸꾸옥에도 형님처럼 사복을 입고 활동하는 공안 있습니다. 한국말로 보안경찰이라 합니다. 공안들이 카드 게임을 하는 곳에 와서 반장님과 똑같은 질문을 했다고 합니다. 우리 형은 그 이야기 듣느라 늦어졌고요."

"무슨 질문을 했다는 거죠?"

보안경찰이 등장했다는 말에 다들 귀를 세우고 끼엣의 입을 보았다.

"한국 사람이 요트를 예약했는지, 예약했으면 어디로 가는 건지 물었답니다."

"그런 이야기를 사실대로 해줄 수 있나요? 밀항인데."

민준이 이상하다며 말했다.

"섬에서 활동하는 공안들에게 비밀은 없습니다."

"끼엣, 하나만 더 물어볼게요. 혹시 그 공안이 한국 경찰에 대한 질문은 없었나요?"

준이 혹시나 해서 물었다.

"형은 그런 말은 하지 않았습니다. 하지만…."

"뭐?"

박경사가 눈을 동그랗게 뜨고 끼엣을 쳐다보았다.

"하지만 찾으려면 찾습니다. 비행기를 타고 섬에 온 건 알 수 있을 테니까요."

"어떻게 할까?"

준이 긴장한 얼굴로 민준을 쳐다보았다.

민준은 안 그래도 베트남 공안국이 백상균과 한국 송환팀이 비행기를 타지 않은 것을 통보받고, 당연히 소재를 찾기 위해 추적을 할 것이라 생각했다. 그들은 필요하다면 지금 게스트하우스로 올 수도 있는 것이다.

"베트남 공안에게 공조 요청은 필요 없겠다. 공안국이 공조가 필요하다고 판단하면 부둣가에 나와서 우리를 기다리겠지."

"부둣가에 베트남 공안이 없으면?"

"없으면 우리가 임의동행 형식으로 데리고 가야지. 내일 부둣가에 가보면 알게 될 일이야. 공안이 있을지 없을지는."

민준은 고민해보았자 소용없다 결론을 내렸다.

"그러면 끼엣은 8시 30분까지 승용차 두 대를 게스트하우스로 불러줘. 그리고 우리는 구글맵을 보고 작전을 짭시다. 지금 현장 답사는 불가능하고 바람직하지도 않을 것 같습니다."

하반장이 작전계획을 짜기 위해 핸드폰을 열었다.

민준은 베트남 공안국에서 한국 송환팀의 추적 활동을 어떻게 평가할지 예측할 수 없었다. 공안국에서 송환팀의 단독작전을 문제 삼는다면 충분히 외교 문제로 비화될 수 있었다. 최소한 한국 경찰청장은 유감을 표명하는 서한문을 보내야 할 사항이다.

민준은 베트남 공안이 게스트하우스에 나타나지 않는 이유를 알 수 없어 불안했다. 불안감은 다른 송환팀 형사들에게도 전염되듯 전달되었다.

* * *

끼엣이 송환팀에 마련해준 방에는 2층 침대가 두 개 있었다. 왼쪽 침대 1층에는 하반장, 2층에는 박경사가 누웠고, 오른편 침대 1층에는 준이, 2층에는 민준이 차지했다.

박경사와 준은 맥주를 좀 마신 탓에 침대에 등을 붙이자마자 잠이 들었다. 민준이 누운 2층에서도 코 고는 소리가 요란하게 들렸다.

하반장은 눈을 감고는 있었지만 쉽게 잠들지 못했다. 떠나오기 전 수사대장과 나눴던 대화가 떠올랐다.

대장은 송환계획서에 비는 내용이 있다며 외사국에서 숨기는 내용을 찾아 보고하라고 했다. 하반장은 하노이 시간으로 매일 저녁 10시에 대장에게 결산보고를 했다.

'백상균이 북한 공작원에게 감금되어 있다가 탈출했고, 서울에서 발생한 살인사건은 백상균을 추적하는 북한 공작원들이 벌인 일이다'라고 보고했었다. 그러나 대통령실에서 정보가 유출되고 있다는 내용은 일부러 빠트렸다. 보고를 해도 믿지 않을 게 분명했기 때문이다.

하반장은 끼엣의 게스트하우스에 도착해서도 식사를 하다가 밖으로 잠깐 나와 대장에게 전화를 했었다. 그는 백상균을 추적하느라 푸꾸옥으로 이동했다고 했지만, 대장은 백상균이 하노이에서 푸꾸옥으로 이동한 이유를 집요하게 추궁했다.

"대장님, 저번에 말씀드린 것처럼 북한 공작원들이 관계되어 있는 사건이라 변수가 발생했습니다. 특수 첩보를 입수했기 때문에 내일은 검거할 수 있을 겁니다."

"하반장, 이 문제는 특진을 하냐 못하냐의 문제가 아니라 직을 유지할 수 있느냐의 문제가 되었어. 북한 간첩들이 관계된 사건에서 백상균을 놓치거나… 도주하게 되면 송환 과정에 대한 세세한 감찰이 들어간다고. 무슨 일이 있어도 상균이를 잡아와. 시체라도 가져와야 한다."

대장은 수고한다거나 잘 자라는 인사도 없이 전화를 끊었다. 하반장은 총기는 베트남 공안에 반납했다고 말할 새도 없었다.

하반장은 침대에서 몸을 뒤척이며 내일 반드시 백상균을 검거해 귀국해야 한다고 각오를 다졌다. 그에게 특진은 이제 문제가 아니었다. 베테랑 하반장이 피의자를 놓쳤다는 오명만큼은 절대로 받아들일 수 없었다. 하반장은 잠꼬대처럼 중얼거렸다.

"반드시 잡는다…."

체포

두옹동 항의 부두 초입부터 부두 끝 선착장까지 거리가 약 1km 남짓에 불과하다고 했다.

2차선 도로이고, 교통량은 거의 없는 걸로 보였다. 선착장에서 장시간 대기하는 경우 요트 선장의 눈에 띄어 백상균에게 연락이 갈 우려가 있었다.

1km의 직선도로를 송환팀 네 명이 통제할 수는 없는 노릇이었다. 그렇다고 도로에서 장시간 대기하는 것도 마땅찮았다. 그건 그것대로 백상균에게 발견될 가능성이 높았다.

결국 부둣가 초입에서 차 두 대에 나누어 타고 잠복하기로 했다. 백상균이 탑승한 것으로 의심되는 차량이 부두로 진입한 후에 추격을 시작한다는 계획이었다.

송환팀은 이렇게 체포계획을 세우고, 하반장과 준을 한 조로,

민준과 박경사를 한 조로 묶었다.

끼엣은 하반장의 요청대로 오전 8시에 렌트한 아반떼 두 대를 게스트하우스 앞에 대기시켜놓았다.

끼엣의 누나는 3층으로 직접 올라와 아침을 먹으러 내려가자며 송환팀을 등 떠밀었다.

게스트하우스 공용식당에는 젊은 한국인 관광객들이 식사를 하고 있었다. 아침 메뉴로 쌀국수, 반미, 커피 그리고 한국인 관광객을 위한 메뉴로 흰쌀밥, 김치, 콩나물국이 있었다.

관광객들은 대부분 30대 전후로 보였는데, 커플로 보이는 남녀가 두 쌍. 여자 일행이 세 명이었다.

송환팀이 식당에 들어가자 관광객들은 모두 식사를 멈추고 쳐다보았다.

송환팀은 눈이 마주치는 관광객들에게 고개를 주억거리곤 구석 자리를 잡았다.

관광객들은 관심 없다는 듯 식사를 이어 갔지만 식당의 공기가 무거워진 것은 모두 느끼고 있었다.

40대 남자 한 명과 30대 남자 세 명, 관광객으로 볼 수 없는 옷차림, 게스트하우스 분위기와 어울리지 않는 표정의 남자들. 긴장감과 불편함을 불러일으키기에 딱 좋았다.

끼엣의 누나는 그런 어색한 분위기를 풀려고 과장된 몸짓으로 말했다.

"오빠, 앉아 있지 말고 가져다 먹어. 셀프야, 셀프!"

송환팀이 식사를 가져오는 동안 끼엣의 누나는 관광객들에게 어설픈 한국말 농담까지 건네며 분위기를 바꾸고 있었다.

송환팀은 가져온 음식을 순식간에 해치우고 종이컵에 커피를 담아 선착순 하듯 식당을 빠져나왔다. 다들 빨리 식사를 마치는 게 이들에게 폐를 끼치지 않는 일이라고 생각했다. 한 사람만 빼고.

"왜 그렇게 빨리 드세요, 쌀국수 국물에 밥 말아 먹으려 했는데."

박경사가 게스트하우스 마당에서 커피를 마시며 투덜거렸다.

"네가 빨리 먹어서 나도 빨리 먹었지."

"나는 밥 말아 먹으려고 빨리 먹었죠."

넷이 종이컵을 들고 주차장에 모여 있으니 한국과 영락없이 닮아 있었다. 압수수색을 나가기 전에 경찰서 마당에서 수다를 떠는 형사들 모습이었다. 단지 배경 화면이 베트남일 뿐이었다.

제주도 게스트하우스 마당에서 일본 형사 넷이 업무 얘기를 하고 있으면 그들은 인식하지 못해도 상당히 눈에 띌 것이다. 지금 송환팀이 그랬다.

"박경사님, 백상균이 저항하면 몇 명이나 상대할 수 있습니까?"

민준이 박경사에게 진지하게 물었다.

"시간 문제인데, 여러 놈이 다구리 붙지 않고 한 놈씩 처리하면 한 놈당 일 분 이상 시간을 쓰면 안 되겠죠."

"그래서 몇 명이나요?"

경험에서 우러나오는 것처럼 말하자 준이 신기한 듯이 물었다.

"네다섯 놈은 할 수 있을걸요."

"그게 가능합니까?"

준이 놀라워하며 다시 물었다.

"잡아서 메치고 조르거나 꺾어버리면 되지 말입니다."

"저 인간은 저번에 체포할 때는 상대방 졸라서 똥 저리게 했어. 박경사야, 오늘은 그러지 말자. 똥 저린 놈은 비행기 못 태운다."

"저는 상대가 우리보다 인원이 많으면 무조건 조르고 꺾어버릴 겁니다."

박경사가 조르고 꺾는 기술을 거는 흉내를 냈다.

"이경감, 몸이 좋은데, 운동 많이 했어? N분의 1은 할 수 있죠?"

하반장이 준의 다부진 몸을 아래위로 훑으며 물었다.

"체대 다닐 때 복싱을 조금 배우긴 했는데요, 몸매 관리하려고 배운 게 전부입니다."

준이 쑥스러워하며 말했다.

"내 옆에 있다가 백상균 잡고 도망치지 못하게만 해요. 피지컬이 좋으니까 가능할 겁니다."

"김경감님도 내 뒤를 따라다니면서 엎어졌다가 일어나려는 놈들 있으면 걸어차서 못 일어나게 하세요. 금방 끝내고 백상균 잡아서 차에 태우겠습니다."

"우리가 하이퐁에서 본 백상균 주변에 있던 놈들 세 명, 모두 조폭처럼 생겼던데요. 순순히 우리 말 듣고 백상균을 넘길지 모르겠습니다.”

김민준은 어느새 커피잔을 내려놓고 발목과 무릎을 풀고 있었다.

“저항하면 한국에서 공무집행방해와 폭처법으로 모두 처넣어야죠.”

박경사도 커피잔을 바닥에 내려놓고 팔을 위로 쭉 펴서 스트레칭을 했다.

“저나 민준이 전문가는 아니지만 N분의 1은 확실히 하겠습니다.”

“슬슬 출발할까요? 현장에 일찍 도착해야 답사를 한 번 할 수 있습니다.”

하반장이 추적, 체포 전문가답게 말했고, 송환팀은 하반장의 지침에 따라 둘씩 짝을 지어 렌터카에 탑승했다. 차 시동을 켰을 때 끼엣이 막 식당에서 나왔다.

“반장님, 나도 갑니다.”

“끼엣, 너는 여기 있어라. 시간 많이 걸린다. 그리고 공안이 네가 우리 일에 협조한 걸 알아서 좋을 게 없어.”

끼엣이 하반장이 앉은 조수석 쪽으로 가서 대화를 나누고 있을 때 끼엣의 누나와 여동생은 게스트하우스 문 앞에 나와 송환팀을 지켜보고 있었다.

하반장이 둘을 발견하고 차에서 내려 끼엣의 누나에게 다가갔다.

"일이 잘되면 오늘은 여기 못 올 것 같다. 내가 여름휴가 때 박 경사 가족과 같이 올게."

"오빠, 몸조심하고, 연락해."

끼엣의 누나가 하반장을 꼭 안아주었다.

"끼엣, 공항에 도착하면 전화할게."

하반장이 아쉬운 얼굴로 인사를 하고 악수를 했다.

송환팀 차량 두 대가 게스트하우스 마당을 떠나 시야에서 사라질 때까지 세 남매는 손을 흔들어주었다.

* * *

해외 정보원들이 오퍼레이션 후에 철수하는 것을 페이드 아웃이라고 한다. 갑작스러운 공백을 만들지 않고 서서히 사라지는 것이다. 김영민은 본부로부터 하달받은 조일환에 대한 조치사항을 마치면 홍콩을 경유해 서울로 갈 것이었다.

그는 룸서비스로 조식을 주문했고, 아침 식사를 마칠 즈음 최사장에게서 전화가 왔다.

"최사장님, 어제는 협조해줘서 고맙습니다."

"협조를 해주었는데 화물은 배송되지 않았던데."

김영민은 뜨끔했다. 최사장은 이미 백상균의 도주를 파악하고 있었다.

"어떻게 알았어?"

"소문은 빠르게 도니까."

"그래서 소문을 확인하려고 전화했어?"

"하, 백상균이! 그 새끼, 어떤 놈인지 진심으로 궁금해진다."

"그런데 최사장은 이 소문을 어디서 들었어?"

"어떻게 들었겠어. 하노이 공안이 알려줬지. 전세기를 이용해 푸꾸옥으로 갔다고?"

"망신이야, 한국 경찰은…. 베트남 공안국에서 백상균을 추적하는 거야?"

"지금 그게 문제가 아니야."

"뭔데? 계속해봐."

"베트남 정부가 곤혹스러워한다고. 공항도로 작전이 외부에 알려지면 베트남 정부의 신뢰가 떨어져. 북조선에 협력하는 정부는 미국의 제재를 받는다는 말이야. 그러면 베트남 정부는 수출 제한을 받고 해외기업의 투자를 받을 수 없게 된다는 거지."

"민감해할 사안인 건 맞군."

"그래서 말인데… 하노이 보안국에서 백상균 사살 명령이 내려갔어."

"무슨 말이야?"

김영민은 식사를 멈추고 테이블 위에 올려놓은 핸드폰을 들었다.

"도주 중인 한국 수배자를 체포 중 사살했다고 발표하고, 한국 정부에 유감을 표시하면 돼."

"…."

"어떻게 생각해?"

외국인에 대해 사살 명령이 내려갔다는 건 베트남 정부가 외교적 불이익을 감수하더라도 흔적을 지우기로 했다는 것이다. 그렇게 되면 백상균이 사라지는 것에 타격을 받는 건 송환팀뿐이다. 그러고 보면 백상균의 송환을 진심으로 원하는 것도 송환팀뿐이긴 했다.

"이봐 최사장, 지금 당신 어디 있어?"

김영민은 조급한 마음에 자리에서 일어섰다.

"푸꾸옥."

"거기서 뭐 하는데?"

"백상균을 찾고 있어. 사살하려고."

계획은 하노이 보안국에서 세우고 실행은 최사장이 한다! 그러니까 하노이 보안국은 최사장을 통해 손 안 대고 코 풀겠다는 심산이었다.

"이런 전화를 왜 나한테 하지?"

"베트남 정부가 우리 일에 협조했으니 이번에는 나에게 일을 매듭지으라고 했어. 자기 손으로 피를 묻히기 싫은 거지."

"우리 애들은 건들면 안 돼, 절대로!"

김영민은 창가로 다가가며 언성을 높였다.

"그래서 전화한 거야. 그쪽 친구들이 정말 맹렬히, 혁명적으로 간나 새끼를 쫓고 있더군."

"이봐! 절대로 우리 형사들 손대면 안 된다. 그러면 내가 한국에서 노동당 라인 세 개 정도는 들어내서 고난의 행군을 하게 만들 거야."

김영민은 최사장이 앞에 있는 것처럼 손짓을 하면서 말했다.

"남한 경찰들 이대로 철수시켜. 그러면 돼. 사기꾼 백상균 목만 딸 거야."

"알았어, 내가 조치할 테니 절대로 움직이지 마! 절대로!"

김영민은 서둘러 전화를 끊었다.

김영민은 백상균에게 증거를 받기 위해 송환팀을 미끼로 썼다. 백상균은 이상필을 제거하기 위해 자신의 제안을 받아들였다.

이번 일은 멈출 수 있는 게 아니다. 최사장은 하달된 명령을 집행하기 위해 부수적 희생은 감수하는 적극적인 조치를 취할 것이다. 그렇기 때문에 미리 알아두라고 자신에게 전화한 것이다.

김영민에게 백상균의 안위는 이미 중요한 문제가 아니었다. 하지만 송환팀이 위험에 빠지게 내버려둘 수는 없었다. 그것은 자신의 30년 공작원 생활을 모두 악몽으로 기억하게 하는 사건이 될 것이다. 그럴 수는 없었다.

* * *

최사장한테 부탁해서 막을 수 있는 상황이 아니었으므로 김영민은 준에게 전화를 걸었다.

"어디서 뭐 하고 있나?"

"푸꾸옥에서 백상균을 검거하려고 준비하고 있습니다. 밀항할 계획인 것 같습니다."

"그냥 보내줘."

"네?"

"보내주라고."

"무슨 말씀이세요! 잡아가서 법정에 세워야지요. 두더지도 잡아야 하고."

준이 버럭 소리를 치다시피 했다.

"두더지 잡는 건 너희들 일이 아니니까 생각하지 마라. 증거는 이미 확보했어."

김영민은 호텔 방 창가에서 하노이의 아침 전경을 바라보며 통화를 이어갔고, 준은 한동안 아무 말이 없었다.

"대표님, 백상균과 거래했죠? 그가 도주할 수 있게 하는 거죠?"

"그런 건 아니야. 지금 상황에서는 가게 내버려두는 게 좋겠다는 말이야."

"왜 그런 겁니까?"

"베트남 보안국에서 백상균을 불편하게 생각해. 그가 탈출하고 나서 공항도로에서 있었던 일이 소문이 나기 시작했어. 베트남 정부가 북한 정보당국에 협조했다고 보여지면 베트남이 투자를 받는 데 장애가 될 수 있거든."

김영민은 하는 수 없이 이유를 밝혔다.

"그래서 베트남 정부는 어떻게 하겠다는 건데요?"

"사회주의 국가에서 국익에 장애가 되는 다른 나라 수배자를 어떻게 할 것 같은가?"

"우리 일은 송환입니다. 눈앞에 수배자가 있는데, 그냥 지나칠 수는 없습니다. 데리고 가겠습니다. 저뿐만 아니라 서울에서 온 형사들에게도 중요한 일입니다."

준이 고집을 피우자 달래보려고도 했다.

"이경감, 백상균을 보내주면 더 큰 걸 건질 수 있어."

"김대표님한테는 그렇겠죠."

"국익을 말하는 거야."

"수배자를 검거해서 법정에 세우는 것이 원칙입니다."

"거참, 꼭 십 년 전 정변호사를 보는 것 같군."

"이만 끊겠습니다."

"잠시만!"

김영민이 급하게 말을 이었다.

"내가 이 전화를 어떻게 했을까 생각을 해봐. 너희들의 위치는 베트남 보안국이 파악하고 있다는 거고, 그건 백상균의 위치도 이미 알고 있다는 거야. 그러니까 다 정해진 일이라고. 너희들은 할 만큼 했어. 공항도로에서 훌륭했고, 푸꾸옥으로 간 것 그리고 추적해서 그의 위치를 알아낸 것 모든 게 완벽했다. 그런데 여기 까지야. 더 이상은 너희 영역이 아니야."

그의 말 속에는 그동안 해온 임무에 대한 치하와 여기서 멈춰야 한다는 경고가 동시에 들어 있었다.

"대표님도 많이 도와주셔서 감사했습니다. 대표님 도움도 여기까지인 것 같습니다. 경찰 일은 경찰이 알아서 하겠습니다."

준이 먼저 전화를 끊었다.

김영민은 연결이 끊어진 핸드폰 액정을 쳐다보았다. 그는 핸드폰으로 머리를 가볍게 두드리면서 다음 일을 생각했다.

설득은 실패했다. 이준과 송환팀은 백상균 검거 작전을 실행할 것이다.

최사장은 무엇을 할까? 그는 무리수를 두지 않는다.

김영민은 최사장에게 설득이 실패했음을 알려주는 것이 서로에게 이로울 것이라 생각했다. 그러면 최사장은 대안을 찾을 것이다. 김영민이 들어내겠다고 협박한 대남 공작망에는 최사장 조카들이 있었다.

* * *

푸꾸옥 두옹동 항구는 멸치잡이 배들이 많이 입출항한다고 했다. 송환팀이 잠복한 오늘은 멸치잡이 배들이 출항은 했지만 입항하지 않아 한적한 편이었다.

선착장 진입로 부두 입구 양옆으로는 백사장이 펼쳐져 있고, 백사장 뒤로는 관광객들 상대로 장사하는 레스토랑, 바, 커피와 과일을 파는 노점들이 보였다.

해변에서 파라솔을 대여해주는 현지인들은 오전 일찍부터 파라솔을 펼치고 있었다.

하반장과 준은 부둣가 옆 해변에 있는 카페 앞에 차를 주차하고 나서 야외 테이블에 앉아 부둣가로 진입하는 차량을 감시하는 중이었다.

오전 9시가 되자 준의 핸드폰이 울렸다. 김영민이 보안 메신저로 통화를 요청했다.

준은 통화 수락을 탭핑하고 자리에서 일어나 해변가로 걸어갔다. 왼손은 핸드폰을 들고 있었고 오른손은 청바지 뒷주머니에 넣은 채 발로 모래를 쓸면서 통화를 이어갔다.

그는 통화를 마치고 핸드폰을 주머니에 넣더니 잠시 바다를 쳐다보며 생각에 잠기는 듯했다. 다시 자리로 돌아왔을 때 그를 지켜보던 하반장이 물었다.

"누구?"

"공항도로에서 만난 김영민 대표입니다."

"뭐라는데요?"

"그냥… 외국에서 검거 작전하는 게 위험부담이 있다는 말입니다."

"위험부담이 있어도 여기까지 왔는데, 꼭 잡아가야죠."

하반장은 스토로우로 망고와 파인애플을 갈아 넣은 주스를 마시며 말했다.

"그런다고 했습니다."

"어제저녁에 잠 못 들고 뒤척이면서 빈손으로 돌아갈 때 어떤 일이 생길지 생각이 꼬리를 물고 이어졌는데… 결론은 뭔지 압니까?"

"파면… 해임?"

"아니요, 차라리 공항도로에서 북한놈들에게 총 맞아 뒈지는 것이 좋았을 것이다. 적어도 유족은 연금을 받고, 국립묘지에 안장되니까 말입니다."

"죽는 것보다 못한 상황이군요."

"노바프론티어 펀드, 북한 공작원. 의혹을 증폭시킬 요소는 충분한데 백상균은 베트남에서 홀연히 사라졌다. 거기다 백상균이 해외에서 대통령실에서 정보가 유출되었다고 한마디만 하면."

"그만하시죠, 정말 죽는 게 나을 것 같습니다."

두 사람은 나란히 바다를 바라보며 쓸쓸한 미소를 지었다.

준은 백상균의 도주라는 사건 때문에 악당인 대통령실 비서관이 행복해지는 꼴을 보기 싫었다. 그는 송환에 실패한 책임을 물어 경찰청을 흔들 것이다.

* * *

오전 11시가 넘어가고 있었지만, 백상균 일행으로 보이는 차량도, 공안들도 나타나지 않았다.

민준과 박경사는 부둣가로 들어가기 전 삼거리에서 선착장으로 향하는 차량을 감시하는 역할을 맡았다. 두 사람은 렌트한 아반떼에 탑승해 있었다.

민준이 몸을 자주 뒤척이는 걸 보며 박경사가 물었다.

"김경감님은 잠복 많이 해봤습니까?"

"많이 했다고는 할 수 없는데요, 베트남 나오기 전에는 지능범죄수사대에 있었습니다. 거기서 노바프론티어 펀드 관련 사건을 수사했어요. 윤성국을 추적하면서 잠복, 탐문 많이 했죠. 하노이에서도 수배자 추적한다고 정기적으로 탐문하고, 가끔 잠복도 합니다."

"저는 형사 경력이 아직 십 년은 안 되니까요, 선배들만큼 했다고는 할 수 없죠. 하반장님은 옛날 선배들한테 수사를 배워서 엄격합니다. 운전하고, 잠복하고, 운전하고, 잠복하고 그러다 수배자 검거하면 호송하고. 경찰서 데리고 와서 조사하고. 48시간 잠을 자지 않은 적도 많습니다."

"대단하시네요."

"아마 7공수에서 잠 안 자고 작전하는 훈련을 많이 해서 단련이 되어 있을 겁니다. 우리 선수촌 출신은 규칙적인 생활이 몸에 배어서 저녁 9시가 되면 눈이 저절로 감기거든요. 경찰 들어와 보니 밤새고 하는 일이 많아서 너무 힘들더라고요."

서로 이런저런 얘기를 주고받다 보니 어느새 30분이 흘러갔다.

하반장은 준과 선착장으로 이동하기로 했고, 민준과 박경사는 현 위치에서 계속 감시하라고 지시했다.

5분쯤 지났을 때 하반장이 선착장에 도착했다. 그는 정박된 보트가 몇 대 있을 뿐 주차된 차량은 없다고 현장 상황을 민준과 박경사에게 공유해주었다.

"여기로 백상균이 온다는 정보가 잘못된 건 아니겠죠?"

"정보의 내용이 구체적이고 베트남 공안이 취득한 정보니까 신뢰해야죠."

잠복이 장시간 계속되면 정보의 신뢰성에 대해서 의구심이 저절로 생기는 법이다. 송환팀 단톡방에 '곧 백상균이 올 거다'는 준의 메시지가 올라왔다.

"이경감은 백상균이 나타날 거라 확신하는군요."

"나타나지 않으면 준은 서울에서 크게 곤욕을 치를 거예요. 대통령실에 보고된 사건이라 경찰청장이 직접 챙기니까요."

"정말 미안하네요. 저 때문에 이런 일이 생겼습니다. 어찌 되었건 이 새끼들 나타나기만 하면 제가 싹 쓸어버리겠습니다. 유도 국대가 화나면 어떤 일이 벌어지는지 알게 해줘야죠!"

박경사가 양손으로 자신의 머리를 탁탁 두드리며 말했다.

"잘될 겁니다."

엄밀히 말하면 민준은 송환팀이 아니었다. 송환의 책임은 서울에서 파견된 경찰관들에게 있었다. 민준은 단지 송환팀의 업무를 지원하는 위치였다. 송환팀장은 이준 경감이었다. 작전이 실패하면 준이 가장 큰 문책을 받을 수밖에 없다는 것을 알고 있었다.

시간이 12시에 가까워질수록 김민준과 박경사가 탑승한 차량에 긴장감이 높아져갔다. 대화는 이미 일찌감치 멈춰 있었고, 날씨는 잔뜩 흐려져 한바탕 비가 올 듯했다.

두 형사는 주위에 펼쳐진 모든 환경에 촉각을 곤두세우며 미세한 바람 방향의 변화에도 반응하면서 주위를 살폈다.

11시 50분이 막 넘었을 때, 두 형사 귀에 멀리서부터 자동차 엔진소리가 들렸다.

두 사람은 동시에 반응했고 운전석에 앉은 김민준은 사이드미러로, 조수석에 앉은 박경사는 백미러로 자동차 뒤를 관측했다. 분명히 엔진소리는 들리지만 아직 자동차가 보이지는 않았다.

"김경감님, 창문 닫으세요, 노출될 수 있습니다."

민준은 급하게 창문을 닫았다. 잠시 후 하얀색 SUV 차량이 접근하는 게 사이드미러를 통해 보였다.

접근하는 속도가 빨라서 차 안에 누가 탔는지는 식별하지 못할 것 같았다. 순식간에 차량 두 대가 지나갔다. 두 대 모두 하얀색 SUV였다.

"누군지 봤습니까?"

"저 차 분명합니다."

"나는 못 봤는데요."

민준이 말했다.

"어렴풋하게 조수석에 하이퐁에서 본 젊은 애들이 보였습니다. 어쨌든 저 차 분명합니다."

박경사는 단체 톡에 하얀색 SUV 차량이 선착장으로 진입한다고 메시지를 보냈다.

"출발할까요?"

"30초만 있다가요. 저 차들이 부둣가에 진입한 후에 우리가 쫓아가야 퇴로를 막을 수 있습니다."

민준은 딱 30초 후에 차량을 출발시켰다. 날씨는 조금 더 흐려져 있었고 앞에 갔던 SUV 차량 두 대가 다시 돌아오거나 하지는 않았다.

* * *

"차량이 두 대면 여덟 명까지 생각해야겠는데요."

준이 난감하다는 얼굴로 하반장을 쳐다보며 말했다.

"백상균만 요트에 타지 못하게 잡고 있어요. 나머지들은 나와 박경사가 어떻게 해보겠습니다."

하반장 눈에 SUV 두 대가 선착장에 가까워지는 게 보였다.

"요트 앞쪽으로 차를 대려고 할 겁니다. 우리가 그 앞을 막아야 합니다."

"네."

준은 조심스럽게 시동을 켰다. 이윽고 토요타 랜드크루즈 두 대가 선착장에 진입했다.

선두 차량은 어디로 가야 하는지를 확인하기 위해 속도를 낮추었다. 그리고 선착장 끝자락에 요트 세 대가 있는 걸 보았다는 듯이 그쪽으로 향하기 위해 속력을 높이려고 했다.

준은 아반떼로 랜드크루저 선두 차량을 스치듯이 지나가면서 추월하고, 앞을 막아섰다.

선두 차량은 급정차를 했다. 후미의 차량은 급제동이 걸린 앞 차량과 추돌을 피하기 위해 오른쪽으로 진행 방향을 돌리면서 급 브레이크를 걸었다. 부둣가 끝에서 아슬아슬하게 멈추었다.

준과 하반장은 동시에 문을 열고 차에서 내렸다.

토요타 랜드크루저의 헤드라이트는 두 형사를 무심히 바라보는 듯했고, 차 안에 있는 자들의 고민을 담은 듯 엔진소리는 나지막이 퍼져 나갔다.

곧 고민을 끝냈다는 듯이 엔진이 꺼지고 선두 차량의 문이 열렸다.

백상균과 하이퐁에서 함께 있던 세 명이 하차했다. 뒤차에서도 건장한 젊은 남자 셋이 하차했다.

"백상균 씨, 정말 사람 고생시키네."

하반장이 그들에게 소리치듯이 말했다.

"여기까지 어떻게 왔습니까? 그냥 서울 갔으면 고생하지 않았을 텐데."

백상균은 흐린 하늘을 올려다보면서 라이방 선글라스를 벗었다.

"모양 빠지게 힘쓰지 말고 저희와 서울로 갑시다."

하반장이 타이르듯이 말했지만 정말로 그렇게 될 것이라는 생각은 다들 하지 않는 것 같았다.

민준과 박경사가 탑승한 승용차도 선착장에 진입해 두 번째 랜드크루저 뒤에 정차했다. 차가 서자마자 두 사람이 동시에 내렸다.

"백상균 회장님, 꼭 이렇게 해야 합니까?"

민준이 차에서 내리자마자 백상균 쪽을 향해 소리쳤다.

"김경감한테는 내가 미안한데, 계획이 조금 바뀌었어."

"아! 씨발, 똥 싸러 간다고 해서 데려다줬더니 뒤통수나 치고. 어서 갑시다."

박경사가 성큼성큼 앞으로 나갔다.

두 번째 랜드크루저에 탔던 사내들이 박경사가 다가오자 막아섰다.

"뭔데! 비켜, 너희들 공무집행방해야."

박경사가 소리쳤다.

"반말하지 마세요, 씨발 놈아! 여기 한국 아니고, 우리 한국 안 갑니다. 그러니까 형사라고 깝치지 말라고."

세 명 중 키가 제일 작은 사내가 앞으로 나오며 욕을 내뱉었다. 20대 후반에서 30대 초반으로 보였고 검은색 긴 팔 언더아머 트레이닝복을 입고 있었다.

박경사는 언더아머의 말이 끝나는 것과 동시에 바로 접근해 오른손으로 가슴을 밀면서 상대의 오른 다리에 밭다리를 걸었다. 언더아머는 공중에 붕 떠서 고개를 들지 못한 채 바닥에 떨어져 아스팔트에 뒤통수를 박았다.

민준은 경찰대학에서 유도 수업을 들었지만 밭다리에 사람 몸

이 1미터 이상 붕 떠서 떨어지는 건 본 적이 없었다. 더욱이 상대
는 머리, 어깨, 허리 순으로 바닥에 처박혔다. 민준은 저 정도 충
격이면 죽었을지도 모르겠다고 생각했다.

박경사는 상대가 어떻게 되었든 상관없다는 듯 앞으로 치고 나
갔고, 두 번째 사내가 달려드는 박경사에게 먼저 주먹을 날렸다.
하지만 복싱 선수 출신의 스피드가 아니면 유도 올림피언에게 함
부로 팔을 뻗으면 안 되었다.

박경사는 상대의 오른손을 잡아 몸을 돌리고 상대를 등에 업었
다가 원심력을 이용해 메다꽂았다. 상대는 등으로 떨어지지 못하
고 어깨부터 바닥에 떨어졌다.

민준은 두 번째 상대가 떨어지는 소리가 어깨가 부서지는 소리
라고 확신했다.

박경사는 바닥에 떨어진 그의 손을 놓지 않고 양손으로 팔을
한 번 더 비틀었다. 민준의 귀에 우두둑, 하며 팔목관절과 손목관
절이 꺾이면서 분쇄골절이 일어나는 소리가 들렸다.

뒤편에서 치고받는 싸움이 벌어지자 백상균과 남대표는 보트
를 타려고 몸을 돌렸다. 그들의 눈앞에는 하반장과 준이 버티고
있었다.

준이 백상균을 막아서자, 남대표가 바로 달려들어 주먹을 날렸
다. 준은 가드를 올려 간신히 얼굴을 막았다.

남대표는 가드를 두 번 연타로 더 때리고 바로 옆구리로 주먹을
넣었다. 준은 옆구리로 묵직한 충격을 받자 숨을 쉴 수가 없었다.

거친 숨을 몰아쉬며 더 버티지 못하고 남대표를 끌어안았다. 준은 적어도 클린치를 통해 위기를 벗어나는 훈련은 되어 있었다.

남대표는 준의 클린치를 벗어나려고 했지만 피지컬 차이가 제법 나 쉽게 헤어나오지 못했다. 그는 다부진 체격이지만 키는 170cm가 못 되었다. 준은 185cm 키에 꾸준한 웨이트트레이닝으로 상당한 근력이 있었다.

남대표가 발로 준의 정강이를 차면서 클린치를 빠져나오려 하자 준도 상대의 몸에서 빈틈이 보인다는 걸 느끼고 본능적으로 주먹을 날렸다.

남대표는 준의 주먹을 몸을 틀어 흘려보냈다. 그리고 다시 주먹질을 퍼부으면서 공격했고 준은 어쩔 수 없이 가드를 올려 방어하기에 급급했다.

준이 그렇게 얻어터지고 있는 옆에서는 하반장이 남대표 부하두 명을 상대로 격투를 벌이고 있었다.

그들은 하반장의 몸을 붙잡고 어떻게든 꼼짝 못 하게 하려고 했지만 하반장은 요령껏 손아귀에서 벗어났다. 둘이 허우적거리는 틈에 여유가 생기자 손과 발로 목과 정강이를 공격해 데미지를 주었다.

하반장은 이 정도는 처리할 수 있을 것 같자 자신감이 생겼다. 박경사가 뒤에 두 명을 마저 정리하고 온다면 충분히 승산이 있겠다고 생각했다.

박경사가 두 번째 사내의 손목을 비틀었을 때 남은 한 명이 박경사의 등을 양손으로 감쌌다. 그는 세 명의 젊은 사내 중 제일 덩치가 컸다. 몸무게가 100kg은 족히 나갈 것 같았다.

100kg의 거구는 박경사를 뒤에서 번쩍 들어 땅에 메다꽂으려 했다. 박경사는 상대가 정식으로 씨름을 배운 자라는 걸 몸으로 알았다. 그리고 앞의 두 명처럼 간단하게 메다꽂기에는 피지컬의 차이가 현저했다.

거구는 박경사를 들어 바닥에 떨구었다. 박경사는 떨어지는 것과 동시에 몸을 일으켜 다시 상대 가슴 쪽으로 파고들었다. 거구는 달려오는 상대를 앉아서 다시 메다꽂겠다는 듯이 팔을 벌리고 기다렸다.

하지만 박경사는 상대 가슴에 안기는 듯하면서 오른 팔꿈치 밑으로 들어가 등을 잡았다. 그리고 어깨에 올라타서 양다리로 상대의 허벅지를 감아 바닥에 같이 쓰러졌다.

거구는 떨쳐 내려고 몸을 이리저리 뒤집었지만 박경사는 양발을 거구의 몸에 고정시키고 왼손은 목을 파고들었다. 거구는 거머리처럼 찰싹 붙은 박경사를 힘껏 등으로 눌러봐도 소용없었다. 박경사는 계속해 왼손으로 목을 파고들었고, 어느새 경동맥을 확보했다.

이번엔 왼팔로 경동맥을 압박하면서 오른손과 자신의 머리로는 상대의 머리를 앞으로 밀어냈다. 거구의 목은 이제 완전히 박경사에게 감겨 있었고 머리가 점점 그의 왼팔 쪽으로 밀려가자 호흡이 거의 힘들어졌다.

경동맥을 완전히 확보한 박경사는 오른손의 압박을 줄이고 왼손으로 호흡만 정지시키도록 힘 조절을 했다. 오른손의 힘을 계속 주면 자칫 목뼈가 부러질 수 있었다.

20초쯤 경과하자 상대의 온몸에서 힘이 풀리는 걸 느낄 수 있었다. 상대가 완전히 기절하자 다리와 팔을 풀고 일어섰다.

"김경감님! 이 새끼 보고 있다가 1분 후에도 일어나지 않으면 인공호흡 해주세요."

민준은 100kg 거구의 입에 대고 인공호흡을 하느니 죽게 내버려 두는 것이 낫다고 생각했다.

박경사는 티격태격하느라 바쁜 하반장과 준에게 성큼성큼 다가갔다. 그가 보기에 상황이 호락호락하지 않았다. 하반장은 두 명과 싸우는 게 힘에 부쳐 보였고, 준은 가드에 의지해 일방적으로 처맞고 있었다.

"어이, 백상균 씨, 그만하고 갑시다."

박경사가 남대표 뒤에 서 있는 백상균에게 말했다.

남대표는 준을 패는 와중에도 뒤에서 일어나는 싸움을 모두 지켜보았다. 세 명을 간단히 메다꽂은 형사가 가세한다면 싸움은 쉽지 않을 것으로 판단했다. 남대표는 준을 밀어내고 품에서 회칼을 꺼냈다.

"연장 꺼내!"

하반장을 상대하던 둘도 뒤춤에서 칼을 꺼내들었다.

"회장님, 먼저 배에 타 계시죠."

남대표가 백상균을 돌아보면서 말했다.

"너희들하고 같이 가야지."

백상균이 여유를 부리며 말했다. 그렇지만 속으로는 그도 마음이 급했다.

백상균과 세월을 같이한 친분 있는 형사들은 그에게 술도 얻어먹고 밥도 얻어먹었다. 그래도 잡으러 와서는 꼭 잡아갔다. 백상균에게 형사들은 사람 잡아가는 일에 이상하리만큼 집착하는 부류였다. 그들은 사람 체포하고 누구의 수갑을 채우는지를 두고 싸우는 인성이 메마른 것들이었다. 인성이 부족한 놈들이 하노이에서 푸꾸옥까지 쫓아올 줄은 몰랐다.

'젠장, 정말 징글징글하네.'

"백상균 씨, 이리 오세요."

상균이 달아날 낌새를 보이자 준이 고함치며 다가가려 했다.

남대표가 회칼로 준의 오른 팔뚝을 그었다. 준의 오른팔에서 순식간에 피가 후두둑 떨어졌다. 하반장과 싸우던 두 명도 겨누고만 있던 칼을 쉭쉭 휘둘렀다. 하반장의 손등에도 그만 칼이 지나갔다.

"이 새끼들이 형사에게 칼을 휘두르고."

박경사가 앞으로 나서며 고함을 질렀다. 하지만 남대표는 주눅 들지 않았다. 박경사의 얼굴을 향해 매섭게 칼을 휘둘렀다. 박경사도 본능적으로 몸을 젖히며 가까스로 칼날을 피했다.

세 명의 형사 앞을 세 명의 건달이 칼로 막아섰고, 그 뒤에 백상균이 있었다. 날씨는 더욱 흐려져 있었는데, 갑자기 비가 내리기 시작했다.

비는 순식간에 선착장 바닥을 적셨다. 박경사 뒤에 쓰러진 젊은 사내들은 바닥을 적시는 빗물에 몸이 젖어가도 일어나지 못했다. 준의 팔에서 흐르는 피는 빗물과 섞여 바닥을 조금씩 조금씩 붉게 물들였다.

칼을 든 사내들은 칼을 들지 않은 손으로 얼굴을 적신 빗물을 닦아냈다. 백상균은 위험한 상황이 벌어질지 모르는데도 칼을 거두라는 지시를 내리지 않았다.

"어떻게 하죠?"

박경사가 조금 지친 기색으로 하반장에게 물었다.

"뭘 어떡해. 이 새끼들 다 따야지."

하반장은 아예 허리에서 벨트를 풀어 양손에 움켜잡았다. 칼을 든 상대와 싸우기 위해서는 자신의 몸을 보호할 무엇이 필요했다. 박경사도 점퍼를 벗어 손을 감쌌다.

"먼저 앞에 있는 두 놈부터 처리하고, 오야는 나중에 처리한다."

하반장이 박경사에게 작전을 짜듯 말했다.

"회장님, 보트에 타셔서 먼저 출발하십시오."

남대표가 두 형사의 기세를 눈치채고 백상균을 돌아보았다. 여전히 여유를 부리던 백상균도 남대표의 심상찮은 눈빛을 보았다. 결국 알겠다는 듯이 보트 쪽으로 다가갔다.

"백상균 씨! 그 배 타면 죽습니다."

준이 급하게 소리쳤다.

"그 배 타면 죽는다고요!"

준이 다시 소리쳤다.

백상균이 돌아서서 준을 보았다.

준이 진실을 말하고 있는지 확인하고 싶은 눈빛이었다. 자신이 품은 의문에 해답을 찾고 있는 것 같기도 했다.

"그 배 타면 죽는다고요! 우리도 아는 백상균 씨 위치를 베트남 공안이 몰랐겠습니까!"

"그 말을 내가 믿으라고!"

백상균이 준에게 신경질적으로 외쳤다.

"다 개소리입니다. 회장님 어서 가세요"

남대표가 백상균을 돌아보면서 말했다. 그는 백상균이 배를 타고 떠나지 않으면 형사 몸에 칼을 담굴 수밖에 없다고 작정하고 있었다. 상균이 배를 탈 때까지만 버티려 했다.

"저 배에 누가 타고 있겠습니까! 부둣가에 베트남 공안이 안 왔습니다. 공항 도로와 상황이 비슷하지 않습니까!"

"회장님이 안 떠나시면 제가 이 새끼들 칼을 쥐야 합니다."

남대표는 뒤를 보고 말해놓곤 이준에게 한 걸음 다가섰다. 하반장이 벨트를 든 손으로 준의 앞을 가로막았다.

"내가 분명히 약속한다. 먼저 움직이는 놈의 목부터 부러트린다. 죽지 않아도 사지를 움직일 수는 없을 거야."

박경사가 건달들을 보고 나지막이 경고했다. 박경사의 눈에서 레이저가 쏟아져나오는 것 같았다.

백상균은 하늘을 쳐다보았다. 툭툭 떨어지던 빗방울은 스콜이 되었다. 백상균은 허리에 팔을 얹고 요트를 보았다. 그리고 다시 송환 형사들을 쳐다보았다.

"누가 나를 죽이려고 하는데?"

"백상균 씨, 우리 빼고는 모두 당신을 죽이려고 합니다. 아닙니까?"

준은 피가 흐르는 오른팔을 부여잡고 말했다.

백상균은 흐린 하늘을 보았다가 멀리 안개에 잠긴 의뭉스런 바다를 가만히 들여다보았다.

"하, 비가 오면 요트가 출항 못 하겠지?"

백상균은 무거운 한숨을 토해냈다.

"남대표, 난 서울로 가야겠다. 날씨가 안 도와주네."

귀환

송환팀은 백상균을 서둘러 차에 태웠다.

하반장은 끼엣에게 전화해 준이 게스트하우스로 갈 테니 병원에 데리고 가달라고 부탁했다.

박경사에게 메쳐진 사내들은 송환팀이 차량에 탑승할 때까지 일어나지 못했다. 민준은 준보다 그들이 더 걱정되었다.

"형님은 두 명을 상대 못 해서 그렇게 시간을 끕니까?"

하반장은 박경사의 핀잔에 반응도 하지 않고 부둣가로 걸어갔다.

부둣가에는 남대표가 비에 흠뻑 젖은 채로 송환팀을 허탈하게 쳐다보고 있었다. 그가 입은 스트라이프 슈트는 몸에 찰싹 달라붙어 우람한 근육이 다 드러났다.

하반장은 휘적휘적 큰 걸음으로 그에게 다가갔다. 손수건으로 감싼 손등에서는 핏물이 떨어져내렸다.

남대표는 하반장이 다가오는 걸 지켜보며 그 자리에 우두커니 서 있었다. 뒤로 주춤 물러설 법도 하지만 그는 버티는 것 같았다.

"당신, 서울에서는 우리를 안 만나는 게 좋을 거야. 형사 몸에 칼을 그었으니까, 내가 할 수 있는 모든 걸 다해서 엮어주겠어."

하반장은 눈을 부릅뜨고 경고했다.

"반장님, 저기 쓰러져 있는 애들 안 보입니까? 쟤네들 일 년 내에 제대로 걸을 수나 있을지 모르겠습니다. 쟤네 부모님 싹 모아서 계신 곳에 방문할까요? 아무리 나랏일 하시는 분이지만 저렇게 사람을 깨트려도 되는 겁니까?"

남대표가 오히려 적반하장으로 대들었다. 하반장은 말이 통하지 않는 자라는 걸 깨닫고 발길을 돌렸다.

하반장은 일행에게 돌아와 백상균의 옆자리에 올라탔다. 손에서 흐른 피를 바지에 쓱쓱 닦는 바람에 바지가 붉게 물들었다. 숱이 적어 간신히 빈 곳을 가리고 있었지만, 비에 젖어 머리통 맨살이 다 보였다.

박경사는 아직 힘을 다 쓰지 않았다는 듯이 파닥파닥 움직이며 씨팔씨팔, 중얼거렸다.

민준은 준의 상처를 보면서 모험이 끝나가고 있다고 생각했다. 송환팀 모두 이제 거의 다 왔다는 것을 알았다. 네 명의 형사가 마침내 백상균을 검거했다.

그렇다고 성취감에 가슴이 뛰거나 하지 않았다. 그저 책임을 다

할 수 있게 해준 동료들에게 감사하다는 마음뿐이었다.

* * *

박경사, 민준, 하반장은 백상균을 태우고 푸꾸옥 공항으로 출발했고, 준은 혼자서 차를 몰고 게스트하우스를 찾아갔다.

민준은 박경사가 운전을 하는 동안 친분이 있는 기자에게 베트남에서 백상균을 검거했고, 한국시간으로 20시경에 인천공항에 도착할 예정이라고 문자를 보냈다.

10분 후 해당 언론사는 단독 기사를 올렸다.

20분 후 백상균을 태운 자동차는 푸꾸옥 공항에 도착했다.

송환팀이 공항 로비에 들어섰을 때 민준과 하반장의 핸드폰에 메시지가 쏟아져 들어왔다.

민준은 경찰청 외사국의 전화를 받았을 때 기사가 나간 이유를 모르겠다며 잡아뗐고, 하반장은 강력범죄수사대로부터 전화를 받았을 때 대사관을 통해 정보가 샌 것 같다며 별일 아니라는 투로 응대했다.

민준은 하반장에게 백상균을 확보하면 언론에 정보를 흘리겠다고 알려줬다. 백상균이 베트남에서 검거되어 한국으로 송환 중이라는 보도가 나가면 그의 한국행은 불가역적인 상황이 된다. 그러면 누구도 더 이상 송환을 막으려 하지 않을 것이라는 계산이었다.

세 남자는 백상균을 둘러싼 채 그런 전화에 시달렸고, 한 시간쯤 지나서 준이 팔에 붕대를 감고 끼엣과 같이 공항 로비에 도착했다.

준은 트로피를 들 듯이 붕대를 감은 오른손을 번쩍 들어올리며 인사했다. 진짜로 트로피라고 생각하는 걸로 보였다.

"많이 다쳤냐?"

"20방 꿰맸다."

"이경감님, 그럼 이쁘게 나오겠습니다. 두고두고 자랑하세요."

박경사가 붕대로 감싼 팔뚝을 살짝 건드리며 농담을 했다. 준이 신음소리를 내며 몸을 웅크렸다.

"아우, 이제 마취가 풀려 조금만 건드려도 아프다니까요. 진통제 더 먹어야겠어요."

준은 정말 고통스럽다는 표정을 지었다.

"원래 칼을 맞으면 내장탕이나 도가니탕처럼 콜라겐이 많이 들어간 음식을 꾸준히 먹어야 합니다. 그래야 잘 아뭅니다."

백상균이 호들갑을 떠는 준을 보면서 걱정해주듯 말했다.

"퍽이나 감사합니다."

준이 백상균을 아니꼽게 흘겨보았다.

"모두 입국장으로 들어가시죠."

민준은 크로스백에서 비행기 티켓과 여권을 꺼냈다.

"끼엣, 차는 주차장에 있고 자동차 키는 여기 있다."

박경사가 끼엣에게 차 키를 돌려주었다.

하반장은 잠깐 머뭇거렸다가 끼엣의 어깨를 잡고 와락 끌어안았다.

"많이 도와줘서 정말 고마워."

끼엣도 하반장과 박경사를 차례로 끌어안았다.

"이준 경찰관님이 피를 흘리면서 게스트하우스에 오니까 여동생이 막 울었습니다. 병원까지 따라와서 울었습니다. 친오빠인 내가 일하다가 다쳐도 약을 안 발라주었는데요."

끼엣이 웃으면서 말했다.

"역시 잘생겨야 해. 네 여동생은 박항서 감독이 다쳤어도 울어주지 않았을 거야."

박경사가 분하다는 표정으로 끼엣에게 말했다.

"형들, 한국 가서 연락해요. 또 와요."

"어서 가! 우리랑 있는 거 눈에 띄면 안 좋다."

하반장이 끼엣의 등을 떠밀었다. 끼엣은 아쉬운 얼굴을 하곤 서둘러 공항에서 나갔고 뒤를 돌아보지 않았다.

송환팀은 출국심사를 받으면서 백상균에게 문제가 있지 않을까 긴장했지만 출입국심사소 직원은 백상균의 임시여권에 이의를 달지 않고 게이트 통과를 허가했다.

어제는 총격전을, 오늘은 육박전을 치른 송환팀은 출국 게이트를 통과하자 긴장이 풀린 듯이 눈에 보이는 빈 공간으로 가서 주저앉았다.

"나는 화장실 좀 다녀오겠습니다."

백상균은 자리에 앉지 않고 서서 말했다.

"또 어디를 가려고 그래요! 그냥 있어요."

박경사가 짜증스럽게 말했다.

"아니! 생리 현상인데 어떻게 참습니까?"

백상균도 언성을 높였다.

"박경사, 네가 같이 갔다 와."

하반장이 피곤한 표정을 지으면서 박경사에게 말했다.

"또 허튼짓 하면 정말…."

박경사는 못마땅한 표정을 지으면서 자리에서 일어나 백상균과 함께 화장실을 찾았다.

두 사람이 화장실로 가자 하반장이 준을 쳐다보았다.

"아까 백상균에게 한 말, 무슨 말이에요?"

"뭐요? 아, 선착장에서 배에 타지 말라고 한 말요?"

"네."

"진짜 무슨 말이야?"

민준도 묻고 싶은 것이 생각났다는 표정이었다.

"아침에 김영민 대표에게 전화가 왔었어요. 백상균을 보내주라고 하더라고요. 베트남 정부에서 백상균을 불편하게 생각해 사살 명령을 내렸다네요."

"정말이야? 그래서 뭐라고 했는데?"

"안 된다고 했지. 수배자를 송환하는 게 우리 일이니까 끼어들지 말라고."

"그럼 그 배에 누가 타고 있었다는 거야?"

"부둣가에 갔을 때 그런 생각이 들었어. 베트남 공안은 백상균이 밀항하는 걸 알았을 텐데 어디에도 보이지 않았잖아. 백상균이 보트에 탔을 때가 조용히 처리하기에는 제일 좋았겠지."

"나한테 백상균을 그냥 보낼 수 있는지 왜 묻지 않았죠?"

하반장이 준에게 물었다.

"안 그랬을 거잖아요."

하반장은 대답하지 않았다. 대신 웃으면서 피곤한 듯이 눈을 감았다.

푸꾸옥 공항도 하노이 노이바이 공항만큼이나 한국 관광객이 붐볐다. 부모를 따라 놀러온 아이들이 베트남 전통 모자 논라를 쓰고 뛰어다니며 웃고 떠들었다. 하반장은 집에 있는 자식을 생각하는지 흐뭇한 미소를 띠며 아이들을 쳐다보았다.

* * *

서울 시간 저녁 6시 30분.

입국 게이트 앞에 백상균이 모습을 드러냈다. 그는 수갑을 차고 있었고, 수갑 찬 손은 박경사의 윈드브레이커로 둘둘 말려 가려져 있었다.

백상균 오른쪽에는 하반장, 왼쪽에는 박경사가 서 있었다.

418

입국 게이트를 통과할 때 두 형사는 백상균의 양팔을 잡고 걸어 나갈 예정이었다.

준은 세 사람 뒤에서 체포영장을 들고 서 있었다.

공항경찰대 남주임은 입국장 안팎을 오가면서 송환팀의 동선을 체크했고, 기자단과 입국 게이트 통과시간을 조율했다.

남주임은 준에게 기자들이 포토라인에서 백상균의 인터뷰를 요청하고 있다고 알려주었다.

잠시 후, 기자단 간사가 남주임에게 방송카메라가 모두 도착해 자리를 잡았으니 송환팀이 나와도 좋다고 큐사인을 주었다.

"백회장님, 멘트 하나 준비하시죠."

준이 백상균의 긴장한 몰골을 보면서 말했다.

"죄가 있으면 죄를 받고, 오해가 있으면 오해를 풀겠다고 할 겁니다."

백상균은 손으로 머리를 넘기면서 자신의 외모를 매만졌다.

"저희는 입국 게이트까지 백회장님 안내해드릴 거고요, 게이트 밖에서는 검찰청에서 인수하는 것으로 되어 있습니다. 조사 잘 받으시고요."

"구속이야 되겠지만 6개월 후에는 무조건 나옵니다. 검찰이 이 것저것 혐의를 갖다 붙였는데, 6개월 안에 재판이 끝나겠습니까? 반장님들, 제가 6개월 후에 나와서 저희 호텔에서 식사 한번 모시겠습니다."

백상균이 하반장과 박경사를 둘러보면서 말했다. 그리고 뒤돌아서 준을 보았다.

"김민준 경감이 귀국할 때가 되었지요? 호텔에서 내가 따로 식사 대접 한다고 전해주세요."

준은 어이가 없어 대답하지 않고 공항 천장만 올려다보았다. 허세를 떠는 그의 얼굴에다 '구치소 밥이 입에 맞겠습니까?' 하고 비아냥대고 싶었다.

"저희가 구치소에 방문해 조사할 일이 있을 겁니다. 살인사건 사망자들이 백상균 씨와 어떤 관계가 있는지 기록에 첨부해서 사건 종결할 예정입니다."

하반장이 말했다.

"그때 뵙고, 나와서 또 뵈면 됩니다."

"이제 나가겠습니다."

하반장은 박경사에게 나가자고 눈짓을 했다.

두 형사는 백상균 양팔을 한쪽씩 잡고 게이트로 다가갔다.

입국장 문이 열리고 카메라 플래시가 쉴 새 없이 터지자 두 형사는 눈을 뜰 수 없을 지경이었다.

준은 백상균 뒤에서 따라 걸으며 기자들 앞에 선 짙은 색 양복 차림의 남자를 보았다. 준은 그가 백상균을 인수 받으러 나온 검사라고 알아보았다.

기자들은 백상균이 인터뷰해야 하는 지점을 녹색 테이프로 표시를 해놨다. 호송팀과 백상균은 녹색 테이프로 표시된 곳에 가서 섰다.

여성 기자가 마이크 뭉치를 백상균 입에 가까이 가져왔다.

"어디서 체포되어서 송환되었나요?"

"제가 하노이 대사관에 제 발로 찾아가서 한국으로 들어가게 해달라고 했습니다."

"횡령 혐의에 대해서 인정하시나요?"

"오해가 있으면 오해를 풀려고 자진해서 한국에 들어왔습니다."

"노바프론티어 펀드와 관련 있다는 혐의도 있습니다. 관련이 있으신가요?"

"그건 제가 출국 전에 저를 조사했던 검사님들이 더 잘 알 겁니다. 성실히 조사받겠습니다."

"경찰에 의하면 최근 발생한 두 건의 살인사건 피해자들이 백상균 씨가 관련 있다고 합니다. 무슨 관계인가요?"

"서울에 없어서 자세한 내용은 모르겠습니다. 확인한 다음에 적절한 방법으로 살인사건에 대해 입장을 밝히겠습니다."

백상균은 기자들에게 꾸벅 인사를 하고 카메라 앞에서 기다리는 검사를 향해 다가갔다. 다시 카메라 플래시가 쉴 새 없이 터졌다.

하반장과 박경사는 백상균 걸음에 보조를 맞춰 같이 걸었다.

준은 체포영장을 가방에서 꺼내들었다. 그리고 백상균 옆으로 가 검사에게 체포영장 집행 사실을 보고하고 백상균을 인계했다.

변사

민준은 저녁 6시쯤 비행기를 타고 하노이로 돌아왔다.

하노이에 도착해 바로 숙소로 돌아가지 못하고 대사관에서 송환보고서를 작성했다.

보고서의 내용은 준이랑 하반장과 조율한 내용으로 채웠다. 완성한 보고서를 준과 하반장에게도 전달했다. 여기까지 마무리하고 나니 저녁 10시가 넘었다.

민준은 내일 해야 할 일들을 수첩에 적었다.

1. 총기가 한국으로 발송되었는지 확인할 것

2. 호텔에 가서 체크아웃하고 송환팀 짐을 보내줄 것

3. 경찰 영사에게 상세한 보고를 할 것

4. 조일환의 문제를 어떻게 할지 경찰 영사와 상의할 것

5. 비용정산…

비용정산 항목에서 완파된 승합차를 렌터카 회사에서 견인해 갔는지부터 확인해야 한다는 생각이 들었다.

이렇게 항목을 작성할수록 할 일이 늘어나자 급격하게 피로가 몰려왔다. 민준은 갑자기 너무 졸렸고 어디든 누워야겠다는 생각만 들었다. 컴퓨터를 로그아웃하고 사무실 불을 껐다.

숙소로 돌아가는 길에도 머릿속에서는 송환 작전이 머리에서 떠나지 않았다. 한국에 도착한 송환팀은 포토라인에 백상균을 세웠다. 백상균은 영리하게 어려운 질문은 피해갔다. 인터뷰 내용에는 송환팀이나 경찰에 부담이 되는 부분은 없었다.

공항에서 신병을 검찰청에 인계했으므로 백상균은 경찰의 손을 떠났다. 어쩌면 수사본부는 두 건의 살인사건을 추가 조사 없이 마무리할 것이다. 따라서 북한 공작원에 대한 일들과 대통령실 정보 유출이 세상에 알려지는 것은 백상균의 입에 달려 있었다.

민준에게서 정보를 받아 단독 기사를 낸 기자는 지속적으로 추가 내용을 요구했다. 검거 과정의 에피소드라든가, 살인사건이 백상균과 관련이 있는지, 백상균이 피해간 질문을 어떻게든 취재하려고 했다.

하지만 민준의 대답은 '더 이상 아는 것이 없다'는 한 마디뿐이었다.

민준은 기자를 상대로 목표를 위해 정보를 유출하기도 하고 통제하기도 하는 자신의 새로운 모습을 확인했다. 이질감이 들면서도 기분 좋은 긴장감도 느꼈다.

이런저런 생각으로 무거운 머리를 떨구고 집에 들어간 시간이 저녁 11시 30분이었다.

* * *

이틀 동안 민준은 경찰청과 대사관 보고를 모두 마치느라 눈코 뜰 새 없이 바빴다. 그래도 민준에게 이번 일이 끝났다는 기분은 느껴지지 않았다. 항상 서울에서 보도되는 백상균에 대한 기사에 촉각을 세우고 있어야 했다.

오늘도 민준은 사무실에서 백상균 관련 기사를 모니터링 하고 있었다.

사무실 전화기가 울렸다. 발신 번호는 하노이 공안국.

시계를 확인하니 오후 4시 근처였다. 전화 내용이 교민이나 관광객에 관한 내용이면 현장에 나갔다가 퇴근하면 될 시간이었다.

민준은 전화기를 들었다.

"씬짜오!"

김민준에게 전화를 한 사람은 하노이 공안국의 파트너 여경감이었다.

여경감은 그랜드 플라자 호텔 주차장 차 안에서 한국인 관광객이 변사상태로 발견되었다고 알려주었다.

사망자는 여권을 소지하고 있었다고 하며 알파벳으로 쓰여진 한국 이름을 불러주었다.

"킴영민."

민준은 김영민이라는 이름을 듣는 순간 머리를 한 대 얻어맞은 것 같았다.

"사망원인은 뭔가요?"

"와서 보는 게 좋습니다. 우리는 살인이라고 보고 있습니다."

민준은 사무실 전화기를 던지듯이 끊고 휴대폰으로 그랩을 불렀다.

민준은 오후 4시 40분에 그랜드 플라자 호텔 주차장에 도착했다.

호텔 입구 우측으로 코너를 돌아가면 호텔에서 사용하는 주차장이 있었다. 호텔 벽에 붙어서 주차되어 있는 차는 김영민 대표가 타고 다니던 하얀색 엑센트가 아니라 토요타 렉서스였다.

하노이 공안은 차량 주변에 폴리스 라인을 설치했고, 제복 경찰관 여러 명이 주변을 통제 중이었다.

차량 주변에는 사복을 입은 공안 세 명이 대화를 나누고 있었다. 그중 한 명이 김민준 경감을 알아보고 오라는 듯이 손을 흔들었다. 여경감이었다.

그는 한자로는 려(黎)로 쓰이는 성(姓)씨여서 김민준은 '레(le)'씨라고 부르거나 여경감으로 불렀다.

"캡틴 김, 빨리 왔네요."

여경감은 한국말을 제법 할 줄 알았다.

"언제 발견되었습니까?"

"오후 한 시쯤. 차는 전날부터 세워져 있었던 것 같습니다."

"렌트 차량일 텐데 블랙박스는요?"

"없어졌어요."

"사체를 봐도 될까요?"

"이미 꺼내서 저기에 있습니다. 캡틴 김이 오면 확인을 하고 사체보관소로 보내려 합니다."

렉서스 뒤 스트레처에 누워 있는 사체가 보였다. 사체 위에는 흰 천이 머리부터 발끝까지 덮어져 있었다.

"사체가 경직되어 있어 사망 시간은 지난 저녁으로 추정하고 있습니다."

여경감이 김민준 옆으로 다가와 말했다.

민준은 쭈그리고 앉아 머리 쪽의 천을 내렸다. 김영민 대표 얼굴은 영혼이 떠나고 빈 껍데기만 남은 공헌한 사체의 얼굴 그대로였다. 입술은 파랬고 입은 벌어져 있었다.

"사망원인은 무엇으로 보고 있나요?"

"검안의가 와서 보았는데…. 음, 한국말로는 모르겠고 영어로도 모르겠는데, 가느다란 줄로 목을 졸랐다."

여경감은 손으로 가느다란 실을 표현하고 양손으로 목을 조르는 시늉을 하면서 설명했다.

민준은 사체를 덮고 있는 천을 더 내려보았다. 목에 뚜렷한 삭흔이 보였다. 액사가 분명했다.

"저항 흔적은 있었습니까?"

"목에 감긴 줄을 뜯어내려고 손가락을 사용했습니다. 손가락에 피가 맺혀 있고 목에도 삭흔 외에 피멍이 있습니다. 자신의 손으로 누른 자국입니다. 몸을 비틀면서 발버둥을 쳤는지 운전석 여러 군데에 발자국이 있습니다."

여경감은 사체의 목을 가리키면서 설명해주었다.

"없어진 물건은 없었나요? 여권이 남아 있는데…"

"지갑에 돈과 신용카드가 그대로 있습니다. 핸드폰은 없었습니다."

"핸드폰이 없었다면 사망자에게 전화를 하고 이곳으로 온 사람일 수도 있겠네요. 주변에 파손된 핸드폰이 버려져 있는지 수색을 해주시겠습니까?"

"그렇게 하죠."

"이제 어떻게 하실 건가요?"

"현장 조치는 캡틴 킴이 말한 수색 외에는 다 했습니다. 사체를 보관소로 옮기려고 합니다. 캡틴 킴이 유가족에게 연락하면 장례절차를 진행해야겠지요."

"유가족과 연락을 취하겠습니다. 그리고 내일 오전 일찍 협조 공문을 보내겠습니다. 사건 관련 보고서 등을 공유해주시기 바랍니다."

"지금 보여드릴 테니 사진 찍어가요. 공문으로 보내는 보고서는 제한적일 수 있으니까."

"감사합니다."

민준은 여경감이 들고 있는 수사서류를 신속하게 핸드폰 카메라로 찍었다.

변사체 확인이 끝나자 여경감은 제복 공안들에게 다음 절차를 진행해도 좋다고 말했고, 그들은 스트레쳐를 들어 변사체를 공안 승합차에 옮겼다.

"캡틴 킴, 아까 말했지만 우리는 이 사건을 살인으로 보고 있습니다. 수사하면서 자주 연락하겠습니다."

"감사합니다."

여경감은 동료들과 또 다른 승합차에 올라탔다.

민준은 공안 차량들이 출발하는 걸 지켜보다 폴리스라인으로 접근제한이 되어 있는 렉서스를 쳐다보았다. 불과 이틀 전에 김영민 대표와 노이바이 공항으로 갔다. 그런데 지금은 살인 현장의 변사체가 되어 눈앞에 있었다.

김영민의 유가족이 하노이에 온다면, 아니 김영민에게 유가족이 있다면 그 사람들에게 무엇을 설명할 수 있을까?

민준은 사무실로 복귀해 보고서를 써야 했다. 이틀 전에 작성한 보고서에는 백상균 송환 중 습격을 받아 차가 완파되었는데, 그곳을 지나는 한국인 차량을 타고 공항에 도착할 수 있었다고 썼다. 이번에 작성하는 보고서에 그 한국인이 차에서 교살당한 채 발견되었다고 할 수는 없었다.

북한 공작원들의 죽음이 떠올랐다. 이상필과 그의 부하들 사체를 인수하는 북한대사관 직원은 어떤 감정이었을까?

그리고 그들의 죽음을 어떻게 처리할까? 민준은 그게 가능하다면 이름 모를 북한대사관 직원과 서로 상의해 보고서를 쓰고 싶다는 생각을 했다.

* * *

민준은 그랜드 플라자 호텔 주차장에 있는 차량에서 한국인이 교살당한 채 발견되었다는 변사보고서를 작성했다. 보고서에 하노이 여경감이 보여준 여권 정보를 참조해 인적사항과 검시 결과를 기재했다. 김영민이 송환 작전을 백업한 내용은 단 한 줄도 들어가지 않았다.

민준은 내일 오전 일찍 보고서를 대사에게 올릴 것이다. 외교부는 그 보고서를 근거로 공식적으로 하노이에서 한국인이 변사한 사건이 있다고 경찰청에 협조를 공문으로 보내게 될 것이다.

민준이 보고서를 작성하면서 준에게 연락을 취하지 않은 것은 생각을 정리할 시간이 필요해서였다. 하노이 시간 저녁 8시. 이제 준에게 전화할 시간이다. 민준은 카톡 메시지를 보냈다.

-통화요망.asap.

5분 후 준으로부터 전화가 왔다.

"브로, 하노이 공기는 어떤가?"

"안 좋아."

"왜?"

"너 먼저 얘기해. 오늘 어땠어? 어제 하노이에서 있었던 습격에 대해 어떻게 설명했어?"

"그냥, 사실대로…. 김영민 대표가 자기 얘기는 최대한 하지 말아 달라고 부탁해서. '지나가는 차량의 도움을 받아 공항에 도착할 수 있었다' 정도로 설명했어."

"위에서는 뭐래?"

"고생했다고 하지. 그리고 언론에 새어나가지 않도록 보안 유의해달라고 당부하고."

"백상균에 대한 소식은?"

"언론은 노바프론티어 펀드 의혹을 재조명하는 기사를 내보내고 있고, 당시 수사 검사들이 향응 받은 것으로 조사받았던 내용도 다시 기사화했어. 서울에서 발생한 살인사건과의 연관성은 아직 언론에 노출이 안 된 상황."

준이 너무 들뜨기 전에 민준은 이제 말해야 할 것 같았다.

"준아…."

어떻게 말해야 할지 몰라 망설이는데 준이 목소리를 낮추고 물었다.

"왜? 무슨 일 있어? 갑자기 축축하게 부르고 그래."

이름을 불러놓고 뜸을 들이자 준은 괜히 안 좋은 예감이 들었다.

"김영민 대표가 그랜드 플라자 호텔 주차장에서 살해당한 채 발견됐어."

"뭐라고! 정말이야!"

"사체는 렉서스에 있었고 살해 방법은 누군가가 뒤에서 끈으로 목을 졸라 죽인 거야."

준은 황망한 나머지 한동안 말이 없었다.

"북한 놈들이 그랬을까?"

"내가 알 수 있는 내용은 아니지."

민준도 무슨 말을 해야 할지 몰랐다.

"어떻게 해야 해?"

"해외관광객 변사 보고를 해야지. 보고서는 작성했어. 내일 오전에 대사에게 보고할 거야. 그러면 경찰청에 협조공문이 갈 거고. 나는 유가족에게 연락하기 위해 외사국에 협조를 요청하는 중이야. 지금 너에게 전화로."

"유가족이 있는 줄 모르겠다…."

"공식적으로 얘기하는 거야. 주민 조회를 해서 유가족을 찾아 줘."

"그렇구나…. 외교부에서 협조공문이 오면 그걸 근거로 주민조회를 해서 가족을 찾고 내용을 전달할게. 그다음은 우리가 아는 대로겠지. 유족이 사체를 옮기고 싶으면 그렇게 되도록 항공사와 협의해야 하고, 사체인수를 거부하면 현지에서 화장해 유골만 가지고 올 것인지, 그것조차 포기할 것인지 의사 확인을 해야지."

"그리고 또 뭘 해야 하나?"

통화가 끊어진 것처럼 잠시 둘 다 말이 없었다. 한숨 소리가 먼저 나오더니 준이 허탈하게 말했다.

"나는 정변호사님에게 연락해야겠다."

"정변호사님이 할 수 있는 게 없을 텐데…."

"그래도 아셔야지. 이번 일에 김영민을 끌어들인 건 정변호사님이니까."

"준아, 정변호사님이랑 김영민 대표는 어떤 관계야?"

"모르겠어. 물어봐도 얘기해줄 것 같지 않아서 안 물어봤어."

"괜찮아?"

"뭐가?"

무슨 말인 줄 알았지만 준은 얼른 대답하지 못했다.

"네가 김영민 대표와 연락을 도맡아서 했잖아. 업무 파트너가 죽었는데 별다른 생각이 안 드냐고?"

"조금 멍하기는 하다. 분노가 치밀어 오른다거나 살인의 배후를 밝히겠단 생각, 그런 건 아니야. 오히려 정변호사님 반응을 보고 싶어."

"이번 일이 우리를 이상한 세계로 끌어들였어."

"아까 질문이 정변호사님과 김영민 대표의 관계에 대한 거였지?"

"그래."

"내가 김대표와 마지막으로 전화한 게 선착장 앞에서야. 현장에서 철수하라고 했어. 내가 전날 저녁에 게스트하우스 밖에서 하반장님이 서울과 전화하는 걸 우연히 들었거든. 분위기가 백상균을 체포 못 하면 서울에 올 생각하지 말라고 하는 것 같더라. 하반장님은 쩔쩔매며 핸드폰을 붙들고 '네, 네'라는 말밖에 못 했어. 현장에서 의연하고 자신감 있어 보여도 속으로는 압박이 심했던 거야. 그래서 내가 김영민 대표에게 철수할 수 없다고 했다. 경찰은 법집행기관이라서 수배자를 두고 현장을 이탈할 수 없다고 했다고. 김영민 대표가 뭐라 했을 것 같아?"

"뭐라고 말했어?"

"십 년 전 정변호사를 보는 것 같다고 하더라."

두 사람은 또 말이 없었다. 침묵이 서로의 어깨를 누르는 것처럼 무겁게 느껴졌다.

"아마 십 년 전에 경찰관과 정보요원으로 만났던 것 같아. 정변호사님도 그때는 경계가 분명하게 일을 했으니까 김영민 대표가 그렇게 말을 했겠지. 나는 아직은 경계를 지키면서 일을 해야 한다는 생각이 든다."

준이 기준을 정하듯이 말하자 탁자를 가볍게 치는 소리가 들리면서 민준의 목소리가 이어졌다.

"알았다. 오피셜하게 대응하자. 우리는 김영민 대표라는 분의 신분이 무엇인지도 몰라. 그냥 짐작하는 거지. 함부로 설레발 치면 안 될 것 같다."

"알겠고, 민준아!"

"왜?"

"몸… 조심해라."

"나도 보고서 쓰면서 그런 생각 많이 했어. 그런데 내가 저들의 폭력의 대상이었다면 이틀을 넘기지 못했겠지."

"혼자 남겨둔 것 같아서 미안해."

"걱정 마라. 아무 일 없을 거야."

* * *

다음 날 오후 5시. 민준은 오전에 한국인 변사보고를 마쳤다. 그리고 백상균 송환에 사용한 비용을 정산하면서 오후 시간을 보냈다.

렌트한 카니발은 렌터카 회사에서 인수해 갔다. 아직 비용청구서가 오지는 않았지만 상당한 금액이 나왔을 것이다. 대사관 예산으로 집행할 수 있을지 걱정이 들었다.

대사관 관계자는 경찰청 송환 작전에 사용된 비용이어서 경찰청에 예산을 요청하라고 할 수도 있었다. 송환팀 숙박과 식사 비용은 당연히 경찰청 출장 여비로 사용했지만 대사관 직원이 사용한 차량 렌트비는 일반적으로 대사관 예산으로 사용했다. 그런데 차량이 완파된 상황이어서 보험처리 외에 드는 비용을 어떻게 부담해야 할지 논쟁의 여지가 있었다.

민준은 경찰청을 설득해 예산을 타오는 것과 대사관 외교부 직원과 논쟁을 벌여 대사관에서 비용을 부담하게 하는 것 중에서 어느 것이 수월할까 생각하면서 멍하니 모니터를 쳐다보고 있었다.

사무실에 노크 소리가 들렸다. 민준은 고개를 돌려 출입문을 쳐다보았다. 국정원주재관이었다.

대사관에 근무하는 국정원주재관은 화이트 요원이다. 그들의 주된 업무는 대사관 보안담당. 그리고 또 다른 업무는 외교부 및 파견 공무원 감시였다.

국정원주재관은 백상균 송환 작전을 준비 중일 때 도울 일이 있으면 언제든지 말하라고 민준에게 전화를 주기도 했다. 민준은 송환을 마치고 대사관에 복귀했을 때도 그의 전화를 받았다. 공항도로에서 있었던 일은 굳이 보고하지 않는 것이 좋겠다는 게 원(園)의 의견이라며 넌지시 메시지를 전했다.

그리고 김영민 변사를 처리하면서 그의 연락을 기다렸다.

"과장님, 어쩐 일로?"

김민준은 엉거주춤 일어서서 인사했다.

"별일 없습니까?"

"저희 과장님은 좀 전에 퇴근하셨습니다."

"아니에요, 김경감한테 볼일이 있어서 왔습니다."

"아, 그러면 앉으시죠."

국정원주재관은 김민준 옆자리 컴퓨터 의자에 앉았다. 그리고 어색한 침묵이 둘 사이에 떠돌았다.

"요즘 많이 바빴다 들었습니다."

"네, 주요 수배자 송환이 있어서 말입니다."

"송환 중에 총격 사건도 있었다고?"

"경찰청에 그렇게 보고했습니다. 북한 공작원으로 추정한다고 했고요."

"그렇군요…. 어제는 한국인 변사사건이 있었다던데?"

"맞습니다."

민준은 또박또박 대답했다.

"하노이 공안은 뭐라고 합니까?"

"타살로 보고 있습니다. 수사 진행은 공유해주기로 했습니다. 오늘은 특별히 공유받은 내용이 없습니다."

국정원주재관은 오른손으로 턱을 쓰다듬으면서 말이 없었다.

"내일 오후에 뭐 하시나요?"

"외근은 없습니다. 민원전화 받고 송환 작전 결산 마무리하려고 합니다."

"우리 회사에서 현지 조사팀을 보냈습니다. 그래서 내일 김경감님 인터뷰를 요청할 거예요. 저와 같이 보는 건 아니고 제3의 장소에서 조사팀을 만나는 거예요. 무슨 말인지 아시겠죠?"

"어느 정도는…."

"오후 4시경으로 예상합니다. 제가 장소를 보내드릴 테니까 그리로 가시면 됩니다. 사무실에는 외근을 나간다고 하는 게 좋겠군요."

국정원주재관은 더 이상 용건이 없다는 듯 자리에서 일어섰다. 그리고 민준의 어깨를 오른손으로 쓰다듬고 천천히 걸음을 옮겼다. 그는 민준의 어깨를 쓰다듬은 것이 인사였다는 듯 그대로 나갔고 민준도 잘 가라는 인사를 하지 않았다.

　민준은 의자를 뒤로 젖혀 천장을 보고 앉았다.

　경계를 넘었다는 생각이 들었다. 울타리를 벗어난 것이다.

　이제 백상균을 만나기 전으로 돌아가지 못할 것 같다는 생각이
들었다.

경계에서

민준은 6월 말에 경찰청으로 복귀했다.

그는 외사국 인터폴계에서 준이 담당했던 베트남, 캄보디아, 태국 담당으로 발령을 받았다. 준은 필리핀, 말레이시아, 인도네시아 담당으로 보직이 변경되었다.

민준은 외사국에 근무하면서 승진시험을 준비할 계획이었다. 승진시험에 합격해 경정이 되면 지방경찰청으로 전출 갈 수 있고, 새로운 부임지에서 수사과장이나 형사과장 보직을 받아 수사업무에 복귀할 계획이었다.

부친은 울산경찰청장을 마지막 보직으로 퇴직했다. 그래서 민준은 귀국해서부터 아버지와 한집에서 생활해야 했다. 불편한 점은 없지만 서로 데면데면한 편이라, 민준은 승진시험 공부를 핑계로 휴일에도 집에서 나오곤 했다.

민준은 추석 연휴에도 외사국 사무실에서 승진시험 공부를 했다. 9월 중순인데도 평년 기온을 훌쩍 상회하는 고온다습한 날씨였다. 9월부터는 경찰청 사무실에 에어컨이 가동되지 않는 게 원칙이며 연휴 기간에는 그 원칙이 철저히 지켜졌다.

에어컨 없이 오전은 그럭저럭 버틸 수 있었지만 오후의 푹푹 찌는 습하고 더운 날씨는 참기 힘들었다. 민준은 시원한 곳을 찾아 충정로역 근처 스타벅스로 갔고, 형사소송법 케이스 모의답안 작성을 마쳤다.

'이럴 줄 알았으면 하노이에서 시험공부를 시작했어야 하는데….'

민준은 경정 승진시험을 이삼 년씩 준비하는 선배와 동기들을 보았고, 그들이 그동안 쌓아놓은 실력에 주눅이 들었다. 답안지 작성을 마쳤지만 쓰면서도 정답이 아닐 거라는 생각이 들었다.

오후 2시부터 작성한 답안은 3시가 넘어서 마쳤다. 제 시간 안에 끝내지도 못한 것이다. 한 시간 넘게 머리를 맹렬히 사용했더니 더는 책이 눈에 들어올 것 같지 않았다. 민준은 조금 쉬었다가 답안 채점을 하고, 오늘 공부는 그만하기로 했다.

아이스아메리카노를 마시며 카페 창밖 풍경을 보았다. 추석 연휴 도심 거리가 한가롭게 보였다. 오후를 느긋하게 저 한가로움과 함께하고 싶었다. 혼자 사는 준이 이런 연휴 기간에 불러내기 제일 만만한 친구였다. 준에게 저녁으로 맥주를 마시자고 카카오톡을 보냈다.

민준은 준의 답장을 기다리면서 어디서 맥주를 마실지 생각해보았다. 즐거운 일은 계획을 세우는 것만으로도 신이 났다. 의식의 흐름은 맥주를 마시기보다는 좋은 싱글몰트 위스키를 한 병 사서 준의 집에서 마시는 것으로 흘러갔다.

싱글몰트 위스키에 페어링 되는 음식이 무엇이 있을까 하는 행복한 생각이 이어졌다. 민준의 머리에 찰진 광어회가 떠올랐다. 광어회와 초밥을 시켜서 위스키와 먹으면 정말 훌륭한 만찬이 될 것 같았다. 민준은 준에게 광어회와 초밥을 시켜놓으면 위스키를 사가겠다는 구체적인 계획을 알려야겠다고 생각했다.

민준이 메시지를 입력하고 있을 때 핸드폰에 메시지가 수신되었다. 모르는 번호였다.

민준은 준에게 보내는 메시지를 완성해 전송하고 수신된 메시지를 읽어보았다.

-김민준 경감님, 저는 하노이 한국대사관 조일환이라고 합니다. 도움이 필요해서 문자 드렸습니다. 회신 부탁합니다.

'조일환, 조일환…. 하노이 한국대사관….'

입에서 그 이름이 계속 맴돌았다.

'아! 조일환, 시설담당 6급.'

민준은 핸드폰을 들고 자리에서 벌떡 일어섰다.

조일환은 백상균 송환 정보를 북한 공작원들에게 유출하다가 김영민 대표에게 발각되었다. 그의 처리에 대해 민준은 신경을 쓰

경계에서 441

지 못했다.

　더욱이 송환 이틀 후 김영민 대표가 변사체로 발견되었다. 이후 국정원 조사팀이 하노이에 은밀히 도착했고, 민준에게 송환과 관련된 사항들에 대해서 진술을 받았다. 민준은 송환에 대한 모든 것은 진술했지만 대통령실에서 정보가 유출된다는 진술은 하지 않았다.

　준과 그 부분은 이야기하지 않기로 서로 입을 맞추었다. 그 대신 대사관 외교부 직원 조일환이 김영민 대표에게 발각된 사실은 진술했었다. 송환 작전 이후부터는 대사관에서 그가 보이지 않았다.

　민준은 조일환이 국정원 직원에게 잡혀간 것인지 도망간 것인지 알 수 없었다. 송환 작전 전에도 대사관에서 그를 볼 기회는 거의 없었다. 대사관 외교부 직원들도 그에 대해서는 일절 언급이 없었고 민준도 묻지 않았다.

　'조일환은 어떤 상황인 걸까? 외교부에서 퇴직했나? 형사처벌을 받았을까?'

　김민준은 메시지를 입력했다.

　-김민준 경감입니다. 저는 경찰청에 복귀해서 서울에 있습니다. 어쩐 일이신가요?

　-통화 가능한가요?

　-네.

　곧바로 수신음이 울렸다.

　"김민준입니다."

"저 기억하시죠?"

"네, 하노이 대사관에 계셨죠."

"제가 문제가 있었던 거 아시나요?"

"네, 대충 들었습니다. 지금은 어디 계세요?"

"도와주세요! 저 서울에 가고 싶습니다."

"무슨 말씀인지…."

"짧게 말씀드릴게요. 제가 실은 대사관에 근무하면서 카지노에 좀 출입했어요, 출입이 잦아지면서 돈을 빌려서 게임을 했고, 베트남 조폭들에게 빚 독촉을 받았습니다. 그때 평양옥 사장 이상필이 돈을 빌려줬어요. 빚을 대충 정리했지만 이상필이 이것저것 묻는 것들이 있었습니다. 심각한 내용은 없었어요. 아시잖아요, 제가 고급 정보에 접근할 수 있는 위치가 아니라는 걸요…. 어쨌든 그러다가 그 사람들과 어울리게 된 겁니다. 렌터카 일은 저도 무슨 내용인지도 모르고 알려준 거예요. 심각한 일인 줄 정말 몰랐다니까요!"

조일환은 말을 더듬으면서 소리는 높였다.

"차분하게 말하세요, 괜찮습니다."

"렌터카 회사에서 만난 사람이 대사관으로 저를 찾아왔습니다."

"김영민 씨 말인가요?"

"그때는 그분이 김영민인 줄 몰랐습니다."

"그래서요?"

"그래서 제가 지금 말씀드린 걸 김영민 씨에게 모두 말했습니다. 제 얘기를 녹음했어요. 김영민 씨가."

"어디서 만났는데요?"

"대사관에서 저를 태우고, 플라자 호텔로 갔습니다. 그 호텔 방에서 털어놨습니다."

"차가 렉서스였나요?"

"그건 기억나지 않습니다."

"그리고요."

"그리고 다음 날 호텔로 다시 오라고 했습니다. 어떻게 행동할지 알려주겠다면서요."

"잠시만요, 그렇게 장황한 이야기를 제가 다 들을 필요는 없을 것 같습니다. 저에게 도움을 받고 싶다는 게 뭐죠? 지금 어디서 뭐 하세요?"

"호치민에 있습니다. 감금당해 있어요."

"갇혀 있다고요?"

"카지노 조폭들에게 감금당했습니다."

"무슨 말씀인지 모르겠습니다."

"그래서 처음부터 말씀드리고 있지 않습니까!"

조일환의 언성이 다시 높아졌다.

"네, 네 천천히 다시 말씀해보세요."

"그날 밤에 총지배인이 찾아왔습니다."

"총지배인요?"

"네, 평양옥 총지배인 말입니다. 이상필 일당의 부두목."

민준은 공항도로에서 도주한 한 명이 떠올랐다. 백상균은 그를 민수라고 부르며 평양옥 지배인이라고 했던 기억이 났다.

"그가 왜 찾아왔죠?"

"숙소에 있는 저를 불러냈습니다. 그리고 협조하지 않으면 죽이겠다고 했습니다. 총을 입에 집어넣었다니까요."

김민준은 상대가 다음 말을 하길 기다리는 게 최선이라는 듯 가만히 있었다.

"그 새끼는 자기도 궁지에 몰렸다고 하면서 내가 말을 듣지 않으면 그 자리에서 죽여버리겠다고 했어요. 그러면서 오늘 누굴 만났는지 물었습니다. 아무도 만나지 않았다고 하니까 총으로 머리를 내려쳤습니다. 이빨이 깨졌고 머리에서 피가 났어요. 플라자 호텔로 들어가는 걸 봤다고 하면서 누구와 있었는지 사실대로 말하라고 했습니다. 그래서 국정원 직원 같은 사람을 만났고, 제가 카지노 출입한 일과 이상필을 만난 과정을 얘기했다고 했습니다."

조일환은 말을 멈추고 숨을 골랐다.

"그래서 다음에는 무슨 일이 있었습니까?"

한동안 대답이 없었다. 김민준은 전화기 너머에서 그가 힘겨운 말을 하려고 한다는 게 느껴졌다.

"나보고 국정원 직원을 호텔 밖으로 불러내라고 했습니다."

"…."

"다음 날 그 사람과 호텔에서 만나기로 했었으니까 어려운 일은 아니었습니다. 그래서 호텔 로비에서 김영민에게 전화했어요. 방으로 올라가기 싫다고 말입니다. 그러니까 직접 로비로 나오겠다면서 잠시 기다리라고 했고요. 얼마 후에 김영민 씨가 로비로 내려와 차에서 얘기하자며 밖으로 나가자고 했습니다. 저는 그 사람을 불러냈기 때문에 그걸로 제 일이 끝날 줄 알았습니다. 로비 커피숍에서 얘기하면 되는 것으로 생각했어요. 정말입니다."

"그런데요."

"김영민 씨가 운전석에 앉았고 저는 조수석에 앉았습니다. 김영민 씨는 드라이브를 하면서 얘기하자고 했어요. 그때 총지배인이 뒷좌석에 들어왔습니다. 정말 순식간이었습니다. 그리고 철사줄 같은 걸로 김영민 씨 목을 감았습니다."

민준과 조일환은 말없이 한동안 전화기를 들고 있었다.

"그다음은요?"

"총지배인은 철사줄을 풀고 차에서 내려 제자리로 왔고 블랙박스를 뜯었습니다. 그리고 저를 끌고 가서 자기 차에 태웠습니다."

"왜 말리지 않았죠?"

"말릴 새가 없었어요. 너무 무섭기도 했고요."

"그럼 그동안 어디 있었던 거예요?"

민준은 한심한 자의 한심한 이야기를 듣고 있으려니 슬슬 화가 치밀었다. 조일환은 도박 빚 때문에 간첩행위를 했고, 결국에는 국가정보원 요원을 북한 공작원에게 팔아넘겼다.

"저를 죽일 것 같아서 보내달라고 애원했는데, 죽이지는 않는다고 했습니다. 그리고 저를 카지노 조폭들에게 넘겼습니다."

"지금 카지노 조폭들에게 잡혀 있습니까?"

"네, 맞아요. 카지노에 삼사 억 정도 빚이 있었는데, 이자 때문에 그새 빚이 20억 원으로 뛰었어요. 이상필이 제 빚을 아주 조금 갚아주었던 겁니다. 총지배인은 저를 베트남 카지노 조폭에게 넘기고 떠났고요."

"지금 어떤 상황이신 거죠?"

"처음에는 한국에 전화해 돈을 송금시키게 했습니다. 그렇게 이곳저곳에 전화해서 마련한 돈이 5천만 원 정도 됩니다. 그 이상 한국에서 돈이 송금되지 않자 한국 관광객을 상대로 호객행위를 시켰습니다. 그래서 그 일이라도 열심히 해야겠다는 생각에 정말로 성실히 일했습니다."

민준은 이 사람의 대화에서 '성실'이라는 단어가 들어가는 게 불쾌하게 느껴졌다.

"살해 현장에 있었고, 북한 놈들에게 정보를 넘긴 혐의를 받고 있어서 한국대사관으로 탈출을 시도할 수도 없었습니다. 그러다가 이틀 전에 그놈들이 찾아왔습니다."

"그놈들… 누구요?"

"중국인들, 마카오 카지노에서 백상균에게 돈을 빌려준 조폭들이요."

"그들이 왜 조일환 씨를…."

"돈을 받으러 하노이 평양옥에 왔다가 이상필을 만나지 못하니까 저에게 가보라고 했답니다."

"조일환 씨를 만난다고 무슨 득이 있다고요?"

민준은 순간 큰 소리를 냈다. 스타벅스 안에서 민준의 목소리만 울렸고 사람들이 일제히 돌아보았다.

민준은 폰을 든 채로 밖으로 나왔다. 조일환은 민준에게 마카오에서 온 중국인들에게 협박받은 얘기를 계속 중얼거렸다.

"조일환 씨, 다시 말씀해주세요."

"그놈들이 제게 전화하라고 시켰어요. 백상균에게 돈을 갚지 않으면 감당할 수 없을 거라고 전하라고요."

"아, 그런데 그런 말을 왜 저에게 합니까?"

"그놈들은 어떤 방법으로든 백상균과 연결해서 메시지를 전하라고 합니다. 그리고 백상균의 답을 듣고 알려달랍니다."

"그러니까 이런 전화를 왜 제게 하느냐고요!"

"하노이 경찰주재관이지 않습니까… 저 좀 여기서 구해주세요. 한국으로 돌아가고 싶습니다. 내일까지 무슨 답이든 받아내지 못하면 손가락을 하나 자르겠답니다. 다음에는 손목. 그렇게 차근차근 자를 테니 어떤 방법이든 만들어내라고 합니다. 제가 대사관에 근무했으니 할 수 있을 거라고 하는 거예요."

"저는 이미 서울로 복귀했습니다. 하노이 대사관에는 다른 경찰관이 근무하고 있습니다."

"다른 경찰관이 누군지는 나는 모르겠고, 민준 씨는 어디에 있든지 경찰관입니다. 제발 나 좀 구해주세요. 하노이 경찰주재관에게 전달하든 백상균에게 무슨 답이라도 들어오든 나를 여기서 꺼내 달라고!"

상대는 절박하게 고함을 질렀고 전화기 너머에서 중국말인지 베트남말인지 구분하기 힘든 소음들이 여기저기서 들렸다.

잠시 후 누군가 민준에게 베트남어로 인사를 했다.

"내일 다시 전화하겠다."

전화가 끊어졌다.

민준은 멍하니 핸드폰 액정을 쳐다보았다. 조일환이 말한 중국 범죄자들이 자신에게 전화를 시킨 것이다.

메시지가 들어왔다. 준이었다.

-싱글몰트는 집에 한 병 있다. 버번위스키 사 와라.

잠시 후 또 메시지가 수신되었다.

-몇 시에 올 거야? 시간 맞춰서 시켜야지.

민준은 준 번호를 탭핑했다.

"왜?"

준이 심드렁하게 전화를 받았다.

"하노이에서 한국인이 납치되었네…."

"뉴스에 나왔어? 아니면 경찰주재관이 전화했어?"

"그게 말이야…."

"아! 몰라. 베트남은 네가 담당이니까 알아서 하셔. 그래서 우리 집에 못 온다고."

"갈게. 얼굴 보면서 얘기하자."

"내 담당구역도 아닌데 왜 나한테 얘기한다고 할까? 나한테 일 넘길 생각하지 마라. 아직 승진시험도 많이 남았는데 벌써부터 밀어 빵 하면 시험 직전에는 못 받아준다."

"그게 아니라… 조일환이라고 기억나?"

"조일환…."

"대사관 시설담당 6급."

"그래, 그 사람은 어떻게 됐지? 나도 송환 이후에는 신경을 못 썼는데. 그 사람이 왜?"

"그 사람이 감금당해 있다고 구조요청을 했어."

"무슨 말인지 모르겠다."

"지금 택시 타고 갈게. 집에서 얘기하자."

민준은 전화를 끊고 스타벅스 안으로 들어갔다. 테이블 위에 올려진 책과 모의시험 답안지를 가방에 주섬주섬 집어넣었다. 백상균은 지금 구속 상태로 재판을 받고 있다. 강력범죄수사대에서 수사했던 살인사건도 종결되어 검찰청에 송치되었다.

20일 후면 백상균의 구속기간은 만기가 된다. 그는 성실히 재판받는 모습을 연출하기 위해서인지 가석방신청을 하지 않았다. 그의 전략대로면 20일 후에는 석방되어 불구속으로 재판받을 것이다.

민준은 스타벅스를 나섰고 바로 택시를 탔다. 준의 집은 마포역 근처 오피스텔이었다. 택시기사에게 마포역으로 가자고 했다.

'백상균에게 어떤 방법으로든 마카오 카지노 조폭들이 대화를 원한다는 메시지를 전달하면 백상균은 어떻게 반응할까? 그 반응을 그대로 전달해주면 조일환은 무사할까? 조일환을 구조하기 위해 백상균에게 어떻게 대응해달라고 해야 하나…'

민준의 머릿속은 벌써 조일환을 구조할 방법들을 찾고 있었다. 그리고 폭력배를 상대하기 위해서는 하반장과 박경사의 도움이 필요하다는 생각도 들었다.

추석 연휴라 차량이 없어 듬성듬성한 차도와 한갓진 인도. 민준의 눈에는 평화로운 감성이 느껴지는 한 장의 그림처럼 보였다.

그리고 그림의 뒷면에는 회색빛 도시가 존재했다. 민준은 이면의 회색 도시를 향해 스스로 경계를 넘어가고 있었다.

비공개 송환

1쇄 발행 2025년 5월 30일

지은이 장우성
펴낸이 배선아
펴낸곳 고즈넉이엔티

출판등록 2017년 3월 13일 제2022-000078호
주 소 서울특별시 강서구 마곡중앙2로 15, 테크노타워2차 311-312호
대표전화 02 6269-8166 **팩스** 02-6166-9199
이 메 일 gozknockent@gozknock.com
홈페이지 www.gozknock.com
블 로 그 blog.naver.com/gozknock
페이스북 www.facebook.com/gozknock
인스타그램 www.instagram.com/gozknock

ⓒ 장우성, 2025
ISBN 979-11-6316-639-9 (03810)

Illust. 서화
표지 그래픽 Designed by Freepik